TROIS VIES PAR SEMAINE

DE MICHEL BUSSI
AUX PRESSES DE LA CITÉ

Nymphéas noirs, 2011. Prix Polar Michel Lebrun 2011, Grand Prix Gustave Flaubert 2011, Prix Polar méditerranéen 2011, Prix des lecteurs du festival Polar de Cognac 2011, Prix Goutte de Sang d'encre de Vienne 2011, Prix Segalen des lycéens 2017
Un avion sans elle, 2012. Prix Maison de la Presse 2012, Prix du Roman populaire 2012, Prix du Polar francophone 2012, Prix du meilleur polar traduit, Oslo, Norvège, 2016
Ne lâche pas ma main, 2013
N'oublier jamais, 2014. Prix du talent littéraire normand 2016
Gravé dans le sable (nouvelle édition d'*Omaha Crimes*, Prix Sang d'encre de Vienne 2007, Prix littéraire du premier roman policier de Lens 2008, Prix des lecteurs Ancres noires du Havre 2008), 2014
Maman a tort, 2015
Le temps est assassin, 2016
On la trouvait plutôt jolie, 2017
Sang famille (nouvelle édition), 2018
J'ai dû rêver trop fort, 2019
Tout ce qui est sur terre doit périr – La Dernière Licorne, 2019
Au soleil redouté, 2020
Rien ne t'efface, 2021
Code 612. Qui a tué le Petit Prince ?, 2021
Nouvelle Babel, 2022
Trois vies par semaine, 2023

Michel Bussi

TROIS VIES PAR SEMAINE

Roman

Les Presses de la Cité

Sur la vente de ce livre, 10 % des droits d'auteur seront reversés au Secours populaire pour aider à son action humanitaire.

Le Secours populaire français est une association de solidarité dont l'objet est de lutter contre la pauvreté et l'exclusion, en France et dans le monde.

Copyrights des chansons : voir page 456

92, avenue de France – 75013 Paris
ISBN 978-2-258-20473-7
Dépôt légal : mars 2023

Michel Bussi

À quarante ans, en 2006, géographe universitaire de renom, Michel Bussi publie son premier roman, *Code Lupin*. Mais c'est *Nymphéas noirs*, polar le plus primé en 2011, devenu aujourd'hui un classique, qui le fait remarquer par un large public.

Il atteint en quelques années le podium des auteurs de polar préférés des Français, un genre qu'il a su revisiter à sa façon avec toujours la promesse d'un twist renversant.

Consacré par le prix Maison de la Presse pour *Un avion sans elle* en 2012, il a reçu depuis de nombreuses récompenses. Tous ses romans ont paru en version poche aux éditions Pocket, trois d'entre eux ont été adaptés avec succès à la télévision, la plupart sont adaptés ou en cours d'adaptation en bandes dessinées, et ses droits cédés dans trente-sept pays.

Si le romancier se distingue par son art du twist, il pose aussi sur la société un regard juste, personnel, profond. Et sans jamais oublier l'humour, il sait partager avec ses lecteurs le plaisir de la culture populaire, notamment musicale. « Sans une bonne mélodie, même les plus belles paroles d'une chanson ne procureront jamais d'émotion. L'intrigue de mes romans, c'est ma mélodie. »

Retrouvez toute l'actualité de l'auteur sur son site
www.michel-bussi.fr
et sur sa page Facebook, son compte Twitter et Instagram

Je profite de la nuit, peut-être ma dernière, pour enregistrer ces ultimes mots.

Que retiendrez-vous de mon histoire, vous qui l'écouterez ?

Que retient-on de nous, une fois nos vies froissées ?

Nous ne sommes que des êtres de chiffon et de papier.

Milana

Mais vous, vous qui m'écoutez, vous qui êtes bien vivants, j'ai un secret à vous confier.

Vous êtes les seuls à pouvoir mettre un point final à cette histoire.

Méfiez-vous de tout ce que vous lirez,
Méfiez-vous de tout ce que vous apprendrez,
Méfiez-vous des fils invisibles,
Méfiez-vous de celui ou de celle
Qui tire les ficelles.

PREMIÈRE PARTIE

NANESSE, VICKY ET ÉLÉA

JE EST UN AUTRE

Lettre à Paul Demeny, Arthur Rimbaud

Jeudi 14 septembre 2023

1

KATEL

Belvédère des Quatre Fils Aymon,
Bogny-sur-Meuse, Ardennes

Les quatre rochers, au-dessus du méandre de la Meuse, ressemblaient à quatre cavaliers lancés sur un cheval au galop.

Enfin il paraît…

À titre personnel, la capitaine Katel Marelle ne voyait dans ces quatre blocs de schiste que de gros cailloux gris s'élevant prétentieusement à deux cents mètres au-dessus d'un fleuve sombre et fatigué, serpentant mollement entre la France et la Belgique. Un paysage des Ardennes, sinistre et sinistré, sur lequel une pluie froide de septembre pleurait.

La rentrée ici, pensait la capitaine, *c'est l'équivalent d'une fin de permission et d'un retour en prison*. Et comme si l'averse sur les méandres encaissés de la Meuse ne suffisait pas, ni les dix degrés de température sans même qu'on ait quitté l'été, ni cette hypocrite de Sandra Mihiel qui venait d'obtenir sa mutation à Cassis, voilà qu'en plus, Katel se retrouvait avec un cadavre sur les bras.

Entre les bras de ses collègues, pour être exacte. Elle avait laissé aux jeunots, Will et Mehdi, le soin d'enjamber le parapet de la statue monumentale des Quatre Fils Aymon, et de descendre vingt mètres plus bas pour aller observer la victime de plus près. Penchés sur le corps, ils lui criaient leurs observations et elle restait là à les écouter, debout sur la plateforme du belvédère, raide comme une suicidaire.

— Vous nous entendez, capitaine ?

Katel se contenta d'un oui de la tête sous la capuche de sa parka.

— Pas de doute, il a sauté de l'autre côté du parapet, ou on l'a poussé, enfin bref, il était là où vous vous trouvez, avant de plonger. Les arbres l'ont arrêté, sinon on aurait pu le retrouver tout en bas, sur la véloroute qui longe la Meuse. Vous imaginez, à l'heure de l'école, avec tous ces gosses qui pédalent cartable sur le dos ?

Oui, Katel imaginait… Ce type n'aurait pas pu sauter un peu plus loin, chez les Belges, du rocher Bayard de Dinant, ou du château de Crèvecœur, directement dans la Meuse ? On aurait découvert son corps dans deux mois. Avec de la chance, d'ici là, elle aurait démissionné. Ou sauté elle aussi… quelque part où l'on ne retrouverait pas son corps, pour ne pas faire chier les collègues qui avaient déjà bien assez d'emmerdes.

— J'ai son identité, capitaine. Il avait ses papiers sur lui. Renaud Duval. Né tout près d'ici, à Charleville-Mézières, il y a… quarante-six ans. Vous voulez d'autres détails ?

Katel hocha à nouveau la tête. *J'adorerais, Will. Une lettre d'adieu, ça serait parfait ! Dans laquelle ce Renaud Duval explique qu'il a sauté de son plein gré, histoire d'être certains que personne ne l'a aidé.*

La pluie continuait de fouetter le front, la bouche et les yeux de la capitaine. Les gouttes ruisselaient sur chaque bosse et creux de son visage anguleux. Katel repoussa sous sa capuche la mèche de corbeau qui pendait en rideau noir devant ses yeux. Elle repensait à Sandra-la-traîtresse. Cette petite greffière du tribunal de commerce de Charleville avait attendu la fin août pour lui annoncer qu'elle était mutée au bord de la Méditerranée, que tout était terminé, qu'elle n'était plus aussi sûre de ne pas aimer les hommes. *Et moi*, avait eu envie de lui répondre Katel, *qu'est-ce que tu crois ? Que t'es mon premier choix, ma belle Sandra ? Que je n'ai pas essayé les mecs avant toi ? Raté ! Manque de compatibilité ! Davantage d'ailleurs pour vivre avec eux que pour coucher avec eux. Si les filles non plus ça ne le fait pas, il me reste quoi ? Adopter un chat* ?

Katel se reconcentra et prit le temps d'évaluer le décor autour d'elle. Le site des Quatre Fils Aymon se résumait à une colline abrupte surplombant le méandre de Bogny-sur-Meuse. Un lieu de promenade avec son petit parking forestier, sa vaste prairie pour le pique-nique ou les concerts l'été, quatre gros rochers à escalader, et un chemin menant jusqu'au belvédère et cette statue massive en hommage à la plus célèbre des légendes locales : les quatre fils Aymon.

La capitaine se pencha au-dessus de la barrière de sécurité.

— Remontez, les garçons. On laissera les médecins légistes jouer aux Spiderman, ils vont adorer.

Les deux gendarmes, en équilibre sur les rochers détrempés, ne se firent pas prier. Katel en profita pour faire un point. Ce type s'était manifestement suicidé, hier soir. Ça arrivait souvent dans la région. Des joggeurs avaient donné l'alerte, dès 6 heures du matin. Des dingues qui se levaient avant le soleil pour aller courir et poussaient le vice jusqu'à s'infliger deux cents mètres de dénivelé depuis Bogny-sur-Meuse jusqu'aux quatre pics. Des masos !

« Des maso-schistes », avait même précisé son adjoint, Jérémy Bonello, très fier de sa blague.

Le lieutenant Bonello remontait vers le belvédère d'un pas pressé. Katel admira sa détermination matinale. Jérémy était un comique de trente ans que rien ne déprimait, un gars du coin réellement persuadé que la Meuse valait bien le Danube, que les Ardennes valaient bien les Alpes-Maritimes et que la place Ducale de Charleville-Mézières n'avait rien à envier à celle des Doges de Venise ; un type capable d'inviter chaque année toute la brigade à un barbecue d'anniversaire de mariage et de gérer la première rentrée de sa petite Zoé par un simple *maman et toi me raconterez tout ce soir, bonne journée mes deux chéries*. Un adjoint parfait et dévoué que chaque saute d'humeur de sa supérieure semblait amuser, comme s'il prenait un malin plaisir à surjouer le contraste entre eux, au cas où on aurait eu un jour envie de s'inspirer de leur duo pour tourner une série télévisée.

— Katel, bonne nouvelle ! Je sais comment notre type est monté jusqu'ici.

Le lieutenant Bonello était le seul de la brigade à l'appeler par son prénom.

— Vous me suivez, Katel ?

Et heureusement, à continuer de la vouvoyer, même si le tutoiement devait le titiller.

Elle suivit avec prudence son adjoint dans l'escalier glissant qui descendait du belvédère, puis sur le chemin de planches longeant la prairie.

— Plusieurs fois par an, précisa Bonello, ils organisent des spectacles médiévaux ici, en souvenir de la légende des Quatre Fils Aymon. Une sombre histoire de chevaliers bannis par Charlemagne, c'est notre *Game of Thrones* local ! Attention où vous mettez les pieds, Katel, serrez à droite.

La capitaine aperçut un vaste trou une cinquantaine de mètres devant elle.

— Le *trou-à-laine* ! expliqua encore Jérémy. Un gouffre plus profond qu'un immeuble de trois étages. L'autre spot du coin pour les Ardennais suicidaires.

Ils marchèrent une centaine de mètres supplémentaires, traversèrent le parking forestier, avant que le lieutenant ne la guide jusqu'à un chêne bordant la route. En s'approchant davantage, la capitaine distingua une 307 blanche garée sous les branches basses.

— Apparemment, notre Renaud est monté en Peugeot, osa balancer Bonello.

Katel ne releva pas, Jérémy était capable de ne pas l'avoir fait exprès. Elle observa le parking du site, vide à l'exception de leurs deux Mégane bleues.

— Pourquoi ne s'est-il pas garé ici, plutôt que d'aller planquer sa voiture sous cet arbre ?

— J'ai ma petite idée, fit Jérémy avec un air de comploteur qui ne présageait rien de bon.

Katel ne croyait pas à l'instinct, au flair, à tous ces trucs inventés pour faire croire qu'on devient flic à cause d'une sorte de vocation mystique, mais elle devina pourtant, au sourire gourmand de son adjoint, que l'enquête dérapait. Elle avait espéré avoir affaire à un pauvre type désespéré, un licencié tout frais des maroquineries, fonderies ou scieries des Ardennes, ça ne manquait pas de mauvais plans sociaux dans le coin, ou à un ouvrier coincé ici alors que sa femme s'était tirée avec les gosses en Vendée. Un brave gars qui, sans rien demander à personne, aurait décidé de ne plus imposer aux autres sa déprime, à part aux quatre flics dont c'est le métier. Un type anonyme. *Renaud Duval*, est-ce qu'on peut faire plus banal comme patronyme ?

Sauf qu'un type anonyme qui veut en finir ne planque pas son corbillard sous les branches les plus touffues d'un chêne pédonculé.

Jérémy avait ouvert la portière du côté passager de la 307. Il enfila ses gants avant de se tourner à nouveau vers la capitaine.

— Il n'y a rien dans la voiture. Pas une miette, pas un ticket de parking, pas même un jeton de Caddie. Soit ce gars était un maniaque, soit il a fait le grand ménage de l'habitacle avant de plonger.

— Et dans la boîte à gants ?

— Juste des papiers…

— Quel genre de papiers ?

Katel pria pour que Jérémy ne lui tende pas des liasses de contrats photocopiés à la va-vite. Renaud Duval avait le profil du petit comptable qu'on finit par liquider. Elle n'avait aucune envie de se coltiner une sordide affaire financière impliquant des notables du coin.

Le lieutenant referma avec précaution la portière. La pluie continuait de tomber en averse sur son calot de gendarme et la carrosserie. Il s'approcha de la capitaine en tenant une pochette plastique.

— Permis de conduire ! fit Jérémy.

Katel souffla de soulagement.

— Y a son nom, poursuivit le lieutenant. *Renaud Duval*, sur le premier.

Comment ça, sur le premier ?

— J'ai trouvé deux autres permis, rangés dans la même pochette.

Deux autres ? Celui de sa femme ? De sa fille ? De sa maîtresse ? De…

Katel Marelle s'arrêta de penser. Elle s'arrêta même de respirer. Ce qu'elle découvrait, derrière les gouttelettes ruisselant sur la pochette, était encore pire que tout ce qu'elle aurait pu imaginer.

Les trois permis de conduire étaient au nom de trois conducteurs différents.

Renaud Duval
Pierre Rousseau
Hans Bernard

Trois hommes dont les photos d'identité étaient strictement identiques ! Pas des frères qui se seraient ressemblé, ou de vagues cousins, non… des triplés !

La capitaine essuya la pochette pour détailler les trois documents.

Renaud Duval était né le 29 janvier 1977 à Charleville-Mézières. Pierre Rousseau le 29 janvier 1977 à Paris, 18e arrondissement. Hans Bernard le 29 janvier 1977 à Mende, en Lozère.

Katel Marelle se concentra à nouveau sur les trois photos d'identité. On pouvait repérer d'infimes différences entre les clichés : un col de chemise dépassant sur celle de Renaud Duval, un pull à encolure ronde sur celle de Pierre Rousseau, des cheveux un peu plus courts sur celle d'Hans Bernard, un regard un peu plus haut pour Renaud, un menton un peu plus bas pour Pierre, quelques poils de barbe supplémentaires pour Hans… Ce n'étaient pas les mêmes photos, mais c'était sans aucun doute le même homme. Visage long, mâchoire carrée, bouche ironique et surtout deux yeux gris clair qui fixaient l'objectif avec une troublante intensité.

Des triplés ?

Elle devait se rendre à l'évidence, à moins de refuser de sortir du ventre de leur maman, des triplés ne naissent pas dans les maternités de trois villes différentes… Et a priori, ils portent le même nom de famille et possèdent chacun leur voiture ! D'ailleurs, de véritables triplés n'existent pas dans la réalité, à part dans les très mauvais romans policiers. Conclusion évidente : ce type, Renaud, Pierre ou Hans, se baladait avec de faux papiers !

— On est tombés sur le James Bond des Ardennes, ironisa la capitaine.

— Pas si sûr, Katel, si je peux me permettre.

— Pas si sûr de quoi ?

— Will et Mehdi ont retrouvé la carte d'identité de Renaud Duval sur le cadavre. D'après elle, il habite à Bourg-Fidèle, un trou dans les Ardennes, à trente kilomètres, près de la frontière belge. Il y a même une photo dans son portefeuille, sûrement celle de sa femme, enfin de sa veuve…

Katel Marelle prit le temps de réfléchir. Jérémy avait raison, ce Renaud Duval n'avait pas l'air d'un fantôme, et le vérifier ne serait pas compliqué. Mais dans ce cas, pourquoi se balader avec ces faux papiers ? Pourquoi Paris ? Et pourquoi Mende ?

— M'est avis, poursuivit le lieutenant, qu'avant toute chose, on devrait aller faire un tour à Bourg-Fidèle, pour rencontrer madame Duval.

— Je vais y aller, Jérémy. Seule.

Pour la première fois depuis le début de la matinée, le visage jovial du lieutenant Bonello se figea.

— Rassure-toi, précisa Katel, pour mener une enquête, y en a pas deux comme toi. Mais pour porter les mauvaises nouvelles, je suis plus douée que toi.

2

KATEL ET NANESSE

Bourg-Fidèle, Ardennes

Katel conduisait avec vigilance sur l'étroite départementale traversant la forêt des Ardennes. Les sapins se massaient sur le bord de la route, comme autant de spectateurs imprudents d'une course cycliste. La capitaine devait rouler au maximum au centre de la chaussée pour éviter de griffer sa carrosserie aux lourdes branches trempées. La pluie n'avait pas baissé d'intensité. Les essuie-glaces raclaient le pare-brise en poussant des cris de mouette enrouée, du moins Katel l'imaginait… Ici, la mer la plus proche se trouvait à près de trois cents kilomètres, quelque part entre Dunkerque et Ostende, pas le genre d'endroit où Sandra se serait fait muter. Cette garce avait embarqué le soleil avec elle, et ses dernières illusions sur les hommes et les femmes. Côté échec amoureux, parité totale !

Katel appuya sur la pédale de frein de la Mégane. Un panneau lui indiquait qu'elle entrait à 53 kilomètres/heure en agglomération.

Bourg-Fidèle…

Ben voyons…

Habiter ici avec une femme tout en menant une triple vie, Renaud Duval ne manquait pas d'ironie !

La capitaine s'était renseignée sur Internet avant de prendre la route. Bourg-Fidèle, 851 habitants, dernier village ardennais avant la frontière belge, connu pour son sol pollué, son espérance de vie médiocre et son climat continental, glacial l'hiver et caniculaire l'été.

Le GPS lui épargna quelques demi-tours dans le bourg. Des cris d'enfants plus stridents encore que ceux de ses essuie-glaces ou des mouettes d'Ostende lui vrillèrent les oreilles quand elle passa devant une cour d'école. Elle contourna une église aussi grise que le parking goudronné qui l'entourait, céda le passage à un couple de petits vieux devant le Café des Sports, s'étonna de quelques maisons colorées, rouge et rose, au milieu de la monotonie ambiante, avant de se rendre compte qu'elle était déjà sortie du village. Le GPS la rassura. *Tout droit. Dans trois cents mètres, vous êtes arrivée à destination.*

Le pavillon attendait au bord de la départementale, seul et isolé, sans voisins à proximité, aussi facile à repérer qu'un restaurant routier au bord d'une nationale. Katel observa les murs de briques, la haie de troènes, le trottoir boueux où elle gara sa Mégane bleue. Renaud Duval habitait un pavillon ordinaire, sur une route où l'on passe rarement et où l'on ne s'arrête jamais.

Qui es-tu, Renaud ? pensa Katel. *Que caches-tu ? Si tu n'avais pas fait le grand plongeon, qui aurait pu venir te chercher ici ?*

La gendarme repéra de la lumière à l'étage, un petit carré jaune entre le gris ardoise et le rouge brique. Elle remonta sa capuche et s'avança jusqu'à la grille pour sonner.

Un premier détail la surprit.

Le jardin.

Elle s'attendait à découvrir un petit carré de gazon, elle découvrait un parc d'attractions.

Du moins, quelque chose qui y ressemblait, à la hauteur des mille mètres carrés de terrain. Un mini-Disney, un Fantasyland bricolé… Katel comptait quatre toboggans, presque le double de balançoires, trois bacs à sable protégés par des plaques de tôle ondulée, un tourniquet, des murs à escalader et des cordes à grimper, de quoi occuper une classe entière. Est-ce que des triplés vivaient vraiment là, avec chacun une dizaine de gamins ?

— Vous désirez ?

La fenêtre éclairée s'était ouverte à l'étage. Un visage était apparu, rond, joues rouge brique et sourire accueillant. Madame Duval, sans doute.

— Capitaine Katel Marelle, de la gendarmerie de Charleville-Mézières. Je peux entrer ?

La capitaine s'avança, essuya pendant une éternité ses Rangers noires sur le paillasson de l'entrée.

— Je vous en prie, la pressa madame Duval. Ne restez pas dehors par ce temps.

Elle dévisageait la gendarme avec un mélange d'inquiétude et de sens de l'hospitalité. Celle qui oblige à masquer sa surprise, à offrir un café à la mort si elle pousse votre porte. D'ailleurs, c'est bien ce costume que Katel portait sous son uniforme. Celui de l'oiseau noir, ou de la dame blanche, en tous les cas de la messagère des enfers qui vient annoncer le pire. Pendant que madame Duval refermait la porte derrière elle, la capitaine prit le temps d'observer les étonnantes photographies accrochées sur le mur de l'entrée.

Des gosses.

Des gosses de tous les âges, de un à dix-huit ans, de toutes les couleurs, en groupes ou en gros plan, des dizaines, jamais les mêmes, en file indienne sur les toboggans, décoiffés sur le tourniquet, et le plus souvent assis par lots de trois ou quatre sur les genoux de madame Duval.

— Vous en avez combien ? s'étonna la gendarme, avant toute autre question.

— Soixante-dix-neuf ! Je fêterai le quatre-vingtième la semaine prochaine.

Katel continuait de rouler des yeux stupéfaits.

— Je suis assistante familiale, précisa enfin madame Duval. Famille d'accueil, ou relais, si vous préférez. Je m'occupe des enfants placés en urgence. Certains restent trois jours, d'autres trois ans. La plupart à peine quelques mois… C'est… c'est l'Aide sociale à l'enfance qui vous envoie ?

Katel balbutia.

— Non… non.

— Ah…

La capitaine venait de comprendre l'absence de surprise de son hôtesse. Elle devait être habituée à voir la gendarmerie débarquer chez elle. Les parents des gosses placés possédaient souvent de lourds casiers, la police devait fréquemment venir l'interroger, elle ou ses petits protégés. Partout sur les murs, autour des photos, des dessins d'enfants avaient été punaisés : des cœurs, des lettres en couleurs, des paillettes dorées, quelques *merci Agnès*, et beaucoup de *je t'aime Nanesse*.

Katel n'arrivait pas à détacher son regard de ces photos heureuses, de ces gribouillages joyeux. Agnès Duval était le genre de personne dont on perçoit immédiatement l'humanité, toute la tolérance du monde dans un sourire, la confiance inébranlable dans l'avenir. Finalement, Katel aurait dû laisser Jérémy Bonello venir faire le sale boulot.

— Madame Duval…

— Ici, tout le monde m'appelle Nanesse. Même les juges pour enfants ! Mais je ne vous force pas.

Son regard pétillait encore. Katel connaissait ce regard, elle l'avait croisé, plusieurs fois, jamais longtemps, dans son miroir. C'était celui d'une femme amoureuse.

— Madame, j'ai une mauvaise nouvelle, une très mauvaise nouvelle à vous annoncer.

Nanesse pleurait. Depuis plus de dix minutes, sans s'arrêter. Assise dans le canapé du salon, elle était seulement parvenue, entre deux sanglots, à répéter toujours les mêmes questions.

Vous êtes certaine que c'est lui ? Vous êtes vraiment certaine ?

Oui, Nanesse. Oui. D'ailleurs, Nanesse l'avait confirmé, en regardant la carte d'identité trouvée au belvédère, puis en détaillant les photos du corps prises par Mehdi. Nanesse avait reconnu le visage de son mari, ses habits, son portefeuille, son trousseau de clés, sa voiture, son permis de conduire… Katel attendrait un peu avant de lui parler des deux autres.

Que s'est-il passé ?

C'était la nouvelle comptine scandée en boucle par Nanesse. Que faisait Renaud sur ce belvédère au-dessus de la Meuse ? *C'est un accident ? C'est forcément un accident !*

— On ne sait pas encore, madame Duval, on explore toutes les pistes.

Entre d'autres sanglots, Katel était parvenue à poser quelques questions, à obtenir quelques réponses. Nanesse vivait avec Renaud Duval depuis vingt-huit ans. À Charleville-Mézières, pendant vingt-trois ans, puis ici, à Bourg-Fidèle, depuis cinq ans. Renaud était un homme attentionné, calme, sans histoire. Un peu trop maniaque et casanier peut-être. Ses seuls défauts. Avec les enfants qu'elle accueillait, c'était parfois compliqué, son obsession que tout soit toujours à sa place. Mais il était d'une telle gentillesse, d'une telle patience…

Nanesse était sincère, Katel l'aurait juré. Impossible qu'elle lui joue la comédie, qu'elle soit au courant de l'étui plastique dans sa poche et des trois permis. Le regard de la capitaine s'égarait dans le salon. Nanesse avait raison, tout y était à sa place, la télé et le programme télé, les vases et les fleurs séchées, les coussins sur le canapé, les bibelots sur les napperons… à une seule exception.

Les étranges marionnettes qui les regardaient !

Une vingtaine de créatures, à fils, à tringles ou à gaines, décoraient la pièce. Un Pinocchio se tenait en équilibre sur l'une des étagères de la bibliothèque ; un Guignol de bois peint trônait sur un tabouret ; deux marottes de Pierrot et Colombine partageaient le même vase de verre ; une ballerine, un danseur et un soldat armé d'un sabre de bois pendaient du plafond…

La capitaine essaya de faire abstraction de cette curieuse compagnie.

— Madame Duval, arrivait-il à votre mari de s'absenter ?

Nanesse renifla. Pour la première fois, un voile troubla ses yeux. La part d'ombre entre Nanesse et son mari ? Tous les couples du monde en ont, même les plus amoureux.

— Oui, bien entendu, pour son travail…

— C'était quoi son travail ?

Entre une nouvelle salve de sanglots, Nanesse expliqua que son mari était ingénieur, pour Walor-Florennes, la plus grosse entreprise de décolletage des Ardennes belges.

— De décolletage ?

— De mécanique de précision, si vous préférez. Des pièces pour l'horlogerie, les engrenages complexes, la robotique. Renaud s'occupait du contrôle qualité chez les clients, son secteur couvrait toute la Belgique, la France et la Suisse. En moyenne, il partait une semaine par mois, rarement plus…

Une semaine par mois, pensa Katel. Assez pour se construire une autre vie ailleurs, une ou deux autres. La gendarme glissa la main dans la pochette plastique, toucha les trois permis, hésita, puis accorda à Nanesse un dernier répit.

— Ces marionnettes, fit-elle en levant les yeux, elles sont à votre mari ?

L'assistante familiale se raccrocha à la question. Parler de sa famille, de son mari, c'était le garder encore un peu en vie.

— Non. Elles appartenaient à Milana, ma belle-mère. Elle est décédée il y a cinq ans. À la suite d'une longue maladie, comme on dit. Elle habitait Charleville elle aussi. C'était une grande marionnettiste, à ce qu'il paraît, même si je ne l'ai vue jouer qu'une fois. Elle avait déjà arrêté ses représentations quand j'ai rencontré Renaud, mais elle continuait de prendre soin de ses marionnettes, ou d'en créer, dans le wagon qui lui servait d'atelier. Renaud était fils unique, elle l'a élevé seule, alors vous imaginez le genre de relations qu'ils entretenaient. Il était, disons, très attaché à sa mère. Il n'a jamais voulu déménager de Charleville tant qu'elle était là. Et ensuite, il a voulu conserver les plus belles œuvres de sa mère près de lui. C'est vrai qu'elles sont superbes, non ?

Elle regarda avec une infinie mélancolie les marionnettes, avant d'ajouter :

— Et puis mes petits protégés, c'est ainsi que j'appelle mes pensionnaires, les adorent, même si elles leur font un peu peur… Surtout lui, avec son sabre et son air sombre.

Katel confirma d'un hochement de tête. Le pantin armé qui pendait au-dessus de son crâne fichait vraiment la frousse. Elle chercha dans la pièce une ultime diversion, s'attarda sans trouver d'inspiration sur le programme télé et les fleurs séchées, puis se lança.

Allez Katel, pour les mauvaises nouvelles, c'est toi la plus douée.

— Madame Duval, avez-vous une raison de penser que votre mari ait pu avoir… (elle prit une grande respiration)… une double vie ?

Pour la triple, on verrait plus tard.

Deux yeux mouillés, rouge brique eux aussi, apparurent derrière le mouchoir brodé.

— Non, aucune. Pourquoi ?

— Mais… (la capitaine s'autorisa une nouvelle apnée) Selon vous… Cela aurait été possible ?

— Que voulez-vous dire par double vie ? Que mon mari ait pu avoir une maîtresse ?

— Non. Pas forcément. Il aurait pu simplement posséder… une autre identité.

— Une autre identité ?

Les larmes se cristallisaient au coin des yeux de Nanesse. Katel devait insister, elle n'avait pas le choix.

— Votre mari s'absentait souvent. Une semaine par mois.

Nanesse haussa la voix.

— Il était contrôleur qualité, je vous l'ai dit. Il rentrait chez lui, ici, trois semaines sur quatre. Un mari présent, un père aimant, bien davantage que la plupart de ceux qui rentrent tous les soirs, vous pouvez me croire.

— Vous avez des enfants ?

— Oui. Ils sont grands maintenant. Ils travaillent à l'étranger. Ils ont quitté la maison au moment où leur grand-mère est morte. Ça a été une période compliquée pour tout le monde. Ils nous envoient des textos. On se voit souvent, par visio. Je ne vais pas me plaindre, c'est la vie d'aujourd'hui. Avant il ne restait que le courrier et le téléphone quand les petits quittaient le nid.

La capitaine repéra deux cartes d'anniversaire posées sur le buffet. *À la plus formidable des mamans. 47 ans.*

— Je comprends. Ils reviennent juste pour les fêtes… Ou pour les enterrements.

Katel regretta immédiatement son ironie désenchantée. Pourquoi en rajouter ? La barque de Nanesse était déjà bien assez chargée. L'annonce du décès de son mari, la révélation de sa double ou triple vie. Elle savait que pour Agnès Duval, le pire ne faisait que commencer : prévenir les proches, la convocation à la morgue pour l'identification, l'autopsie, les interrogatoires à la gendarmerie, les perquisitions, la longue attente du permis d'inhumation…

Le regard de Nanesse se perdait à travers la fenêtre, la pluie cascadait sur les toboggans, fouettait le tourniquet. Un fantôme invisible tanguait sur les balançoires trempées.

— Pour en revenir à votre mari, ça ne vous gênait pas, ses voyages incessants ?

Nanesse sursauta.

— Non. Je m'y étais habituée. Je l'aimais ainsi, trois semaines par mois. Ça faisait un peu plus d'amour à partager chaque jour. Et puis ça me laissait le temps de m'organiser, avec la petite tribu de gosses que j'accueillais. Et ça permettait à Renaud de décompresser.

Elle planta soudain ses yeux dans ceux de la gendarme.

— Vous savez, capitaine, je ne connais pas beaucoup d'hommes qui auraient accepté mon boulot. Voir défiler sans cesse des mômes chez lui, des mômes qui ne sont pas les siens. Renaud l'acceptait, et même m'aidait, sans jamais rien reprocher.

— Sauf le bordel…

Nanesse laissa s'envoler un sourire triste.

— Ça faisait partie du boulot. Participer à l'éducation de ces marmots. Leur apprendre des valeurs souvent inconnues pour eux. Le respect des autres, le goût de l'effort, la tolérance au sein d'une famille.

Merde, pensa Katel, *cette veuve est en train de me donner une putain de leçon d'amour !* La capitaine entendait une sirène vibrer dans son cerveau, une attaque de sentimentalisme dont elle devait se protéger au plus vite en enfilant son armure de cynisme. Elle laissa sa mèche noire voiler son œil gauche.

— Chapeau, fit-elle, s'occuper des gosses des autres sans même réussir à garder les siens.

La contre-attaque rebondit sur Nanesse sans paraître la blesser. Elle devait avoir enfilé son armure d'humanité. Elle tourna les yeux vers le buffet et le vase de Pierrot et Colombine amoureux.

— Vous avez découvert quelque chose, capitaine ? Renaud voyait quelqu'un ? Une autre femme ?

C'était le moment. Lui offrir un bref soulagement, puis ouvrir sous ses pieds un gouffre béant.

— Rassurez-vous, nous n'avons trouvé aucune trace d'autre femme. Mais… Connaissez-vous Hans Bernard ? Ou Pierre Rousseau ?

Nanesse souffla, soulagée.

— Non, jamais entendu parler.

Katel s'était concentrée dès qu'elle avait prononcé ces deux noms, mais pas une fois Nanesse n'avait cillé. La gendarme aurait pu jurer qu'Agnès Duval les entendait pour la première fois. Lentement, elle sortit l'étui plastique de sa poche et posa les trois permis de conduire sur la table du salon.

— On a trouvé ça, dans la boîte à gants de sa voiture.

Nanesse se pencha, sans comprendre d'abord, avant que la vérité éclate comme une grenade : un même visage, celui de son mari, et trois identités, trois adresses, une seule date de naissance…

La vérité ? Quelle vérité ? Nanesse cherchait. Une blague ? Un pari ? Une connerie ?

— Madame Duval, décrivez-moi votre mari, physiquement je veux dire.

L'averse cognait aux carreaux. Dans le jardin, Fantasyland se noyait. Nanesse adressa à la gendarme un regard reconnaissant, comme si sa question était une bouée qui l'empêchait de sombrer.

— Renaud n'était pas vraiment beau, mais il possédait un charme bien à lui. Ses yeux étaient d'un gris particulier, on ne le distingue pas bien sur les photos. Gris crayon-à-papier. Très clair. Une mine entre le 4 H et le 3 H, pour être précise, souvent on en plaisantait. Des cheveux châtain clair, ou blond foncé, comme vous voulez. Et puis il avait cette façon de marcher, soit trop voûtée, soit trop raide, comme s'il ne pouvait régler sa colonne vertébrale que sur deux ou trois positions. Même chose pour ses bras ou ses jambes, raides comme des baguettes.

— Ou ceux d'une marionnette…

Nanesse ne releva pas, et précisa.

— Renaud souffrait d'un problème de calcification des articulations. Une chondrocalcinose précoce, pour employer le terme médical. Ça ne se guérit pas mais on peut vivre avec sans souci. Vous avez raison, capitaine, les gestes de Renaud ressemblaient à ceux d'un pantin, maladroit et fragile. Si vous voulez tout savoir, à mes yeux, cette originalité le rendait encore plus irrésistible.

Sauf, ma belle, que tu n'as jamais remarqué les fils invisibles. Allez, se motiva Katel, *l'étape la plus difficile est passée.*

La capitaine expliqua la suite de la procédure avec un débit professionnel, puisant dans son expérience blasée : d'autres collègues allaient venir, dès le début d'après-midi, procéder à différents relevés ; on commencerait par les tests ADN, pour déterminer avec certitude l'identité du corps retrouvé au belvédère, Nanesse serait convoquée elle aussi ; Katel demanderait également au PIFI[1] de se pencher sur ces trois permis, et éplucherait le FPR[2] pour rechercher une trace de ce Hans Bernard et de ce Pierre Rousseau. Ça prendrait du temps, la file d'attente devant le bureau des disparitions était plus longue que celle des urgences de l'hôpital de Charleville-Mézières.

— Ce sont plus de cent personnes qui disparaissent en France chaque jour, madame Duval. Le FPR, c'est près de sept cent mille noms et…

Nanesse ne l'écoutait plus, elle s'était levée, raide et désarticulée elle aussi, comme victime d'une chondrocalcinose instantanée.

— Je vais devoir vous laisser, capitaine. Je dois aller chercher mes enfants.

11 h 50.

Katel comprit qu'elle parlait des gosses dont elle avait la garde et de la sortie de l'école. Elle n'insista pas, repoussa

1. Plateau d'investigation sur la fraude à l'identité.
2. Fichier des personnes recherchées.

même une impression fugitive : *cette femme lui mentait* ! Rien de concret ne permettait pourtant de l'affirmer, et Katel avait appris à se méfier des intuitions. Mehdi et Will seraient là dans une heure maximum. Une heure nécessaire pour laisser le temps à Agnès Duval d'encaisser, de digérer, de réfléchir aussi. L'assistante familiale lui serra la main, longuement, sur le pas de la porte, se fichant de la pluie qui les fouettait, comme si la sortie des classes, finalement, elle s'en fichait aussi.

— C'est un accident, capitaine, répéta Nanesse. C'est forcément un accident.

3

NANESSE

Bourg-Fidèle, Ardennes

Nanesse resta debout, sous la pluie, à regarder s'éloigner la voiture de gendarmerie jusqu'au bout de la longue ligne droite qui menait vers le centre de Bourg-Fidèle.

Elle avait menti.

Oh, pas sur grand-chose, juste sur un point précis. Elle n'avait aucun enfant à aller chercher à l'école. Ethan et Amine, qu'elle gardait cette semaine, étaient deux collégiens de onze et treize ans qui ne rentreraient pas avant la fin d'après-midi. Elle avait cinq heures devant elle. Enfin non, juste une. Les gendarmes allaient revenir, l'interroger, tout fouiller...

Une heure à tuer.

Elle avait préparé des lasagnes au saumon, pour deux, Renaud devait rentrer ce midi, pour fêter son anniversaire, quarante-sept ans aujourd'hui. Il était en déplacement toute la semaine précédente, dans l'Ouest, quelque part entre la Bretagne, le Val de Loire et la Vendée, et était reparti au Luxembourg hier matin. Elle aimait tant leurs retrouvailles, quand Renaud poussait la porte, posait sa valise dans l'entrée, à peine le temps de retirer sa veste, elle le pressait vers leurs deux assiettes, il lui passait toujours un coup de fil trente minutes avant d'arriver, pour que tout soit chaud, prêt, parfait.

Renaud ne rentrerait plus jamais.

Était-il seulement dans l'Ouest, toute cette semaine ? Au Luxembourg hier ?

Qui étaient ces deux sosies, cet Hans Bernard et ce Pierre Rousseau dont elle n'avait jamais entendu parler ?

Elle vivait avec Renaud depuis vingt-huit ans, depuis toujours, pour ainsi dire, comment aurait-il pu lui dissimuler une autre identité ?

Nanesse sortit, sans même se chausser. Elle alla s'asseoir, sans se soucier de la pluie, sur le tourniquet du jardin. Elle poussa sur ses pieds, quelques secondes, puis laissa la force centrifuge l'entraîner. La maison tournait autour d'elle, les briques tournaient, le jardin tournait, le ciel tournait, de plus en plus vite, les gouttes s'alourdissaient, se fracassaient sur son visage avec de plus en plus de force, et elle aurait voulu que tout s'accélère encore, pour que la collision soit plus violente, à la vitesse d'une toupie affolée. Que chaque larme de pluie soit comme une balle tirée. Sur elle, fusillée.

Renaud ne rentrera plus jamais.

Renaud était-il un autre que celui qu'elle croyait ?

Elle continua de se laisser enivrer par le vertige du manège. Ses pensées tournoyaient à la vitesse des ailes d'un moulin. Renaud avait toujours été là, présent, dans son quotidien, mais que savait-elle de lui ? De lui avant ?

Tout ? Rien ?

Tout avait commencé par une rencontre, en 1995, devant une représentation parodique de *Punch et Judy*[1] sur la place Ducale de Charleville-Mézières, lors du Festival mondial des Théâtres de Marionnettes. Renaud y assistait avec sa mère, il riait comme un enfant, c'est ce qui l'avait tout de suite séduite, ce rire de gamin et sa grande carcasse de pantin. Elle

1. Célèbre spectacle de marionnettes anglaises.

avait dix-neuf ans et lui dix-huit. Elle savait déjà ce qu'elle voulait faire de sa vie : s'occuper des gamins. Alors un de plus ou de moins ! Surtout un gamin avec de tels yeux gris, un grand gamin d'un mètre quatre-vingts, juste la taille de son lit. Elle l'avait invité le soir même, dans son appartement, rue Bourbon. Il n'en était jamais sorti.

Et après ?

Un mariage, deux enfants, *les leurs*, puis des dizaines, soixante-dix-neuf exactement, *les siens*, vingt-huit ans de bonheur, trois semaines sur quatre…

Et avant ?

Avant leur rencontre place Ducale ? Rien qui permette de soupçonner quoi que ce soit d'étrange. Renaud vivait encore avec sa mère, rue de Wailly. Il terminait son DUT de génie mécanique à Charleville. Avant cela, il avait passé son bac au lycée Monge, elle au lycée Chanzy ; avait fréquenté le collège Bayard, elle le collège Rimbaud ; lui l'école de la Citadelle, elle l'école Kennedy. Ils s'étaient sans doute souvent croisés, dans cette ville de cinquante mille habitants, sans se reconnaître, pas encore.

Ils s'étaient beaucoup aimés, dans chaque pièce de leur F3 de la rue Bourbon. Ni elle ni lui n'avaient éprouvé le besoin de revoir leurs anciens amis, puis d'autres relations s'étaient incrustées dans leur vie, des collègues des Ateliers de la Vence où Renaud avait été embauché, des éducs et des assistantes sociales de l'ASE, des parents d'élèves, des cousins à elle, Renaud n'avait que sa mère, pas d'autre famille, pas d'anciens copains.

Oui, quand elle y repensait, personne, depuis que le cancer de l'utérus avait emporté sa belle-mère, ne pouvait témoigner de ce que Renaud avait vécu, ou fait, dans sa vie d'avant 1995. Mais n'était-ce pas pour tout le monde pareil ? Quand on fonde un couple, ne construit-on pas une nouvelle famille, en effaçant toutes celles d'avant ?

Le tourniquet ralentissait, les cheveux, le pull, la peau de Nanesse étaient trempés. Elle n'avait enfilé aucune veste, l'eau glacée coulait de ses seins à son ventre. Il fallait qu'elle rentre. Il fallait qu'elle cherche dans les rares affaires de Renaud. Il fallait qu'elle se souvienne, il y avait forcément un indice, un témoin, quelque chose qui la reliait au passé de son mari. Renaud avait grandi à Charleville-Mézières, à trente kilomètres d'ici. Quelqu'un se souvenait forcément de lui !

Le reste de la journée fila comme un éclair. La visite des gendarmes ressembla à une perquisition et ils embarquèrent tous les ordinateurs, dossiers professionnels et objets personnels de Renaud. La terrible séance d'identification à la morgue ne laissa aucun espoir à Nanesse. C'était bien le corps de Renaud qui était étendu dans un tiroir glacé. Les heures d'interrogatoire à la gendarmerie furent presque plus douloureuses, *on n'écarte aucune piste, madame Duval, accident, suicide, ou même crime.* Seuls les coups de téléphone réguliers de la capitaine Katel Marelle la rassuraient. *On cherche, Agnès. On cherche si les deux autres types, Pierre Rousseau et Hans Bernard, existent. Pour l'instant nous n'avons aucune piste. On essaye aussi de reconstituer l'emploi du temps de votre mari, mais une chose est certaine, il n'était pas au Luxembourg hier. Renaud vous a menti, son patron ne l'y a jamais envoyé.*

Renaud vous a menti…

C'était une certitude désormais.

Sur quoi ? Sur tout ? Jusqu'où ?

Le soir, seule devant sa purée de butternut, Nanesse alluma la télévision. Des clips, RFM Party, juste pour le bruit. Ses protégés, Ethan et Amine, étaient partis, elle avait demandé à l'assistante sociale de l'ASE de les récupérer. Les gérer, en plus du reste, était trop compliqué. Elle préférait la solitude, elle y était habituée, une semaine sur quatre, même si ce silence n'avait rien à voir avec celui d'avant, celui des soirs de veille où elle attendait que Renaud l'appelle.

Tout en avalant sans appétit, Nanesse observait les marionnettes autour d'elle. L'homme au sabre et la ballerine, Pierrot et Colombine, mais aussi, par la porte ouverte de sa chambre, une femme aux cheveux rouges et son chien de laine veillant à côté d'elle. Ces compagnes si rassurantes, pendant toutes ces années, ne lui apparaissaient désormais que comme des espionnes grimaçantes.

Toutes mentaient ! À qui faire confiance ? À la télé ? Sur RFM, Bruel donnait rendez-vous dans dix ans aux amis de sa vie d'avant.

Nanesse augmenta le son, pour essayer de remplir le vide et ne plus penser à rien… Quelque chose l'intriguait, pourtant. Quelque chose en rapport avec cette télévision. Pas ce programme, pas ce clip, un autre souvenir qu'elle n'arrivait pas à définir.

Elle se torturait le cerveau, cherchant vainement un moyen de remonter dans le passé de Renaud. Mais même si elle y arrivait, si elle retrouvait un témoin ayant connu Renaud avant elle, un de ses anciens instituteurs, anciens profs ou entraîneurs de sport, qu'auraient-ils pu lui apprendre sur…

Cette télé !

Une image venait de traverser les pensées de Nanesse. Floue encore, mais la focale de son cerveau se réglait. Ils l'avaient achetée il y a plus de dix ans, à Noël 2011 exactement, au Darty du centre commercial de La Croisette. Pourquoi ce détail revenait-il la titiller ? La foule des jours de soldes dans les galeries marchandes, c'était tout ce qu'elle et Renaud détestaient ! De plus, quand Nanesse accueillait ses petits protégés, la télé n'était jamais allumée. Pourquoi ce foutu écran plat, 120 centimètres, son dolby et résolution HD, venait-il la hanter ?

Elle dut fouiller quelques longues secondes supplémentaires dans sa mémoire avant de parvenir à exhumer le souvenir qu'elle cherchait. Elle se mit à rire toute seule, et eut presque la certitude que les marionnettes pendues au bout de leur fil, surprises, s'étaient tournées vers elle.

Le type qui leur avait vendu cette petite merveille de technologie, du moins c'est ce qu'il avait juré en leur conseillant ce modèle, connaissait Renaud !

Ça n'avait duré que cinq minutes, des millions d'autres souvenirs s'étaient empilés depuis, mais Nanesse avait archivé cette scène dans un coin de sa tête, sans doute parce que ce marchand de télés était la seule personne, parmi toutes celles qu'elle avait croisées pendant vingt-huit ans, à avoir connu Renaud avant elle.

Elle eut l'impression de cliquer dans un dossier de son cerveau. Tout réapparut, avec netteté. Le vendeur avait effectué son service militaire avec Renaud, à la caserne de Colmar, dans le 152e régiment d'infanterie, juste après son bac. Le vendeur et lui étaient assez copains au régiment, apparemment. Deux bidasses originaires du même lycée, dans la même ville, Charleville, ça rapproche. Le gars de Darty avait insisté, *Tu deviens quoi ? C'est drôle ce hasard, on pourrait se revoir*, mais Renaud n'avait pas renvoyé la balle, juste quelques politesses, un numéro de téléphone échangé qu'il avait balancé sitôt rentré. Nanesse n'avait rien soupçonné. À vrai dire, elle aurait peut-être fait la même chose si une ancienne copine qu'elle n'avait pas forcément envie de revoir l'avait alpaguée dans la rue.

Enfermé dans l'écran plat, Patrick Bruel confirmait.

Si on n'avait plus rien à se dire, et si et si…

Il fallait reconnaître que le bidasse de chez Darty ne leur avait pas vendu de la camelote, *son dolby et image HD*, la voix de Patrick était parfaitement cassée et ses yeux marron profond.

Comment retrouver ce vendeur, douze ans après ?

Elle ne connaissait même pas son nom et était incapable de se rappeler à quoi il ressemblait…

Elle attendit, par respect, que Patrick répète quatre fois *Attendez-moi !* pour éteindre la télé. Elle termina sans appétit son repas et monta se coucher, se recroquevillant sous les draps pour ne pas croiser le regard, sur la table de chevet, de Manicka, la marionnette aux cheveux rouges, et de son chien Zeryk. Elle resta plus de deux heures à veiller, sans dormir, yeux fermés, avant de se relever.

Dans le brouillard de son cerveau, à force de laisser ses pensées tâtonner, une idée concrète venait de se matérialiser.

Elle redescendit dans le salon, se mit à genoux devant le placard et en tira de vieux cartons. Toutes les factures, depuis vingt ans, y étaient archivées dans des pochettes cartonnées. Elle ouvrit la chemise *Électroménager et hi-fi*, tourna plusieurs pages, et ne mit que quelques secondes à trouver ce qu'elle cherchait.

Le bon de garantie d'un téléviseur.

Philips 47PFL9603

990 euros

Darty, site La Croisette.

Vendeur : Bruno.

Nanesse n'eut pas le courage de remonter se coucher, elle attrapa un plaid et s'allongea sur le canapé. Elle appellerait Darty demain, dès l'ouverture. Même si ce Bruno ne travaillait plus là-bas, un collègue se souviendrait forcément de lui. Maintenant qu'elle avait saisi un fil, elle n'allait plus le lâcher.

Le seul fil qui la reliait au passé de Renaud.

Renaud. Était-ce d'ailleurs son vrai prénom ?

Duval, ce nom qu'elle portait, était-il celui de son mari ?

Ou s'était-elle mariée avec un autre ? Un de ces deux sosies aux si beaux yeux gris.

Hans Bernard ou *Pierre Rousseau.*

L'AMOUR EST
À RÉINVENTER

Une saison en enfer, Arthur Rimbaud

Vendredi 15 septembre 2023

4

VICKY

Ruynes-en-Margeride, Cantal

— Enfin merde, tu le connais ! Tu l'as déjà croisé ! T'as même joué à la pétanque avec lui le jour de la fête de la myrtille ! Hans Bernard, mon mec ! Ne me dis pas que tu ne te rappelles pas de lui.

Le brigadier Julien Murat fronça les sourcils et leva les yeux vers le plafond fraîchement repeint de la gendarmerie de Ruynes-en-Margeride.

— Bien sûr, Vicky, je le connais, ton Hans. Mais dire *ton mec*, c'est un peu exagéré, non ?

— Qu'est-ce t'en sais, t'es dans mon lit ?

Vicky Malzieu était énervée. Ça lui arrivait souvent d'ailleurs, dès qu'elle quittait son gîte de l'Épervière. Dès qu'elle mettait les pieds dans une administration, un hôpital, une mairie… ou une gendarmerie. Elle fréquentait pourtant le brigadier Murat depuis plus de trente ans, c'est-à-dire depuis qu'elle était née : même âge, même école, même bande de copains, mêmes bals de villages. Il avait même été amoureux d'elle, à une époque. Elle devinait que Julien hésitait à dire une connerie, genre *tu m'y as jamais invité dans ton lit*, ou *j'aimerais bien*. S'il osait, elle fonçait à la gendarmerie de Saint-Flour et portait plainte.

— Du calme, Vicky, se contenta d'apaiser Julien. Je ne fais que mon boulot. C'est ce qu'on nous apprend à l'école des gendarmes, on doit évaluer le degré de gravité de la situation, comme un médecin, tu vois, décider si on doit appeler les urgences ou se contenter d'une ordonnance. Pour avoir le temps de s'occuper des vraies affaires criminelles, on doit filtrer toutes celles qui ne sont pas essentielles…

OK Julien, alors allons à l'essentiel. Vicky essaya de se calmer. Elle fixa par la fenêtre les courbes paisibles des monts de la Margeride. Du vert, à perte de vue, illuminé par le franc soleil de fin d'été.

— Je te résume ? Hans ne m'a donné aucune nouvelle depuis trois jours. Depuis qu'on s'est rencontrés, ça ne lui est jamais arrivé.

Julien prenait des notes au stylo rouge, soulignait certains mots, raturait les autres.

— Il est chauffeur routier, c'est bien ça ?

— Ouais. À son compte. Il livre un peu partout en Europe.

— Donc en gros, tu le vois quoi ? Une fois tous les mois ?

— Il a cinq jours de repos consécutifs après chaque mission de vingt et un jours. Mais qu'est-ce que ça peut te foutre ?

— Rien. C'est ta vie. Mais que tu n'aies pas de nouvelles pendant trois jours d'un type qui se promène pendant trois semaines de Gibraltar jusqu'en Biélorussie, ça ne nécessite pas selon moi de déclencher le plan Épervier.

— J'ai appelé sur son portable, des dizaines de fois. Il ne répond pas.

— Réfléchis, Vicky ! Il n'a peut-être plus de batterie. Ou il a oublié son téléphone sur une aire d'autoroute. Ou il est coincé à un poste frontalier sans réseau. Ou tout simplement, il n'a pas envie de te répondre…

Se calmer ?

Vicky se leva et regarda à nouveau par la fenêtre. Au loin, enjambant les collines boisées, le viaduc de Garabit ressemblait lui aussi à un trait rouge tracé par un professeur énervé. Vicky décida de hausser la voix. Lola, assise dans la pièce d'à côté, allait entendre à travers les murs. Tant pis, sa fille était habituée à ses colères.

— Alors c'est ça ton analyse de la situation ? Je viens te dire que l'homme avec qui je vis a disparu, et toi tu me réponds qu'il m'a larguée ?

Le brigadier Murat fronça encore les sourcils, puis crispa sa main sur la souris sans fil de son ordinateur, à la façon dont on presse une boule antistress. Il devait se féliciter de ne pas avoir embrassé Vicky à la fête de la myrtille, quand ils étaient ados. Vivre avec une telle furie, merci !

— Je n'ai jamais dit ça, Vicky, rétropédala le gendarme. Je constate simplement que ton homme est, comment dire… de passage. Enfin tu vois, quoi… Il débarque, il repart, tu l'attends.

— La vertu des femmes de marins, murmura Vicky entre ses dents.

— Quoi ?

— Rien.

— Tu as essayé d'appeler son patron ?

— Il est à son compte, je t'ai dit.

— Vous êtes mariés ? Pacsés ? Il a reconnu Lola ?

Vicky secoua négativement la tête. Elle ne tirerait rien de ce connard. Qu'il aille retrouver sa femme, ses gosses, ses potes, ses maîtresses, qu'il appelle ça *aimer* s'il le voulait. Elle avança vers la porte, le brigadier Murat tenta une dernière conciliation.

— Attends encore quelques jours. Laisse-lui le temps de te rappeler. S'il était arrivé quelque chose de grave à ton Hans, on l'aurait appris.

Avant de sortir, Vicky lui octroya un sourire minimal, celui qu'elle réservait aux crétins dont elle pourrait encore avoir besoin.

Lola l'attendait à l'accueil, avec Kasper, assis sur ses genoux.

— Alors maman, il a dit quoi le policier ? Il sait où est papa ?

— Non, ma puce, il ne sait pas. Et je te l'ai déjà dit, Hans n'est pas ton papa.

Lola resta un instant à réfléchir. Elle paraissait prendre le temps de ranger chaque information nouvelle, avec une précision d'archiviste, dans son cerveau de petite fille de cinq ans. Elle attrapa Kasper et le serra contre son cœur. Vicky lui tendit la main, sans parvenir à retenir ses larmes.

Lola la saisit et offrit à sa mère son sourire maximal.

— Sois pas triste, maman. Papa, enfin Hans, va revenir. Il me l'a promis. Il doit réparer Kasper.

Vicky renifla. L'optimisme de sa fille la bouleversait. Vicky devait faire front, être forte, comme toujours, pour Lola. Elle devait veiller sur sa fille comme Lola veillait sur Kasper. Avant de sortir de la gendarmerie, les yeux de Vicky descendirent jusqu'à l'étrange poupée et détaillèrent son long bonnet rouge, son costume écossais, son nez pointu et ses deux grands yeux gris. Hans lui avait offert ce jouet pour ses quatre ans. Kasper n'était pas vraiment une poupée, d'ailleurs, plutôt une marionnette bizarre, sans fil, avec à l'intérieur de sa peau de celluloïd un mécanisme qui théoriquement lui permettait de marcher, de remuer les bras et les lèvres, et de parler. Sauf que le mécanisme était grippé. Kasper était paralysé et muet. Mais Hans avait promis…

Dès qu'elle repoussa derrière elle la porte de la gendarmerie, Vicky laissa le soleil de septembre la réchauffer. Ils annonçaient plus de vingt-cinq degrés sur la Margeride. C'était un temps à aller se baigner dans la Truyère, dans le lac de Grandval, ou à s'offrir une longue balade jusqu'au mont Mouchet. Pas aujourd'hui. Vicky ne voulait pas s'éloigner de chez elle, au cas où Hans appellerait.

Elle mit moins de trois minutes pour rejoindre le gîte de l'Épervière, sans croiser la moindre voiture. Les touristes étaient déjà repartis, il ne restait plus que quelques retraités perdus sur les chemins de randonnée. Son gîte était vide pour quelques semaines, jusqu'aux réservations de la Toussaint. Chaque jour, sur ces routes vallonnées perdues entre la Lozère et l'Auvergne, elle savourait le bonheur d'habiter dans un coin de paradis dont les odeurs, les couleurs, les saveurs étaient en harmonie parfaite avec celles de son cœur. Et quand les copines émigrées en ville, à Clermont ou Toulouse, lui demandaient si elle ne s'ennuyait pas, seule dans sa campagne, elle répondait qu'ici, elle se sentait bien entourée, par les voisins ou les voyageurs de passage, mais jamais étouffée. Un luxe interdit dans les métropoles surpeuplées.

Dès que Vicky gara son Citroën Berlingo, entre le gîte et le pré, deux doubles poneys accoururent jusqu'au fil barbelé. Lola se précipita elle aussi, pour vérifier s'il restait de la paille dans le râtelier de Raiponce et Pied-de-Chat. Vicky la suivit un instant des yeux, puis évalua avec fierté la façade de granit clair de l'Épervière, entièrement restaurée. Son investissement du printemps dernier ! La prochaine étape serait la toiture. Les lauzes étaient stockées dans l'appentis, il ne restait plus qu'à échafauder, Hans avait promis de l'aider, avant l'hiver.

Vicky frappa dans ses mains pour s'encourager, elle n'allait pas se mettre à déprimer. Demeurer les bras ballants à s'inquiéter ne changerait rien. Cet idiot de Julien avait sans doute raison, après tout, pas quand il prétendait qu'Hans l'avait abandonnée bien sûr, mais que son silence s'expliquait sûrement par un truc aussi bête qu'un téléphone oublié dans les toilettes.

La suite de la journée passa vite : nettoyer les chambres *Garabit*, *Truyère* et *Gévaudan*, brosser Raiponce et Pied-de-Chat ; accorder à Lola une partie de Uno ; boucler la comptabilité pendant qu'elle regardait pour la dixième fois *Mon voisin Totoro* ; nourrir les lapins et les poules en semi-liberté une fois le dîner terminé ; coucher Lola, border Lola ; embrasser Lola, *bonne nuit Lola*.

Le moment que sa fille préférait, pour discuter, avec des mots de grande, avant que Vicky n'éteigne la lumière.

— Tu sais, maman, j'ai repensé à ce que tu me dis tout le temps.

— Que tu dois te brosser les dents ?

— Mais non ! Qu'Hans n'est pas mon papa.

Vicky s'était assise au bord du petit lit. Lola était comme elle, taillée dans le même bois, elle avait sauvé les apparences toute la journée, mais en réalité, elle ne pensait qu'à lui.

— C'est vrai, ma puce. Mais ce n'est pas pour ça qu'il ne va pas revenir et…

— Maman ! la coupa Lola. J'ai cinq ans ! Je suis grande maintenant ! Je sais bien que tu m'as fabriquée avec un autre monsieur, qu'Hans est pas le papa que tu m'as choisi. Mais je m'en fiche, parce que moi, c'est lui le papa que j'ai choisi.

Vicky fit barrage au torrent de larmes qui dévalait. Ne pas pleurer ! Surtout pas devant sa fille. Il fallait qu'Hans revienne, à tout prix. Elle ne voulait pas que Lola grandisse avec ça, l'attente et l'angoisse qui bouffent la vie.

— Et ta poupée ? demanda Vicky pour faire diversion. Quel papa a-t-elle choisi ?

Kasper, comme chaque soir, dormait à côté de Lola, avec juste sa tête de plastique et son bonnet qui dépassaient.

— Maman ! soupira Lola. Faudra que je te le dise combien de fois ? Kasper a les yeux gris et les cheveux un peu longs, mais c'est un garçon !

Lola dormait, pas sa mère. De sa chambre, sous la mansarde, Vicky pouvait voir les étoiles, et en regardant un peu plus bas vers l'ouest, les poutres illuminées du viaduc, leur tour Eiffel locale, couchée à l'horizontale. Un peu plus au nord, la nuit était zébrée par les traînées lumineuses des véhicules circulant sur l'autoroute A75. Elle avait choisi l'emplacement de son gîte avec soin, perdu au beau milieu d'une nature sublime, au cœur de la Margeride, moins de quinze habitants au kilomètre carré, mais à moins de dix minutes de la sortie d'autoroute. À sa porte, des millions de touristes traversaient la France du nord vers le sud, et parmi eux, quelques-uns s'arrêtaient, attirés par le paysage qui défilait…

Ou parce qu'ils se perdaient.

Hans, c'est ce qui lui était arrivé.

Il avait beaucoup neigé, cet hiver-là. Plus d'un mètre sur toute la Margeride. L'autoroute était dégagée, mais chaque véhicule s'aventurant dans une sortie finissait piégé. Surtout si le véhicule était un semi-remorque de 38 tonnes et que le GPS du conducteur ignorait la largeur des chaussées. Hans s'était retrouvé bloqué avec son camion et sa cargaison de pneus à décharger à Clermont.

Vicky l'avait aperçu, de loin, alors qu'elle déblayait à grands coups de pelle l'entrée de son gîte. Elle n'avait pas hésité. L'hiver en montagne, on ne plaisante pas avec la solidarité. On ne laisse pas les gens geler sur le bas-côté. Vicky avait sorti tout l'équipement, les chaînes, les cordes, les pelles, les tapis antidérapants. Le camion d'Hans avait fini par arrêter de patiner pour s'échouer sur un parking à peu près dégagé, et naturellement, Vicky lui avait proposé un café pour se réchauffer. Sans arrière-pensée.

Vicky possédait un rapport franc et direct avec les hommes, presque brutal, animal, à leur égal. Ça effrayait la plupart des garçons, qui la fuyaient malgré sa crinière blonde toujours libérée, ses grands yeux clairs, sa peau fraîche et sa longue silhouette musclée. Ça attirait quelques chasseurs audacieux, mais Vicky, en retour, était rarement attirée par les braconniers, et quand elle l'était, jamais longtemps.

Avec Hans, ça avait tout de suite été différent. Il possédait la maturité agaçante des aventuriers prudents.

Ils avaient fait l'amour presque aussitôt, la bouilloire sifflait encore, ils avaient commencé à faire sécher leurs gants, leurs pulls et leurs chaussettes dans un strip-tease un peu pathétique devant le poêle à bois, puis le reste avait suivi, jusqu'aux dentelles que Vicky cachait à tous sous ses vêtements sans forme de fille de ferme.

Ils avaient fait l'amour longtemps, avant de s'endormir devant le poêle. Vicky s'était levée la première pour aller vomir. Elle avait laissé la porte des toilettes ouverte, sans aucune pudeur, puis était ressortie, nue, sans même baisser la lunette, le test à la main.

— Je suis enceinte.

— Déjà ? avait souri Hans. Waouh ! T'es plutôt fertile !

Vicky avait immédiatement adoré son humour au second degré.

— Rassure-toi, c'est pas toi le père ! J'ai couché avec le papa trois ou quatre fois, y a un mois. Et pour tout t'avouer, c'est la dernière personne avec qui j'ai envie d'élever un bébé.

— Tu ne vas rien lui dire alors ?

— Non.

— Et le bébé, tu vas le garder ?

— Oui. À mon âge, j'ai plus trop envie d'attendre. T'inquiète, je me suis préparée, ça ne me fait pas peur de l'élever seule. C'est pas plus dur que d'élever une ferme en ruine, et tu vois le résultat.

Vicky avait espéré qu'Hans détourne les yeux, admire les poutres apparentes, les joints à la chaux entre les pierres de granit, les tomettes hexagonales en Terres cuites de Raujolles, mais son regard n'avait pas dévié, descendant simplement de ses seins à son sexe, fixant sa nudité entre monts et vallée.

— Si tu veux, je peux t'aider.
— Pour la ferme ?
— Oui… et pour le bébé aussi.

Vicky avait craqué. On ne sait pas pourquoi ça vous tombe dessus, ces choses-là, même dans un gîte en Margeride en plein hiver, même avec le bébé d'un autre dans le ventre, même avec un camion garé à cent mètres qu'il faudrait bien ramener à Rotterdam, Lisbonne ou Barcelone. Parfois, il suffit d'un regard gris clair et d'une pantomime de pantin désarticulé.

Ils avaient parlé longtemps, ce jour-là. Vicky avait promis de ne jamais l'attendre, de ne jamais rien attendre, de ne pas s'attacher, de ne jamais lui demander de rester, et de lui dire le jour où elle en aurait assez qu'il revienne. Il avait tout accepté.

Hans s'était installé. Une semaine sur quatre. Lui aussi était un gars du coin, d'un peu plus au sud, d'un peu plus à l'est, il était né à Mende, avait grandi quelque part dans les Cévennes, il connaissait par cœur le pays, les Grands Causses Méjean et de Sauveterre, les vallées du Tarn et du Lot… Ado, il les avait toutes explorées en VTT ; il les revisitait avec Vicky, à pied ou à dos de poney. Ils aimaient la même vie, au fond, la solitude un peu mélancolique, elle dans son gîte et lui derrière son volant. Ils aimaient se retrouver à beaucoup aussi, lors des jours de marché, des fêtes de la myrtille ou de la Foire de Lozère, et évidemment passer du temps à deux, à retaper la ferme, randonner et s'aimer. Mois après mois, Hans était devenu son homme, son officiel. Son amoureux.

Ça n'avait pas empêché Vicky de tenir sa promesse. Ne jamais demander à Hans de changer, de s'arrêter, de rester plus longtemps. Ce rythme, une semaine sur quatre, lui convenait. Une semaine de bonheur, d'amour et de confidences, et le reste du temps, s'occuper de Lola, du gîte, des hôtes, de l'office du tourisme dont elle était la présidente, de l'association locale de développement rural dont elle était la secrétaire.

Oui, elle aimait cette alternance de retrouvailles et de séparations. Elle n'aurait pas pu vivre avec un homme à la maison, un type, aussi doux et aussi beau qu'il soit, qui aurait fini, petit à petit, par se croire chez lui.

La vertu des femmes de marins, comme chantait Barbara… Ça lui allait bien. Jusqu'à un certain point.

Dis Hans, quand reviendras-tu ?

5

ÉLÉA

Château Rouge, boulevard Barbès, Paris

La première fois qu'Éléa avait entendu parler de Pierre, elle avait quinze ans. Éléa n'habitait pas encore Paris. Elle s'ennuyait dans la petite commune d'Hauterive, à quelques kilomètres d'Alençon, et ignorait totalement à quoi ressemblait le quartier de Château Rouge, Barbès ou la Goutte d'Or. Elle ne connaissait du dix-huitième arrondissement de Paris que des images de cartes postales de Montmartre, de la place du Tertre, des peintres et des poètes, à l'opposé de celle d'un appartement de vingt-deux mètres carrés, pas même mansardé, juste un cube de béton construit trop vite il y a soixante ans et jamais détruit depuis, mais dans lequel elle engloutissait 60 % de son salaire de secrétaire dans une agence immobilière, rue Pirandello, à dix-sept stations de métro et trois changements.

La première fois, d'ailleurs, Éléa n'avait pas entendu parler de Pierre.

Elle ne l'avait pas vu non plus, elle l'avait lu.

Elle était rentrée par hasard, presque en cachette, dans cette librairie d'Alençon au nom bizarre.

Librairie Baou.

Éléa, à quinze ans, portait déjà des tatouages de ronces enroulées autour de son bras, et ne sortait pas de chez elle sans pincer une cigarette entre ses lèvres. Elle avait tout de suite été attirée par ce magazine posé devant la caisse. Un magazine qui n'en était pas vraiment un, elle apprendrait plus tard qu'on l'appelait un fanzine, une publication circulant entre les membres d'une communauté partageant les mêmes goûts, pour les mangas, les films coréens, les recettes de cuisine mexicaine ou les poèmes...

Ce fanzine s'adressait à la communauté française des poètes. Éléa n'avait aucune idée de combien ils étaient, quelques dizaines ou des milliers ?, mais le titre l'attirait.

J'écrivais des silences.

Éléa ignorait alors que ces quatre mots avaient été écrits par un gamin de Charleville-Mézières, à dix-neuf ans. Elle ne connaissait rien d'Arthur Rimbaud, d'*Alchimie du verbe* ou d'*Une saison en enfer*. Éléa avait seulement trouvé le libraire un peu bizarre, avec son crâne chauve à l'exception de son unique touffe de cheveux grise remontée en huppe d'oiseau, son nœud papillon autour du cou et son costume à carreaux de prince d'Angleterre.

Elle avait également trouvé sa librairie bizarre, avec ces marionnettes accrochées un peu partout entre les livres anciens couverts de poussière : des sorcières, mais aussi des marottes africaines, des poupées japonaises, des pantins de bois hindous, des dragons chinois en papier de soie.

Bizarre et attirante.

Quand Éléa avait commencé à feuilleter le fanzine, le libraire s'était approché.

— Prends-le, il est gratuit. C'est moi qui l'édite. Tu verras, je recueille des poésies que des apprentis écrivains m'envoient d'un peu partout, et je les publie.

Éléa avait attrapé le fanzine à la vitesse d'une voleuse et était sortie en courant.

J'écrivais des silences.

Elle avait lu les poèmes du recueil dans la solitude de sa nuit.

Les poèmes étaient nuls ! Encore heureux que le fanzine était gratuit !

Les rimes de ces apprentis poètes étaient toutes pitoyables. Toutes sauf celles d'un certain Pierre Rousseau, Paris, 18e arrondissement.

Immédiatement, les vers de cet écrivain inconnu l'avaient bouleversée. Il écrivait l'inexprimable, il fixait les vertiges. Éléa était retournée voir le libraire huppé dès le lendemain, pour lui demander s'il existait dans son fanzine un courrier des lecteurs, ou un truc du genre, enfin bref pour être claire, si on pouvait contacter l'un des auteurs.

— Bien sûr, ma petite, lequel ?

— Pierre Rousseau, l'auteur de *Nous, pauvres marionnettes*.

Le visage du vendeur de grimoires s'était fendu d'un sourire étrange, comme s'il avait déjà deviné vers quel poète le choix d'Éléa allait se porter, puis il avait affirmé :

— Bien sûr, ma petite. Tu me confies ta lettre, je lui enverrai, et je suis certain qu'il te répondra.

C'est ce qui s'était passé. Ce sorcier avait tout deviné.

Éléa et Pierre s'écrivirent d'abord tous les mois, une longue lettre manuscrite, puis toutes les semaines. Une pile de plus de cent lettres échangées avant qu'Éléa, progressivement, ne délaisse leur correspondance de papier pour les mots virtuels de son téléphone portable. Éléa adorait ces technologies nouvelles, Pierre les détestait, mais elle avait fini par le convaincre de se convertir à l'immédiateté, aux lettres qui circulent à la vitesse de la pensée.

Cela changea leur vie !

D'hebdomadaires, leurs échanges devinrent journaliers, puis commencèrent à rythmer leur vie en temps réel. Pas une demi-journée, pas même trois heures sans que l'un ne dise à l'autre ce qu'il faisait, mangeait, regardait, et surtout lisait.

Un silence d'une journée et leur vie basculait.

Éléa et Pierre ne s'étaient jamais vus, jamais rencontrés, n'avaient jamais échangé la moindre photo, mais se savaient pourtant liés par une amitié amoureuse digne des plus grands amants épistolaires.

C'est du moins ce dont Éléa s'était persuadée.

À dix-huit ans, quand Éléa quitta son Perche natal pour rejoindre la capitale, elle ne l'avoua pas tout de suite à Pierre, mais elle montait à Paris pour lui, rien que pour lui. Elle accepta le premier travail qu'elle trouva, secrétaire dans cette agence immobilière, elle accepta le premier appartement qu'on lui proposa, dans ce quartier dit populaire, au pied de Montmartre. Jamais elle n'en changea.

C'est à ce moment-là, en laissant tout derrière elle, qu'elle comprit qu'elle ne suivrait jamais ce modèle : fonder une famille, garder des amis. Qu'en réalité, elle n'était bien qu'avec elle-même, et les mots de Pierre. Qu'elle était différente.

Un médecin lui confirma, après une batterie d'examens. *Autisme Asperger !* Un syndrome rendu presque invisible aux yeux des autres grâce à son haut potentiel intellectuel. Éléa eut aussitôt l'impression d'être libérée d'un mal qui la rongeait. Ce diagnostic lui fournissait la réponse à toutes les questions qu'elle se posait depuis qu'elle était née. Ses pensées divergentes, son anticonformisme, ses centres d'intérêt restreints et ses passions exacerbées, son incapacité à gérer ses émotions et à comprendre celles des autres, son sens douloureux de la justice, son besoin de solitude et de routine qu'elle avait toujours pris pour de l'égoïsme.

Elle s'était précipitée pour tout connaître du syndrome. Elle avait lu tous les livres spécialisés, dévoré tous les sites. Elle se reconnaissait. Elle renaissait. Elle adorait jusqu'au nom que celles qui partageaient ce syndrome s'étaient choisi.

Aspergirl !

Elle aussi était une *Aspie* !

C'est également à ce moment de sa vie, peu après son arrivée à Paris, qu'Éléa s'était mise à parler à son cerveau. Elle l'avait d'abord appelé *Brian*, comme Brian Molko, le si beau chanteur de Placebo, puis finalement, le banal nom de *Brain* s'était imposé. D'ailleurs, qu'y avait-il de plus banal que de parler à son cerveau ? Éléa imaginait que tout le monde, dans le secret de sa caverne crânienne, discutait avec lui-même, engageait des dialogues intérieurs sans fin, débattait d'opinions inavouables. Les plus grands secrets du monde ne se cachaient-ils pas là ? Dans notre tête ! Le seul et dernier coffre-fort véritablement inviolable, dans un monde où tout est filmé, espionné, commenté.

— Hein, t'en penses quoi, Brain ?

Rien ! Je t'écoute monologuer. Ça me repose.

Un matin, quelqu'un avait sonné en bas de chez elle. Personne ne venait jamais, pas même un livreur de livres ou de pizzas. Personne ne possédait son adresse, à l'exception de Pierre.

Au premier coup de sonnette, Éléa avait su que c'était lui.

Au premier regard, quand elle lui avait ouvert la porte de son misérable appartement, avec vue sur le palier tagué par les poètes des cages d'escalier, elle l'avait reconnu.

Pendant toutes ces années, Éléa s'était refusée à imaginer à quoi Pierre ressemblait. Elle ne l'avait jamais questionné sur son âge, sa taille, son poids ou la couleur de ses yeux. De peur d'être déçue, sans doute. Et la vie lui apportait un cadeau inespéré sur le pas de sa porte, un miracle debout devant elle, veillant à ne pas écraser le hérisson imprimé sur son paillasson. Pierre était plus vieux qu'elle, mais bien moins qu'elle ne l'aurait redouté. Et beau, si beau. Des cheveux miel. Des yeux aussi gris qu'une nuit de lune. Un corps fin et musclé, un corps de danseur, c'est ce qu'elle avait tout de suite pensé, Pierre possédait une gestuelle unique, un peu syncopée, telle celle d'un automate merveilleusement articulé.

Au premier cri, quand elle s'était donnée à lui, elle avait su qu'il serait le premier et l'unique homme de sa vie.

Elle ne s'était pas trompée, il lui avait avoué, alors qu'elle caressait chaque microparcelle de sa peau, il était danseur, professionnel, il tournait partout dans le monde, dans son rôle favori, presque unique, Petrouchka, le ballet d'Igor Stravinsky, la marionnette la plus connue du théâtre russe, amoureux fou de sa ballerine.

Pierre, ou Petrouchka, Éléa l'appelait déjà ainsi, *son Petrouchka*, ne pourrait pas rester, il était attendu ailleurs, il changeait d'aéroport comme d'autres changent de station de métro, mais il reviendrait aussi souvent qu'il le pourrait, il le jurait, il l'aimait, il…

Éléa avait doucement posé sa paume sur ses lèvres.

— Chut, mon Petrouchka. Chut, ne promets rien. Reviens quand tu pourras, mais alors sois à moi, uniquement à moi. Je ne te demande qu'une chose si tu veux que je sois à toi, uniquement à toi. Écris-moi ! Écris-moi toujours ! Autant que tu le pourras. Tous les jours, et même dix fois, cent fois par jour.

Ils ne se promirent rien, cette nuit-là, mais c'est ce qu'ils firent, tous les jours, les mois, et les années d'après. Leurs vies étaient rythmées de leurs messages, parfois brefs, parfois interminables.

Pas un réveil sans un mot de celui ou de celle qui s'était couché le plus tard.

Pas un sommeil sans un message pour en bercer les rêves.

Pas une joie, même la plus infime, pas une tristesse, même la plus intime, sans qu'elle soit partagée.

Et quand Pierre revenait sonner, boulevard Barbès, quatre ou cinq fois dans l'année, Paris n'était plus qu'un village où ils galopaient, de théâtre en théâtre, de musée en musée. Pierre lui expliquait chaque rue, chaque monument, il avait grandi ici, il connaissait tout, il maîtrisait mieux le plan de Paris que les chauffeurs des taxis dans lesquels ils s'engouffraient.

Pierre la couvrait de cadeaux, d'une valeur démesurée pour la petite secrétaire qu'elle était. Des bijoux électroniques, le plus souvent. Tablettes, smartphones et autres objets connectés. Les livres et les disques, elle les empruntait dans la médiathèque du quartier. Éléa était fascinée par ces merveilles de technologie, sans cesse plus performantes, par le génie créatif mis au service de ces processeurs miniaturisés. Cette technologie lui offrait ce lien permanent avec son Petrouchka. Presque un prolongement d'elle-même. Pierre pouvait voir ce qu'elle voyait, sentir ce qu'elle sentait. Presque respirer l'oxygène qu'elle respirait.

Un oxygène raréfié, ce soir-là. Éléa survivait en apnée.

Pierre, son Petrouchka, ne lui avait pas écrit depuis deux jours. Deux jours entiers. Jamais cela ne lui était arrivé.

Éléa, le front collé contre le verre froid de la fenêtre de son appartement, regardait, dix mètres plus bas, l'agitation du boulevard Barbès, le bourdonnement d'un monde auquel elle n'appartenait pas. Derrière elle, dans ses vingt-deux mètres carrés, six écrans vides éclairaient la nuit.

— Tu en penses quoi, Brain ?

Tu veux que je te réponde franchement ?

— Ni franchement, ni hypocritement, je veux que tu me répondes objectivement.

Alors objectivement, je pense que Pierre est mort.

— …

Je suis désolé, mais au regard des éléments objectifs dont je dispose, c'est la conclusion la plus logique. Pierre t'écrit, enfin nous écrit, en moyenne une dizaine de messages par jour, sans exception, depuis des années. La dernière interruption remonte au 5 avril 2019, un tunnel noir de neuf heures de silence, suite à une panne de réseau générale. Ce soir, nous en sommes précisément à soixante-treize heures, onze minutes et vingt-trois secondes sans nouvelles de lui. Si Pierre avait eu un problème informatique, ou même un accident, il aurait forcément trouvé un moyen de te prévenir. L'autre explication serait qu'il ne veuille tout simplement plus t'écrire, mais aucun signe avant-coureur ne crédibilise l'hypothèse d'une rupture aussi brusque, tu es d'accord ? En conclusion, faute d'alternative plus crédible, j'en conclus, objectivement, que Pierre est mort.

— Tu fais chier, Brain.

J'analyse juste les faits.

— Eh bien moi je le crois vivant !

Tu as peut-être raison. J'évaluerais tes chances à, disons, 11 %.

— Connard !

J'ai froid. Arrête d'appuyer ton front contre cette vitre.

— …

Tu vas finir par la casser. Rassure-moi, tu ne vas pas te suicider ?

— Non. Pas tant qu'il me reste ces 11 %.

À minuit, Éléa descendit dans la rue. Elle ne parvenait pas à trouver le sommeil, ça ne lui arrivait presque jamais. Son quartier ne dormait pas davantage, mais il semblait habitué. Des fumeurs s'entassaient devant un bar aux néons aveuglants, des mange-tard attendaient leurs burgers et leurs kebabs dans des odeurs de frites halal, des gars en survêtement surveillaient l'entrée de la station Château-Rouge, toute une foule de noctambules bruyants commerçant au pied de la butte Montmartre et de ses murs blancs.

Éléa marchait au hasard. Les oiseaux de nuit alcoolisés mataient ses jambes, ses seins, ses fesses, puis l'oublieraient. Une autre apparition maquillée la remplacerait, Éléa aimait errer ainsi dans Paris, désirable et inaccessible. Il y avait tant d'autres jolies filles. Être sexy la rendait anonyme. Elle connaissait le pouvoir de sa taille de guêpe et de ses grands yeux de libellule sur le cerveau des hommes faibles. Elle se nourrissait de leur regard pour faire tourner la dynamo de sa libido, et chaque jour, du bout de ses doigts, aimer son Petrouchka.

Elle se perdit longtemps dans les rues du quartier, le Sacré-Cœur illuminé pour seule boussole, priant, espérant. Sa bague connectée pesait une tonne à son annulaire. C'était le dernier cadeau de Pierre. Un petit prodige de technologie, bien plus discrète qu'une montre intelligente. La pierre de sa bague vibrait, carillonnait ou s'éclairait à chaque nouveau message. Éléa avait le choix entre quelques milliers de teintes, du saphir au topaze. Sa bague était évidemment reliée en Bluetooth avec tous les autres appareils informatiques à proximité. Éléa, d'un simple frottement sur son doigt, pouvait écouter les messages reçus sur son smartphone, ou en dicter de nouveaux. Son bijou pouvait aussi mesurer sa température, sa pression artérielle, le rythme des battements de son cœur, la qualité de son sommeil, le nombre de pas qu'elle parcourait en une journée… Pierre lui avait offert dans un écrin de velours rouge, comme le plus beau des diamants.

Sa bague, son anneau magique, sa Précieuse.

Leur alliance.

Et cette nuit, ce silence.

Elle rentra par la rue Myrha, remonta dans son appartement alors que le jour se levait. Épuisée.

Pendant sa longue promenade désespérée, la bague n'avait pas vibré. Éléa avait pensé prévenir la police, mais pour quel motif ? Lancer un avis de recherche pour un homme dont elle n'avait pas de nouvelles depuis trois jours ? Un homme qui disparaissait parfois pendant quatre mois, un homme dont elle ne connaissait rien, sinon le nom et le métier.

Dont elle connaissait tout pourtant.

— On va se coucher, Brain ?

C'est pas trop tôt !

— Brain ? Brain ! T'es là ? Tu dors ?

J'aimerais bien !

— Brain, il est quelle heure ?

J'en sais rien ! T'as qu'à demander à ta Précieuse. Moi faut que je me repose. Mes performances diminuent de 12 % à chaque heure de sommeil en moins.

— Désolée, Brain, je n'arrive pas à dormir. Même avec les rideaux tirés et les volets fermés. Il est tard ? Au moins 11 heures du matin ?

9 h 36.

— Merde ! Dis-moi, Brain, pour ce dont on parlait hier. Tes hypothèses… Mes chances d'avoir raison et que…

Que Pierre ne soit pas mort ? Selon moi, elles sont descendues à 7 %. Rendors-toi !

— Si je dors deux heures, et que Petrouchka ne m'a pas rappelée, il m'en restera combien selon toi ?

Moins de 3 %.

— Et ce soir ? Minuit ?

Ce sera terminé ! Et ça l'est déjà ! Et tu le sais. C'est fini ! Tu peux balancer à la poubelle ta Précieuse et tous tes écrans connectés. Oublie ! Que Pierre soit mort ou qu'il ait décidé de sortir de ta vie, ça ne change rien, arrête d'aimer dans ta téléréalité.

— Pierre m'aime. Et il est vivant, je le sens !

T'as raison. À 6 %. Dors, maintenant.

Quand Éléa se réveilla dans le silence et l'obscurité, brusquement tirée de son sommeil, elle comprit qu'elle avait dormi beaucoup plus de deux heures, et que les derniers pourcentages d'espoir s'étaient envolés.

Elle appuya son dos contre l'oreiller. Après tout, c'était si simple. Elle n'avait qu'à se lever, ouvrir le rideau, les volets, la fenêtre, et sauter…

Elle avait toujours su que c'est ainsi que tout se terminerait. Elle n'était pas douée pour la vie. Pas très motivée non plus. Sans Pierre, à quoi bon conti…

Elle aperçut alors la lumière mauve sous les draps. Elle comprit aussitôt pourquoi elle avait été tirée aussi brutalement de ses rêves noirs.

Sa Précieuse vibrait et scintillait à son doigt !

Un nouveau SMS. Un message de Pierre.

D'un frôlement d'index, elle connecta sa bague, son téléphone et les enceintes de l'ordinateur.

La voix grave de Brian Molko, celle qu'elle avait choisie pour lire les textos de son amoureux, chassa les ombres mortifères de son appartement.

C'est moi ! Ton Petrouchka. Je suis assis sur ma tombe. Je t'attends.

LES AUBES SONT NAVRANTES

Le Bateau ivre, Arthur Rimbaud

Samedi 16 septembre 2023

6

NANESSE

Pont-à-Bar, Ardennes

— Agnès Duval ? Vous m'entendez ? C'est la capitaine Katel Marelle. Vous êtes en voiture ?

Nanesse ralentit. La pluie tombait sans discontinuer sur la carrosserie de sa vieille Clio. Un bruit de mitraillette sur une tôle d'acier, elle entendait à peine la gendarme dans le haut-parleur de son téléphone accroché au tableau de bord. Elle repéra une place sur le bas-côté, entre terre et gravier sous un platane aux branches fatiguées, et s'y arrêta.

— Je suis garée, capitaine. Je vous entends à peu près.

— J'ai des informations à vous communiquer, Agnès. Ça ne vous dérange pas que je vous appelle Agnès ? Pour ce que j'ai à vous dire, Nanesse, c'est un peu…

— Allez-y !

— J'ai eu la confirmation du labo, par le médecin légiste, il y a trois pages de rapport. Aucun doute, c'est bien votre mari, Renaud Duval, qui est mort.

Le regard de Nanesse se noya. Elle fixait le pare-brise devant elle, comme si c'était ses propres iris que les essuie-glaces tentaient de balayer.

— Je vous passe les détails, Agnès, mais tout concorde. Les analyses sanguines, les empreintes digitales, les tests ADN et même ses radios dentaires. Ne le prenez pas pour un manque de confiance après votre identification formelle à la morgue, hier, mais on a deux inconnus sur les bras qui ressemblent à votre mari comme deux gouttes d'eau, ce Hans Bernard et ce Pierre Rousseau.

Nanesse appréciait la franchise et le manque de tact de la capitaine Katel. Elle détestait l'hypocrisie, les courbettes et les fausses amitiés.

— On a avancé sur le reste aussi, continua la gendarme. Le juge veut vous revoir, mais je vous dresse avant un bref résumé. Il y a, disons, pas mal de zones d'ombre dans le dossier. D'abord, le légiste n'a relevé aucune trace de coups sur le corps de votre mari. C'est la chute qui l'a tué, mais il est peu probable qu'il ait été poussé du haut du belvédère. Il se serait défendu, on aurait retrouvé des marques de lutte. Mais rien n'est certain… Ils pourraient s'y être mis à deux pour le passer par-dessus le parapet par exemple. Vous voyez, on cherche.

« Autre détail troublant, on a repéré les empreintes de pneus de deux autres voitures, sur le parking forestier du site. L'averse s'est mise à tomber en début de soirée, donc elles étaient garées avant, et ne sont pas reparties avant minuit. L'heure du décès de votre mari étant estimée aux alentours de 20 heures, les passagers ont donc assisté à toute la scène. On a aussi des empreintes de pas, fraîches, différentes de celles de votre mari. Une seule paire de chaussures cette fois, pointure 46. Vous voyez un peu le sac de nœuds ? Deux voitures et un conducteur. Rassurez-vous, Agnès, on a des petits génies qui s'amusent à analyser tout ça. Avec la pluie et la boue, c'est comme s'ils disposaient de tablettes d'argile pour tout reconstituer, même si on ne peut pas exclure que certains de ces promeneurs nocturnes se soient amusés, eux, à passer la loque derrière eux pour effacer leurs pas dans la gadoue.

— Donc selon vous… mon mari a été assassiné ?

— Impossible de l'affirmer. Mais une chose est sûre, il n'était pas seul sur le belvédère. Sa voiture était cachée sous un arbre, mais pas les deux autres. On essaye de comprendre, Agnès. Votre mari était un homme… très secret.

Plus la conversation avançait et moins Nanesse était certaine d'apprécier l'absence de diplomatie de Katel Marelle. Quand Nanesse avait une information douloureuse à révéler à l'un de ses petits protégés, et c'était fréquent, elle aussi essayait d'être franche, elle ne lui mentait jamais, mais elle passait des heures à chercher comment l'annoncer avec le plus de tact possible.

— Pour ce qui est de l'identité de votre mari, poursuivit la capitaine, tout est vrai ! On a vérifié. Il a bien effectué sa scolarité, de la maternelle au lycée, à Charleville-Mézières. Et il travaillait effectivement sur le site belge de Walor-Florennes, trois semaines par mois. La quatrième était consacrée à son tour de France, pour rendre visite aux clients, mais d'après son patron, votre mari était libre d'aller où il voulait. Personne ne le fliquait. Il faudra qu'on croise son agenda professionnel avec vos souvenirs personnels pour vérifier s'il vous a baratinée.

Nanesse coupa les essuie-glaces. Elle préférait laisser ses yeux se noyer.

Un pressentiment l'envahissait. Renaud lui avait menti, pendant toutes ces années. Il possédait une double vie, ou une triple vie, des maîtresses qu'il allait retrouver…

— Agnès ? Vous êtes toujours là ? Vous vous doutez qu'on a aussi essayé d'identifier ces deux sosies, Hans Bernard et Pierre Rousseau. On dispose de leur adresse sur les permis de conduire, mais rien ne correspond. Aucun Hans Bernard au 4 rue de l'Espérance à Mende, ni de Pierre Rousseau au 17 rue de Sofia dans le dix-huitième. Ils peuvent avoir déménagé n'importe où, la déclaration de domiciliation, et donc de changement d'adresse, n'est pas obligatoire en France. On cherche, mais on a listé plus de soixante-huit Pierre Rousseau en France. Seulement vingt-trois Hans Bernard, mais si vous ajoutez la Belgique et l'Allemagne, vous en avez quarante-huit de plus. Vous voulez connaître la meilleure, Agnès ?

Capitaine Katel Marelle, championne de la délicatesse.

— Non.

— D'après les collègues du PIFI, ces artistes galonnés qui passent leurs journées à traquer les faussaires, ces trois permis sont authentiques ! Ce ne sont pas des faux papiers !

— …

— Oui, comme si ces trois hommes, votre Renaud, ce Pierre et ce Hans, existaient… Pour de vrai ! Avec la même tête ! Donc tout ça pour vous expliquer, Agnès, que le juge veut vous voir, au plus vite, pour que vous lui apportiez tous les souvenirs d'enfance de votre mari que vous pourrez rassembler.

— Ça sera rapide, il ne m'a presque rien laissé…

— À part une vingtaine de marionnettes !

— Oui, et une facture de télé.

— Pardon ?

— J'ai retrouvé un de ses amis. Un petit miracle, ce serait long à vous expliquer. Je me rends chez lui, à Pont-à-Bar.

— OK. Vous m'envoyez tout. Nom, adresse et le reste. Et vous appelez le juge Carignan pour fixer un rendez-vous. Agnès ?

— Oui ?

Nanesse se demanda quelle dernière brique la capitaine allait lui lancer sur la tête.

— Prenez soin de vous.

Pont-à-Bar était noyé dans le brouillard. Le village, composé davantage de péniches amarrées que de maisons alignées, était construit le long du canal des Ardennes, entre Charleville-Mézières et Sedan. D'ordinaire, il y régnait une petite activité de bateliers, entre promeneurs sur les écluses et passagers des croisières, mais la pluie avait dissuadé les plus courageux des mariniers.

11, chemin des Noyers.

Nanesse se gara au bord de l'eau. La pluie s'était un peu calmée, mais le ciel restait si bas qu'elle eut presque peur de se cogner la tête en sortant de sa voiture. Un temps à se pendre, fredonna-t-elle tristement. La maison de Bruno Pluvier se trouvait face à elle, un peu isolée des autres bâtisses construites au bord du quai, pieds dans l'eau et façades trempées.

Une charmante petite maison de pêcheur, imaginait-elle.

Elle se trompait.

Bruno Pluvier était un chasseur.

7

VICKY

Gîte de l'Épervière, Ruynes-en-Margeride

Dès que Vicky tira les rideaux, un soleil éblouissant s'engouffra dans la chambre de Lola. Un soleil franc, rasant et aveuglant, posé en équilibre sur les lignes de crête boisées de la Margeride.

Sa petite marmotte sauta presque du lit.

— Papa est revenu ?

La première question de Lola, en se réveillant, était toujours pour Hans.

Papa est là ? Papa est reparti ? Papa revient aujourd'hui ?

Hans était le seul homme qu'elle connaissait.

Avant sa naissance, chaque mois, Hans avait posé sa main sur le ventre arrondi de Vicky. Depuis, Hans n'avait raté aucun de ses anniversaires. C'était l'avantage d'être à son compte, assurait-il, il aurait traversé l'Europe en camion, serait revenu sans dormir de Copenhague ou de Varsovie, pour voir sa petite princesse souffler ses bougies. Hans adorait Lola ! Et en retour, elle l'avait choisi comme papa…

— Hans est là ? insista Lola en chiffonnant les draps.

— Non, ma puce.

— Il a téléphoné ?

— Non plus.

Lola se tourna vers Kasper pour ne pas pleurer. D'une petite voix de maman débutante, elle rassurait maladroitement sa marionnette. *Papa va revenir, t'en fais pas, il l'a promis. Il te guérira, tu vas pas rester muet et handicapé toute ta vie.*

Après le petit déjeuner, Vicky proposa à sa fille de faire du rangement. Lola s'occupait de trier ses cartons aux trésors, c'est-à-dire son stock de cailloux, de branches, d'insectes morts et de fleurs fanées ramassés sur les chemins de Margeride au cours de l'année, pendant que Vicky s'occupait des siens.

Ou de ceux d'Hans, plus précisément.

Un coin d'armoire qui se résumait à trois étagères d'habits, une moitié de penderie et un carton fermé par du scotch marron.

— Maman, je peux garder les coccinelles, même si elles ont plus d'ailes ?

Vicky ne répondit pas. Une boule bloquait sa gorge. Elle hésitait à arracher les larges bandes adhésives.

— Maman ?

Scratch !

Vicky plongea les yeux, puis les mains, dans le carton. Elle fouilla, remua les objets qu'elle trouvait, les souleva et les reposa, mais le trésor d'Hans ne dissimulait aucune pièce d'or.

Son homme avait simplement entassé quelques affaires de toilette, quelques vêtements élimés, un stylo, des lunettes de soleil rayées… Le genre de bric-à-brac qu'on conserve dans un sac et qu'on balance un jour dans une poubelle sans même le trier.

Vicky fouilla encore, dénicha une brosse à dents usée, un crayon mâchonné… pas même un morceau de papier, une vieille photo ou une clé.

Hans n'avait rien laissé traîner ! Aucune trace de son passé. Aucune piste à explorer.

Cette fois, Vicky ne put repousser cet affreux pressentiment qui la tiraillait depuis trois jours.

Et si Hans avait définitivement repris sa liberté ?

Depuis cinq ans qu'il habitait avec elle dans son gîte de l'Épervière, Hans n'avait rien semé dans cette ferme, aucune graine n'y avait poussé, il s'était contenté d'y passer.

Sa vraie maison, c'était son camion.

Vicky continuait de détailler les rares reliques abandonnées par Hans, sans conviction. Quelques pièces de monnaie, une pochette de mouchoirs en papier, un rasoir jetable. Hans ne lui avait pourtant rien caché de sa vie, il s'était longuement confié. Il était fils unique, avait vécu seul avec sa mère, décédée peu de temps avant que Vicky le rencontre, dans un village dont elle ne parvenait pas à se souvenir du nom.

Il avait connu quelques femmes, avant elle, sans jamais s'attacher. Une femme dans chaque plateforme logistique ? Comme les marins dans les ports, mais en moins romantique ?

L'avait-il abandonnée pour l'une d'elles ?

Impossible ! Tout son instinct, tout son corps le lui soufflait. *Hans l'aimait.*

Tout se bousculait. Était-elle devenue à ce point naïve ? Une de ces gourdes amoureuses d'un courant d'air et qui finissent à la dérive ?

Elle essaya de se raisonner. Elle essaya de se persuader qu'elle pouvait se passer d'un homme, même de son camionneur maladroit. Elle l'oublierait, elle survivrait, mais…

Mais Lola ne pourrait jamais se passer de son papa.

Vicky referma le carton et le rangea dans le placard, énervée. Énervée contre elle surtout. Hans était si peu matérialiste, elle ne le retrouverait pas en fouillant dans ses affaires, mais en fouillant dans sa tête ! En se souvenant du nom de son village d'enfance, pour commencer.

Elle essaya de projeter sous son crâne des travellings panoramiques des sentiers qu'ils avaient arpentés à deux, et de régler le son au maximum, pour réécouter son guide aux yeux gris les commenter. En triant les informations, Vicky parvenait à recouper quelques indices. Hans avait grandi dans un gros village, traversé par un torrent encaissé dans lequel il pêchait. Il pouvait rejoindre en VTT les longs faux plats des Causses, mais aussi les pentes des Cévennes. Il connaissait ces coins mieux qu'elle ! Vicky y avait suffisamment randonné avec Hans pour pouvoir le certifier.

— Maman ? Maman, j'ai fini !

Lola n'avait rien jeté, pas même une mouche séchée.

— Il est quelle heure, maman ? J'ai faim !

Presque midi. Hans n'avait toujours donné aucun signe de vie. Vicky hésita un instant à attraper son téléphone, à rappeler Julien Murat à la gendarmerie, mais elle était certaine que le brigadier ne la prendrait pas davantage au sérieux qu'hier. Elle devait lui apporter des éléments nouveaux, le nom d'une personne à contacter, au moins un lieu où enquêter. Par quoi commencer ? Si seulement elle parvenait à se souvenir du nom de ce foutu village !

Lola jouait à côté d'elle. Elle avait installé Kasper dans une petite charrette tirée par un poney en peluche.

— Ma puce, demanda Vicky à tout hasard, tu te souviens du nom du village où Hans, enfin papa, a grandi ?

Comment aurait-elle pu s'en rappeler ? Du haut de ses cinq ans, Lola ne savait même pas situer l'Auvergne, l'Amérique ou la Chine.

— Bien sûr ! répondit la fillette sans cesser de faire galoper sa charrette. Son village c'est Florine, comme ma copine.

— Florine ?

Vicky se jeta sur son téléphone. *Florine ?* Comme *Florine Sérénac*, la fille de sa voisine ? Elle vérifia la connexion

Internet et tapa fiévreusement les sept lettres, attendit, puis se mordit les lèvres.

Raté ! Lola avait tout inventé ! Aucune commune de France ne s'appelait Florine.

À moins que… ?

Vicky insista. Elle rassembla dans une seule requête les quelques indices dont elle disposait.

Florine, Tarn,

Florine, Causses,

Florine, Cévennes

La solution apparut aussitôt, par le miracle des infaillibles algorithmes des moteurs de recherche.

Florac, région Occitanie, département Lozère.

Florac ! Évidemment !

Vicky pesta contre sa mémoire défaillante. Tout lui revenait, maintenant. C'est dans ce village au bord du Tarn, porte d'entrée des Causses et des Cévennes, qu'Hans avait passé son enfance.

— Tu veux manger, ma puce ?

Lola sauta sur ses jambes comme un pantin sur ressort.

— Oui !

— On va se préparer des tomates, des œufs durs et des sandwichs. On part en vacances.

— Où ça ?

— Retrouver Hans !

8

ÉLÉA

Château Rouge, boulevard Barbès, Paris

C'est moi ! Ton Petrouchka. Je suis assis sur ma tombe. Je t'attends.

Éléa sauta de son lit pour tirer les rideaux de sa chambre, ouvrir les volets, laisser entrer la lumière de midi sur Paris. Les dômes blancs de Montmartre se confondaient avec le ciel de craie. Le Sacré-Cœur, ainsi raboté, prenait des allures de Taj Mahal sans minarets.

— Brain, réveille-toi, y a du nouveau !

Éléa secoua son cerveau à moitié endormi. Le matin, les pensées d'Éléa tournaient au ralenti. Il lui fallait toujours quelques minutes avant que son esprit cartésien se réorganise et commence à dialoguer avec ses émotions. C'était l'un des symptômes de son syndrome d'Asperger.

— Brain ? Tu as entendu comme moi, Pierre m'a écrit ! Alors...

Alors en fonction des données que je possède, je dirais qu'il y a 97 % de chances qu'il soit vivant.

— 97 % seulement ? Il m'a écrit !

Tu sais qu'un texto sur un téléphone portable peut se programmer. Plusieurs jours, même plusieurs mois à l'avance.

— Pff, mauvais joueur ! Tu pourrais plutôt reconnaître que j'avais raison. Pierre est vivant !

Je suis juste rationnel. Un cadavre peut parfaitement continuer d'écrire s'il a rédigé ses messages avant sa mort. Des tas de gens font ça sur les réseaux sociaux. Ils ont inventé la vie éternelle.

— Tu me fatigues !

Éléa se débarrassa en un tournemain des vêtements froissés avec lesquels elle s'était endormie la veille et posa sa Précieuse sur la table de chevet. Nue devant le miroir, elle admira un instant les ronces tatouées autour de ses bras, la rose fleurie sur sa poitrine, les pétales chatouillant son nombril, aussi noirs que ses cheveux coiffés en piquants de hérisson.

Son Petrouchka était vivant ! Elle avait rendez-vous avec lui ! Elle devait être jolie pour lui.

Elle fila sous la douche, qui se réduisait à un recoin moisi et noirci, où les jours de chance, un mince filet d'eau consentait à tiédir. Elle attendit que quelques gouttes glacées tombent sur sa tête, avant d'interpeller à nouveau son cerveau.

— C'est bon, t'es réveillé ?

Non ! Souviens-toi, on a dit que chaque matin, sous la douche, on fait un break ! T'arrêtes de penser et tu t'occupes juste de ton corps, comme une fille normale. Tu contrôles la fermeté de ton petit ventre plat, tu surveilles les vilains poils sur tes jambes, tu vérifies la longueur des ongles de tes doigts de pied…

— Je ne suis pas une fille normale ! Et j'ai besoin de toi, Brain. Pierre m'a écrit *Je suis assis sur ma tombe.* Qu'est-ce qu'il a bien pu vouloir dire ?

Qu'il était mort !

— Un mort n'est pas assis sur sa tombe. Fais un effort.

Éléa laissa Brain se concentrer et en profita pour soupeser le galbe de ses seins. Elle les avait toujours trouvés trop petits, mais Pierre les adorait. Elle les parfumerait pour lui après s'être séchée.

C'est moi ! je t'attends, avait-il écrit. Était-ce un nouveau jeu inventé par son amoureux ?

Il n'avait pourtant pas besoin de ces ruses cruelles pour se faire désirer.

Éléa se pencha pour sentir les crèmes hydratantes posées sur le rebord de la douche. Monoï ou chèvrefeuille ?

Brain, qui avait eu tout son temps pour réfléchir, ne lui donna pas le temps de choisir.

Attends ! J'ai remarqué une chose. Le message dit : « C'est moi ! Ton Petrouchka. Je suis assis sur ma tombe. » Mais il ne dit pas : « C'est moi, Pierre. »

— *Pierre* et *Petrouchka*, c'est pareil !

Peut-être pas. Où est enterré Petrouchka ?

— Petrouchka n'est pas mort, tu l'as dit toi-même. Il est vivant à 97 %.

Éléa laissa ses mains descendre le long de son ventre et écarta légèrement les jambes. Elle imaginait le visage de son Petrouchka agenouillé devant elle, sa bouche s'approcher, se blottir au creux de son désir, ses joues la frôler, ses lèvres embrasser son duvet. Elle se souvenait de la sensation rugueuse de sa barbe naissante, quand il la retrouvait après un vol de dix heures, sautant dans un taxi pour la rejoindre sans avoir pris le temps de se raser.

Eh oh, s'agaça Brain. *Tu es là ? Je te parle du vrai Petrouchka !*

— Le vrai Petrouchka, comme tu dis, est une marionnette ! Un personnage de ballet ! Il n'est enterré nulle part, et encore moins assis sur une tombe.

Je n'en suis pas aussi sûr que toi !

— Eh bien étudie la question en silence. Et laisse-moi une minute en paix. Ce n'est pas toi qui viens de dire qu'on faisait un break sous la douche ? Réfléchis de ton côté et accroche-toi, mon Brain, je te préviens, ça va secouer !

Doucement, Éléa fit descendre son majeur jusqu'à l'orée de son sexe, le laissa tournoyer, s'immiscer, tâtonner. Le plaisir vint presque aussitôt, la submergea brutalement, trop rapidement. C'était la faute de Pierre, à jouer ainsi avec le feu, leur feu sacré.

Elle se rinça. Les dernières braises de l'incendie se consumèrent sous l'eau glacée.

— Brain ? Brain ? Tu es là ?

Éléa enjamba le bac de douche et avança avec prudence sur le carrelage.

Oui… Et pendant que tu t'amusais, j'ai trouvé !

— Trouvé quoi ?

Un vieux souvenir, bien enfoui. Ça remonte aux premières fois où l'on avait fait des recherches sur Petrouchka.

— Sur Internet ?

On peut chercher un renseignement ailleurs ?

— Du temps de mes grands-parents, je crois que oui. Alors ?

Souviens-toi, tu avais remarqué que Pierre ressemblait à un danseur. Un danseur russe. Vaslav Nijinski. Le plus grand danseur de tous les temps, dont le rôle le plus célèbre est Petrouchka.

— OK, tout le monde sait ça, même ceux qui n'ont pas la chance de t'avoir, Brain. Où veux-tu en venir ?

Souviens-toi, où est enterré Vaslav Nijinski ?

— À Moscou ? Londres ? Saint-Pétersbourg ?

Non.

— À Paris ? Au Père-Lachaise ? À Montparnasse ?

Encore perdu.

— Ici ? Juste au-dessus, au cimetière de Montmartre ?

Gagné !

— Merci, Brain, je t'adore !!!

Éléa sautilla sur place, fit sauter le bouchon du tube de monoï, en vida la moitié sur ses seins.

C'était forcément ça !

Son Petrouchka l'attendait sur la tombe de ce danseur russe, à quelques centaines de mètres d'ici.

Mon Dieu, elle ne pensait qu'à leurs retrouvailles depuis près de trois mois.

Elle avait pensé et repensé aux tenues qu'elle pourrait porter, imaginant mille météos différentes, et maintenant qu'elle devait se décider, elle ne parvenait pas à choisir. Bottes à talons ou ballerines Cendrillon ? Caraco à bretelles ou chemisier échancré ? Bustier en dentelle ou corset à lacets ?

Cette fois, pour trancher ces dilemmes, Brain ne lui serait d'aucune utilité !

9

NANESSE

Pont-à-Bar, Ardennes

— Merde ! fit Bruno Pluvier en s'enfonçant plus profondément encore dans son fauteuil. Ça fait plus de dix ans que je n'avais pas revu Renaud, mais ça me fait drôle de savoir qu'il n'est plus là.

Bruno Pluvier avait l'air peiné. Un peu trop. Il cachait ses cent kilos dans un pull kaki trop large et un pantalon de survêtement couleur camouflage. Nanesse ne se sentait pas à l'aise dans cette maison. L'ex-vendeur de hi-fi l'avait pourtant accueillie sans hésiter, affichant même une certaine impatience. Elle n'avait eu aucun mal à récupérer son numéro de téléphone auprès de ses anciens collègues, et Bruno avait tout de suite proposé de passer chez lui.

— Bien entendu, je me souviens de Renaud. Comment l'oublier ?

Pluvier lui avait vaguement expliqué qu'il avait quitté Darty et s'était mis à son compte, électronicien, ça rapportait trois fois plus pour deux fois moins de boulot et ça lui laissait du temps pour le reste… c'est-à-dire, d'après ce qu'observait Nanesse, traquer le sanglier, le chevreuil et la perdrix argentée. Des fusils de chasse étaient accrochés un peu partout aux murs. Des guirlandes de cartouchières pendaient entre deux meubles. Devant l'entrée, deux bottes s'égouttaient.

Nanesse souffla sur le café que Bruno Pluvier lui avait fait réchauffer. Quelque chose clochait dans ce décor, dans cette vieille amitié. Renaud était tout l'inverse d'un type comme Pluvier. Il détestait toute forme de violence, et plus encore les armes. À Bourg-Fidèle, le dimanche matin, plus de la moitié des hommes se réunissaient pour aller chasser. Pas lui.

Bruno Pluvier attrapa le regard de Nanesse alors qu'elle fixait la collection de carabines accrochée au mur.

— Vous vous demandez comment Renaud pouvait être ami avec un gars de mon genre, pas vrai ?

Nanesse rougit, comme prise en flagrant délit. Au moins, Pluvier mettait les bottes dans le plat.

— D'abord, expliqua Bruno, le service militaire pour nous, en 1995, c'était un peu spécial. On savait tous que Chirac allait annoncer qu'il le supprimait, mais tous les garçons nés avant 1979 devraient le faire, même si des réformés, il y en avait un paquet dans nos années ! Moi ça me plaisait d'y aller, vous vous doutez un peu pourquoi, tenir entre les mains un Famas ou un MAC 50, ça me faisait plutôt kiffer.

« Renaud, je ne sais pas trop comment il s'est retrouvé sous les drapeaux. Peut-être qu'il n'a tout simplement pas été assez malin pour passer entre les mailles du filet. On était près de trois cents appelés dans le 152ᵉ régiment d'infanterie de Colmar, venant de toute la France. C'est pour ça qu'avec Renaud, on s'est rapprochés. On habitait la même ville, Charleville-Mézières, on avait fréquenté le même collège, le même lycée. C'est ainsi que ça se passait, le plus souvent. D'abord on devenait pote avec ceux de son coin, puis après ça évoluait en fonction des affinités.

— Donc vous étiez déjà ami avec Renaud, avant le régiment ?

— Non, pas vraiment. On n'a jamais été dans la même classe, mais on se connaissait de loin, de nom, de vue… et on s'est reconnus ! Renaud était une petite vedette à cause de sa mère, une artiste qui bricolait des marionnettes dans un wagon, enfin d'après ce que je me rappelle.

Nanesse confirma de la tête. Elle continuait distraitement de détailler les noms des fusils aux murs. Chassepot modèle 1870. Lebel modèle 1916. Berthier modèle 1939. À croire que Pluvier attendait que les Prussiens reviennent pour défendre la frontière.

— Mais pendant le service, cette fois-ci, vous êtes devenus vraiment amis ?

— Oui ! On peut le dire. Les deux inséparables de Charleville, comme nous appelaient les autres troufions, Nono-le-sniper et Renaud-le-caméléon.

— Renaud-le... caméléon ?

Bruno profita de l'effet de surprise pour se pencher vers Nanesse. Il empestait l'alcool, elle se recula. Le genre de type dont elle récupérait les gosses, pensa-t-elle méchamment.

— Ouais... Le caméléon ! J'ai l'impression qu'il ne t'a pas tout dit, ton mari. Tout le monde l'appelait comme ça, parce qu'il avait ce talent dingue de changer en fonction des gens qu'il fréquentait.

Nanesse ne releva pas le soudain tutoiement.

— Qu'est-ce que vous voulez dire ?

— Eh bien c'est simple, quand il était avec moi, et notre petit cercle d'accros de la gâchette buveurs de bières, il pouvait rester des heures à se marrer avec nous, à tirer sur des boîtes de conserve, ou à raconter des blagues cochonnes pour lesquelles t'irais en taule aujourd'hui. Et le même soir, il pouvait fréquenter une autre bande, celle des sous-offs, à causer littérature ou philosophie. Et passer ensuite la nuit à consoler des objecteurs qui cherchaient toutes les ruses possibles pour se faire réformer. Il était à l'aise partout, Renaud, c'est pour ça que je l'admirais. Il avait ce don, je ne sais pas comment l'appeler, une faculté d'adaptation, de se fondre dans le décor ambiant, de te répondre exactement ce que tu avais envie d'entendre. Il aurait pu être espion. Il l'était peut-être, d'ailleurs.

Il explosa d'un rire gras dont les postillons alcoolisés atterrirent dans son café.

— Tiens, autre exemple pour t'expliquer à quel point Renaud était difficile à cerner. Je me souviens qu'il était inscrit en DUT de génie mécanique, mais il avait aussi profité du service pour passer son permis poids lourds, et je l'ai surpris plusieurs fois en train de lire des magazines de poésie. Tout juste s'il ne les planquait pas dans des revues pornos pour ne pas qu'on se foute de lui.

Pluvier leva sa tasse sous le nez de son invitée.

— Allez, Renaud-le-caméléon, à ta santé !

Nanesse ne trinqua pas. Troublée. Elle ignorait tout de ce permis poids lourds et de ce goût pour la poésie. Et ce que Bruno appelait ce don de caméléon, elle l'avait toujours appelé empathie. C'est ce qui l'avait rendue amoureuse de son mari, toutes ces années : cette façon naturelle d'essayer de comprendre ce que pense l'autre, de se mettre à sa place. Une qualité si rare…

Elle attendit que Bruno finisse de boire.

— Renaud vous parlait-il de sa vie d'avant ? De son enfance. N'importe quoi qui pourrait…

Bruno la gratifia d'un sourire inquiétant.

— Je confirme ! Tu ne connaissais pas ton mari. D'ailleurs le Caméléon, personne ne le connaissait ! Je n'étais qu'un petit con de deuxième classe, mais ça je l'avais compris. Tiens par exemple, pas mal de gars venaient de Paris, parmi les sous-offs surtout, des fils à papa, eh bien ton Renaud était capable de leur citer toutes les stations de métro, le nombre de boulangeries par arrondissement, ou l'horaire d'ouverture des musées, comme s'il y avait vécu pendant des années. Y avait un type de la Lozère aussi, ou du Tarn, je ne sais plus, qui baragouinait avec un putain d'accent. Eh bien Renaud pouvait discuter des heures avec lui des chemins de randonnée et de trous perdus à côté desquels Pont-à-Bar, c'est une préfecture.

— Il y passait peut-être ses vacances ? suggéra Nanesse.

— Peut-être... De longues vacances !

— Et c'est tout ? En ce qui concerne son enfance, je veux dire. Vous ne vous êtes jamais revus, après le service militaire ?

— Non. Renaud a coupé les ponts dès la quille, ça ne m'a pas étonné, d'ailleurs. La technique du Caméléon ! Il devait en avoir marre du kaki, il a choisi d'autres couleurs. Les tiennes, faut croire.

Il laissa traîner son regard sur le manteau en patchwork arc-en-ciel de Nanesse, puis sur son beau visage rond, son discret maquillage pastel.

— Vous ne l'avez jamais revu ?

— Si, une fois, il y a douze ans, quand je bossais chez Darty. Mais ça t'es au courant. J'avais bien compris que Renaud n'avait pas envie de m'inviter à prendre l'apéro, et qu'il allait balancer dans la première poubelle venue mon numéro. Pourtant...

— Pourtant ?

— Pourtant il a bien su le retrouver, une fois, mon numéro.

Nanesse retint sa respiration et se pencha, intriguée.

— Comment ça ?

Bruno lui adressa un nouveau sourire de comploteur.

— C'était deux ou trois ans après l'armée. À cette époque, Internet commençait doucement à se déployer. Renaud, apparemment, n'y connaissait rien, mais moi je m'étais déjà lancé dans le bizness. Faut pas croire, avec mes treillis, je me débrouillais devant un clavier, je faisais partie des pionniers. Il m'avait retrouvé pour me demander un renseignement.

Un renseignement ? Une onde électrique parcourut la colonne vertébrale de Nanesse. Cet indice-là serait décisif, elle le devinait. Pluvier ne paraissait pourtant pas pressé d'en dire davantage.

— Vous vous souvenez de quoi il s'agissait ?

— Vaguement. C'est vieux. Et le renseignement concernait un truc encore plus vieux, avant qu'on soit nés. Il voulait que je retrouve un ancien journal. Une édition locale.

— Et vous l'aviez retrouvé ?

— Oui, auprès d'un collectionneur, qui avait dû lui envoyer.

— Il y avait besoin d'Internet pour ça ?

— Carrément ! Renaud cherchait un journal étranger.

— Étranger ?

— Une édition tchèque, d'après mon souvenir. Pas Prague, une autre ville. Avec un nom bizarre que j'ai oublié.

Nanesse, pour la première fois, haussa la voix.

— C'est trop vague, Bruno ! Pas d'année, pas de lieu. Ça devait être important, pourtant.

— Faut croire. Pour que le Caméléon soit descendu de sa branche.

— Vous ne vous souvenez vraiment de rien ?

— Juste un vague truc qui me revient. La ville du journal tchèque, je crois que ça m'avait rappelé le nom d'une bière. Mais aucune idée de laquelle…

Bruno prit le temps de vider son café, pour bien ménager son effet.

— Cela dit, je dois pouvoir remonter dans l'historique de mes recherches. J'archive tout, depuis le début, dans des disques durs stockés à la cave. Ce sont les trois principes de base en informatique. *1. sauvegarder. 2. sauvegarder. 3. sauvegarder.* Le cloud n'existait pas encore, alors il valait mieux prévoir de grands cartons et de la place sur les étagères. Tu repasses demain et je te prépare tout ça ?

Nanesse repensa à l'appel de la capitaine Marelle, au juge qui l'attendait. Elle estima que pour le tutoiement, c'était le bon moment.

— Tu ne peux pas me le retrouver tout de suite ?

L'œil du chasseur pétilla.

— Si t'insistes…

— J'insiste.

— OK, je vais te chercher ça. Ressers-toi du café en attendant. Et touche pas aux armes accrochées. Pas sûr que je les aie toutes déchargées.

Bruno leva ses cent kilos et disparut par la porte ouverte d'un escalier descendant à la cave. Nanesse attendit. Avec un type aussi ordonné, ça ne prendrait pas longtemps. Elle essaya de récapituler les informations dans sa tête. Bruno Pluvier n'avait-il pas exagéré ? Renaud, un espion ? Quel délire ! Il était simplement assez intelligent pour s'adapter, pour s'intégrer à une conversation, et avec un peu de culture générale, quelques noms de stations de métro ou de sous-préfectures de Lozère, le tour était joué.

Mais comment expliquer ces trois permis de conduire ? À qui appartenaient les deux voitures garées devant le belvédère de Bogny-sur-Meuse, alors que celle de Renaud y était cachée ?

Il avait rendez-vous avec la mort, ce soir-là, mais sous quel visage s'était-elle présentée devant lui ?

Nanesse patienta encore un moment, cheminant lentement dans ses pensées.

Bruno ne revenait pas…

Elle attendit cinq minutes supplémentaires, regarda tourner la trotteuse de la pendule entre un fusil ultramoderne à lunette et un autre à canon double, puis ne tenant plus, se leva.

Elle se posta en haut de l'escalier.

— Bruno, vous trouvez ?

Pas de réponse.

La lumière de l'escalier était éteinte et aucune luminosité ne paraissait filtrer de la cave. Une pensée folle traversa le cerveau de Nanesse.

Et si Bruno s'était sauvé ? Et s'il l'avait manipulée et avait fui, par la porte de derrière ?

Ridicule ! se raisonna-t-elle.

— Bruno ?

Toujours aucune réponse. Elle appuya sur l'interrupteur. L'escalier de la cave s'éclaira aussitôt, sans déclencher la moindre réaction. Un instant elle fixa le fusil à canon double et hésita à le décrocher. Une peur démesurée, presque incontrôlable, la saisissait.

De plus en plus ridicule ! essayait-elle de se rassurer. Bruno était sûrement trop concentré sur ses archives, vexé de ne pas avoir retrouvé le dossier.

Elle descendit les premières marches.

— Bruno, tout va bien ?

Silence total.

Au-delà des dernières marches de l'escalier, la cave était entièrement plongée dans le noir. Seuls deux étroits soupiraux donnaient sur la rue, côté canal, mais la pluie et le brouillard ne laissaient filtrer presque aucune luminosité. Bruno traquait-il ses vieux souvenirs comme il traquait son gibier, sans un bruit et dans l'obscurité ?

Nanesse continua de descendre les marches, laissa sa main tâtonner le long du mur, jusqu'à trouver un nouvel interrupteur. Elle appuya.

La cave d'un coup s'éclaira. Elle ne put retenir un cri d'horreur.

Bruno Pluvier gisait à ses pieds, en bas de l'escalier.

La tête fracassée.

Un mètre au-dessus de lui, des gouttes de sang perlaient de l'angle métallique d'une étagère.

Tout se bousculait dans la tête de Nanesse. Bruno avait glissé, dans les dernières marches de l'escalier, et sa tête avait heurté la barre de fer, il n'était peut-être qu'assommé.

Nanesse réagit, s'accroupit près du corps allongé, tendit la main pour prendre son pouls, toucher son front, se rassurer…

Des ombres sur les murs lui firent lever la tête. Quatre jambes venaient de surgir, dans la rue derrière le soupirail. Immobiles, floues, coupées par le carreau opaque à hauteur du genou.

Son regard longea les briques de la cave et s'arrêta soudain sur une porte de bois.

Donnait-elle sur l'extérieur ? Quelqu'un était-il entré par là ?

Avait-il écouté leur conversation ? Et attendu que Bruno descende… pour le tuer ?

Elle se précipita sur la porte.

Fermée ! Et pourtant…

Le visage de Nanesse se figea d'effroi.

Des traces de pas mouillés couraient du corps de Bruno Pluvier jusqu'à la porte.

Quelqu'un était entré ! Il y a quelques minutes, ou quelques secondes, était ressorti, et avait condamné cette porte derrière lui.

Pour qu'elle se retrouve piégée, elle aussi ?

Nanesse releva la tête vers le soupirail. Une nouvelle décharge électrique la foudroya. Elle ne comptait plus que deux jambes dans la rue. L'un était donc resté à faire le guet… et l'autre ?

Nanesse se précipita, traversa la cave, enjamba le corps de Bruno, commença à gravir les premières marches deux par deux… avant de se figer.

Quelqu'un se tenait en haut de l'escalier !

Quelqu'un qui serrait le fusil à canon double, et doucement, le baissait.

Nanesse eut juste le temps d'apercevoir son visage, une vision d'horreur : la peau de l'homme était intégralement brûlée, à l'exception de ses yeux, de ses lèvres et de son nez.

Cet homme qu'elle avait déjà vu, il y a quatre jours, devant chez elle.

Nanesse recula d'une marche, puis d'une autre, persuadée qu'à tout moment, deux balles allaient lui perforer le cœur, et qu'elle allait mourir ainsi, sans comprendre, comme Renaud…

La dernière chose qu'elle vit fut le sourire sadique de l'homme au visage brûlé.

Puis tout devint noir.

10

VICKY

Gîte de l'Épervière, Ruynes-en-Margeride

Lola courait dans tous les sens, affolant les poules et les lapins du gîte. Raiponce et Pied-de-Chat, les deux poneys, trottinaient à distance, calquant leur course sur celle de la fillette.

— On va retrouver papa ! chantonnait Lola en entraînant Kasper dans sa danse. On va retrouver papa !

Vicky, occupée à ranger les valises dans le coffre de son Berlingo, se contenta de lever la tête.

— Lola, puisque tu es si excitée, file voir le papa de Florine pour lui dire qu'on part deux jours et demande-lui s'il peut nourrir les animaux.

Vicky rendait le même service à ses voisins quand ils s'absentaient, et veillait sur leurs chats, leurs chèvres et leurs deux oies. Lola disparut en galopant dans le chemin de ferme. Aucune voiture n'y circulait jamais. Vicky en profita pour vérifier sur la carte l'itinéraire jusqu'à Florac. À peine cent vingt kilomètres. Une heure trente de route.

— Lola ?

La ferme de sa copine Florine était toute proche. Moins de deux cents mètres, juste la route à traverser.

— Lola ? cria plus fort Vicky.

Sa fille ne répondait toujours pas. D'ordinaire, l'aller-retour jusque chez sa voisine lui prenait moins d'une minute. Vicky abandonna sa carte et avança vers l'entrée de la ferme, soudainement inquiète. Tout en marchant, elle essaya de se raisonner.

Qu'aurait-il pu arriver à sa fille ? Aucun étranger, à l'exception de ses hôtes, ne montait jamais jusqu'au gîte. Impossible que Lola fasse ici une mauvaise rencontre.

Vicky accéléra le pas.

Mais à laisser ainsi sa fille se promener seule en permanence, sans surveillance, n'était-elle pas trop permissive ? Trop imprudente ? Trop…

Vicky s'arrêta et souffla.

Elle s'était inquiétée pour rien !

Lola se tenait devant la barrière, à quelques mètres d'elle, perchée sur la pointe des pieds.

— Maman ! On a du courrier !

— Attends, ma puce, fit Vicky, rassurée, c'est moi qui ai la clé.

Lola sautilla de joie.

— Pas besoin, maman ! J'ai réussi à sortir la lettre de la boîte.

Elle sprinta à nouveau, fière, apportant à sa mère un petit rectangle cartonné.

— Une carte postale ! Tu me la lis ? C'est qui ?

Vicky, intriguée, saisit la carte que sa fille lui tendait. Elle représentait une marionnette japonaise en tenue traditionnelle : kimono de soie rouge, visage de porcelaine blanche et perruque noire sertie d'épingles fleuries.

— Montre, maman. C'est rigolo, on dirait Totoro.

— Oui, ma puce. C'est une marionnette du Japon.

— Elle vient de là-bas ?

Vicky retourna la carte. Elle n'était ni timbrée, ni tamponnée. Quelqu'un était donc venu la glisser dans la boîte aux lettres ?

Pourquoi monter jusqu'à l'Épervière pour déposer une carte japonaise ?

— Oui, mentit Vicky. Elle vient de là-bas.

— Alors, lis ! Qu'est-ce qu'il y a d'écrit ?

Vicky baissa les yeux. Elle déchiffra en silence les neuf lignes manuscrites, une écriture nerveuse qu'elle aurait reconnue entre toutes.

Mes deux petites chéries,

Je vais bien, ne vous en faites pas, mais n'essayez pas de me retrouver.

Je ne peux rien t'expliquer, Vicky. Je peux seulement te prévenir : partir à ma recherche serait trop dangereux. Je te connais, ma tête de mule, je sais que tu auras du mal à m'obéir, alors je te le demande pour Lola.

Ne me cherche pas. Attends-moi.

Je vous aime pour toujours, toutes les deux.

H.

— C'est une lettre de papa ?

— Oui.

Les yeux de Vicky s'embuaient de larmes. Elle fixa à s'en aveugler le soleil qui rasait les dernières fleurs des pâturages, puis essuya ses paupières d'un revers de manche.

Elle ne devait pas pleurer devant sa fille. Elle devait faire un choix, très vite.

Faire monter Lola dans la voiture, démarrer, filer sur les traces de l'enfance d'Hans…

… ou rester.

— Et alors maman ? Tu me la lis ? Qu'est-ce qu'il dit ?

— Il dit… qu'il nous aime.

— Tu vois ! Je savais bien qu'il nous avait pas oubliées.

Lola était déjà repartie en courant vers le gîte, écartant les poules sur son passage par de grands moulinets de bras. Sans ralentir, elle escalada la banquette arrière du Berlingo, grimpa sur le rehausseur, installa Kasper à côté d'elle et essaya de tirer la ceinture de sécurité.

— Allez vite, maman, monte ! On va le retrouver !

Vicky n'avait pas bougé. Les mots dansaient devant ses yeux.

N'essayez pas de me retrouver
Ce serait trop dangereux
Je te le demande pour Lola.

Devait-elle tenir compte de ces avertissements ? Que pouvaient-ils signifier ? Qui avait pu porter cette carte jusqu'ici ?

Hans ?

Depuis combien de temps attendait-elle dans la boîte aux lettres ? Vicky n'avait pas relevé son courrier ces trois derniers jours. Et pourquoi le Japon ? Parce que Hans voulait lui faire comprendre qu'il était loin, très loin ? Mais dans ce cas, qui avait déposé cette carte ?

Elle avait cru reconnaître son écriture, mais quelques mots manuscrits sont faciles à copier, était-ce vraiment Hans qui l'avait rédigée ?

Je te connais, ma tête de mule, je sais que tu auras du mal à m'obéir.

Une chose était certaine, celui qui avait griffonné ce message la connaissait !

Ne me cherche pas.

Mais pas assez pour la convaincre de patienter les bras croisés !

Vicky n'était pas du genre à attendre des nouvelles le reste de sa vie. Elle n'était pas du genre à décevoir sa fille, qui trépignait. Elle n'était pas du genre à se résigner.

Et puis, quel danger y avait-il à aller passer un week-end à Florac, au bord du Tarn ?

11

ÉLÉA

Cimetière de Montmartre, Paris

Éléa parvint essoufflée à l'entrée du cimetière de Montmartre. Elle avait dévalé en moins de dix minutes la rue Lepic, puis l'incongrue passerelle routière construite au-dessus des tombes. Elle avait finalement opté pour des ballerines, une jupe patineuse et un top moulant. Le ciel blanc était encore plus indécis qu'elle, entre soleil timide et pluie hésitante.

L'emplacement de la tombe de Vaslav Nijinski était indiqué sur un plan, accroché à côté de la grille d'entrée, parmi la liste d'une centaine d'autres célébrités. *Division 22*. Éléa courut dans les allées. Elle se faufila en funambule entre deux tombes pour gagner du temps, *division 27*, contourna un mausolée de verre et de marbre, *division 26*, pour atteindre le haut d'un escalier d'une trentaine de marches.

Division 22 !

Éléa repéra aussitôt la fine silhouette de Petrouchka.

Je t'attends.

Il était là, assis sur la tombe, comme son message l'avait promis.

— Alors Brain, qu'est-ce que tu dis de ça ? On ne serait pas à 100 % de chances que Pierre soit vivant ?

Brain ne répondit pas. Éléa n'avait jamais rencontré un cerveau d'aussi mauvaise foi ! Elle descendit avec prudence les premières marches pour s'approcher de son amoureux. Le soleil avait fini par crever le voile blanc et l'aveuglait. Pierre était là, devant elle, immobile, patientant calmement sur la tombe de marbre, le coude appuyé sur son genou, la paume ouverte sous son menton.

— Pierre, c'est moi !

Éléa s'avança encore, jusqu'à se tenir devant la tombe.

Elle tendit la main, mais Petrouchka ne l'attrapa pas.

Éléa posa la main sur sa joue, mais le visage de Petrouchka était froid.

Sous le choc de la surprise, le corps d'Éléa se pétrifia.

— Merde, Brain, dis-moi que ce n'est pas vrai !?

Dans le ciel, le voile blanc s'était déjà refermé. Cette fois Éléa pouvait mesurer toute la solennité du cimetière dans une pénombre appropriée, et détailler cet étonnant mausolée, non seulement l'un des plus célèbres du cimetière, mais aussi l'un des plus beaux : sur la tombe de Vaslav Nijinski, un Petrouchka de bronze, taille réelle, était sculpté. Collerette de clown, chemise bouffante et pantalon d'arlequin à franges ; bottes aux pieds et bonnet russe sur la tête.

— C'est un jeu de piste, réalisait Éléa. Pierre s'amuse à me faire cavaler ! Ou bien il pense à toi, Brain, il te propose des énigmes, c'est sa façon de te dire qu'il t'aime autant que la rose tatouée sur ma poitrine.

C'est trop gentil de sa part !

L'amour était la seule chose irrationnelle qu'Éléa admettait. La seule pour laquelle elle n'avait pas besoin de son cerveau. Pierre avait-il voulu inviter Brain à partager leur intimité ?

— À toi de jouer, fit Éléa.

Merci ! Qu'est-ce que je dois chercher ?

— Aucune idée. Mais ça a sûrement un rapport avec ce ballet.

Petrouchka ?

— Non, *Le Lac des cygnes* !

… ?

Brain manquait d'humour, et avait particulièrement du mal avec le second degré.

— Vas-y, idiot, dépêche-toi. Juste un résumé.

Petrouchka, récita Brain, *est un ballet d'Igor Stravinsky, un ballet russe, comme on les appelait, mais créé en France, au théâtre du Châtelet, en 1911. L'histoire est d'une sidérante banalité. Pendant un carnaval, sur une place de village, un mage donne vie à trois marionnettes, Petrouchka, le Maure et la ballerine. Petrouchka tombe amoureux de la ballerine, qui lui préfère le Maure, plus fort et plus frivole. Petrouchka, désespéré, défie son rival, qui le tuera avec son sabre de bois. Seul son fantôme survit, et poursuit le mage qui lui a donné vie.*

— Moi je trouve ça d'une sidérante beauté. Mais je ne laisserai pas mon Petrouchka se transformer en spectre. Alors au boulot !

Elle observa avec davantage d'attention la sculpture, chaque pli de sa chemise, chaque ride de son visage, chaque motif du tambour sur lequel il était assis, puis détailla les inscriptions sur la stèle ovale. *Sépulture Nijinsky. Né à Kiev, le 28 XII 1889, mort à Londres le 8 IV 1950.*

Ses yeux descendirent. Une dizaine de chaussons de danse, remplis de fleurs et de graviers roses, étaient posés sur la pierre tombale. Éléa sentit une pointe de jalousie la poignarder. Ces chaussons devaient être offerts au danseur par des danseuses anonymes, sans doute plus jeunes et plus jolies qu'elle, toutes vénérant Petrouchka.

Elle tenta de se raisonner.

Ces souris d'opéra aimaient le Petrouchka de bronze, pas le sien. Pas celui rien que pour elle ! À condition de le retrouver…

— Eh, Brain, tu te ramollis ou quoi ?

Elle observa encore la tombe, les chaussons, le marbre, les fleurs, cherchant le moindre message que Pierre aurait pu lui laisser. Après un minutieux examen, elle ne remarqua qu'un détail anodin. Les voyelles des lettres gravées dans la stèle étaient légèrement coloriées, d'un fin trait de crayon.

A, E, I, O, U.

Qu'est-ce que cela pouvait signifier ? Était-ce un nouveau code à résoudre, ou l'hommage banal et discret d'une autre ballerine orpheline ?

— Brain, tu as une idée ?

Aucune.

— Tu ne vas pas renoncer ?

Éléa ne le sut jamais, Brain n'eut pas le temps de répondre, sa Précieuse vibra à son doigt. La bague se teinta de mauve.

Un nouveau message de son Petrouchka !

— Je t'écoute, Pierre, fit Éléa d'une voix tremblante.

Le message était bref. La voix de Brian Molko douce et grave.

— Cinq voyelles au pluriel forment le mot qui te guidera vers moi.

12

NANESSE

Pont-à-Bar, Ardennes

Nanesse retenait son souffle.

Ne plus respirer. Ne plus bouger.

Son index était resté appuyé sur l'interrupteur. Son premier réflexe avait été d'éteindre la lumière, dès que ce type au visage brûlé avait braqué son fusil à canon double sur elle. Il devait toujours se tenir en haut de l'escalier.

L'obscurité ne lui ferait gagner qu'un peu de temps.

Du temps pour quoi ?

Elle se retrouvait coincée dans cette cave, le corps de Bruno Pluvier allongé à ses pieds. Si l'assassin descendait, il n'aurait aucune peine à la repérer. Doucement, contrôlant chacun de ses mouvements, Nanesse tourna la tête.

Trouver une cachette ? Trouver une arme ?

Et si Pluvier en portait une sur lui ?

Fouiller son cadavre ?

Le cœur de Nanesse battait à toute vitesse. Les hommes qui avaient tué Bruno Pluvier étaient des professionnels. Ils étaient deux, Nanesse en était persuadée, elle avait compté quatre jambes derrière les soupiraux. L'un avait fermé la porte de la cave donnant sur l'extérieur, bloquant toute retraite, et l'autre venait la débusquer, en haut de l'escalier. Ils avaient assassiné Bruno sans un bruit, en pénétrant par la cave, attendant qu'il descende… à moins que Bruno ne les ait surpris et qu'ils aient été obligés de se débarrasser de lui.

Ça changeait quoi au fond ?

Maintenant, ils devaient se débarrasser d'elle.

Des pas… des pas dans l'escalier.

Nanesse se pencha, terrifiée. Elle aperçut une carrure lourde qui descendait les marches avec prudence, deux bras tendus balayant l'obscurité, braquant son arme à l'aveugle. L'ombre démesurée du canon s'étirait sur le mur.

Mon Dieu, elle allait mourir ici, comme Renaud il y a deux jours, sans comprendre, sans pouvoir se défendre, sans…

— Agnès ?

L'ombre venait de parler ! L'ombre armée dans l'escalier s'exprimait avec une voix de femme ! Une voix peu féminine, abrupte et cassée, mais une seule chose était certaine, ce n'était pas celle du grand brûlé.

— Agnès ? Vous êtes là ?

— Capitaine Marelle ?

Toute la tension nerveuse de Nanesse se libéra d'un coup. Elle eut l'impression que ses jambes ne la portaient plus, qu'elle allait se laisser glisser le long des briques et tomber. Elle s'accrocha d'un doigt à l'interrupteur et alluma d'une pression l'unique ampoule de la cave.

Tout s'éclaira.

Les cartons d'archives sur les étagères, les bouteilles de vin poussiéreuses, les fûts de bière empilés, les outils de jardinage et de bricolage suspendus aux murs, le corps de Bruno Pluvier baignant dans une mare de sang, et la capitaine Katel Marelle, revolver au poing, sifflant entre ses dents.

Elle observa avec dégoût le corps de Bruno Pluvier, puis l'angle ensanglanté de l'étagère de métal au-dessus de lui.

— C'est votre témoin ? demanda la capitaine. Sacrée glissade, il ne s'est pas raté.

Nanesse tremblait toujours. Elle parvint à se tenir en équilibre sur ses jambes flageolantes, parcourut quelques mètres, et s'assit sur un fût de bière.

— Ce n'est pas un accident, capitaine. Il y avait des tueurs. Deux. Vous les avez sûrement fait fuir.

Katel Marelle se contenta d'un discret sourire. Elle devait envisager toutes les hypothèses.

— J'ai aperçu l'un des deux tueurs, poursuivit Nanesse. Il avait le visage entièrement brûlé. Pas de front, pas d'oreilles…

Même les hypothèses les plus farfelues…

— Pas d'oreilles ? releva Katel. Alors on est au moins certain qu'il n'était pas là pour vous espionner.

— Ils étaient deux.

— Je vous crois, Agnès. Calmez-vous, on va tout vérifier.

La gendarme continua de fouiller la cave, veillant à ne pas s'approcher du cadavre de Pluvier. Le b.a.-ba du métier, sécuriser la scène de crime sans saloper les indices.

Le métal froid du fût de bière glaçait les fesses de Nanesse.

— Par quel miracle êtes-vous arrivée, capitaine ?

Katel examinait la porte fermée donnant directement sur le canal.

— Je ne fais que mon job, non ? Protéger les braves gens.

Elle se retourna et dévisagea Nanesse.

— Souvenez-vous, il y a une heure, quand je vous ai téléphoné, vous m'avez donné le nom et l'adresse de votre témoin. Je suis venue aussi vite que j'ai pu. C'est moi le flic. C'était à moi de l'interroger, pas aux suspects.

— Je suis suspecte ?

Katel baissa les yeux sur le corps de Bruno Pluvier.

— Vous auriez pu le pousser dans l'escalier…

Son regard se détourna du cadavre et suivit les traces de pas mouillés, parfaitement lisibles sur le sol poussiéreux, du corps allongé à la porte condamnée de la cave.

— Ils sont passés par là… Pointure 46, on dirait. Ça vous innocenterait.

La capitaine sortit son téléphone.

— Allez, soupira-t-elle, c'est reparti. La police scientifique, les légistes, les petits génies et leurs nouvelles technologies. Pfff…

Avant d'appuyer sur la touche verte de son portable, la gendarme observa les boîtes archives impeccablement rangées, puis se tourna à nouveau vers Nanesse.

— Qu'est-ce que votre témoin venait chercher dans cette cave ? Des souvenirs de jeunesse de votre mari ?

— Oui, confirma Nanesse. Il cherchait les traces d'un vieux journal, qui daterait d'avant la naissance de Renaud.

Katel Marelle siffla entre ses dents.

— Un journal tchèque, précisa Nanesse. Une édition locale, Bruno ne se souvenait plus de laquelle. Mais ses recherches sur Internet sont archivées, quelque part sur un disque dur. Renaud lui avait demandé de le retrouver, il y a plus de vingt-cinq ans.

— Putain… De l'archéologie numérique. Les gars de l'informatique vont adorer.

La capitaine évalua les dizaines de boîtes archives poussiéreuses rangées sur les étagères de la cave.

— Il y a autre chose, fit Nanesse. Ce type, sans oreilles, je… je l'avais déjà vu.

— Quoi ? explosa Katel. Quand ?

— Avant-hier. Il marchait devant chez moi, sur le trottoir, sa tête dépassait de la haie de troènes. Même si les piétons sont rares le long de ma départementale, sans son handicap, je ne l'aurais sans doute pas remarqué.

La gendarme fixa Agnès avec gravité.

— Merde ! Si votre version se confirme, ça signifie que votre mari a bien été assassiné, que vous êtes l'unique témoin d'un second crime... et que le tueur sait où vous habitez !

— ...

— On va devoir vous protéger, Agnès ! J'appelle la cavalerie et je vous ramène chez vous.

13

VICKY

Mairie, Florac, Lozère

La route, de Ruynes-en-Margeride à Florac, fut un bonheur. Une heure et demie de paysages grandioses, à franchir les vallées, rouler sur les plateaux désertiques des Causses et redescendre vers une autre rivière ; une heure et demie de *Waouh ! regarde les rochers, maman, on dirait des trolls pétrifiés, Et les cascades tout en bas !, Et les moutons autour de la mare, tu crois qu'un loup va les attaquer ?*. Une heure et demie de petites pauses photos à chaque point de vue, et une grande pause au Point sublime pour pique-niquer au-dessus du vide, à se sentir minuscules au-dessus de ce canyon, découpé à la hache, il y a très longtemps, par des géants.

Après avoir traversé le décor de cow-boys du Causse Méjean, *Oh regarde, maman, les chevaux nains là-bas !,* elles parvinrent à Florac en début d'après-midi. Florac-Trois-Rivières pour être exact. Trois vallées se rejoignaient dans le village, pour unir leurs forces et percer l'impressionnante gorge du Tarn.

Le village paressait sous le soleil, entre cascades et ponts, rues pavées et terrasses désertées, hautes façades de schiste, de granite ou de calcaire. Le temps semblait s'y écouler moins vite, et plus silencieusement, que l'eau vive et verte qui partout bruissait.

Vicky se gara sur le parking de l'hôtel de ville, un peu trop pressée d'arriver. Quelques cailloux crissèrent sous ses pneus. Chacune des fenêtres de la mairie était décorée de pots de géraniums fleuris, une femme passa la tête par la seule vitre ouverte et lui lança un regard de garde champêtre. Ses paupières maquillées papillonnaient de colère derrière ses lunettes violettes. Elle avait dû prendre Vicky pour une Parisienne fraîchement débarquée, à qui il allait falloir apprendre à vivre au rythme plus calme de la vallée du Tarn.

— J'arrive de Ruynes-en-Margeride, annonça Vicky pour la détromper. J'ai dû rouler un peu vite, j'ai eu peur que la mairie soit fermée.

Vicky accompagna sa présentation d'un grand sourire, pour l'apprivoiser.

— Vous auriez pu prendre votre temps. Elle est fermée !

Vicky s'avança, laissant Lola jouer avec Kasper et son poney en peluche à l'arrière du Berlingo, puis fixa l'employée par-dessus les pétales roses des jardinières.

— Cette fenêtre m'a pourtant l'air ouverte.

L'employée la fusilla du regard.

— La fenêtre peut-être… Mais la porte est fermée. Et je vous garantis qu'ici, c'est par la porte qu'on entre à la mairie.

Vicky jugea préférable de jouer la conciliation. Si l'employée occupait ses samedis après-midi à accumuler des heures supplémentaires, c'est qu'elle appréciait son métier et le service rendu à ses administrés. Il suffisait de l'amadouer. Vicky se confondit en plates excuses, fit en sorte qu'elle repère Lola à l'arrière de la voiture, puis se lança dans une longue tirade que l'employée, à nouveau penchée sur son écran, ne paraissait pas écouter.

— Je suis désolée. C'est un peu particulier. Je suis à la recherche d'un homme qui a sûrement grandi ici. J'aimerais savoir si vous disposez d'un registre, ou d'archives, ou de…

— Revenez lundi ! La secrétaire sera là. Moi je m'occupe de la comptabilité.

La femme aux lunettes violettes n'avait pas levé le nez.

— Lundi, insista Vicky, ma fille a de l'école. Je ne suis ici qu'aujourd'hui et demain.

Lola était descendue de la voiture pour la rejoindre.

— Demain c'est dimanche, la porte sera toujours fermée. Et comme je ne passe pas ma vie ici, la fenêtre aussi. Maintenant, si vous pouviez me laisser me concentrer.

La comptabilité... Vicky compatissait. Elle aussi affrontait régulièrement cette corvée, mais il n'était pas certain que cette complicité face au calcul des taux d'amortissement, des cotisations sociales et des abattements forfaitaires l'aide à obtenir le renseignement qu'elle cherchait.

Elle s'apprêtait à abandonner. Après tout, elle trouverait sans doute dans Florac un autre être humain mieux disposé à la renseigner, quand elle sentit Lola la tirer par la manche. Vicky attrapa sa fille sous les épaules et la hissa sur le rebord de la fenêtre.

— Madame ?

Lola écartait avec délicatesse les touffes de géranium qui chatouillaient son visage.

— On cherche mon papa.

L'employée resta l'index coincé sur une touche. Des dizaines de pages Excel défilèrent sans qu'elle ne les arrête.

— Ton papa ?

— Oui, il était à l'école ici. Il s'appelle Hans Bernard.

— Et... Tu le cherches depuis longtemps ?

— Non. Pas trop. Il vient de nous envoyer une carte postale du Japon.

— Du Japon ?

Vicky ne respirait plus. Les yeux mauves de la sèche employée de mairie s'humidifiaient.

— Oui. Il conduit un gros camion. Il va souvent en Australie, et en Chine aussi.

— Tu sais, ma petite, répondit la comptable, je suis nouvelle dans ce village. Je viens d'arriver, il y a trois mois. Alors si ton papa est allé à l'école à Florac, je ne le connais pas. Mais tu peux aller voir monsieur Mariotta. C'est un vieux maître d'école qui a toujours fait classe ici, il se souviendra forcément de lui. Tiens, je te donne son adresse et son numéro de téléphone.

— Merci !

Vicky n'en revenait pas. Lola, en trois répliques, avait déniché un témoin pouvant avoir connu Hans ! L'employée était à nouveau concentrée sur son clavier.

— Tu me descends, maman ?

Vicky reposa sa fille par terre, mais ne bougea pas. La comptable se contenta de faire ciller sa paupière violette, et de tourner vers elle son visage sévère.

— Il y a autre chose ?

— Oui. Pour dormir ici, cette nuit, vous avez un endroit à nous conseiller ?

Pour Lola, le camping du Pont du Tarn devait ressembler à un petit paradis ! C'est ce que pensait Vicky en la regardant courir avec Kasper autour de la piscine. Lola n'avait pas eu la chance de partir souvent en vacances. L'été était la plus intense période d'activité du gîte de l'Épervière, pas question de le fermer, alors Lola passait juillet et août à Ruynes-en-Margeride, à construire des cabanes, attraper les sauterelles, courir après les lapins, ou nourrir les poneys. Elle ignorait même qu'un toboggan aquatique puisse exister.

La comptable de la mairie de Florac avait fini par leur indiquer que le camping au bord du Tarn était encore ouvert, avant de définitivement retourner à ses lignes de comptes. Vicky n'avait eu aucun mal à réserver un chalet pour une nuit, un cube de bois qui selon Lola ressemblait à une vraie maison de poupée, avec vue sur la plage de galets, la rivière et les sanitaires.

L'homme à l'accueil n'avait lui non plus jamais entendu parler d'Hans. Il n'avait repris la gestion du camping que depuis sept ans, Vicky n'avait pas insisté. Elle s'était installée sur l'une des chaises en plastique de sa petite terrasse ensoleillée et avait appelé Mathieu Mariotta, l'instituteur en retraite.

Sa femme lui avait répondu à la première sonnerie, en chuchotant, Mathieu faisait la sieste, *non elle ne pouvait pas le réveiller, sa sieste c'était sacré, comme sa promenade jusqu'à Quézac après le goûter, puis Slam à la télé, mais demain matin oui, il sera réveillé, il se lève tôt, c'est avant midi qu'il est le plus en forme, si ce sont de vieux souvenirs que vous cherchez.*

Vicky avait dit oui à tout.

Rendez-vous demain matin chez Mathieu Mariotta. Si Hans avait vraiment grandi ici, l'instituteur se souviendrait forcément de lui.

Depuis qu'elle avait raccroché, Vicky prenait le temps de savourer la morsure du soleil sur sa peau de blonde, à peine bronzée malgré un été au grand air à l'Épervière. Tout allait toujours trop vite au gîte, jamais elle ne s'autorisait à se poser. Elle s'apprêtait à ressortir la carte postale japonaise de son sac, à la lire une nouvelle fois, quand Lola revint en courant.

— Maman, maman, je peux aller à la piscine ? Je me suis fait une copine !

Maillot de bain enfilé, brassards gonflés, Lola repartait déjà. Vicky la surveillait, attentive, tout en parcourant la carte.

Je vous aime pour toujours, toutes les deux.

Ces mots ressemblaient à ceux d'Hans, mais pouvait-elle en être certaine ? Hans avait-il disparu à l'autre bout de la planète ou se cachait-il tout près d'ici ?

N'essayez pas de me retrouver, ce serait trop dangereux.

De quoi Hans avait-il peur ? De quoi voulait-il les protéger ?

Plusieurs fois, depuis leur départ de Ruynes-en-Margeride, Vicky avait eu l'impression d'être suivie, qu'une voiture grise, toujours la même, lui laissait quelques lacets d'avance, sans jamais la doubler, respectant une distance suffisante pour qu'elle ne puisse pas l'identifier avec certitude.

Vicky n'avait pu s'empêcher de surveiller régulièrement son rétroviseur, tout en pestant contre sa stupidité. Elle n'allait pas commencer à se méfier de toutes les voitures grises, blanches ou noires qu'elle croisait ! D'ailleurs, qu'aurait-il pu leur arriver ici, dans ce camping familial à demi vide, en ce superbe week-end de septembre, bercées par le choc entêtant de boules de pétanque, celui moins agressif des balles de ping-pong, et parfumées par les odeurs de barbecue fumant autour des chalets.

Vicky, pour cesser de ruminer sans cesse les mêmes pensées, ressortit son téléphone. Elle se fixait comme objectif de dénicher un maximum de renseignements sur Florac, et d'identifier d'éventuels autres témoins possibles du passé d'Hans : un facteur, un entraîneur de foot, un boulanger…

— Maman, maman !

Lola revenait déjà, accompagnée d'une fille de son âge, sandalettes identiques aux pieds et mêmes bouées enfilées autour des bras.

— Maman, j'ai une copine ! Elle s'appelle Manon !

Manon souriait de toutes ses dents de lait, visiblement aussi heureuse que Lola d'avoir trouvé une compagne de jeu.

— Bonjour, Manon.

— Regarde, maman. Manon joue avec le frère de Kasper !

La fillette confirma de la tête et tendit sa poupée. Lola en fit de même. Deux mamans fières de leurs nourrissons.

Vicky faillit basculer de sa chaise en plastique sous le coup de la surprise.

Le Kasper de Manon était identique à celui de Lola !

Même visage de celluloïd au nez pointu, même costume écossais, même bonnet, seuls les yeux, bleus, différaient. Tout comme Kasper, le poupon de Manon était une marionnette artisanale, cousue à la main, peinte à la main, et dont le mécanisme compliqué, à l'intérieur de l'automate, était lui aussi cassé.

Comment cette gamine pouvait-elle posséder le même jouet ?

Vicky avait toujours été persuadée que cette marionnette bizarre était une pièce unique, qu'Hans l'avait dénichée dans un endroit reculé de l'Europe lors d'un de ses voyages…

Loin de ces considérations, Lola et Manon étaient déjà reparties en courant vers la pataugeoire. Vicky les suivit de loin, en marchant, essayant de repérer les parents de Manon. Elle commençait à échafauder dans sa tête une façon de les questionner, sans éveiller les soupçons. Ce ne serait pas bien difficile, n'importe quel parent se serait étonné de découvrir ainsi deux poupées jumelles.

Quand elle parvint près de la piscine, une dizaine d'enfants naviguaient entre les petits bassins et les structures d'escalade gonflables, de glissades en bousculades.

Lola se déhanchait sur une petite licorne à ressort. Aucune trace de Manon.

— Ma puce, ta petite copine n'est plus là ?

— Non, maman, elle est repartie. Son papa est venu la chercher. Elle n'est pas en vacances, elle habite ici.

14

ÉLÉA

Cimetière de Montmartre, Paris

— Cinq voyelles au pluriel forment le mot qui te guidera vers moi.

Éléa fit relire le SMS par sa Précieuse, en lui demandant d'augmenter le son. Son téléphone répéta les douze mots, d'une voix grave qui se perdit dans le cimetière de Montmartre. L'endroit était désert, ou fréquenté par quelques vieilles visiteuses fanées et sans doute sourdes, prenant racine devant des tombes lointaines.

Éléa leva sa bague jusqu'à ses lèvres.

— Répète encore, ma Précieuse.

— *Cinq voyelles au pluriel forment le mot qui te guidera vers moi.*

Que signifiait ce charabia ? Son Petrouchka ne pouvait-il pas être plus clair ?

Elle acceptait pourtant volontiers de suivre son jeu de piste… Après ce second SMS, elle était définitivement rassurée ! Pierre était vivant et il s'amusait avec elle. Il l'attendait quelque part, elle devait simplement décoder l'énigme.

Éléa détailla à nouveau la statue de Vaslav Nijinski, en grand costume de Petrouchka, négligemment assis sur la tombe et paraissant lui aussi réfléchir à l'énigme. Ou rêver. Elle avait eu si peur du silence pendant ces soixante dernières heures, peur du vide qui s'était ouvert sous ses pieds, entre ses doigts, à attendre follement que Pierre lui écrive, à chercher des explications, à repousser la pire d'entre elles : Pierre, victime d'un accident mortel.

Éléa délaissa les tombes pour lever les yeux vers le ciel, ni menaçant, ni rassurant, un simple grand écran blanc. Ainsi, Pierre voulait jouer ? C'était le moment de prouver qu'elle était bien une Aspergirl à très Haut Potentiel Intellectuel ! Et de tester son plus précieux allié.

— C'est une mission pour toi, Brain.

Éléa se balança légèrement devant la tombe, bercée par le vent, s'abandonnant à sa conversation avec elle-même.

— Tu es prêt, Brain ?

Plus rien d'autre n'existait dans le cimetière de Montmartre, à part elle.

— Trouve-moi la liste des mots qui ne contiennent que cinq voyelles.

Impossible ! répondit catégoriquement Brain. *Aucun mot en langue française n'est composé que de cinq voyelles. Il faut au moins une consonne, et si possible plusieurs.*

— Je m'en fiche, Brain, mon Petrouchka ne parle que de cinq voyelles ! Au pluriel ! Tu veux que je demande à ma Précieuse de me lister tous les mots possédant un A, un E, un I, un O et un U ?

Pfff ! Ta Précieuse ne fait que répéter tout ce qu'elle lit sur Internet. Le seul qui réfléchit ici, c'est moi ! Cinq voyelles, au pluriel, ça pourrait signifier qu'il faut rajouter un S.

— Bravo, ironisa Éléa. *Il faut rajouter un S au pluriel.* C'est une déduction digne d'un très très Haut Potentiel Intellectuel !

Parfaitement ! Parce que maintenant, ça nous donne les lettres suivantes. A, E, I, O, U et S.

— Cinq voyelles et une consonne. Merci, Brain ! Internet va s'occuper du reste.

Éléa porta à nouveau la bague à ses lèvres.

— Ma Précieuse, ouvre un dictionnaire des anagrammes, je cherche tous les mots qui…

O.I.S.E.A.U !

— T'as dit quoi, Brain ?

O.I.S.E.A.U. Pas besoin d'aller chercher sur Internet. Fais-moi confiance, c'est le seul mot possible !

Éléa sautilla sur place. Elle se sentait aussi légère qu'un moineau qui vient d'apprendre à voler. Elle hésita à embrasser le Petrouchka de bronze, toujours aussi mutique.

— T'es le meilleur, Brain ! O.I.S.E.A.U, c'est forcément ça. Et après, on fait quoi ? Le mot te guidera vers moi. Il faut suivre un oiseau, c'est ça ?

Elle jeta un regard panoramique dans le cimetière. Des ombres noires volaient autour d'elle. Des dizaines de corneilles se chamaillaient entre les tombes, prenaient la pose sur les croix quelques secondes, puis filaient se réfugier sur les plus hautes branches des arbres qui bordaient l'allée.

Est-ce que son amoureux farceur, pour les surprendre, s'était lui aussi dissimulé dans les feuillages ?

Éléa observa avec attention les érables, les marronniers, et constata qu'il était impossible de s'y cacher. Son Petrouchka évoquait forcément un autre O.I.S.E.A.U.

— J'ai encore besoin de toi, Brain. De quels autres indices dispose-t-on, à part ces six lettres ?

Brain réfléchissait, sans trouver. Éléa ressentait toujours un terrible sentiment de vide quand son cerveau tournait ainsi, en toupie, sans que rien ne puisse mettre fin à la boucle infinie de ses réflexions. Elle avait l'impression de n'être plus qu'un ordinateur qui s'acharne à résoudre une équation sans solution, jusqu'à ce que ses électrodes grillent les unes après les autres.

Saisie par le vertige, elle accrocha ses yeux à ce qu'elle put. La tombe devant elle. La statue de Petrouchka assis. La stèle, Vaslav Nijinski, 1889-1950…

— Les couleurs, Brain ! cria soudain l'Aspergirl. Regarde, les voyelles gravées dans la pierre ont été crayonnées. A noir, E blanc, I rouge, U vert, O bleu… Comme… comme dans le poème de Rimbaud.

J'allais le dire ! se justifia Brain, vexé.

— Excuse-moi, j'ai fait appel à ma mémoire instantanée. Toi je te garde quand c'est plus difficile. Tiens, par exemple Rimbaud, ça te fait penser à quoi ?

Heu… Charleville-Mézières, Aden, Verlaine, trafic d'armes, bateau ivre, dormeur du val, une saison en enfer…

— OK, Brain ! coupa Éléa. Je cherche un oiseau, mais pas un perroquet qui me récite Wikipédia. Concentre-toi !

…

— Brain ? Tu es là ?

Désolé, je cherche, dans tous les poèmes de Rimbaud que je connais. Je remonte le plus loin possible dans notre mémoire, jusqu'à nos quinze ans, mais je ne vois aucune trace d'oiseau.

— Pas grave, Brain, je vais demander à ma Précieuse !

Brain, vaincu, ne protesta pas cette fois. Éléa approcha ses lèvres de son annulaire. La bague émit un scintillement bleu avant que la voix de Courtney Love, sa chanteuse préférée, celle qu'elle avait choisie pour lire les pages de Wiki, ne lui réponde d'une voix assurée.

— *Arthur Rimbaud, pendant toute son enfance, possédait un oiseau imaginaire. Un oiseau multicolore pour qui il a écrit, à quinze ans, ses premiers poèmes. D'après la romancière Sarah Cohen-Scali, c'est cet oiseau qui lui souffle de s'enfuir loin de l'ennui qui l'étouffe. Arthur Rimbaud avait surnommé son oiseau Baou.*

Baou ?

Éléa s'écroula sur la tombe, presque sur les genoux de son Petrouchka de bronze.

Baou ?

C'était le nom de cette librairie, à Alençon, celle où elle était entrée lorsqu'elle avait quinze ans. Celle où elle avait découvert ce fanzine, *J'écrivais des silences*. Des vers de Rimbaud, déjà. Ce fanzine dans lequel elle avait lu les premiers poèmes de Pierre. C'étaient ces mots, ceux de Pierre, qui lui avaient soufflé de s'enfuir loin de l'ennui qui l'étouffait.

Est-ce ce que voulait son Petrouchka ? Qu'elle retourne là-bas ? À Alençon ?

— Ma Précieuse, murmura Éléa, peux-tu me donner le numéro de téléphone de la librairie Baou, à Alençon ?

Son téléphone mit quelques secondes inhabituelles à chercher, avant que Courtney Love ne s'exprime d'une voix désolée.

— *Il n'y a pas de librairie Baou à Alençon.*

Éléa soupira. Pourquoi son Petrouchka avait-il imaginé un jeu de piste aussi compliqué ?

— OK, ma Précieuse, recherche la librairie Baou dans la France entière.

Cette fois, le résultat fut instantané.

— *Librairie Baou, 3 rue de Venise, Paris.*

Éléa sauta sur ses pieds.

— En route, Brain !

La rue de Venise, dans le quatrième arrondissement de Paris, se situait à neuf stations de métro du cimetière !

15

NANESSE ET KATEL

Bourg-Fidèle, Ardennes

Katel Marelle se tenait devant la fenêtre. Elle regardait la pluie qui tombait sans discontinuer sur le jardin des Duval. Les cuvettes sous les toboggans, creusées dans le gazon par les pieds des enfants, se transformaient en puits de boue.

— Quel temps ! pesta la capitaine. Un temps à ne tuer personne, normalement. Tout crétin qui regarde des séries télé sait qu'il n'y a pas de témoin plus bavard qu'un trottoir mouillé, une allée de graviers humides ou une poignée de porte trempée. On peut même récupérer de l'ADN sur les gouttes de pluie qui vous ont coulé sur le nez, enfin il paraît…

La gendarme avait raccompagné Agnès Duval jusque chez elle, à Bourg-Fidèle, et avait insisté pour entrer. Hors de question de la laisser seule ! Et elle avait encore des questions à lui poser, beaucoup de questions.

Ils avaient attendu, avant de repartir de Pont-à-Bar, que le lieutenant Jérémy Bonello rapplique avec cinq autres gendarmes et prenne connaissance de la scène de crime. Les premières analyses confirmaient la version de Nanesse. Deux inconnus avaient forcé de l'extérieur la porte de la cave, étaient entrés, avaient sans doute écouté leur conversation en se dissimulant dans l'escalier. Ils avaient frappé Bruno Pluvier lorsqu'il était descendu. L'électronicien avait-il surpris les intrus, ou les tueurs lui avaient-ils tendu un piège pour l'assassiner ? Aucun élément ne permettait de trancher.

Aucune arme n'avait été découverte sur la scène de crime, mais les légistes certifiaient que Bruno Pluvier avait été frappé avec un objet fin et métallique. Son visage n'avait heurté le coin de l'étagère qu'après, en tombant, ou poussé par le tueur pour maquiller l'agression en accident.

L'examen de la scène, des traces de pas, l'absence d'arme innocentaient a priori Agnès. Par contre, aucune empreinte digitale n'avait permis d'identifier les assassins… Soit ils portaient des gants, soit leurs doigts étaient aussi brûlés que leur visage.

C'était une possibilité crédible, si on se fiait au témoignage de Nanesse. Elle devrait passer rapidement à la gendarmerie, pour établir un portrait-robot, mais les urgences se multipliaient : comparer les empreintes de pas à celles relevées au belvédère des Quatre Fils Aymon, interroger les voisins même si, entre brouillard et pluie, il était peu probable que les témoins soient nombreux, et éplucher l'ensemble des archives informatiques de Bruno Pluvier afin de mettre la main sur ce fameux journal. Ça prendrait plusieurs jours, plusieurs semaines peut-être.

— Vous ne seriez pas plus utile sur la scène de crime ? s'inquiéta Nanesse.

Agnès s'était assise sur un tabouret, poussant Guignol, et observait Pierrot et Colombine dans leur vase de verre. Retrouver son environnement quotidien l'apaisait. Un peu.

— Je les encombrerais plus qu'autre chose, assura la capitaine. Jérémy, enfin le lieutenant Bonello, est jeune, il adore ça, relever des échantillons, remplir des éprouvettes, jouer du plumeau. Il n'est jamais sorti de Charleville et il a l'impression d'être le héros d'une série télé, je ne vais pas l'en priver. Et je vous rappelle qu'avec cette gueule-brûlée qui peut revenir rôder devant chez vous, je dois vous placer sous protection policière. Alors autant économiser nos maigres effectifs, je vous interroge et je vous protège en même temps !

— Vous êtes étrange, pour une flic.

— C'est vous qui posez les questions maintenant ?

— Désolée. Déformation professionnelle... Mon travail c'est aussi d'établir des fiches psychologiques sur mes petits protégés, mes gamins perdus recueillis ici. Des rapports pour les éducs, le juge pour enfants, l'Aide sociale à l'enfance.

La capitaine surveillait toujours la pluie par la fenêtre. Le plateau boisé des Ardennes s'élevait en pente douce vers la Belgique. La maison de Nanesse semblait un radeau perdu au milieu d'un océan brun.

— Donc selon vous, on ferait le même boulot, en gros ?

— ...

— Sauf que moi, mon travail, c'est de mettre les gens en prison. Et vous, Agnès, c'est d'empêcher que vos ados y aillent.

— ...

La gendarme semblait partie pour les confidences, Nanesse n'osa pas intervenir.

— C'est toute la différence entre nous. Moi je n'aime personne, déformation professionnelle, alors que vous aimez tout le monde.

— J'ai quand même un peu de mal avec les grands-brûlés sans oreilles, osa Nanesse.

— Je n'en suis même pas certaine ! Votre vie, c'est de réparer les cœurs brisés, les gosses fêlés, les gueules cassées. Votre truc à vous pour être heureuse, c'est de vous nourrir de la souffrance des autres.

Nanesse allait se lever pour protester, mais Katel Marelle la retint d'un geste de la main.

— C'est un compliment, Agnès. Une vraie qualité. J'aurais adoré être comme vous. M'épanouir sur un tas de fumier.

Avec toutes les saloperies que j'ai vues dans ma vie, je serais la plus heureuse de la terre.

La capitaine, d'un nouveau mouvement autoritaire du poignet, fit comprendre à Nanesse qu'elle devait continuer de la laisser parler.

— Je me suis renseignée sur vous, Agnès, vous devez vous en douter. Les gens sont unanimes à votre sujet. Vous êtes une sainte. Tout le monde connaît Nanesse, la Mère Teresa des Ardennes. Toujours le cœur sur la main à défendre vos petits protégés, à aider le Secours populaire du coin, à pousser le Caddie pour la banque alimentaire, et mignonne comme une cougnolle[1], avec ça. Enfin bref, vous n'avez pas le profil d'une psychopathe qui liquide son mari par jalousie, ou engage des tucurs à gages pour faire le boulot et éliminer des témoins… Je me trompe peut-être, remarquez, mais dans une enquête, faut avancer, faire des paris, on ne peut pas laisser partout des points d'interrogation. Alors on va essayer de collaborer, pendant que les jeunots font joujou avec les kits de détective que le ministre de l'Intérieur leur a offerts pour la rentrée.

Katel se laissa tomber sur une chaise.

— On risque d'en avoir pour longtemps, vous n'auriez pas un petit remontant ?

Nanesse avait posé deux Chimay Dorée sur la table, quelques chips au vinaigre et du jambon sec des Ardennes. Katel avait allumé son ordinateur portable.

— Alors c'est parti ! fit la gendarme. On commence par le tour de France ? Charleville-Mézières, Paris et la Lozère ?

1. Petite brioche de Wallonie.

Votre mari a passé son enfance et son adolescence ici, à Charleville, avec sa maman. On a suffisamment de preuves pour en être certains, et Bruno Pluvier vous l'a confirmé, il connaissait Renaud depuis le collège Bayard. Mais d'après ce que vous a raconté Bruno Pluvier, Renaud connaissait aussi tous les chemins de randonnée de Lozère, et les musées, les stations de métro et les rues de Paris, comme s'il y avait grandi. Sachant que d'après les deux autres permis de conduire, ce Hans Bernard serait né en Lozère et ce Pierre Rousseau à Paris, il est difficile de croire à une coïncidence. Ces trois coins de l'Hexagone sont séparés par plus de mille kilomètres. Agnès, avez-vous une idée de ce qui pourrait les relier ?

Nanesse secoua négativement la tête. Elle n'avait mis les pieds à Paris que trois fois dans sa vie, et les rares fois où elle était descendue dans le Sud, n'avait jamais quitté les autoroutes A4, A5, A6 et A7 avant d'arriver au bord de la Méditerranée.

— La réponse se trouve peut-être dans ce journal local que Renaud voulait retrouver ? Celui d'une ville tchèque dont le nom avait rappelé à Bruno Pluvier une marque de bière.

Katel vida la moitié de sa Chimay.

— D'accord, Agnès, on prend l'avion pour la Bohême ! Et je rajoute mille kilomètres. Il existe plus de dix mille marques de bière dans le monde, et les Tchèques en sont les premiers consommateurs sur la planète. Ils en boivent encore plus que les Belges, je vous assure, j'ai vérifié ! Je vais mettre un stagiaire wallon là-dessus, ça va l'amuser, mais ça m'étonnerait qu'il trouve du premier coup. Quant à ce journal, on ne possède aucune date, pas même une année.

— C'était avant que Renaud soit né.

— Donc avant 1977. Avant la chute du rideau de fer. La Tchécoslovaquie était alors un des pays les plus fermés du bloc de l'Est, mettre la main dessus va être une sacrée galère…

Elle regarda l'étiquette de sa Chimay.

— Brassée à vingt kilomètres d'ici ! Pourquoi y a-t-il besoin de toujours tout compliquer ? Je vais vous avouer quelque chose, Agnès. Au début de cette enquête, je me suis dit qu'on se trouvait simplement face à une histoire de fesses. Votre Renaud s'était fait fabriquer des faux papiers pour pouvoir tranquillement passer du bon temps avec ses deux maîtresses. Sauf que ces papiers ne sont pas faux ! Et que votre grand-brûlé-sans-oreilles n'a pas exactement le profil d'un mari jaloux. Alors il nous reste quoi comme hypothèse, pour expliquer que trois types différents puissent avoir la même tête ?

Nanesse ignorait quoi répondre. Elle avait à peine trempé ses lèvres dans sa bière. Presque par réflexe, elle leva les yeux au plafond, en direction de la ballerine, du danseur et du soldat au sabre.

— Avouez-le, Agnès, vous y avez pensé autant que moi. Des triplés ! Dont deux abandonnés à la naissance par votre belle-mère, Milana Duval, telle une couvée trop nombreuse de petits chats. Vous voyez ce que je veux dire, Agnès, des triplés parfaits ! Mais outre le fait que ces trois gosses soient nés dans trois villes différentes, on a un autre problème. En me renseignant, j'ai appris que les vrais triplés, ceux qui se ressemblent comme trois gouttes d'eau, les monozygotes issus du même œuf et qui se partagent le même placenta, sont très rares. En gros moins d'une naissance sur cent cinquante mille. Ça représente donc au maximum trois ou quatre couvées de triplés par an, en France. Ça n'a pas été dur de fouiller dans les archives : aucune des familles concernées par cette bonne surprise, trois mômes pour le prix d'un, ne correspond à celle de votre mari. On va étendre les recherches à l'étranger, mais franchement, je n'y crois pas.

— Moi non plus, renchérit Nanesse.

Elle n'avait toujours pas entamé sa bière. Katel fixait la bouteille avec envie. La sienne était vide.

— Récapitulons, fit la gendarme en secouant nerveusement la souris de son ordinateur. D'un côté, on dispose de la preuve que votre mari vous a menti, sur une partie de son emploi du temps professionnel au moins. Il disposait d'une semaine par mois pour faire ce qu'il voulait, et éventuellement se transformer en cet Hans Bernard et ce Pierre Rousseau, deux fantômes dont on n'a aucune trace pour l'instant. Mais de l'autre, il y a le Renaud que vous connaissiez, mari aimant et père présent, fils unique dévoué auprès de sa maman, un enfant du pays, comme vous, un gentil… Alors dites-moi, Agnès, c'est quoi le secret de votre mari ?

Nanesse ne répondit rien. Elle se contenta de regarder les unes après les autres les marionnettes qui l'entouraient, jusqu'à s'arrêter, à côté de son lit, sur les cheveux rouges de Manicka et les poils de laine blanche de son chien Zeryk. Est-ce que ces témoins muets, ces dizaines de créatures créées par Milana, en savaient plus qu'elle ?

Pendant que Nanesse se perdait dans ses pensées, la capitaine s'était levée. Elle tenait le cordon d'alimentation de son ordinateur à la main.

— Vous avez une prise ?

— Évidemment, mais…

— Je n'ai presque plus de batterie ! Je dois brancher mon ordi portable si je veux tenir jusqu'à ce soir.

De surprise, Nanesse en attrapa sa bière et la porta à ses lèvres.

— Vous vous installez ici ?

— Ouais ! Télétravail ! C'est la mode ! Impossible de me concentrer au bureau avec tous ces jeunots qui cavalent toute la journée entre la photocopieuse et la machine à café. Ils me font chier et je les fais encore plus chier à leur aboyer dessus. Ils savent ce qu'ils ont à faire et comment me contacter en cas de besoin. Et puis je vous l'ai dit, ça m'évite de bloquer un collègue pour assurer votre protection. Je me sens bien avec vous, Agnès, ça doit être votre côté sœur Emmanuelle.

— Si vous vous installez ici, faudra m'appeler Nanesse, comme tout le monde !

— Je ne crois pas, non.

— Et me tutoyer !

— Encore moins ! Ça vous dit de bosser en duo, Agnès ?

— ...

— Vous verrez, ce n'est pas sorcier. On va laisser les expertises à l'américaine au lieutenant Bonello et on va s'en tenir aux bonnes vieilles méthodes.

Elle sortit de son cartable les photocopies des trois permis de conduire.

Renaud Duval

Hans Bernard

Pierre Rousseau

— On a continué de chercher des indices autour de leur adresse mais ça ne donne toujours rien. Par contre, les préfectures concernées nous ont confirmé que ces trois permis de conduire avaient bien été délivrés à la date indiquée, comme si Hans Bernard et Pierre Rousseau existaient vraiment. Il ne nous reste donc plus qu'une dernière information à laquelle s'accrocher...

Katel posa son doigt sur l'une des photocopies, entre la ligne des prénoms et celle du domicile.

— Les dates et les lieux de naissance ! La France est un pays qui dispose d'une administration efficace et d'une armée de fonctionnaires dévoués, on ne va pas dire le contraire toutes les deux, n'est-ce pas ? Alors on va chercher !

Nanesse fixait, avec mélancolie, Pierrot et Colombine.

— Chercher quoi ?

— La preuve qu'Hans et Pierre ne sont pas de vrais bébés ! Mais ne vous faites aucune illusion, Agnès, votre mari est mort. Même s'il avait multiplié les identités avant son décès, ce n'est pas pour cela qu'il pourrait ressusciter. Et Hans et Pierre sont donc forcément morts avec lui. On ne peut pas dupliquer sa vie !

16

VICKY

Camping du Pont du Tarn, Florac

— J'ai faim, maman !

— Sois patiente, ma puce.

Le camping du Pont du Tarn proposait des snacks à emporter : pizzas, frites-saucisses, paninis. Généralement, Vicky interdisait à sa fille de manger ces cochonneries. Il y avait suffisamment de produits fermiers de qualité en Margeride, mais pour une fois…

Vicky n'était visiblement pas la seule à avoir cédé à la facilité. Une vingtaine de campeurs attendaient leur tour devant le four, partageant un verre de rosé généreusement offert par le gérant pour les faire patienter.

— Je peux aller jouer, maman ?

— Non, ça ne va plus tarder.

— Oh regarde !

Lola avait pris une toute petite voix, comme lorsqu'elle voulait partager un secret.

— Qu'est-ce qu'il y a ?

— Les deux monsieurs là-bas, devant le four à pizza, ils sont bizarres.

Lola pointa son doigt, Vicky suivit la direction des yeux, et aussitôt baissa le bras de sa fille, aussi troublée que gênée.

— Lola, on ne montre pas les gens comme ça !

— Mais t'as vu, maman, ils sont…

Vicky essaya elle aussi de détourner le regard, n'y parvenant que difficilement. Les visages des deux hommes qui attendaient leur pizza étaient entièrement brûlés. Seuls le nez, les yeux et les lèvres du premier étaient épargnés. Les oreilles et le front du second n'étaient pas touchés, mais le reste de son visage était tout aussi cloqué. Aux lunettes de soleil noires posées sur ses joues gonflées, à la canne blanche sur laquelle il s'appuyait, on devinait que ses yeux s'étaient définitivement fermés.

— C'est à vous ! lança le pizzaïolo.

Vicky se réjouit de cette diversion inespérée. Elle commanda une Reine et une Cévenole.

— Pas la peine d'attendre dans la fumée avec votre fille. Donnez-moi votre numéro, je vous envoie un texto dès que c'est prêt.

Elles s'éloignèrent rapidement. Vicky tirait Lola par la main, l'invitant à ne pas se retourner. Dès qu'elles furent loin, Vicky s'accroupit devant sa fille et lui parla à voix basse.

— Ces deux messieurs ont sûrement eu un accident. Ils ont dû beaucoup souffrir. Tu sais, ma puce, quand les gens sont différents, il ne faut pas avoir peur d'eux. Il faut être gentil avec eux.

Lola se redressa fièrement.

— Je n'ai pas peur d'eux, maman !

17

ÉLÉA

Librairie Baou, rue de Venise, Paris

Éléa poussa la porte de la librairie. La boutique se cachait dans une rue pavée peu fréquentée, si étroite que seul un mince trait de ciel filtrait entre les toits. Les vieux grimoires poussiéreux, exposés dans la vitrine sombre, intriguaient sans donner envie d'y rentrer.

Un décor encore plus lugubre que celui d'Alençon, pensa Éléa, et pourtant, elle gardait un souvenir d'adolescence presque traumatique des marionnettes russes, chinoises ou japonaises suspendues entre les livres.

Le libraire se tenait derrière sa caisse, vêtu d'une impeccable veste brune écossaise et d'un nœud papillon de velours vert. Elle le reconnut aussitôt, même s'il avait beaucoup vieilli. Son visage s'était creusé en rides parcheminées, mais les années n'avaient pas fané sa houppette de mésange sur son crâne dégarni, ni terni son regard de migrateur scrutateur.

— Bonjour, Éléa ! fit le libraire dès qu'elle entra.

L'Aspergirl chancela sous la surprise. Elle faillit s'accrocher à un dragon chinois qui pendait devant elle, mais se retint finalement à une pile de vieux livres de géographie.

— Vous vous souvenez de moi ?

— Bien sûr. Les adolescentes qui lisent de la poésie sont rares. Et encore plus rares sont celles qui sont aussi jolies.

Éléa, malgré elle, sentit qu'elle rougissait. Elle détestait ! Surtout devant un type souriant d'au moins soixante-dix ans. Elle bafouilla quelques mots idiots qu'elle regretta aussitôt.

— C'est curieux de retrouver votre librairie ici, enfin à Paris, si près de l'endroit où je vis.

Baou se fendit d'un nouveau sourire mystérieux.

— Peut-être êtes-vous entrée dans une *librairie sur demande* ? Comme à Poudlard. Vous rêvez d'un livre, et j'apparais pour que vous puissiez le trouver.

Une librairie sur demande ? Rien que ça ! Éléa détestait Harry Potter, Star Wars, la Terre du Milieu et tous ces univers imaginaires qu'il fallait partager avec des milliards d'autres fans.

— C'est bon, je ne suis plus une ado ! Je ne crois plus aux livres de sortilèges, et encore moins aux créatures qui parlent.

Elle regarda ostensiblement la superbe poupée japonaise suspendue devant elle.

— Vraiment ? s'amusa le libraire, narquois.

Éléa eut soudain l'impression que les lèvres de la poupée frémissaient et que ses bras allaient se mettre à bouger.

— N'ayez pas peur, la rassura Baou. C'est une karakuri ningyō ! Une marionnette mécanique japonaise, un art traditionnel qui remonte au XVIIe siècle. Ces automates sophistiqués étaient capables de marcher, ou de servir le thé. D'ailleurs, ningyō signifie à la fois poupée et marionnette, comme dans beaucoup d'autres pays. Avez-vous remarqué, Éléa ? Marionnettes peut se traduire en anglais par *puppets*, par *pupi* en Italie…

Il se fout de toi ! assura Brain. *Il t'endort avec son baratin.*

— Non, admit Éléa. Mais s'il vous plaît, arrêtez de jouer et répondez-moi. Qu'est-ce que vous faites ici ? À Paris ?

Le libraire la fixa avec calme, de toute l'intensité de ses yeux clairs, d'un bleu rare qui tendait vers le gris perle.

— J'ai déménagé, il y a quelques années. N'est-ce pas le rêve de tout libraire de s'installer ici ? Il y a plus de lecteurs dans n'importe quel arrondissement parisien que dans un département entier ailleurs.

Éléa s'avança lentement vers la caisse, au fond du magasin. Plus elle s'enfonçait entre les rayons et plus la boutique paraissait sombre. Pourquoi construire un magasin tout en longueur dans une rue aussi étroite ? Le soleil ne devait jamais s'être aventuré aussi loin qu'elle.

Sur un présentoir, en évidence, elle repéra le fanzine, *J'écrivais des silences*.

La couverture était différente de celle du numéro qu'elle avait si souvent feuilleté depuis son adolescence. Ainsi, ce vieux fou le publiait encore, des années après !

Elle essaya de réfléchir le plus rapidement possible, sans que Brain ne vienne s'en mêler.

Ce libraire était certainement au courant du jeu de piste organisé par son Petrouchka. Il était son complice. Il allait lui remettre une enveloppe, un rébus ou une charade pour la faire cavaler jusqu'à l'étape suivante. Ça s'arrête quand ton jeu, Pierre ? Ce sont tes bras que je veux, uniquement tes bras.

— Vous cherchez quelque chose, Éléa ?

— Oui. Mon ami, Pierre Rousseau. Vous le connaissez ?

Le libraire se contenta de lui adresser un sourire désolé, sans même prendre la peine de le rendre énigmatique.

— Peut-être. Son nom ne me revient pas, mais je vois passer beaucoup de clients.

Ben voyons, fit Brain. *Je confirme, il se fout de toi !*

— C'est lui qui m'envoie ici, tempéra Éléa.

— Ça ne m'étonne pas. On entre rarement chez moi par hasard.

Connard !

Éléa n'avait pas d'autre choix que de faire taire Brain et de jouer le jeu.

— Vous l'avez forcément remarqué, insista-t-elle avec une politesse forcée. Il est toujours très élégant, grand, élancé. Il se déplace comme un automate touché par la grâce. Il possède d'étonnants yeux gris, un peu de la couleur des vôtres.

— À mon âge, vous savez, on ne regarde plus guère les garçons… et à peine les jeunes filles.

La patience d'Éléa, en général, était très limitée, et plus encore lorsque les conversations s'éternisaient. Elle planta ses yeux noirs dans ceux du libraire.

— Arrêtez de vous moquer de moi ! Pierre publiait dans votre fanzine ! Je vous avais même confié une lettre pour lui !

— Ah ? Et il vous avait répondu ?

— Oui !

8 759 fois exactement, précisa Brain dans sa tête.

— Je suis ravi pour vous, affirma le libraire. Vous pouvez le constater, ma petite revue existe encore. Je vous en prie, prenez-en un exemplaire.

Éléa hésita, puis haussa encore la voix.

— Ça suffit ! Dites-moi la vérité ! Pourquoi connaissiez-vous l'adresse de Pierre ? Pourquoi aviez-vous publié ses poèmes ?

Elle leva le bras et se retint de secouer la sage karakuri ningyō au-dessus de sa tête.

— Pourquoi ces marionnettes accrochées partout dans votre librairie alors que le plus grand rôle de Pierre en est une, Petrouchka ?

Le libraire demeurait toujours aussi calme. Il répondit d'une voix douce, tout en vérifiant du bout des doigts que sa houppette ne s'était pas couchée sous la tempête.

— Un hasard, Éléa, je vous l'assure. Un heureux hasard. Les arts de la marionnette sont une synthèse de tous les autres arts. La littérature, la danse, la sculpture, le dessin, le théâtre, et bien entendu la poésie. Prenez ce fanzine, Éléa, je vous en prie.

Éléa avait compris. Ce libraire avait reçu des consignes. Se taire et lui donner ce magazine. Pourquoi son Petrouchka jouait-il avec elle un jeu aussi cruel ?

— Je vous en prie, explosa Éléa. Dites-moi au moins si Pierre est vivant !

Le libraire ne broncha pas.

— Dites-moi au moins où il est ! S'il va bien. Si je peux lui écrire, s'il me répondra. Je vous en supplie, répondez-moi.

Le vieil homme attrapa lentement le fanzine de poésie et força Éléa à s'en saisir.

— Je suis désolé, je ne peux rien vous apprendre de plus. Mais prenez, prenez.

Les doigts d'Éléa se refermèrent sur le magazine. Ils tremblaient, puis petit à petit, comme si le papier avait une vertu thérapeutique, s'apaisèrent. Éléa retrouvait son calme, le libraire ne lui dirait rien de plus. Une forme de résignation face à son obstination.

Elle ressortit vers la lumière blanche de la rue de Venise, mais avant de pousser la porte, se retourna une dernière fois.

— Dès que je serai dehors, votre librairie disparaîtra par magie ?

Le libraire huppé la gratifia de son sourire le plus troublant.

— Peut-être. Je vous l'ai dit, vous êtes entrée dans une librairie sur demande. Tout va dépendre de vous maintenant.

Éléa marchait à pas pressés dans la rue, énervée, serrant le fanzine plié en rouleau dans sa main.

Quel guignol, ce vendeur de papier ! Pour qui se prenait-il, ce poète d'opérette, avec sa houppette sur la tête, son allure de

Merlin l'enchanteur et ses marionnettes rafistolées accrochées au plafond de sa boutique comme des toiles d'araignée le jour d'Halloween ?

Évidemment, son Petrouchka avait mis ce libraire dans la combine !

Et la prochaine étape de ce stupide jeu de piste se trouvait… dans ce fanzine.

La dernière étape ?

Éléa s'était dirigée, sans même en être consciente, vers le square le plus proche, celui de la tour Saint-Jacques. Elle poussa le portillon et s'installa sur le premier banc libre. Quelques mamans surveillaient leurs enfants, des amoureux s'embrassaient sur le gazon, des touristes asiatiques patientaient pour grimper dans la grande tour gothique et bénéficier d'une vue panoramique sur Paris. Elle se souvenait y être montée, un été, avec Pierre.

Éléa chassa la mélancolie qui affleurait, le bonheur joyeux de ces badauds l'effrayait. Elle sortit deux écouteurs de sa poche et les enfonça dans ses oreilles, sans brancher le cordon à son téléphone. Ainsi, elle pourrait discuter tranquillement avec Brain sans être prise pour une cinglée. D'ailleurs, elle en était persuadée, la plupart des gens qui parlaient seuls dans la rue à leur téléphone, leur micro-cravate, ou leur oreillette, étaient des rusés qui en réalité ne conversaient qu'avec leur tête.

— Alors Brain, t'en penses quoi ?

Ce libraire connaît Pierre, c'est évident. Mais Pierre n'est peut-être pour lui qu'un client un peu poète avec qui il a sympathisé, ou…

— Ou… ?

Ou il partage avec lui un lien un peu plus intime.

— C'est-à-dire ?

Tu vois très bien ce que je veux dire. Tu as vu ses yeux gris ?

— Oui. Et mon Petrouchka ne m'a jamais parlé de son père. Baou serait mon… beau-papa ?

Pourquoi pas ? Pierre a cherché une façon originale de te présenter à ta belle-famille… Quelle sera la prochaine étape ? Ta belle-mère ? Sa grande sœur ? Son petit frère ? Allez, ouvre-moi ce magazine, qu'on se coltine cette nouvelle énigme.

Le fanzine ne comportait qu'une douzaine de feuillets. Éléa le déplia et tomba directement sur la bonne page, comme si une nouvelle fois, tout avait été prémédité. Le poème de Pierre s'étalait sur toute la double page centrale.

À la musique, poème d'Arthur Rimbaud,
proposé par Pierre Rousseau

Place de la Gare, à Charleville.
Sur la place taillée en mesquines pelouses,
Square où tout est correct, les arbres et les fleurs,
Tous les bourgeois poussifs qu'étranglent les chaleurs
Portent, les jeudis soirs, leurs bêtises jalouses.
[…]
Sur les bancs verts, des clubs d'épiciers retraités
Qui tisonnent le sable avec leur canne à pomme,
Fort sérieusement discutent les traités,
Puis prisent en argent, et reprennent : « En somme ! »

Éléa s'était laissé bercer par les rimes. Ces pelouses mesquines, ces bancs verts, ces bourgeois, ces épiciers défilaient devant elle comme sur une scène. Elle ressentait ce que Rimbaud ressentait, cette distance au monde, cette façon de regarder l'agitation des villes comme un savant observe des insectes pathétiques, cette certitude d'avoir raison sans que personne pourtant ne pense comme elle.

Ce Rimbaud, suggéra Brain, *ça ne m'étonnerait pas qu'il fasse lui aussi partie du club des Asperger.*

Éléa confirma mollement de la tête.

— Reste concentré, Brain. Pourquoi Pierre a-t-il choisi ce poème, *À la musique* ? Pourquoi évoquer la gare de Charleville ? Il veut que j'aille là-bas ?

Les yeux d'Éléa lurent et relurent les neuf lignes, puis s'attardèrent sur la seule image illustrant le poème. La photographie d'une curieuse église dont l'entrée ressemblait à un temple grec, avec deux colonnes doriques soutenant un fronton triangulaire.

— Et cette église ? continua Éléa. C'est celle de Charleville ?

Y a peu de chances. Aucun rapport entre son style néoclassique et l'architecture religieuse des Ardennes.

Éléa sourit. Brain parvenait toujours à l'épater. Il possédait la capacité de stocker des informations incroyables : elle se souvenait seulement avoir feuilleté, il y a très longtemps, un livre de photographies sur la Wallonie.

— Une chose est certaine, fit Éléa, en m'envoyant dans cette librairie, Pierre savait que je verrais ce fanzine et que le libraire me l'offrirait. Peut-être que Baou n'est pas complice, que mon Petrouchka est encore plus machiavélique.

Elle feuilleta rapidement les pages, et s'arrêta sur la date d'impression. *Vendredi 15 septembre 2023.* Hier !

— Tu vois, jubila l'Aspergirl. C'est une nouvelle preuve que Pierre est vivant !

Ou pas. Il a pu confier ce poème au libraire la semaine dernière. Ou même il y a un an.

— Je te hais ! N'oublie pas qu'il m'a envoyé deux textos ! Trouve-moi plutôt où se situe cette église, au lieu de jouer au corbeau.

Comment veux-tu que je fasse ? Je ne connais pas toutes les chapelles de France !

— Alors tant pis pour toi !

Éléa leva la main, comme pour embrasser sa bague.

— Ma Précieuse, peux-tu scanner la photo de cette église et la télécharger sur GéoTrack ?

La caméra du téléphone scannait, Brain boudait, le logiciel de reconnaissance de lieux, particulièrement utile pour localiser ses photos de vacances des années après, tournait. Quelques secondes plus tard, un nom apparut, accompagné d'une adresse, de coordonnées géographiques, et de la distance kilométrique entre sa position et celle du monument géolocalisé.

Église Saint-Martin. Florac.
Située à 663 km.
Trajet le plus rapide avec péage : 6 h 12.

— Merde ! jura Éléa. Florac ? En Lozère ? En plein désert ? C'est là-bas que je dois retrouver Petrouchka ?

Eh bien ce coup-là, il rêve, ton Pierre ! S'il croit qu'on va partir en pèlerinage ! Comment pourrais-tu y aller ? Tu n'as pas de voiture ! Tu n'as même pas le permis. Alors, à moins que tu n'aies envie de te taper dix heures de train…

Comme toujours, Brain avait raison. Il aurait été complètement fou, à partir d'un simple cliché, de se lancer dans un tel trajet. Éléa prit le temps d'observer le square autour d'elle, repoussant la sensation désagréable d'être observée. Peut-être à cause de ces touristes perchés en haut de la tour Saint-Jacques, cinquante mètres au-dessus d'elle.

— Ma Précieuse, lança soudain Éléa, peux-tu m'indiquer les possibilités d'effectuer le trajet Paris-Florac en BlaBlaCar ? Départ le plus tôt possible.

BlaBlaCar ?

La pierre de la bague prit une teinte rubis, puis saphir, avant d'annoncer d'une voix fière :

Prochain départ demain à 5 heures du matin.
Porte Dorée.
Arrivée à Florac à 11 heures.
Trajet direct. 25 euros.

Éléa triomphait.

— Fais tes valises, Brain. On part en vacances !

C'est n'importe quoi !

— T'es jaloux de ma Précieuse ?

Jaloux d'une machine ? Tu plaisantes ?

— Et alors ? Qu'est-ce qui ne va pas ?

Sais-tu que BlaBlaCar a été inventé par les gens qui s'ennuient quand ils voyagent seuls ? Qui ne peuvent pas s'empêcher de papoter pendant tout le trajet. Qui adorent se faire de nouveaux amis. Tout l'inverse de toi, mon Aspie.

18

NANESSE

Bourg-Fidèle, Ardennes

La capitaine Katel Marelle coupa son téléphone au bout de la dixième sonnerie.

— Merde ! Ils ne sont quand même pas tous en week-end ?

Nanesse considéra la gendarme avec une indulgence bienveillante.

— Un samedi après-midi à 5 heures et demie, y a des chances.

— Et moi qui vous faisais la réclame pour notre belle administration. Pas moyen dans ce pays de consulter un registre de naissance en dehors des horaires d'ouverture des mairies ?

Katel se leva, énervée, et lorgna sur la Chimay Dorée de Nanesse.

— Vous n'allez pas la finir ?

— Je ne l'ai pas commencée.

La mèche de la capitaine tombait à nouveau sur son œil gauche. La gendarme marcha dans la pièce, observant la pluie qui continuait de frapper aux fenêtres, puis l'oscillation légère des marionnettes accrochées au plafond, comme si elles aussi fixaient l'horizon. Est-ce que le tueur au visage brûlé et son complice se cachaient dehors, quelque part sous l'averse ?

— Je ne peux pas attendre lundi, marmonna Katel, j'ai deux assassins dans la nature. J'ai besoin d'avoir la confirmation que Renaud est bien né à Charleville, et que le lieu et la date de naissance de ce Pierre Rousseau et de ce Hans Bernard sont bidon.

Nanesse paraissait à peine l'avoir écoutée. Elle regarda sa montre et ouvrit les tiroirs du vaisselier, visiblement préoccupée par quelque chose de plus vital que les tueurs en fuite.

— Tant pis, je fais charger la cavalerie ! Je vais secouer les collègues de Mende et du dix-huitième arrondissement de Paris. Ils trouveront bien les moyens de réquisitionner un employé municipal pour aller fouiller dans les archives de la mairie. À Charleville, je vais demander à l'adjudant Vigneules, il a un oncle au conseil municipal, on gagnera du temps.

La capitaine avala une gorgée de Chimay, puis déverrouilla son téléphone de service pour avoir accès à la ligne directe de toutes les gendarmeries de France. Alors que Katel franchissait un par un les contrôles de sécurité imposés par un répondeur, Nanesse la tira par le bras.

— Capitaine, si ça ne vous dérange pas, pendant que vous téléphonez, je vais préparer à manger ?

— Pardon ?

— Pour ce soir, au menu, j'avais prévu une cacasse à cul nu. Alors le temps de la laisser mijoter…

Katel Marelle roula des yeux sidérés.

— Attendez, Agnès… Vous m'avez certifié que vos petits protégés de l'ASE avaient été placés temporairement ailleurs, que vos vrais enfants sont grands, que votre mari est, heu, enfin, je veux dire, vous êtes toute seule, et… et vous allez cuisiner ?

Ce fut au tour de Nanesse de paraître étonnée.

— Oui. Cuisiner m'a toujours apaisée. Aidée à penser. Être seule ou dix à table, ça change quoi ?

La capitaine reposa sa bière et mit son téléphone sur pause.

— Ça change quoi ? Moi j'ouvre une boîte, ou je décongèle un truc. Manger tout seul au bout de sa table, c'est déjà sinistre, alors si en plus faut se farcir chaque jour une recette sur Marmiton. C'est quoi, votre cacasse à cul nu ?

— Un plat ardennais, une fricassée de pommes de terre, cuites dans une cocotte en fonte.

— Et on est obligé de le cuisiner cul nul ? Même quand on est célibataire ?

Nanesse sourit, presque un petit filet de rire, le premier depuis deux jours.

— Non, *cul nu*, c'est parce que c'était le plat du pauvre, ça signifie *sans viande*, elle était trop chère, mais aujourd'hui on cuisine la cacasse culottée, c'est-à-dire avec des tranches de lard ou une saucisse fumée.

La capitaine sembla méditer un moment sur la fricassée de pommes de terre ou sur les repas solitaires, puis se reconcentra sur son portable. Elle passa le quart d'heure suivant à essayer de contacter les gendarmeries et policiers de Mende, du dix-huitième arrondissement de Paris, et bien sûr de Charleville-Mézières. Elle donna des ordres précis, s'énerva souvent, *oui ce soir, lieutenant, c'est urgent !, j'ai déjà deux cadavres entre Charleville et Sedan*, se calma parfois, parlementa, *demain matin au plus tard, vous me le promettez, vous allez me porter des croissants au maire s'il le faut mais il doit vous refiler les clés*.

Elle raccrocha enfin. Nanesse avait enfilé un tablier.

— Mathias, enfin l'adjudant Vigneules, va essayer de joindre son oncle dès ce soir. Les autres s'engagent à faire ouvrir la mairie avant demain midi. C'est quand même incroyable de ne pas pouvoir boucler cette histoire d'acte de naissance dans la journée. Je suis désolée.

Agnès pleurait. Pour de faux. Les oignons coupés en dés.

— Ne le soyez pas, Katel, les gens ont le droit de se reposer, de passer du temps en famille. Vous avez de la famille, capitaine ?

Nanesse avait posé la question avec un naturel déconcertant. Katel en resta médusée.

— Ne parlez pas de malheur !

Tout juste si la capitaine ne fit pas de signe de croix pour conjurer le sort. Nanesse eut un regard de tendresse pour les marottes de Pierrot et Colombine enlacées dans leur vase de verre.

— Vous restez à manger ?

— Hein ?

— De la cacasse, y en a bien pour deux, même trois.

La gendarme se fendit d'un vrai sourire. Le premier depuis deux jours.

— C'est gentil. Vous êtes une vraie gentille, Agnès. Mais faut que je rentre, ce n'est déjà pas vraiment légal, le télétravail ici. Vous m'apporterez un doggy bag demain. De toute façon vous devrez passer à la gendarmerie pour la déposition, le portrait-robot de la gueule-brûlée et tout le tintouin.

— Capitaine, vous pouvez me faire une promesse ?

— Non. Sûrement pas.

Nanesse essuya ses mains sur son tablier et fixa Katel avec tendresse.

— Une fois chez vous, essayez de vous préparer un plat.

— Je ne suis pas seule. J'ai mon chat.

— Si vous voulez, je connais d'excellentes recettes de pâtée…

Katel Marelle sourit encore. Le second en moins d'une minute, un record. Elle observa Nanesse repartir s'activer en cuisine. Agnès Duval était de ces femmes qui se laissent porter par les vagues du quotidien, qui flottent comme des bouchons sur la vie, les enfants, les repas, le jardin, toujours occupées, les jours et les nuits se succédant telle l'alternance des marées, des mers courage, infatigables, inépuisables.

— J'ai essayé, Agnès, avoua la capitaine. La famille, je veux dire. La vie en couple, les bons petits plats, la fiesta sous les draps.

Katel ignorait pourquoi elle se laissait aller à des confidences, aussi intimes, avec une quasi-inconnue, qui plus est témoin dans une affaire de crimes non résolue.

— J'ai essayé les hommes, Agnès, plusieurs. Avec ou sans enfants. Expérimentés ou débutants. Je crois que je suis définitivement misandrique, ou misanthrope, ou misandre, enfin ce terme qui désigne les femmes qui n'aiment pas les hommes. J'ai essayé les femmes aussi, je confirme, je suis tout autant misogyne. Les chiens m'attirent moyen. Donc en ce moment je teste les chats. Je commence par un persan blanc, mais il me fait déjà chier. J'aurais dû en prendre un à l'essai, je me suis laissé attendrir comme une gamine par des vidéos de chatons. J'en ai encore pour au moins dix ans. Pfou… Au moins un mec, quand c'est fini, on peut lui expliquer que c'est plus la peine qu'il revienne attendre sa gamelle.

Nanesse se retourna, se pencha sur sa cocotte. Elle pleurait. Pour de bon. Katel comprit à quel point elle avait été maladroite. L'homme de Nanesse ne reviendrait plus jamais manger dans sa gamelle.

— Je suis conne, Agnès. Excusez-moi.

Elles partagèrent de longues secondes de solitude complice. Le silence menaçait de s'installer pour un bon moment, quand la sonnerie du portable de la gendarme les libéra.

— C'est sûrement Vigneules. Il a dû avoir son tonton. Allô, Mathias ?

— Non, désolé de vous décevoir, capitaine, c'est Jérémy. On vous cherche partout à la gendarmerie.

— Je télétravaille ! Tu vois, tu m'appelles, je réponds, c'est aussi simple que ça. Alors, t'as du nouveau ?

— Oui ! Vous allez être fière de vos jeunots. On avance à grands pas… Du 46 ! Mais les traces de semelles relevées dans la cave de Bruno Pluvier ne correspondent pas à celles du belvédère des Quatre Fils Aymon. Si Renaud Duval a été assassiné, ce n'est pas par l'assassin de Bruno Pluvier.

— Sauf si l'assassin a changé de chaussures.

— Tiens c'est vrai, on n'y avait pas pensé.

Katel soupira, Jérémy Bonello enchaîna.

— Par contre, on a comparé les traces de pneus des véhicules garés sur le parking du belvédère, le soir de la mort de Renaud Duval, à celles de la voiture garée le long du canal des Ardennes, devant chez Bruno Pluvier, et là, bingo ! Ce sont les mêmes ! En conséquence, capitaine…

— On a deux tueurs dans la nature ! coupa Katel. Une gueule-brûlée et l'autre non identifié, puisque Agnès Duval n'a vu que ses pieds. Elle sera à la gendarmerie demain dès l'aube, à l'heure où blanchit la Champagne. Bonne soirée, Jérémy !

Elle allait raccrocher, le lieutenant Bonello toussa.

— Capitaine, attendez, il y a autre chose.

— Ouais ?

— Les collègues ont continué de ratisser le site, ils sont descendus dans le gouffre au milieu de la prairie, le trou-à-laine, pour rien, puis ils ont fait du rappel du belvédère jusqu'à la Meuse, et là devinez ce qu'ils ont trouvé au milieu des ronces ?

Au silence qui suivit, Jérémy comprit que la capitaine n'avait pas envie de jouer aux devinettes.

— Un pistolet ! Et pas n'importe lequel. Un CZ 75. Une des armes de poing les plus répandues dans le monde. D'après la balistique, un seul coup a été tiré. Si c'est Renaud Duval qui était visé, il n'a pas été touché. On n'a retrouvé aucun impact de balle sur son cadavre.

— Il a pu vouloir sauter du parapet pour échapper au tireur… Ou, autre possibilité, l'arme lui appartenait.

— Ce ne sont pas ses empreintes sur la crosse et la détente ! Ce sont celles d'un autre, inconnu de nos services, mais qui chausse vraisemblablement du 46.

— Bon boulot, Jérémy, admit la gendarme.

— Capitaine, y a quand même une coïncidence troublante.

Le lieutenant savoura le court instant où Katel chercha silencieusement le détail qui lui avait échappé. Sans le trouver.

— T'attends quoi, Jérémy, finit par s'agacer la capitaine, que je donne ma langue au chat ?

Le gendarme bafouilla.

— Non non, Katel. Ben voilà, heu, le CZ 75, c'est une arme tchèque ! Mise au point en Tchécoslovaquie pendant la guerre froide. Et vous vous souvenez ce que nous a raconté Agnès Duval ? Bruno Pluvier était parti chercher dans sa cave... un journal tchèque !

— Bien vu, Jérémy.

— Du coup, s'enhardit le lieutenant Bonello, j'ai pris une initiative. Le seul indice pour retrouver ce journal, d'après Pluvier, c'était un nom de bière... Alors j'ai consulté, disons heu, un expert. Enfin pour être précis un voisin avec qui je partage des barbecues, mais il s'y connaît, vous pouvez lui faire confiance, vous verriez sa cave, on y trouve plus de gueuzes que dans celle de l'ambassade belge...

— Abrège !

— Oui, heu, voilà, il propose un nom... *Pilsen*.

— Pilsen ? répéta Katel.

— C'est ça ! cria une voix du fond de la cuisine.

La capitaine s'arrêta, surprise.

— Vous avez bien dit Pilsen ? poursuivit Nanesse en s'approchant à grands pas. C'est forcément ça ! J'ai plusieurs fois entendu Renaud et Milana parler de cette ville.

— Qu'est-ce qu'elle a de particulier, grogna Katel, à part la bière, cette ville de Pilsen ?

Nanesse observa tour à tour Guignol, Pinocchio, les pantins au plafond et les marottes sur le buffet.

— Ça ne peut pas être une coïncidence ! répondit-elle. Pilsen est la capitale mondiale de l'art de la marionnette !

Katel Marelle s'était tue, téléphone collé à l'oreille, bluffée par ce qu'Agnès venait de lui apprendre.

Ils tenaient leur première piste !

Deux pièces de ce foutu puzzle, enfin, s'emboîtaient ensemble.

— Génial ! Jérémy, tu fonces là-dessus. On va éplucher tous les journaux locaux qu'on peut trouver à Pilsen et on les passe sur Google Trad. Tu m'attends, j'arrive !

Il y eut un bref silence.

— C'est que…

— C'est que quoi, Jérémy ? On est samedi soir, c'est ça ? T'avais prévu une soirée avec maman et les enfants ? Eh ben annule ! Et tu m'envoies deux hommes ici, à Bourg-Fidèle, pour garder la maison d'Agnès Duval. Je ne veux pas la laisser seule, les deux tueurs savent où elle habite. Si on a un troisième meurtre, ce sont tes dimanches qui vont sauter aussi.

— Y a bien Will et Mehdi, mais ils vont gueuler et…

— Dis-leur que de la cacasse cul nul les attend, ça va les consoler.

JE ME CROIS EN ENFER, DONC J'Y SUIS

Une saison en enfer, Arthur Rimbaud

L'HISTOIRE DE MINA

Le printemps de Petrouchka

– Août 1968 –

Je m'appelle Mina. Je suis née en 1956, en Tchécoslovaquie, un pays qui n'existe plus. Un pays dont les plus jeunes doivent croire qu'il n'a jamais existé. Un pays au nom presque impossible à prononcer. Alors je préfère dire que je suis née en Bohême.

Je sais que ce nom fait rêver, en France.

C'est juste une question d'accent. La bohème que les Français aiment, celle des artistes et de l'insouciance, des mansardes de Paris et des poètes maudits, celle de Rimbaud et d'Aznavour, s'écrit avec un accent grave.

La mienne porte un chapeau. *Bohême*. Un couvercle. Un ciel de fer.

Je ne le savais pas encore, en 1956, quand je suis née, à Prague, dans le quartier de Vyšehrad.

Mon père était professeur de dessin, à l'UmPrum, l'École des arts appliqués de Prague, et ma mère professeur de français au lycée Václav Hanka.

Des intellectuels privilégiés. Nous habitions un grand appartement donnant sur la rue Celetná. Mes parents écoutaient Smetana et Dvořák, les violons de la *Moldau* ou de la *Symphonie du Nouveau Monde* résonnaient jusqu'au pont Mánes. Ils lisaient Čapek et Kafka et bien entendu beaucoup de littérature française. Il paraît même que maman avait accroché un portrait d'Arthur Rimbaud au-dessus de mon berceau et me récitait ses poèmes.

C'était une enfance heureuse, à écouter les musiciens sur le pont Charles, et surtout à assister dès que je le pouvais aux spectacles de marionnettes du théâtre Spejbl et Hurvínek. Mon père était l'ami de Josef Skupa, le plus grand marionnettiste du monde. Il dessinait ses décors. J'avais même dans ma chambre une photo de Skupa me portant sur ses genoux, quelques mois après ma naissance, quelques mois avant sa mort. Peut-être mon amour des marionnettes est-il né de ce simple cliché ? Est-ce Josef Skupa, en jouant avec mes bras de nourrisson comme avec ceux d'un pantin de chiffon, qui m'a insufflé cette vocation ?

Ma vie était un conte de fées. Une vie de bohème en Bohême. Prague n'était qu'une immense scène sur laquelle je jouais. En français le plus souvent. J'étais presque bilingue à dix ans, onze ans, douze ans...

... c'était le printemps. Je n'avais jamais vu mes parents aussi souriants. Ils réunissaient tous les soirs des amis dans notre appartement, ils buvaient du vin français en parlant de mots et de noms que je ne connaissais pas, *socialisme à visage humain*, *printemps des peuples*, *Alexander Dubček*.

Un soir, je me suis endormie, tard, dans les bras de maman. Les derniers souvenirs que j'ai emportés dans mes rêves furent des rires d'adultes, la fumée des cigarettes des femmes qui discutaient au balcon, la chaleur de la nuit, les notes de piano, le frottement sur mes joues de la moustache de mon père, un frisson, un dernier frisson quand il m'embrassa, quand maman nous borda, mes marionnettes et moi, celles offertes par Skupa lui-même, Hurvínek, Manicka son amie aux cheveux rouges, son chien Zeryk, et surtout mon préféré de tous, mon doudou, mon chouchou : Petrouchka.

Le lendemain matin, quand je me suis réveillée la terre tremblait !

J'ai juste eu le temps d'attraper Petrouchka.

L'instant d'après, l'appartement a explosé.

Quand je me suis réveillée, une seconde fois, j'étais couverte de poussière et de gravats. Des murs Art nouveau dont parlaient avec fierté les amis architectes de papa, il ne restait plus qu'une façade déchiquetée. Partout, des gens hurlaient, couraient, fuyaient. Qui ? Quoi ? Où étaient maman et papa ?

Je ne savais rien alors, du haut de mes douze ans.

Je ne savais pas qu'un demi-million de soldats étrangers, six mille chars, près de mille avions venaient d'envahir la Tchécoslovaquie et bombardaient Prague. Je ne savais pas qu'il fallait opposer autant de canons à des familles qui rient, chantent, lisent et fument au balcon. Je ne savais pas que le visage humain du socialisme dont avaient rêvé mes parents allait être piétiné par les bottes russes de l'opération Danube.

Où étaient maman et papa ?

J'ai crié, je les ai appelés, et j'ai fui moi aussi. J'ai vu des centaines de parachutistes tomber du ciel, j'ai croisé des milliers de manifestants, ils bandaient les yeux des statues, ils déplaçaient les panneaux de signalisation, espéraient-ils que cela suffise à égarer les tanks russes ? J'ai erré pendant des heures dans les rues de Prague, avant de m'effondrer au pied du pont Charles, près d'un garçon d'à peine trois ans de plus que moi, qui jouait du violon pour couvrir le bruit des mitraillettes.

J'étais seule, avec Petrouchka.

Où étaient maman et papa ?

Je n'ai jamais eu la réponse. Tués dans le bombardement de notre appartement rue Celetná ? Emprisonnés, comme la plupart des intellectuels engagés lors de la prise de Prague ? Assassinés par les conservateurs qui avaient ouvert les portes du pays ?

Je ne le savais pas encore, mais je n'étais qu'une des milliers de petites fées jetées à la rue, punies parce que leurs parents avaient cru à une utopie. Il faut briser les rêves des enfants avant qu'ils n'y croient vraiment, et qu'on ne soit obligé de les tuer, une fois grands.

Quand je me suis réveillée, sous le pont Charles, le garçon au violon était parti. Petrouchka dormait toujours entre mes bras.

— Bonjour, m'a dit le Maure. Comment tu t'appelles ?

Le Maure se tenait debout à côté de moi. Sa bouche s'ouvrait et se fermait au rythme des mots qu'il prononçait. Ses bras et ses jambes remuaient tels des vrais. Fins et musclés. Il s'est élevé dans les airs plusieurs secondes, puis il est retombé avec la légèreté d'une plume de corbeau. Dans le soleil du matin, les fils d'argent étaient presque invisibles.

Pas une fois je n'ai eu envie de lever les yeux et de voir à quoi ressemblait le marionnettiste qui lui donnait vie.

J'ai attrapé ma poupée de chiffon et je l'ai moi aussi animée. J'étais la meilleure, une marionnette à fils entre les doigts, à l'école du théâtre de Skupa.

— Tout le monde m'appelle Petrouchka !

— Tu es perdu ?

— Je crois, oui.

— Tu te débrouilles bien, tu es doué.

Je me suis mise à danser autour de lui.

— Merci !

Le Maure a souri, agité ses paupières, dodeliné de la tête, exactement comme un garçon intimidé l'aurait fait. Jamais je n'avais vu un marionnettiste donner à un pantin une expression aussi réaliste.

— Si tu es perdu, tu veux venir te reposer quelque temps avec moi ?

J'ai regardé les cadavres le long du quai, les chars alignés le long de la Vltava sur les pelouses du parc Kampa, le drapeau rouge flottant sur le château de Prague, les flammes et les fumées qui s'élevaient d'un peu partout.

Et j'ai dit oui.

Libor Slavik avait à peine vingt-cinq ans. Il se faisait appeler *Louka*.

Même si j'étais trop jeune pour réellement pouvoir posséder un avis éclairé, je crois qu'il était un très bon marionnettiste. Il tournait avec sa roulotte en Tchécoslovaquie, et au-delà, dans tous les pays du pacte de Varsovie, depuis plusieurs années.

Libor était beau. Il avait cette grâce des hercules de foire qui peuvent se transformer en ballerines. Ce magnétisme des magiciens à la frontière du réel. Ce charme joyeux des bonimenteurs, et des yeux gris, de lave ardente, qui vous brûlaient dès qu'il vous regardait.

Libor était beau, mais marié et père de deux garçons de quatre et trois ans, Kristof et Amos. Il circulait, libre et insaisissable, sur les routes de Bohême et d'Europe centrale, avec ses fils et sa femme Zuzana.

Lors de leurs escales, quand ils garaient leur roulotte sur les places des villages, Zuzana interprétait la ballerine, et Libor Petrouchka ou le Maure.

Libor exécutait aussi des tours de magie, jonglait, crachait du feu. Zuzana prédisait la bonne aventure. Elle possédait un certain talent pour cela. Les villageois de Bohême, de

Moravie ou de Silésie l'écoutaient avec crainte et respect. Je dois l'avouer, Zuzana me fascinait.

Libor et Zuzana m'ont emmenée très vite, très loin. Vers la frontière autrichienne. S'éloigner de Prague, c'était leur seule obsession. S'éloigner des villes, se rendre là où l'on ne poursuivait pas les artistes. Je les ai suivis, aveuglément. Qu'aurais-je pu faire d'autre ?

J'ai grandi sur la route, j'ai dormi dans des granges, j'ai mangé sur des marchés, j'ai fait rire aux éclats des milliers de Tchèques en faisant valser Petrouchka avec l'ours dansant, et j'en ai fait pleurer des milliers quand Petrouchka agonisait, frappé par le sabre de bois du Maure.

Petrouchka était devenu mon rôle favori. Je m'étais coupé les cheveux très court, je m'habillais à la garçonne, j'enroulais mes seins dans une écharpe pour les aplatir. Je ressemblais à ma marionnette, jeune, belle, légère. Libor interprétait un Maure violent et fort, et Zuzana une ballerine manipulatrice, jalouse et sublime.

Kristof et Amos grandissaient eux aussi. Des enfants de la route, comme moi. Je m'occupais beaucoup d'eux, davantage que Zuzana. J'ai même souvent pensé qu'ils ne m'avaient recueillie que pour cela.

Kristof n'avait peur de rien, pas même de tirer les oreilles de Kinsky, notre jument, ou de tenter de cracher du feu comme son papa, avant même de savoir lire ou compter. Amos était plus calme, plus doux, il aimait écouter et raconter des histoires, il pouvait rester des heures à contempler un coucher de soleil sur les monts des Géants, ou à en reproduire les couleurs avec des crayons qu'un instituteur, fasciné par ses croquis à la craie sur le béton d'un mur d'école, lui avait offerts.

J'étais leur maman, leur nounou, leur grande sœur. Je me réveillais avec eux, je mangeais avec eux, je dormais avec eux.

Du moins j'essayais.

J'essayais de ne jamais être seule.
Avec Libor.

La première fois qu'il m'a violée, j'avais treize ans. C'était dans un champ près de Pilsen, pendant le festival de marionnettes, moins d'un an après le Printemps de Prague.

Il a recommencé, souvent, de plus en plus souvent, presque chaque soir, quand Zuzana dormait dans la roulotte.

Je posais mon matelas à la belle étoile. J'attendais les yeux ouverts, je savais qu'il viendrait.

J'aurais dû fuir, mais je n'avais nulle part où aller.

J'aurais dû fuir, mais Libor m'offrait un toit, une famille, un métier.

J'aurais dû fuir, mais j'avais peur, peur de me défendre, peur même de le haïr.

J'aurais dû fuir, mais j'aimais Petrouchka, et que serait-il devenu sans moi, que serais-je devenue sans lui ?

Peut-être aurais-je fini par accepter cette vie, si l'accident n'était pas arrivé.

Fut-il envoyé pour me punir, ou pour me sauver ?

Bénédiction ou malédiction ?

Je crois que je l'ignore encore aujourd'hui.

Dimanche 17 septembre 2023

19

VICKY

Rives du Tarn, Florac, Lozère

Nicole et Mathieu Mariotta habitaient une petite maison traditionnelle de pierres cévenoles, dans un hameau au bord du Tarn, quelques centaines de mètres à l'écart du village, comme si le vieil instituteur avait volontairement choisi de s'installer en retrait du bourg, pour garder un œil sur ses anciens élèves sans avoir à les croiser dès qu'il sortait.

Vicky avait acheté une quinzaine de chouquettes, Lola les offrit avec une politesse désarmante à la femme qui leur ouvrit la porte.

— Pour vous, madame.

Nicole Mariotta était sèche et ridée comme une pomme restée trop longtemps au soleil. Une pomme à cidre ou à vinaigre. Elle jeta à peine un regard au sac en papier. Elle les fit entrer et abandonna les chouquettes sur le premier meuble de l'entrée, au grand désespoir de Lola qui convoitait les viennoiseries depuis la boulangerie.

— J'aime mieux vous prévenir, dit Nicole Mariotta en baissant la voix, mon mari ne se souvient plus de grand-chose. Les médecins me certifient que ce n'est pas Alzheimer, que tout tourne bien dans son ciboulot, juste un peu au ralenti, mais ce ne sont pas eux qui vivent avec lui.

Elle conclut son avertissement en échangeant avec Vicky un sourire de comploteuse. Mathieu Mariotta était assis dans un vaste fauteuil, tourné vers la baie vitrée ensoleillée et la rivière qui courait au fond du jardin. Vicky ne voyait dépasser qu'une touffe de cheveux gris au-dessus du fauteuil, et deux charentaises en dessous.

— Votre fille peut aller jouer dehors, proposa Nicole. On a installé des mangeoires à oiseaux un peu partout, ça va l'amuser.

Par réflexe, Vicky observa par la porte-fenêtre ouverte les nichoirs dans les arbres et, trente mètres plus loin, l'eau vive du Tarn qui cascadait. Nicole Mariotta ajouta d'une voix pincée :

— Il y a une barrière. Personne ici ne s'est jamais noyé dans la rivière.

Lola avait compris. Elle avait collé Kasper dans les mains de sa maman et galopait déjà derrière les mésanges bleues dans le jardin ensoleillé. Vicky la suivit quelques instants des yeux, puis s'assit à côté de Mathieu Mariotta. Un œil sur l'extérieur, un œil sur l'instituteur. Son visage, à l'inverse de celui de sa femme, était rond et rouge. Une pomme à confiture ou compote, ou juste à croquer.

— Monsieur, commença Vicky, je ne veux pas vous importuner longtemps, alors je vais aller droit au but. Je recherche un homme, Hans Bernard. Je pense qu'il fréquentait l'école de Florac. Vous souvenez-vous de lui ?

— Hans ? Hans Bernard ? Oui, bien entendu ! Qu'est-il devenu ?

L'assurance du vieil homme fit bondir son cœur. Vicky ne savait plus où donner du regard, entre surveiller Lola, scruter chaque trait de Mathieu Mariotta pour évaluer la crédibilité de ce qu'il racontait, ou lever discrètement les yeux vers Nicole, qui dans le dos de son mari multipliait les haussements d'épaules et les soupirs silencieux pour bien signifier qu'il était gâteux.

— Vous… Vous en êtes certain, monsieur Mariotta ?

Mathieu se balança un peu sur son fauteuil, souriant.

— Évidemment que je suis certain ! Je n'oublie jamais aucun de mes élèves. Et ce petit Hans, encore moins qu'un autre…

Vicky sursauta.

— Comment ça, encore moins qu'un autre ?

— Eh bien, je me suis occupé de lui longtemps, pendant toute sa scolarité. Et c'était un gamin sacrément attachant.

Derrière lui, Nicole Mariotta tournait son index sur sa tempe, au cas où Vicky n'aurait pas compris que les neurones de son mari étaient dévissés.

— Hans était comment ? bredouilla Vicky. Je veux dire, physiquement.

L'instituteur en retraite se redressa.

— Vous ne me croyez pas, c'est ça ? Vous pensez que je perds la boule. Attendez-moi, je vais vous chercher des preuves. J'ai gardé tous les documents !

Mathieu Mariotta se leva lentement et fit glisser ses chaussons sur le parquet sans soulever les pieds jusqu'à la pièce d'à côté. Dès qu'il disparut dans ce qui devait être le bureau, Nicole apostropha Vicky.

— Ne vous fiez pas à ce qu'il raconte ! Vous lui auriez demandé s'il se souvenait de Jacques Chirac, il vous aurait juré qu'il lui avait appris à lire et écrire.

Mathieu revenait déjà, un épais dossier sous le bras. Il patina à nouveau sur le parquet impeccablement ciré, ses pantoufles l'astiquant à chacun de ses déplacements. Le temps qu'il reprenne sa place sur le fauteuil, Vicky inspecta encore une fois la pièce et le jardin. Lola jouait près des mangeoires accrochées aux branches basses d'un saule pleureur. Nicole Mariotta continuait de lever les yeux au plafond, vers les coins inaccessibles où se nichaient les araignées.

Mathieu ouvrit le dossier, sortit une première feuille et la colla dans les mains de Vicky.

— Lisez, mademoiselle. Moi je n'y vois plus assez.

Vicky baissa silencieusement les yeux. Mathieu Mariotta lui avait confié une liste d'enfants, sans doute tous ceux dont il s'était occupé, triés par ordre alphabétique. Les noms défilèrent sous son doigt.

Jérôme Avril
Isabelle Baron
Selim Belkacem
Sylvie Béranger
Hans Bernard

Lola essayait de jouer avec les oiseaux, mais ce n'était pas drôle. Dès qu'elle s'approchait ils s'envolaient trop haut, trop loin, rien à voir avec Raiponce et Pied-de-Chat, ses poneys qui n'obéissaient qu'à elle. Lola aurait bien aimé aussi passer de l'autre côté de la barrière, rejoindre la rivière, escalader les pierres, trouver une libellule ou un crapaud, mais elle n'avait pas le droit, et puis la barrière était trop haute, et puis maman la surveillait, et puis…

Lola s'arrêta.

De l'autre côté de la barrière, les deux hommes la regardaient.

Ils lui souriaient, et elle se força à leur répondre par un sourire.

Maman lui avait dit hier soir. *Quand les gens sont différents, il faut être gentil avec eux. Et ne pas avoir peur d'eux.*

Lola s'avança, elle devait se forcer à être très gentille, car les deux messieurs derrière la barrière étaient vraiment très différents.

— Regarde, fit celui qui portait des lunettes de soleil. Tu le reconnais ?

L'autre, celui qui avait le visage brûlé jusqu'aux oreilles, tendait vers elle une marionnette.

Un autre frère jumeau de Kasper ! Même si celui-ci avait la peau noire et un sabre de bois dans la main.

Lola s'approcha davantage encore, intriguée.

Je n'ai pas peur, maman, murmurait-elle dans sa tête. *Je ne dois pas avoir peur d'eux.*

Même si elle pensait le contraire…

Même si elle n'avait jamais vu de messieurs aussi affreux.

Ce n'était pas de leur faute, elle devait faire l'effort de sourire, de leur parler.

Et de ne pas avoir l'air dégoûtée en regardant leurs deux visages brûlés.

20

ÉLÉA

Autoroute A71, Allier

Samuel Galet conduisait sa Renault Captur break avec un agacement de moins en moins dissimulé. Il l'avait pourtant sacrément fantasmé, ce trajet Paris-Florac, un contrôle sanitaire dans les fromageries des Cévennes, comme il s'en cognait trois par mois pendant sa tournée des coopératives laitières. Pas question de prendre le train, il n'y avait pas de gares dans les bleds où il se rendait, et il avait cinquante kilos de matériel homologué à trimballer dans le coffre.

Alors oui, ce trajet Paris-Florac, il l'avait fantasmé dès que cette passagère s'était inscrite sur BlaBlaCar. Éléa Simon. Jeune et mignonne d'après ses photos sur les réseaux sociaux. Ça le changeait des passagers en couple qui se bécotent pendant tout le voyage sur la banquette arrière, et des bandes d'étudiants qui jacassent en lui demandant s'ils peuvent ouvrir leurs paquets de chips et leurs cannettes de bière.

Quand il l'avait fait monter dans sa Captur à 5 heures du matin, porte Dorée, Samuel l'avait trouvée encore plus mignonne en vrai, avec ses yeux noirs maquillés au khôl, son collant fantaisie sous sa petite jupe patineuse fuchsia et ses épaules tatouées sous les bretelles de son top en lycra.

C'était parti pour six heures de route !

Non pas que Samuel ait eu envie qu'il se passe quoi que ce soit avec cette fille, encore moins de lui mettre la main sur les genoux ou de laisser son regard descendre sur ses cuisses, elle avait vingt ans de moins que lui. Mais tout comme il est plus agréable de traverser des paysages de collines et de vignes plutôt que des plaines monotones, il est plus agréable de voyager à côté d'une jolie fille souriante avec qui on peut bavarder.

Souriante elle l'était. Souriante et muette !

La mignonne était restée rivée à l'écran de son téléphone pendant six cents kilomètres, avec à son doigt sa putain de bague connectée qui clignotait. Samuel avait essayé une dizaine de fois d'engager la conversation, sans succès. Quand il parvenait à tourner la tête, il la voyait pourtant remuer les lèvres, comme si elle parlait à sa bague, à son téléphone… ou à elle-même.

Tous ces trucs connectés sont en train de nous rendre cinglés ! pensa Samuel. *Même BlaBlaCar, l'application phare de la modernité solidaire et partagée. Avant, il suffisait de lever le pouce au bord de la route pour demander à une voiture de s'arrêter !*

Florac, 38 kilomètres.

Il larguerait cette fille place de l'église. C'est ce qu'elle lui avait demandé, il aurait gagné ses 25 euros et basta. La prochaine fois, il choisirait un mec, même un gros poilu dont le cul déborde du fauteuil et l'empêche de passer la cinquième vitesse, mais avec qui il pourrait parler foot, bagnoles, et gonzesses.

21

NANESSE ET KATEL

Gendarmerie nationale, boulevard Charles-de-Gaulle, Charleville-Mézières

Le maréchal des logis William Walcourt gara la Mégane bleue devant la gendarmerie, juste derrière la Clio d'Agnès Duval. Ils l'avaient encadrée avec Mehdi tout le trajet de Bourg-Fidèle à Charleville. Avant de couper le contact, il consulta la pendule du tableau de bord.

11 h 15.

La patronne allait encore être d'une humeur massacrante ! La capitaine lui avait laissé au moins cinq messages sur son portable, *où êtes-vous ?, on vous attend !, qu'est-ce que vous fabriquez ?*

William y pouvait-il quelque chose si cette Nanesse Duval, dont il était chargé d'assurer la sécurité avec Mehdi, leur avait préparé un petit déjeuner géant ce matin, si elle avait sorti du beurre d'Ardenne, des confitures de mirabelle et même fait sauter des crêpes ? Et puis merde, Marelle pouvait bien aboyer pour quelques minutes de retard, il n'allait pas refuser ce festin du matin offert avec une gentillesse désarmante. Ça compensait les quarante-huit heures de service sans pause et la nuit passée dans la Mégane, avec Mehdi qui ronflait à côté.

Il goba l'un des cookies au chocolat que Nanesse avait mis presque de force dans sa poche, *pour vos enfants, William*, puis essuya ses doigts sur son uniforme. Il finirait les autres avant de rentrer chez lui, ça éviterait à ses gamins de prendre autant de kilos que leur papa. Après tout il était chargé de surveiller Agnès Duval, pas sa ligne.

La capitaine Katel Marelle les attendait devant la porte de la gendarmerie, bras croisés et aile de corbeau sur l'œil gauche. Son mauvais œil ! À la gendarmerie de Charleville, une légende prétendait que Katel était de bonne humeur quand sa mèche tombait sur son œil droit. De mémoire de flic, personne ne l'avait jamais vue. William lui tendit une main grasse que la capitaine ne serra pas.

— Will et Mehdi, vous foncez en renfort place Ducale. On a besoin du maximum de monde possible là-bas ce matin.

Les deux gendarmes soupirèrent, mais obéirent. Ils savaient que dans les dix prochains jours, ils auraient à peine le temps de rentrer chez eux embrasser femme et gosses. La plus grosse manifestation de l'année s'ouvrait ce week-end à Charleville-Mézières : le Festival mondial des Théâtres de Marionnettes. Charleville en devenait la capitale pendant dix jours. Des artistes venaient des quatre coins de la planète, quatre cent mille visiteurs étaient attendus, toutes les places étaient transformées en scènes ouvertes. Le temps du festival, une ambiance de fête originale, joyeuse et familiale, au milieu des créatures les plus délirantes, régnerait sur la ville. C'est précisément pour cela que les gendarmes étaient mobilisés : pour que l'ambiance reste joyeuse et familiale.

Pour tout le monde, à part pour eux !

En ce dimanche matin, la gendarmerie de Charleville-Mézières, perdue en périphérie de la ville au milieu des concessionnaires motos et des boutiques de discount, paraissait étrangement vide. Un pavillon abandonné par les Carolos[1], tous occupés à la fête. À l'exception de Fatoumata, la gendarme adjointe assurant l'accueil, le lieutenant Jérémy Bonello et la capitaine Katel Marelle gardaient seuls les locaux.

— Bien reposée, Agnès ? demanda Katel en lui ouvrant la porte de son bureau. Will et Mehdi ne vous ont pas empêchée de dormir à faire de la balançoire dans votre jardin toute la nuit ? Le lieutenant Bonello va établir avec vous un portrait-robot de la gueule-brûlée, celle que vous avez croisée devant chez vous et dans la cave de Bruno Pluvier. Puis on va libérer Jérémy et continuer de travailler toutes les deux.

Le lieutenant Bonello entraîna Agnès dans son bureau et tira mollement deux chaises. Il posa sur la témoin ses yeux cernés de flic qui n'a pas dormi depuis la veille, sans avoir la chance qu'on lui offre au matin un copieux petit déjeuner. Ils s'installèrent devant un écran d'ordinateur. Bonello ouvrit un logiciel qui ressemblait à la version préhistorique d'une application de retouche d'images numériques.

Il fit défiler des dizaines de mentons, de lèvres, de nez, de fronts, mais Agnès devait admettre que seul la peau cloquée du tueur avait attiré toute son attention, et qu'elle n'avait aucune idée de la forme de son visage, de la couleur de ses yeux, ni même de la teinte de ses cheveux : châtain clair ? blond foncé ? Quant à son complice, elle n'avait vu que ses pieds à travers le soupirail fouetté par la pluie.

Le lieutenant établit néanmoins un dessin approximatif, ressemblant à n'importe quel Frankenstein ou méchant de carnaval. Il sauvegarda le tout en se tapotant les joues.

— Fatigué, lieutenant ? s'inquiéta Nanesse.

1. Surnom des habitants de Charleville-Mézières, officiellement appelés Carolomacériens.

— On a surfé toute la nuit sur Internet, avec Katel. On a commencé à tout éplucher à propos de Pilsen : cent soixante-quinze mille habitants, capitale européenne de la culture en 2015, porte d'entrée de la Bohême pour visiter Marienbad ou Carlsbad. C'est aussi la ville natale d'Emil Škoda, du gardien de but Petr Čech et du physicien Peter Grünberg, même si je vous avoue que je ne connaissais que les deux premiers. Faut croire que je suis plus calé en bagnoles et en foot qu'en physique quantique. Mais surtout, Pilsen est le berceau mondial des marionnettes, grâce à une autre star locale, Josef Skupa. Ce type est devenu avant la Seconde Guerre mondiale le plus célèbre créateur de marionnettes du monde. Par contre, pour l'instant, aucune trace de cet article de journal que Renaud Duval recherchait et qui a sûrement coûté la vie à Bruno Pluvier. On ne désespère pas, on va trouver !

La capitaine Marelle s'était approchée et se tenait debout derrière eux.

— Ces deux tueurs en liberté aussi, on va les trouver ! Mais tant qu'on ne les aura pas coincés, vous ne sortez pas sans escorte, Agnès. On vous colle deux flics aux fesses toute la journée. Ça vous semble peut-être exagéré, mais nous avons affaire à des tueurs qui éliminent les témoins gênants. À l'exception d'un portrait-robot d'ogre revisité par Picasso, d'empreintes relevées sur un pistolet tchèque balancé près du corps de votre mari, et de quatre pneus Michelin Crossclimate qui équipent généralement des SUV de moyenne gamme, on ne sait encore rien d'eux.

Le lieutenant Bonello bâilla.

— Cette fois vous me libérez, Katel ? Je suis sur le front depuis mercredi. Non stop. Vous m'accordez une petite parenthèse ? J'ai promis à Anne-So et aux gosses de les emmener voir le spectacle de marionnettes vietnamiennes sur l'eau.

— Accordé, fit Katel.

— Attendez, fit Nanesse.

Elle sortit de son sac une petite boîte plastique et la tendit au lieutenant.

— Cacasse à cul nu. Ça me ferait plaisir que vous acceptiez. William et Mehdi m'ont vidé la moitié de la cocotte hier soir et ça ne les a pas empoisonnés !

— Je peux vous garder un peu avec moi, Agnès ?

Ce n'était pas tout à fait un ordre de la part de la capitaine Katel Marelle, mais Nanesse avait compris qu'elle n'avait pas vraiment le choix. Elles étaient seules dans la plus grande salle de la gendarmerie, où d'ordinaire sans doute, un essaim d'hommes et de femmes en uniforme s'activaient d'urgence en urgence.

— Venez, j'ai quelque chose à vous montrer. Quelque chose qui devrait vous rassurer.

22

VICKY

Rives du Tarn, Florac

Hans Bernard.

Vicky tenait toujours la liste des élèves fournie par Mathieu Mariotta et relisait le nom et le prénom de l'homme qu'elle aimait.

Hans figurait sur cette liste !

Il ne lui avait pas menti, il avait bien passé son enfance à Florac. Hans n'était pas un fantôme, juste un petit gamin d'ici.

Elle laissa son souffle s'apaiser, rassurée.

— Mathieu, demanda-t-elle avec une douceur d'infirmière, pouvez-vous me parler de lui ? De ce petit Hans que vous trouviez si attachant ?

— Oh, répondit le vieil instituteur en grattant son crâne dégarni, c'était il y a longtemps, très longtemps…

Pas tant que ça, pensait Vicky. Mais les horloges du cœur des amoureuses tournaient sûrement plus vite que celles des retraités. Mathieu se grattait toujours le crâne, à la recherche d'un souvenir qui aurait repoussé. Nicole continuait de gesticuler derrière, Vicky commençait à douter.

— Mathieu… Avez-vous… des photos de lui ?

— Bien entendu ! Je vais les chercher.

Le vieil instituteur se leva. Ses chaussons reprirent leur lent glissement silencieux et soyeux. Dès qu'il disparut à nouveau dans le bureau, sa femme siffla.

— Je vous l'avais dit, ce nom, il ne s'en souvenait pas ! Vous espériez qu'il soit sur cette liste, n'est-ce pas ? Alors vous avez votre réponse ! Mais pour le reste, ne lui faites pas confiance. Il invente tout, il est gaga.

Mathieu revenait en portant un imposant album. Il se cala dans son fauteuil avant de tourner avec précaution les pages. Les photos des élèves, de simples photocopies piquetées et jaunies, défilaient. Des centaines de visages. Mathieu avait raison au fond, tout était vieux, si vieux.

Il s'arrêta enfin et posa l'album ouvert sur les genoux de Vicky, le temps d'attraper ses lunettes. Elle baissa aussitôt les yeux vers une double page où étaient alignés les portraits d'une vingtaine d'élèves, tous sages et sérieux, fixant l'objectif du photographe scolaire.

Une nouvelle décharge l'électrisa.

Elle était persuadée d'avoir reconnu Hans, sur la troisième ligne, déjà un peu rêveur, un peu ailleurs…

C'était l'occasion inespérée de tester la mémoire de Mathieu Mariotta !

— Mathieu, demanda-t-elle avec innocence, s'il vous plaît, pouvez-vous me montrer Hans ?

L'instituteur pointa son doigt, sans hésitation, sur le rêveur blond cuivré.

— C'est lui.

Vicky sentit une intense bouffée de chaleur la submerger.

Non, Mathieu Mariotta n'était pas gaga ! Oui, il se souvenait parfaitement d'Hans, ce petit garçon délicat.

L'instituteur récupérait déjà son album, le plus précieux de tous ses trésors. Il leva les yeux et sourit à Vicky.

— C'était un test, c'est ça ? Comme ceux que me font passer ces crétins de médecins, ces charlatans que ma douce moitié me force à consulter ?

Nicole Mariotta, toujours en faction derrière le fauteuil de son mari, grimaça. Elle tordit bizarrement ses doigts, telle une sorcière qui lance des sorts maladroits.

— Pas du tout, se défendit Vicky en rougissant. C'était juste pour…

— Hans avait de merveilleux yeux gris, enchaîna l'instituteur. Des yeux de carbone, de graphite, ou de lave incandescente qui aurait durci. Quand il vous regardait avec colère, ses iris devenaient deux mines de crayon, prêts à tracer les pires mots sur vous. Et l'instant d'après, son regard se faisait doux, comme s'il gommait tout. Il se déplaçait avec une grâce étrange aussi, à la façon d'un oiseau aux pattes trop raides, aux ailes encombrantes, mais dès qu'il les déployait…

Il s'envolait, termina Vicky dans sa tête. Ce regard, cette démarche, c'était Hans, c'était forcément lui. Sans doute avait-elle rougi, Mathieu lui lança un regard tendre.

— Hans est votre amoureux, n'est-ce pas ? Il a de la chance d'avoir une fiancée aussi jeune et jolie.

La sorcière dans son dos s'apprêtait à jeter de nouveaux sorts… et Vicky serait cette fois dans la ligne de tir. Mathieu Mariotta s'adressa à sa femme sans même tourner la tête.

— Tu vas me chercher mes comprimés de Tramadol, ma chérie ?

Nicole grogna, rechigna, mais elle n'avait pas le choix. Dès qu'elle disparut dans la cuisine, Mathieu posa sa main sur les genoux de Vicky.

— J'ai d'autres souvenirs, mademoiselle. Je me rappelle la mère d'Hans aussi. Ma femme ne l'aimait pas, c'était le cas de la plupart des femmes de Florac d'ailleurs. La mère d'Hans était, comment dire, un peu trop artiste.

Le vieil instituteur avait prononcé ce dernier mot, *artiste*, comme s'il conférait à la mère d'Hans une aura presque sacrée.

— Quel genre d'artiste ?

— Un peu tous les genres en vérité. Danse, chant, théâtre, dessin… Mais elle les regroupait tous en un. Elle était marionnettiste.

Vicky emprisonna les bras potelés de Kasper entre ses doigts. L'automate cassé de sa fille était toujours coincé entre ses genoux.

— La maman d'Hans intervenait dans les écoles des alentours, continuait Mathieu. Elle posait son castelet et organisait de petits spectacles, à Noël ou aux anniversaires.

— Ses marionnettes, elle… elle les fabriquait ?

— Oui. Elle possédait son petit atelier. Elle avait offert ses créations à tous les enfants de la commune. Je crois que la plupart des familles les ont gardées. Aujourd'hui, les mères les transmettent à leur fille, ou leurs petites-filles.

— Des marionnettes… comme celle-ci ?

Mathieu remonta ses lunettes sur son nez et examina Kasper.

— Oui, aucun doute. C'est bien une des poupées de Marion.

— Marion ? répéta une voix dans leur dos.

Nicole Mariotta agita sous le nez de son mari la gélule blanche et un fond de verre d'eau.

— T'es incapable de te rappeler la date d'anniversaire de tes enfants, et encore moins la mienne, mais tu te souviens du prénom de cette cinglée ?

Mathieu se contenta d'adresser à Vicky un sourire de prisonnier résigné qui va devoir bientôt quitter le parloir. Elle serra Kasper contre son cœur. Un instant, elle hésita à se lever, à marcher vers la fenêtre et chercher sa fille des yeux, mais son envie d'en apprendre davantage sur Hans fut plus forte. Jamais son camionneur cachottier ne lui avait avoué d'où lui venait cette passion des marionnettes, et ce talent pour les réparer.

— Vous souvenez-vous d'autres détails ?

Nicole Mariotta haussa les épaules, rapprocha son verre, menaçant d'enfourner la pilule dans la bouche de Mathieu dès qu'il l'ouvrirait.

— Quelques-uns, marmonna l'instituteur en retraite, presque sans desserrer les lèvres. Hans était un enfant un peu fragile, souvent malade. Sa mère partait parfois en tournée, mais elle revenait toujours. Pas une année elle n'a oublié de jouer son spectacle préféré à la kermesse. Bénévolement, discrètement, elle ne voulait même pas que les journaux locaux en parlent. Pourtant, Marion était sacrément douée…

Cette fois, Mathieu était resté coincé dans son passé, yeux trop fixes, bouche béante. Sa femme lui enfourna la gélule et claqua le verre contre ses dents.

— Avale ! Et arrête de raconter des salades. Vous savez, madame, son soi-disant opéra, c'était juste un castelet miteux bricolé par une bohémienne qui a foutu le camp depuis longtemps.

Mariotta n'avait pas desserré la mâchoire, croquant le verre au risque de le briser.

— Il confond tout, insistait Nicole Mariotta. Les mômes, les mamans, les années… Avale, je te dis !

Vicky hésita une dernière fois à s'avancer vers le jardin, à appeler Lola, mais prit le temps d'une ultime question.

— Mathieu, vous vous souvenez du nom de ce spectacle ?

Il hésita, puis soudain, ouvrit la bouche ; l'eau coula, le médicament aussi, l'instituteur toussa comme s'il allait s'étouffer, puis déclara sans respirer :

— Comment l'oublier ? C'est le plus beau spectacle qu'on ait jamais vu ici. Si vous saviez à quel point tout cela me manque, aujourd'hui. On l'attendait toute l'année, le Maure, la ballerine… et évidemment Petrouchka !

Lola se tenait devant la grille d'entrée du jardin, les deux hommes aux visages brûlés d'un côté de la barrière, et elle de l'autre. Au début, Lola avait tenté de fixer son regard sur la marionnette noire que l'homme-sans-oreilles lui tendait, seulement sur elle, le frère jumeau de Kasper, mais au final, elle s'était habituée à leurs têtes bizarres, et parvenait maintenant sans dégoût à poser ses yeux sur leurs figures cloquées. Maman avait raison, on est tous différents. Ce n'est pas parce qu'on est moche qu'on est méchant, c'est même le contraire, souvent.

Elle dévisagea celui aux lunettes de soleil.

— Toi, tu ne peux pas voir, c'est ça ?

L'aveugle fit pivoter son visage en direction de la voix, puis releva ses lunettes noires. Ses yeux étaient aussi blancs et inexpressifs que ceux d'un poisson mort.

— C'est ça.

Lola ne put s'empêcher de sursauter et tourna vite la tête vers celui qui n'avait pas d'oreilles.

— Et lui, il me voit mais il m'entend pas ?

L'homme scrutait chaque mouvement de ses lèvres.

— C'est ça, fit l'aveugle. Mon frère est sourd et muet.

Lola resta un moment à passer d'un visage écorché à l'autre, cherchant à comprendre comment ces deux hommes, avec un tel handicap, pouvaient affronter la vie de tous les jours.

— Du coup, demanda Lola, vous ne pouvez pas vous séparer ? Toi tu as besoin de lui pour voir, il est tes yeux, et lui il a besoin de toi pour entendre, t'es ses oreilles ?

— Tu as tout compris ! confirma l'aveugle. Dis-moi, t'es plutôt maligne pour une fille de cinq ans ?

L'aveugle lui souriait mais Lola restait sur ses gardes, un truc clochait.

— Si t'es aveugle et que tu ne me vois pas, comment tu sais mon âge ?

— Mon frère me l'a dit !

— Il parle pas, ton frère !

— Non, mais il m'écrit tout ce qu'il voit !

Pour le confirmer, l'aveugle tendit vers elle le portable qu'il tenait dans la main. L'écran était plus grand que celui d'un téléphone normal. Lola hésita, puis avança d'un pas supplémentaire jusqu'à la grille du jardin. L'aveugle chercha à tâtons la main de Lola.

— Touche la tablette, tu vas comprendre.

La fillette ne se laissa pas attraper, mais passa son index sur l'écran.

Elle sursauta. L'écran n'était pas lisse. Elle sentait sous son doigt des centaines de bosses et de creux, un peu comme quand on a la chair de poule.

— Ça chatouille le bout des doigts, frissonna Lola.

— C'est du braille, expliqua l'aveugle. Avec de l'entraînement, on peut l'écrire et le lire encore plus vite qu'avec des vraies lettres. Tu comprends, maintenant ? Mon frère possède la même *InsideOne*, c'est le nom de la tablette. Il m'écrit tout ce qu'il voit et je lui écris tout ce que j'entends.

Curieuse, Lola se tourna vers le sans-oreilles. Effectivement, lui aussi tenait un autre téléphone à écran géant dans sa main, celle qui ne soulevait pas le frère jumeau noir de Kasper au-dessus de la barrière. L'aveugle continuait de faire danser ses doigts.

— Et là, demanda Lola, tu écris quoi ?

— Que tu as une jolie voix !

— Et lui, il te répond quoi ?

— Que tu es jolie !

Lola bondit d'un coup en arrière, tel un petit chat craintif. À bonne distance de la barrière, elle regarda l'aveugle avec méfiance.

— Tu ne peux pas savoir ce que ça veut dire, *jolie*. Tu ne vois rien !

— Si, je me souviens...

La fillette se mordit les lèvres. Elle n'avait pas pensé à ça.

— Ah, tu voyais, avant ?

— Oui.

— Et... tu as eu un accident ?

— Oui. Mais je préfère ne pas en parler... Approche, Kristof a quelque chose à te montrer.

Lola ne s'approcha pas.

— Ton frère s'appelle Kristof ? Et toi ?

— Amos. Approche, on te fait peur ?

Lola se défendit immédiatement.

— Non ! Maman m'a dit qu'il ne fallait pas !

— Mais maman ne t'interdit pas de jouer à la poupée ?

Aussitôt, Kristof fit danser le frère jumeau de Kasper au-dessus de la grille du jardin. Le pantin virevoltait tel un lutin. Lola n'était plus un bébé, elle savait que c'était la main invisible de Kristof qui le faisait bouger, mais il était si doué qu'elle aurait presque pu jurer que l'automate était vivant, qu'il agitait son sabre pour de vrai, Lola aurait tant aimé le...

— Prends-le, proposa Amos, il est pour toi.

Lola tendit la main, mais Kristof tenait le jouet trop loin, trop haut, Lola devait encore s'approcher, presque se coller à la grille.

— Il s'appelle comment ? demanda Lola. Le mien c'est Kasper, mais il est cassé. Papa a promis de le réparer.

— Tu sais, Lola, s'il n'y arrive pas, j'ai beaucoup d'autres marionnettes à te montrer. Des filles et des garçons. Il y en a pour tous les enfants du village. Elles sont dans ma voiture, tu veux en choisir une ?

— Je n'ai pas le droit ! affirma Lola avec assurance.

— Tu as au moins le droit de regarder.

Comme par magie, la grille du jardin s'ouvrit. Lola fit un pas, rien qu'un pas. Un peu plus loin, le long du Tarn, une voiture argentée était garée.

Maman lui avait toujours interdit de parler aux inconnus, mais elle lui avait aussi interdit de dire du mal des gens différents, des handicapés, des personnes âgées, des…

Lola s'arrêta soudain, de penser, de bouger. Amos, de l'autre côté de la haie, tout en continuant de sourire dans le vide, se tenait appuyé sur une canne.

Une canne blanche.

Blanche et rouge.

Tachée de sang.

Lola voulut crier, voulut courir, voulut s'enfuir, mais une grosse main poilue se colla sur sa bouche et la souleva. Elle sentit une odeur de sueur sur elle, sans pouvoir lutter, elle n'avait pas assez de dents pour mordre, pas assez d'ongles pour griffer, pas assez de force dans les pieds pour frapper. Juste ses yeux pour pleurer. Elle ne se retint pas quand elle entendit la voix d'Amos, devenue aussi coupante qu'elle était douce un instant auparavant.

— On se tire. On va faire un tour dans les gorges du Tarn. On sera plus tranquilles pour ce qu'on a à faire.

Kristof ne pouvait pas l'entendre ! C'est donc à elle que l'aveugle parlait.

Lola hurla, mais son cri s'étouffa dans la paume qui la bâillonnait.

23

NANESSE ET KATEL

Gendarmerie nationale, Charleville-Mézières

Venez, avait dit Katel, *j'ai quelque chose à vous montrer.*

La capitaine s'était approchée d'un ordinateur de la gendarmerie. Une feuille imprimée était posée à côté du clavier.

Quelque chose qui devrait vous rassurer.

L'avertissement de Katel produisait l'effet inverse, Nanesse tremblait.

— L'adjudant Vigneules vient de me l'envoyer, expliqua la gendarme. Son oncle lui a ouvert la mairie de Charleville à la première heure ce matin.

Nanesse baissa les yeux et lut.

Mairie de Charleville-Mézières
Acte de naissance
(copie intégrale)
Prénoms : Renaud Richard Alain
Nom : Duval
Né le 29 janvier 1977, à Charleville-Mézières

L'acte de naissance était signé, tamponné, on pouvait même y lire le nom de l'officier d'état civil qui l'avait certifié, une certaine Marie-Cécile Friedrich.

— J'attends encore les retours de Mende et de Paris. Ils me les ont promis avant midi. Ainsi, on en aura le cœur net !

Par réflexe, Nanesse regarda l'heure qui s'affichait sur l'horloge rouge Ducati accrochée au mur de la gendarmerie.

11 h 38.

— Comment ça, le cœur net ?

— Eh bien, précisa Katel, on aura la preuve qu'Hans Bernard et Pierre Rousseau n'ont jamais existé, que ce sont des identités d'emprunt dont votre mari a sans doute eu besoin. Agnès, savez-vous comment fonctionnent un acte et un registre de naissance ?

— Ben…

11 h 39.

— Je me suis renseignée, c'est extrêmement réglementé. Un acte de naissance est un acte juridique de l'état civil. Dans le jargon de l'administration, ils appellent cela un *acte authentique*. L'objectif est d'avoir une preuve officielle que l'enfant est né. L'officier de l'état civil doit donc s'assurer d'une part que l'enfant n'a pas été volé, ni adopté illégalement, et d'autre part que l'enfant est bien né vivant. Pour cela il réclame en général un certificat médical, mais selon la loi, il peut aussi se rendre au chevet de l'accouchée.

— Ça n'arrive jamais !

11 h 41.

— Moins souvent aujourd'hui, admit Katel. Mais pour tamponner l'acte de naissance, il lui faut obligatoirement une déclaration de naissance, c'est-à-dire une attestation de la sage-femme ou du médecin ayant assisté à l'accouchement, ainsi que l'identité de celui qui vient déclarer la naissance de l'enfant à la mairie, évidemment le plus souvent le père ou la mère. Une mine de renseignements ! Allez-y, Agnès, lisez la suite de l'acte de naissance de votre mari :

Nom de la mère : Duval
Prénom(s) de la mère : Milana

Née le 29 septembre 1956 à Charleville-Mézières (Ardennes)
Nom du père : inconnu

Parent déclarant : la mère, qui déclare le reconnaître
ce jour et être informée du caractère divisible
du lien de filiation ainsi établi

Nanesse survola le document, puis releva les yeux sans cacher une pointe de lassitude.

— Formidable. Ma belle-mère s'appelait Milana Duval. Je savais déjà tout ça !

— Et c'est précisément pour cela que je veux m'assurer qu'il n'existe aucun acte de naissance au nom d'Hans Bernard et de Pierre Rousseau. Parce que ce document contient également des informations sur les parents, et que Milana ne peut pas avoir accouché le 29 janvier 1977 à trois endroits différents.

11 h 47.

La capitaine poussa deux chaises à roulettes devant l'écran de l'ordinateur le plus proche.

— À Mende comme à Paris, poursuivit-elle, ils doivent avoir terminé leur promenade dominicale dans les archives poussiéreuses des caves de la mairie. Ils ne devraient pas tarder à appeler. En attendant, Agnès, ça vous dirait d'aller vous promener en Tchéquie ? Du côté de Pilsen ? Avec Jérémy, on a recensé cinq journaux locaux. On s'est abonnés à leurs archives, on a accès à près de soixante-dix ans d'informations, avant et après la chute du rideau de fer. On a commencé à copier-coller sur Google Trad les articles associés aux photos les plus intrigantes… Je parle presque couramment tchèque maintenant ! Allez, hýbeme zadkem[1] !

1. On se bouge les fesses !

24

VICKY

Rives du Tarn, Florac

— Lola ?

Lola n'était plus dans le jardin.

Vicky avança jusqu'à la barrière, l'ouvrit, longea la rivière.

— Lola ?

Lola n'était pas près du Tarn non plus.

Vicky sortit dans le hameau, observa la route qui longeait la berge, vers le centre de Florac au sud, vers les gorges du Tarn au nord.

— Lola ? Lola ?

Lola ne se serait jamais éloignée, seule, dans un village inconnu.

Vicky se retourna. Nicole et Mathieu Mariotta se tenaient immobiles près des mangeoires aux oiseaux, incapables de prononcer le moindre mot.

— Lola ?

Lola ne serait jamais partie sans Kasper. Lola ne se serait pas aventurée le long de ce torrent sans la prévenir.

Vicky hurlait maintenant. Un par un, des voisins inquiets sortaient des autres maisons du hameau.

— Lola ? Lola ? Lola ?

25

ÉLÉA

Nationale 106, vallée du Tarn, Lozère

Florac, 11 kilomètres.

Samuel Galet se calmait. Le trajet s'achevait, la beauté à couper le souffle du paysage l'aidait à s'apaiser. Les gorges du Tarn s'ouvraient devant lui, au fur et à mesure que la route s'élevait. Il savourait la vue panoramique sur les falaises, les arbres suspendus à la moindre anfractuosité, et tout au fond de la vallée encaissée, au détour d'un virage pris un peu trop large, les écailles scintillantes de la rivière.

Aucun doute, Samuel préférait visiter les coopératives laitières des Cévennes, d'Auvergne et des Pyrénées plutôt que celles de la Beauce ou de la Vendée dont les paysages sont aussi plats qu'une tranche de fromage à raclette.

— Arrêtez-moi là ! cria soudain Éléa.

Le conducteur, surpris, faillit piler dans le tournant. Il se gara en catastrophe sur le côté, dans un nuage de poussière, le plus près possible d'une rambarde de fer en surplomb du canyon.

Samuel était un gentil, tout l'inverse d'un rancunier. Ça lui causait d'ailleurs du tort dans son métier, il finissait toujours par se laisser amadouer par les éleveurs qui s'arrangeaient avec les normes de sécurité.

— L'église de Florac est à onze kilomètres, mademoiselle. Je vais pas vous lâcher sur cette route en lacet. On n'y passe pas à deux de front, c'est un coup à vous faire écraser.

La passagère ne l'écoutait pas, elle avait déjà ouvert la Captur. Le temps qu'elle se faufile entre la portière et la rambarde de fer, Samuel put juste apercevoir la lueur violette de sa bague et la photo qui s'affichait sur son téléphone, plein écran.

Samuel crispa ses mains sur le volant.

La photo représentait le paysage devant eux !

Le même, exactement. Le même méandre, les mêmes bancs de sable ralentissant le courant, les mêmes chaos rocheux sur les versants. Le même pont de pierre qui franchissait le Tarn en contrebas.

Éléa enjambait déjà la barrière de sécurité. Elle s'arrêta un instant, au bord du vide, pour comparer une dernière fois le panorama et sa photo, puis disparut aussitôt.

Samuel hésita.

Redémarrer ? Courir après la fille ? Et après ?

Elle était plus jeune, plus rapide que lui, plus déterminée aussi. Il vérifia qu'aucune voiture n'arrivait, et reprit la route. Le silence dans l'habitacle était identique à celui d'avant, avant qu'il la dépose, mais quelque chose s'était détraqué. Avant le virage suivant, il regarda une dernière fois dans son rétroviseur, dans l'espoir de revoir la silhouette d'Éléa. Cette fille qui risquait de le hanter un sacré moment, parce qu'elle était sacrément jolie… et complètement cinglée !

T'es complètement cinglée !

— Ta gueule, Brain, c'est pas le moment !

Éléa évaluait l'impressionnante pente du versant de la vallée et cherchait un moyen de descendre vers le Tarn.

T'as vu le dénivelé ? insista Brain. *Au moins cent dix mètres, à cinquante-cinq degrés de moyenne. Et les ronces ? Et les rochers ? Avec ta jupe de princesse et tes semelles de ballerine, tu crois que t'es équipée ?*

— Et toi, t'as vu la photo que Pierre vient de m'envoyer ? C'est la suite du jeu de piste ! Le pont, ce méandre, cette vallée. Il veut que je m'arrête ici !

Éléa s'engagea dans la descente. Sa ballerine dérapa aussitôt, elle parvint in extremis à se raccrocher à une branche de sorbier qui lui laboura la paume.

Sauf si ce n'est pas ton Petrouchka qui t'envoie ces messages ! s'entêta Brain. *D'habitude il préfère les mots aux photos. Quelqu'un a pu lui voler son téléphone pour te faire cavaler. Ou même pire…*

Éléa lâcha la branche, se laissa glisser quelques secondes dans la pente, pour se raccrocher à un autre arbre quelques mètres plus bas.

— Mets-la en sourdine, Brain, j'ai besoin de me concentrer !

Éléa repéra sur sa droite un passage moins escarpé, une plateforme rocheuse dont les pierres formaient une sorte d'escalier. Elle pourrait jouer au lézard et ramper en se collant à la paroi. Elle releva sa jupe, fourra ses ballerines dans son sac et continua, essayant de calmer les battements de son cœur.

— Ferme-la, Brain. Surtout ferme-la !

Elle s'approchait du bas de la vallée, cahin-caha, collant fendu, genoux écorchés, pieds limés et mains en sang. La pente devenait enfin plus douce, elle s'arrêta sous un genévrier pour souffler. Elle n'était plus qu'à soixante mètres du pont de pierre au centre de la photo que Pierre venait de lui envoyer.

Tu crois vraiment que ton Petrouchka t'attend sous l'arche ?

— Oh oui, Brain !

Elle l'espéra un instant, dans le chaos désert de pierres et d'eau.

Elle avait vu une ombre bouger !

— Petrouchka ?

L'instant d'après, son cœur se bloqua…

Ce n'était pas lui, ils étaient trois.

Deux hommes aux silhouettes massives, et une petite fille chétive. Cinq ans maximum.

Éléa écarquilla les yeux, tétanisée par la scène qu'elle découvrait.

La fillette se débattait, frappait des mains, des pieds, pour échapper à l'homme qui la tenait au-dessus du Tarn.

— Merde, qu'est-ce qu'ils fabriquent ?

Tu vois comme moi, c'est juste une gamine hystérique que son papa essaye de calmer !

— T'es qu'un sale lâche, Brain. Regarde la gueule de ces deux mecs. Ils sont en train de la noyer.

Les deux hommes autour de la fillette paraissaient aussi solides que les blocs de granite qu'elle venait d'escalader. Si Éléa fonçait, elle ne ferait pas le poids…

La voix de la raison serait de rester tranquille et de…

— Rends-toi plutôt utile, l'intello ! Et trouve-moi une arme, n'importe quoi !

Sans attendre que Brain réagisse, Éléa se pencha pour ramasser le premier caillou venu, un silex vaguement aiguisé, le cala dans sa paume et se mit à courir dans le sens de la descente, soulevant un nuage de poussière sous ses pieds nus. Elle hurla à pleins poumons pour effrayer les deux hommes, espérant que ce soit suffisant pour qu'ils fuient devant ses cris.

Ils se contentèrent de se retourner.

Une nouvelle fois, le cœur d'Éléa cabriola.

Deux visages d'épouvante ! Deux gueules cassées ! De celles qu'on ne voit que dans les films de guerre, qui nécessitent des heures de maquillage…

Sauf que ce n'était ni un maquillage, ni un film.

C'était peut-être la guerre.

Planque-toi ! cria Brain.

Près du Tarn, le monstre sans oreilles avait sorti une arme et la pointait vers elle.

Trop tard, pensa Éléa en un éclair.

Trop tard pour écouter son cerveau, pour analyser la situation, pour réagir avec raison, elle était entraînée par la pente, par sa course, par le regard d'espoir que lui jetait cette gamine. Éléa n'était plus qu'un de ces soldats sacrifiés qu'on envoie charger au premier rang pour s'empaler sur les baïonnettes ennemies.

Que faire sinon crier plus fort encore ?

— Lâchez-la ! Tirez-vous de là !

Les deux monstres ne semblaient pas décidés à bouger. Brain avait raison, elle avait été folle de se lancer ainsi à l'abordage, seule, sans même envoyer un message. Brain avait toujours raison, et elle tort, pour la dernière fois.

La pointe d'un canon de pistolet brilla.

Éléa hurla, de toutes ses forces, avant que la balle ne transperce son cœur.

— Laissez-la !

L'écho de son cri rebondit dans le canyon étroit.

— Laissez-la ! la la la…

— Là… Lo… La ! Lola ! Lola !

Le monstre n'avait pas tiré.

Des cris venaient de répondre au cri d'Éléa.

Des cris provenaient de la vallée, des cris affolés qui s'adressaient sans doute à la fillette, puisqu'elle avait réagi en entendant son prénom.

Lola ?

L'enfant se débattit avec une énergie décuplée.

Tout alla très vite alors.

Éléa repéra un chemin de terre, en contrebas, qui permettait d'accéder au pont de pierre. Un SUV gris était garé à proximité. Les deux gueules-brûlées lâchèrent la gamine, le sans-oreilles attrapa le bras de son complice et ils se dirigèrent à pas pressés vers le 4 × 4. Quelques secondes après, la voiture démarrait.

La fillette était restée debout au bord de la rivière, tremblante.

Éléa s'approcha. Tout danger était écarté. Elle tendit même ses bras pour la rassurer, mais Lola, puisque c'était son prénom, s'était déjà retournée. Elle scrutait le sentier qui longeait le Tarn, ce chemin d'où venaient les voix qui l'avaient appelée, il y a quelques secondes.

— Lola ?

La fillette se mit soudain à courir, passant d'une pierre à l'autre sur les berges meubles de sable et de galets, volant plus que sautant, se moquant de glisser ou de tomber.

— Maman !

26

KATEL

Gendarmerie nationale, Charleville-Mézières

Katel fixait la trotteuse de la pendule, bougonnant à chaque nouvelle seconde qui s'égrenait.

— Ils m'ont promis de me rappeler avant midi ! Je leur demande d'ouvrir la porte des mairies de Mende et du dix-huitième arrondissement de Paris, pas celle du palais de l'Élysée !

Nanesse s'abstenait de tout commentaire. Elle se concentrait sur l'écran de l'ordinateur, partagé en deux fenêtres : celle des journaux tchèques à gauche, et celle des traductions approximatives des articles à droite. Elle déchiffrait des chapitres entiers d'informations parfaitement inutiles, et en premier lieu la signification des titres des journaux locaux, *Přítel lidí čeština* (l'ami du peuple tchèque), *Pravda Čechy* (la vérité de Bohême), *Plzeňské noviny* (le journal de Pilsen), *Socialistický slovo* (la parole socialiste), *Správná Plzeň* (la vraie information de Pilsen)…

11 h 59.

— Qu'est-ce qu'ils peuvent bien foutre, nom de…

Le téléphone sonna juste avant que Katel blasphème. Un nom s'afficha, *Barjac*, le contact de Mende dont elle avait enregistré le numéro. La capitaine décrocha aussitôt.

— Barjac, vous avez du nouveau ?

Une sonnerie stridente lui répondit. Ce con de Barjac avait-il déclenché l'alarme de la mairie ? Katel baissa instinctivement les yeux vers son écran.

C'était son téléphone qui sonnait !

Double appel ! Quelqu'un d'autre essayait de la contacter...

01 43 38 95 86. Un appel de Paris ? L'adjudant-chef Lagrange du dix-huitième arrondissement ?

Katel pesta, contre elle-même cette fois. À mettre ainsi la pression aux collègues, *je veux à tout prix l'info avant midi !*, ils franchissaient ensemble la ligne d'arrivée !

— Attendez, Barjac, on m'appelle sur l'autre ligne.

— ...

— Lagrange ? Une seconde, je reviens vers vous tout de suite.

— ...

— Barjac ? Je vous écoute. Rassurez-moi, vous n'avez pas trouvé le fantôme de ce Hans Bernard dans les caves de la mairie de Mende ?

— Si, capitaine.

— Si quoi ?

— Si ! J'ai le registre de naissance sous les yeux. Hans Bernard est bien né à Mende, le 29 janvier 1977. Tout est officiel, le jour, le lieu, l'heure, le tampon et la signature de l'officier d'état civil, la signature du déclarant. Il est bien né ici et vivant, cet enfant, il y a quarante-six ans !

— Bordel...

— ...

— Coupez pas, Barjac, surtout pas.

— ...

— Lagrange ? Vous m'entendez ? Rassurez-moi, vous allez m'éviter la crise cardia...

— Je l'ai trouvé, capitaine ! Pierre Rousseau. Né le 29 janvier 1977 à l'hôpital Bichat, Paris 18ᵉ. Certifié, vérifié, authentifié, j'ai tous les papiers. Je vous envoie un scan de tout par mail ?

— …

Katel éloigna le téléphone de son oreille. Elle avait besoin de réfléchir, calmement, et d'écrire tout cela noir sur blanc. Nanesse, toujours concentrée sur les traductions des articles tchèques, tourna les yeux vers la gendarme.

— Il y a un problème, capitaine ?

Katel continuait de faire mouliner dans sa tête l'équation insoluble.

Trois personnes possédant le même visage, nées le même jour, à trois endroits différents.

— Non, Agnès, aucun problème. Je m'étais juste trompée sur un point.

— …

— Votre mari a vraiment réussi à dupliquer sa vie !

27

VICKY ET ÉLÉA

Camping du Pont du Tarn, Lozère

Vicky avait couché Lola. Il était rare qu'elle fasse encore la sieste, mais elle ne lui avait pas donné le choix. Sa fille avait tremblé pendant plus d'une heure dans ses bras, à pleurer, à s'excuser, *c'est pas ma faute maman, c'est à cause du frère de Kasper, ils avaient l'air gentils, maman*, à laisser doucement retomber sa peur, à laisser doucement s'apaiser son cœur, et à finir par s'endormir, dans la petite chambre du chalet du camping du Pont du Tarn.

Vicky sortit sur la pointe des pieds. Éléa l'attendait assise sur l'une des deux chaises en plastique de la terrasse.

— Je vais me servir une bière, et vous ?

— Non merci, jamais d'alcool.

Le soleil au zénith chauffait l'auvent de toile tendu devant le bungalow de bois. Les clapotis du Tarn, à quelques mètres d'elles, offraient une impression inverse de fraîcheur. Des sensations contradictoires. Des émotions paradoxales.

Vicky ouvrit mécaniquement le frigo, attrapa une bouteille, un décapsuleur, un verre, faisant redéfiler les images de l'heure précédente, la disparition de Lola, sa panique, les voisins qui rappliquent, les recherches qui s'improvisent, qui s'organisent, *elle n'a pas pu aller loin, elle s'est peut-être perdue, rassurez-vous, madame, elle n'a pas pu être enlevée, ici tout le monde se connaît*. Leur marche à pas accélérés, le long du Tarn, puisque Lola n'était nulle part dans le village, *elle aura suivi la rivière, les oiseaux, les poissons, ou les hannetons.* L'attitude de plus en plus méfiante des habitants, *vous êtes vraiment certaine qu'il ne s'est rien passé de particulier ?*

Vicky ne leur avait pas répondu, elle avait gardé toute la force de sa voix pour Lola, et le miracle avait surgi, quand ils étaient parvenus à la hauteur du pont de Fayet : Lola était là !

Vivante ! Elle s'était jetée dans ses bras. Les habitants du coin étaient repartis rassurés, agacés aussi, *elle ne pouvait pas surveiller sa gamine ? et si on l'avait retrouvée noyée ?*

Il ne restait qu'elles, Vicky et Lola, et cette inconnue qui leur avait montré la voie, qui était arrivée sur place juste avant eux.

D'où débarquait-elle ? Qui était-elle ? Un ange tombé du ciel ?

Elle n'en avait pas vraiment l'allure, avec ses yeux noirs trop maquillés, ses épaules tatouées, son collant griffé sous sa jupette retroussée, ses pieds nus de sauvageonne et cette bizarre bague high-tech à son annulaire.

Vicky tira la chaise et s'assit face à Éléa. L'ombre du chalet partageait la terrasse en deux, Vicky choisit de s'installer au soleil, alors qu'Éléa demeurait à couvert. La blonde solaire et la brune lunaire.

Vicky souffla et lâcha un grand sourire.

— Merci ! Sans vous, je ne sais pas ce qui se serait passé. Lola m'a tout confirmé. Elle m'a décrit ces deux types aux visages brûlés. Ils ne lui ont pas fait de mal, mais ils l'ont menacée. Apparemment, ils voulaient qu'elle leur parle de son papa, enfin de son père adoptif, Hans. Et de la maman d'Hans aussi, que Lola n'a pas connue, mais ils ne semblaient pas la croire. J'irai porter plainte à la gendarmerie dès que Lola sera réveillée. Je préfère la laisser se reposer. C'est…

C'est un miracle que vous vous soyez trouvée là et que vous ayez eu le cran d'effrayer ces hommes.

Éléa vida la moitié de son verre d'eau.

— Oui… Souvent je réfléchis trop, et certaines fois pas assez.

Vicky la gratifia de son plus beau sourire. Elles restèrent un moment sans parler, avant que Vicky ne finisse par rompre le silence.

— Rassurez-vous, je ne vais pas jouer à la flic, vous demander ce que vous êtes venue faire ici, ni pourquoi vous vous trouviez là-bas. Mais si vous ne savez pas où manger, où dormir, si vous avez besoin de quoi que ce soit, je suis là.

— Merci, ça ira.

— Vous n'êtes pas une bavarde, pas vrai ?

— Disons que je suis plutôt habituée à discuter avec moi-même.

— Je comprends ça. Je tiens un gîte, l'Épervière, à Ruynes-en-Margeride. Je reçois du monde toute l'année. Je crois que je suis assez douée pour savoir quand il faut que je me taise, et quand il faut que je parle pour deux.

Alors tais-toi ! pensa Éléa.

Elle avait besoin de discuter avec Brain, de comprendre pourquoi Pierre lui avait envoyé cette photographie au moment et à l'endroit précis où cette gamine avait été enlevée. Est-ce que son Petrouchka les surveillait ?

— Qu'est-ce que tu en penses, Brain ?

Rien, désolé. Tu sais bien que dès que les choses deviennent irrationnelles, je suis largué.

— Et ces deux hommes aux visages brûlés ?

Je peux juste te dire que le 4 × 4 dans lequel ils se sont engouffrés est une Skoda Karoq. Un modèle plutôt ancien. À part ça…

Éléa soupira, lapa un peu de son verre d'eau pour que Vicky ne voie pas ses lèvres muettes bouger. Cette femme était tout l'inverse d'elle, Éléa le devinait. Une femme qui ne devait pas se poser mille questions, qui avançait, qui construisait ; qui devait aimer les enfants autant qu'Éléa les fuyait ; qui devait aimer faire bouger les choses autant qu'Éléa aimait qu'elles restent comme elles étaient ; qui devait aimer la convivialité des campagnes autant qu'Éléa aimait la solitude des grandes villes ; qui devait s'accrocher au réel autant qu'elle s'accrochait à ses rêves ; qui était blonde autant qu'elle était brune, le jour et la nuit, comme on dit…

Et pourtant, elle devinait également que quelque chose de plus fort que leurs différences les unissait. Que leur rencontre n'était pas le résultat du hasard.

Je suis peut-être largué, glissa Brain, *mais là tu délires !*

Et si, continuait pourtant de raisonner Éléa, Pierre avait voulu qu'elle sauve cette gamine à ce moment précis ? Pour qu'elle rencontre cette Vicky. Et si c'était la suite du jeu de piste ? Le nouveau défi de son Petrouchka, faire confiance à cette fille ?

Éléa but une longue gorgée d'eau, avant de se lancer.

— Vous ne voulez pas jouer à la flic, mais vous avez quand même envie de savoir ce que je fais ici ?

— Je crois que j'en ai une petite idée, répondit Vicky.

— Ah ? Vous êtes si forte que ça en psychologie ?

— À vous de me dire… Je miserais sur un chagrin d'amour, ou un truc dans le genre.

Éléa haussa les épaules et se renfrogna. Elle finit par répondre avec une mauvaise foi de joueur qui a manqué son coup de bluff.

— Mouais. Un truc dans le genre.

Le soleil illuminait les cheveux blonds de Vicky. Elle se fit plus rayonnante encore.

— Ça va s'arranger, ne vous en faites pas. Vous êtes jolie comme un cœur. Originale. Les hommes adorent ça.

— Non… Les hommes détestent ça. À quelques rares exceptions. Alors quand vous en trouvez un qui vous accepte comme vous êtes.

— Je vous comprends…

— Je ne crois pas !

T'es pas obligée d'être aussi agressive, la sermonna Brain.

— Je vais vous faire une confidence, Éléa, moi aussi je suis ici à la recherche d'un homme.

— Votre Hans ? Le père adoptif de Lola ? Celui que ces deux tarés cherchaient ?

Voilà, l'encouragea Brain, *tu t'intéresses, c'est mieux.*

— Exact.

Vicky porta sa bière blonde à ses lèvres. La bouteille scintilla dans le soleil.

— Vous êtes vraiment certaine de ne rien vouloir boire ?

— De l'eau fraîche… À défaut d'amour.

Vicky commençait à se lever, Éléa la retint.

— Ne vous dérangez pas, j'y vais.

Vicky entendit les lattes souples du plancher du bungalow plier sous les pieds nus d'Éléa, elle entendit la porte du placard s'ouvrir et se refermer, elle entendit l'eau couler au robinet, couler, couler, sans s'arrêter, bien trop longtemps, le verre devait être rempli depuis un moment, puis elle n'entendit plus rien, pendant d'interminables secondes.

Avant d'entendre le verre exploser.

Vicky se précipita. Ses pieds écrasèrent les morceaux de verre brisé et manquèrent de glisser dans la flaque d'eau.

Éléa se tenait debout, pétrifiée devant la photo d'Hans aimantée sur le frigidaire. Vicky, pour son enquête à Florac, avait choisi l'une des plus récentes de son amoureux, prise devant le panorama d'un large fleuve encaissé, un méandre formant une boucle presque parfaite.

Dès qu'elle entendit les crissements de pas derrière elle, Éléa se retourna avec la rapidité d'une tigresse. Elle serrait encore un tesson de verre ensanglanté entre son pouce et son index. Elle le pointa à hauteur de la gorge de Vicky.

— Qui êtes-vous ? Qu'est-ce que vous fichez avec cette photo ?

Vicky conserva son calme. Ce n'était pas le moment de paniquer. Cette fille était juste déboussolée, son chagrin d'amour la faisait délirer. Vicky en avait vu d'autres, elle saurait gérer.

— Doucement, Éléa. Posez ce morceau de verre. Cet homme s'appelle Hans. Hans Bernard. Je vis et j'élève Lola avec lui.

— Tu mens !

Le tesson de verre se rapprochait de la carotide de Vicky.

— Il s'appelle Pierre. Pierre Rousseau. Et il est l'homme que je cherche. Mon Petrouchka, le seul homme de ma vie !

28

KATEL ET NANESSE

Gendarmerie nationale, Charleville-Mézières

Le ton de la capitaine Marelle avait changé, c'est ce qu'avaient immédiatement remarqué l'adjudant-chef Lagrange et le lieutenant Barjac. Le timbre de sa voix était brusquement passé de celui d'un maréchal sonnant la charge à celui d'un première classe quémandant une permission. Quelque chose, dans ce qu'ils venaient d'annoncer à la gendarme de Charleville-Mézières, l'avait sonnée.

Ils n'avaient pas discuté davantage, pas cherché à creuser l'affaire. La gendarmette des Ardennes les avait assez harcelés comme cela depuis la veille ! Ils avaient scanné les actes de naissance et avaient envoyé le tout par mail.

Dès qu'elle les reçut, moins de trois minutes plus tard, Katel imprima les deux actes de naissance en essayant de conserver son calme, sans un regard pour Nanesse, et les disposa sur la plus grande table de la gendarmerie, à côté de celui de Renaud Duval.

Renaud Duval
Né le 29 janvier 1977, à Charleville-Mézières
Nom de la mère : Duval
Prénom(s) de la mère : Milana

Née le 29 septembre 1956 à Charleville-Mézières (Ardennes)
Nom du père : inconnu

Hans Bernard
Né le 29 janvier 1977, à Mende
Nom de la mère : Bernard
Prénom(s) de la mère : Marion
Née le 13 octobre 1956 à Mende (Lozère)
Nom du père : inconnu

Pierre Rousseau
Né le 29 janvier 1977, à Paris (18e arrondissement)
Nom de la mère : Rousseau
Prénom(s) de la mère : Judith
Née le 20 mai 1956 à Paris (5e arrondissement)
Nom du père : inconnu

Katel posa les trois permis de conduire au-dessus de chaque acte de naissance, puis se retourna vers Nanesse.

— Alors Agnès ? Ça vous inspire quoi ?

Nanesse s'était levée. Elle observa un instant les documents puis planta ses yeux humides dans ceux de la capitaine.

— Que Renaud était le plus banal des maris. Un homme discret, sans histoire, sans secret. Un mari aimant mais peu imaginatif. Un papa solide mais sans grande fantaisie, limite ennuyeux. C'est ce que je croyais, ce dont j'ai été persuadée toute ma vie, avant que vous ne m'appreniez son décès.

— Ennuyeux ? répéta Katel. Peu imaginatif ? Sans grande fantaisie ? Après tout pourquoi pas, il n'était peut-être pas au courant de l'existence de ces deux clones… Même s'il se baladait avec leur permis de conduire dans sa boîte à gants.

Nanesse se força à baisser les yeux vers les trois photographies. À détailler successivement les trois mêmes sourires, les trois mêmes regards gris, les trois mêmes…

— Et vous, capitaine, qu'en pensez-vous ?

Katel, au lieu de répondre, marcha dans la pièce et s'arrêta devant le tableau blanc accroché au mur.

— Vous voulez vraiment savoir ? fit la gendarme en saisissant un feutre. Si l'on réfléchit bien, il ne s'agit au fond que d'une équation à trois inconnus. Ou plus précisément, de deux équations, l'une à trois inconnus et l'autre à trois inconnues.

Elle traça sur le tableau trois croix et trois ronds, et relia chacune des croix à un rond différent.

— On peut d'abord imaginer trois femmes qui accouchent le même jour, trois femmes célibataires, et qui vont chacune déclarer la naissance de leur bébé là où il est né, Paris, Charleville et Mende. Mais par un miracle inconnu, ces trois enfants se ressemblent comme trois gouttes d'eau.

— Seulement si l'on en croit les photos sur les permis, nuança Nanesse.

— Nos experts sont prêts à jurer que ces documents sont des vrais, que les photos n'ont pas été arrachées puis recollées.

— Les experts, vous savez...

— OK, mais ça reste la même hypothèse, papiers trafiqués ou pas. Trois femmes différentes, trois bébés différents.

Nanesse fixait toujours le tableau blanc.

— Je vous suis... Et ce serait quoi, vos autres idées ?

— Mathématiquement, il n'y en a que trois autres.

Katel, sous le premier croquis, traça une croix, trois ronds, et les relia.

— Une seule et même femme, sous trois identités différentes, va déclarer trois enfants différents. Trois enfants qui se ressemblent étrangement, peut-être les siens, si l'on admet qu'ils puissent être des triplés.

Nanesse acquiesça.

— Judith Rousseau, Marion Bernard et Milana Duval ne seraient donc qu'une seule et même femme ? Ça semble logique. D'après les actes de naissance, elles sont nées la même année… Et cette femme aurait eu trois enfants ? Cette femme est donc forcément Milana, ma belle-mère. Elle aurait fabriqué ces deux autres identités pour dissimuler l'existence des deux frères jumeaux de Renaud ? Je connaissais Milana et je peux vous assurer que…

— Que rien du tout, coupa Katel. Elle peut très bien vous avoir menti, mais de toutes les façons, cette hypothèse ne résout pas le problème insoluble des dates d'accouchement.

Katel griffonna rapidement un nouveau schéma. Une seule croix, un seul rond, un trait entre les deux.

— Autre possibilité. Une seule et même femme s'amuse, sous trois identités différentes, à déclarer son enfant unique sous trois identités différentes. Pourquoi ? Comment ? À quoi vont lui servir ces trois identités ? Mystère sur toute la ligne… Mais l'hypothèse est tout de même moins abracadabrante que la dernière.

Elle dessina trois croix, et un seul rond.

— Trois femmes, le même jour et dans trois endroits différents, accouchent du même enfant.

— Waouh ! fit une voix dans leur dos. C'est complètement dingue mais j'adore l'idée !

Elles sursautèrent et se retournèrent. L'adjudant Mathias Vigneules, un jeune flic à la carrure de crossfiteur, venait d'entrer dans la gendarmerie, accompagné d'une femme de l'âge de sa grand-mère.

— Vous allez être fière de moi, ajouta Vigneules. J'ai un témoin !

Katel Marelle dévisagea la nouvelle arrivante. Une sexagénaire raide. Si elle avait été une marionnette, elle aurait été une marotte de bois plutôt qu'une gaine de chiffon. Une marionnette bourgeoise, brillante des doigts aux oreilles, boucles d'or et diamant solitaire à l'annulaire, peut-être pour détourner les regards de la vilaine verrue rouge qui pointait sous sa narine droite. Elle tendit une main ferme à Katel.

— Marie-Cécile Friedrich, c'est moi qui ai ouvert la mairie à votre agent. Je suis responsable du service de l'état civil à Charleville-Mézières depuis près de trente ans.

Katel et Nanesse calculèrent dans leur tête. Trente ans... Raté ! Marie-Cécile Friedrich ne pilotait pas encore l'état civil de Charleville en 1977... et d'ailleurs, si cela avait été le cas, comment aurait-elle pu se souvenir d'une déclaration de naissance effectuée il y a plus de quarante ans ?

— Mais, continua Marie-Cécile Friedrich, j'ai commencé tout en bas de l'échelle !

Elle fixait les fonctionnaires de gendarmerie droit dans les yeux, avec la vanité de ceux qui ne regardent jamais en dessous d'eux quand ils s'élèvent.

— Fonctionnaire catégorie C, précisa-t-elle. J'ai réussi mon concours d'officier d'état civil en janvier 1977. J'ai fait mon stage à Charleville, j'y ai signé mon premier contrat, et j'y suis toujours aujourd'hui. Pour trois mois, ajouta-t-elle avec une pointe de regret dans la voix.

Katel et Nanesse échangèrent un regard, partageant la même excitation. Était-il possible que Marie-Cécile se souvienne de...

— Votre collègue m'a tout expliqué ! trancha Marie-Cécile. Je peux me vanter d'avoir une bonne mémoire, mais certainement pas des quelque vingt-deux mille actes de naissance que j'ai tamponnés. Il faut croire que vous avez de la chance...

Nanesse ne put se retenir davantage.

— Vous vous souvenez de Milana ?

Marie-Cécile s'autorisa enfin un sourire, presque aussi triomphant que celui de l'adjudant Mathias Vigneules, debout à côté d'elle, comme si quelques paillettes de gloire retombaient aussi sur ses larges épaules.

— Milana Duval ? Oui, j'en ai un souvenir assez net. Parce que je n'étais en poste que depuis quelques semaines, je pense. On se rappelle toujours davantage ses premiers clients ou ses premiers élèves, non ? Et aussi parce que cette mère m'avait… comment vous dire cela, tant d'années après ? M'avait troublée.

— Troublée ? répétèrent en chœur Katel et Nanesse.

— Elle était venue elle-même, ce qui est rare. Généralement, ce sont les pères qui déclarent le nouveau-né, la mère est à la maternité. Elle était venue avec son bébé, ce qui est plus rare encore, vous comprenez bien pourquoi. Et enfin, il y avait, comment dire, une détresse dans son regard. Une peur, une urgence, qui a disparu dès que j'ai tamponné son papier.

Cette détresse, depuis, j'ai appris à la repérer. Je la lis presque toujours dans le regard des familles de migrants, en situation régulière ou pas. Tous sont tiraillés par cette peur que la France ne reconnaisse pas leur enfant. Comme s'ils n'arrivaient pas à croire qu'il lui suffise d'être né sur le territoire français pour obtenir la nationalité, et ressortir de la mairie avec des documents officiels qui le garantissent.

Katel, étonnée, se tourna vers Nanesse.

— Votre belle-mère, Milana, n'était pas française ?

— Si, bien sûr que si. Je n'ai jamais eu de raison d'en douter. Même si…

— Même si quoi ? insista la capitaine.

— Elle parlait un français parfait, mais parfois, très rarement, elle s'exprimait avec un léger accent, presque impossible à remarquer.

— Un accent que vous définiriez comment ?

— Eh bien… Un accent de l'Est, slave… Ou peut-être allemand.

— Tchèque ? proposa Katel.

Nanesse n'eut pas le temps de répondre, Marie-Cécile agitait le diamant à son doigt pour redemander la parole, visiblement vexée qu'on ait coupé son effet.

— Capitaine, je n'en avais pas terminé. Je ne vous ai pas révélé le plus important.

Katel baissa les yeux avec humilité, et pour éviter aussi de fixer trop longtemps la verrue au-dessus de la bouche de cette fonctionnaire passée de la catégorie C à A.

— J'ai revu Milana Duval. Une fois ! Je crois que c'est pour cela que je me souviens d'elle. Et aujourd'hui particulièrement.

— Parce que je vous ai demandé de réouvrir ce registre de naissance ? suggéra Katel.

— Non, aucun rapport, et arrêtez de me couper sans arrêt, capitaine, c'est agaçant.

Nanesse crut que Katel allait exploser mais non, le sourire poli de la gendarme s'était à peine crispé.

— C'est le Festival mondial des Marionnettes qui a fait remonter ce souvenir. Impossible de circuler dans Charleville ce matin ! Toute une ville à l'arrêt pour un Pierrot et trois Guignols, franchement... Mais passons, j'ai revu Milana Duval, comme je vous le disais, en 2017, lors de la dix-neuvième édition du festival...

Quelques mois avant sa mort, calculèrent Katel et Nanesse, sans toutefois émettre à haute voix le moindre commentaire.

— Mes petits-enfants m'avaient traînée place Ducale. Si je l'ai immédiatement reconnue, c'est qu'elle était sur scène ! Seule. Par la seule agilité de ses dix doigts, elle animait trois marionnettes à la fois ! Je vous avoue que je ne suis pas particulièrement friande de ce genre de bêtises, mais je dois admettre que le spectacle de cette Milana était époustouflant. J'ai vu la mairie dépenser des fortunes pour faire venir du bout du monde des artistes avec beaucoup moins de talent.

Katel pesta silencieusement. La tamponneuse catégorie A ne lui apportait aucune information nouvelle. La capitaine savait déjà, par Nanesse, que Milana avait joué un ultime spectacle, pour ses petits-enfants, alors que le cancer la rongeait.

— Son spectacle racontait l'histoire de Petrouchka, continua Marie-Cécile. C'est certain que ça ne valait pas le ballet de Stravinsky joué sur une scène d'opéra, mais d'un autre côté, Charleville-Mézières, c'est ni Milan ni Sydney...

Cette fois-ci, Katel ne put se retenir.

— Je vais être franche, madame Friedrich. Notre temps est précieux et nous disposons déjà des informations que vous venez de nous communiquer. Je vais donc vous remercier, à moins que vous n'ayez un autre détail qui...

Marie-Cécile Friedrich fusilla la capitaine du regard. Sa verrue écarlate semblait presque clignoter.

— Pendant notre trajet de la mairie à la gendarmerie, votre collègue a évoqué votre enquête. Deux tueurs en fuite. Deux hommes étranges aux visages brûlés...

Le regard de la capitaine poignarda l'adjudant. Le corps bodybuildé de Mathias Vigneules parut d'un coup se dégonfler.

— Ne le blâmez pas, lâcha Marie-Cécile avec une morgue triomphante. Il faut toujours collaborer entre représentants de l'autorité, n'est-ce pas ? Ces deux hommes aux visages brûlés, je ne pense pas qu'il y en ait cent, et deux faces comme les leurs, je vous le jure, on s'en souvient à jamais, ces deux monstres de foire, donc, assistaient, à quelques mètres de moi, au spectacle de Petrouchka, et ne quittaient pas des yeux Milana.

29

VICKY ET ÉLÉA

Camping du Pont du Tarn, Lozère

La nuit était tombée sur Florac et le camping du Pont du Tarn. Seules quelques lueurs scintillaient aux terrasses des chalets : la luminosité d'un portable, d'une veilleuse pour lire, d'une lanterne pour jouer ou d'une bougie parfumée. Les dernières lucioles de l'été cévenol, dont la douceur incitait à étirer les soirées pour lutter contre les jours qui rapetissaient.

Lola avait dormi deux heures dans l'après-midi, s'était réveillée en pressant Kasper contre son cœur, sans rien dire d'autre à part offrir son sourire, comme si son enlèvement n'avait été qu'un mauvais rêve. Vicky n'avait pas eu la force de convoquer les cauchemars et de lui reparler des monstres aux visages brûlés. Elle en discuterait avec elle plus tard, elle lui imposerait la traumatisante visite à la gendarmerie demain matin, Lola avait eu son lot d'émotions aujourd'hui.

Vicky l'avait laissée jouer autour du bungalow, *ne t'éloigne pas surtout, ma puce*, puis avait cuisiné rapidement un plat, pour trois, des pâtes, des œufs, de la crème, un truc ressemblant vaguement à des carbonaras. Lola s'était à nouveau effondrée avant même que le soleil soit couché, épuisée.

Vicky versa quelques centilitres de liqueur d'églantine dans son minuscule verre. Éléa et elle étaient installées sur la terrasse, sous l'unique ampoule, savourant l'instant. Les touristes et les moustiques étaient partis, seule cette improbable chaleur de début d'automne traînait encore.

— En règle générale, fit soudain Éléa, j'aime pas trop les gamins. Mais Lola, ça va.

— Je dois prendre ça pour un compliment ? répondit Vicky.

— Ah oui, sacrément !

Éléa la regardait, suçant le sang coagulé au bout de ses doigts. Il y a quelques heures, elle avait laissé tomber le tesson de bouteille pointé sur la carotide de Vicky dès que Brain avait hurlé dans sa tête.

Arrête, Éléa, arrête !

Mais elle était restée à défier cette femme, regard contre regard, sans que la moindre fissure ne lézarde ses convictions.

Cette femme lui mentait !

Cette femme cherchait à la piéger, ou cette femme se trompait, peu importait au fond, mais il n'y avait qu'une seule vérité : cet homme sur la photographie accrochée dans ce bungalow, cet homme fin et élancé aux yeux gris, s'appelait Pierre ! Il dansait aux quatre coins du monde, écrivait des poèmes sublimes, la couvrait de mots d'amour, et ne laissait pas s'écouler plus de trois heures sans lui donner de nouvelles… du moins jusqu'à il y a quatre jours.

Vicky n'avait pas cédé non plus, vérité contre vérité, regard contre regard, et chacune, dans le secret de son intimité, avait réfléchi.

Et si…

— Je crois que je vais goûter votre truc, là, votre liqueur d'églantine des Causses.

Vicky la dévisagea avec étonnement. Éléa lui avait assuré, depuis leur rencontre, qu'elle ne buvait pas d'alcool. Vicky lui versa une dose sans poser de questions.

Tu ne devrais pas, la prévint Brain.

Oh si ! se défendit Éléa sans desserrer les lèvres. Rien que pour le plaisir de te saouler, mon Brain, et de ne plus t'entendre me faire la morale.

Vicky avait posé la photographie sur la table de la terrasse, à équidistance de leurs deux chaises. Elles n'en avaient pas reparlé tant que Lola était réveillée, acceptant tacitement une trêve, le temps pour chacune de préparer ses arguments, ou d'en mesurer la fragilité.

Vicky fut la première à avancer un pion.

— Votre Pierre et mon Hans sont peut-être frères jumeaux ?

Éléa trempa ses lèvres dans l'églantine. Elle eut l'impression qu'une coulée de lave traversait son corps avant d'enflammer son cerveau.

Tiens, prends ça, Brain !

— Pierre était fils unique, répondit Éléa. Et je suis certaine que votre Hans aussi.

Vicky confirma de la tête.

— Peut-être n'était-il pas au courant ? Ils ont pu être séparés à la naissance. Ces choses-là arrivent...

Éléa trempa à nouveau ses lèvres. Une nouvelle éruption. Tout brûler, la moindre pensée, n'était-ce pas la meilleure solution ?

— Non, ces choses-là n'arrivent pas. Dans la vie, tout est toujours beaucoup plus simple.

Vicky grimaça, vida d'un trait son verre de liqueur, mais ça ne parut pas lui faire plus d'effet qu'une tisane. Elle se pencha pour fouiller dans son sac.

— Après tout, c'est facile de vérifier.

Elle sortit un grand agenda rouge, qu'elle ouvrit devant Éléa.

— On joue cartes sur table ? J'ai noté dans ce carnet toutes les semaines où Hans était avec moi, en moyenne une sur quatre. Je suis certaine que vous notez tout vous aussi.

Il ne nous reste plus qu'à vérifier si Hans possédait le don d'ubiquité.

Éléa hésita. Voulait-elle vraiment connaître la vérité ?

T'as peur de quoi ? la provoqua Brain.

Éléa l'incendia d'une nouvelle rasade d'églantine, trembla de tout son corps sous la décharge, puis baissa les yeux vers sa bague.

— Ma Précieuse, demanda-t-elle d'une voix tremblante, peux-tu me lister toutes les journées de cette année où Pierre est venu me retrouver ?

Tout était archivé dans son agenda électronique, chaque souvenir, à la minute près.

Elles comparèrent.

Sur l'année écoulée, Vicky avait vu Hans treize fois, pour un total de quatre-vingt-huit jours passés ensemble. Éléa n'avait vu Pierre que six fois, pour un total de dix-huit nuits et vingt-trois journées partagées…

Aucun de ces jours ou de ces nuits ne se superposait !

Quand Hans passait la semaine avec Vicky, Éléa n'était jamais avec Pierre, et quand Pierre débarquait à Paris pour retrouver Éléa, jamais Hans n'était avec Vicky.

— Techniquement, admit Vicky d'une voix désabusée, Hans et Pierre peuvent donc être le même homme. C'était assez simple pour lui de mener une double vie. Peut-on appeler ça une double vie, d'ailleurs ? Il ne vous voyait qu'une fois tous les trois mois, Éléa.

Éléa détesta le mesquin sourire qui s'affichait sur le visage de Vicky.

— Et quand il partait pendant trois semaines, est-ce qu'il vous donnait de ses nouvelles ? Il vous envoyait un petit texto le soir, c'est ça ? *Embrasse Lola, tu me manques, je t'aime.* Nous, notre lien était continuel, fusionnel. Je ne sais même pas si vous pouvez le comprendre. Rien ne nous séparait, jamais. Rien n'usait notre amour. Aucune routine, aucun tracas du quotidien.

— Je vois… C'est bien pratique, les sentiments virtuels !

Éléa sourit, certaine de sa supériorité.

— Je vais vous mettre les points sur les i, Vicky, même si ça ne va pas vous faire plaisir. Même quand il était avec vous, Pierre passait son temps à m'écrire. C'est moi qu'il avait dans la tête, pas vous ! C'est vous qu'il trompait quand il venait vous retrouver, pas l'inverse !

Vicky se resservit un verre d'églantine, trop vite. Il déborda et une traînée de liqueur poisseuse, telle une limace rose, rampa sur la table de plastique.

— Ben voyons ! ironisa Vicky. Je suis certaine, au contraire, que quand Hans était avec moi, les textos que vous receviez n'étaient pas aussi nombreux que d'habitude. Parce qu'il avait autre chose à faire qu'à pianoter pour s'occuper pendant ses trajets, pour passer le temps. Vous écrire, ça devait être pour lui comme jouer à Candy Crush, si vous voyez ce que je veux dire. Mais je vous en prie, Éléa, vérifiez, vous avez forcément archivé chacun de ses messages, lu et relu, compté et recompté dans votre petit cerveau surdoué. Puisque vous avez mon agenda devant les yeux, allez-y, demandez à votre Précieuse.

Éléa se troubla. Elle n'avait pas attendu les conseils de Vicky. Elle avait déjà vérifié, et l'écran de son téléphone qu'elle consultait discrètement lui affichait toutes les données. Elle recevait 4,6 textos par jour les semaines où Pierre était avec Vicky, contre 7,8 les autres semaines.

Pas si conne, la blonde, eut la lucidité de glisser Brain.

Éléa n'eut pas le temps de lui répondre, ni de boire. Vicky, cruelle, enfonçait déjà le clou.

— Je crois qu'avec vous, Hans cherchait un peu d'exotisme. Un truc un peu borderline. Une petite dose d'adrénaline, comme on se fait de temps en temps un petit resto épicé, une soirée un peu trop arrosée, un petit écart pour se prouver qu'on reste libre. Mais sa famille c'était moi. Moi et Lola.

Éléa rit. L'effet de l'alcool, sans doute. Elle ressentait une sorte d'euphorie désespérée. Une légèreté de fantôme, celle qu'on ressent sans doute quand on s'approche de la mort et que l'âme se détache du corps.

— Mais oui, Vicky ! Vous avez tout compris ! Une famille ! C'est Lola qui a piégé Pierre, pas vous. Il vous revenait par devoir, uniquement pour ne pas la décevoir. Moi il revenait… par passion !

Vicky éclata de rire elle aussi. Ses yeux pétillaient. Était-elle saoule elle aussi ? s'interrogea Éléa. Tenait-elle moins bien l'alcool qu'elle ne voulait le montrer ? Était-elle elle aussi entrée dans cette zone trouble de l'euphorie désespérée ?

— Par passion ? Mon Dieu, Éléa, descendez de la lune ! Vous ne connaissez rien aux hommes (elle rit encore, trop fort). Votre, comment vous dites déjà ?, votre Petrouchka, que vous a-t-il raconté ? Ah oui, il était danseur étoile ! Et pourquoi pas cosmonaute ? Ou chasseur de tigres au Bengale ? Avez-vous seulement vérifié sur Internet ? Je suis certaine qu'on n'y trouve aucune trace de votre Pierre Rousseau !

Cette blonde n'est vraiment pas conne, crut utile de préciser Brain.

Tu ne vas pas t'y mettre ? grogna Éléa.

Elle but une nouvelle rasade d'églantine, espérant noyer son cerveau, mais ça ne fit qu'accélérer sa glissade sans fin.

— Allez-y, Éléa, poursuivit Vicky avec cruauté. Vous êtes hyperconnectée ! Montrez-moi ! Trouvez-moi la trace d'un spectacle dans lequel votre Pierre a joué. Un programme, n'importe lequel. Un livret, une tournée…

Éléa avait cherché, bien entendu, depuis des années, et n'avait jamais rien trouvé.

— Il a menti ! cria presque Vicky.

— Non ! se défendit férocement Éléa. Il dansait sous un nom d'emprunt ! Son nom d'artiste, je ne lui ai jamais demandé, je le respectais, je…

Éléa se sentait emportée à une vitesse vertigineuse par le tourbillon de la jalousie.

— Moi aussi je vais être franche avec vous, Vicky ! L'homme que nous partagions, à quoi s'amusait-il quand il était avec vous ? À découper du placo ? À poncer vos poutres ? À poser des tuiles sur votre toiture ? Et le soir, après des journées aussi bien remplies, il s'effondrait devant la télé dans le canapé ? Il devait sacrément se faire chier ! Au point que je n'arrive pas à croire qu'avec sa finesse et sa sensibilité, il ait pu le supporter.

Éléa parut un instant perdre l'équilibre, puis se reprit.

— Franchement, Vicky, tout ce que vous me racontez ressemble à un gag. Je veux bien tout avaler, mais pas que mon Petrouchka ait pu être chauffeur routier.

— Ça vous pose un problème, ce métier ?

— Aucun… Mais allez-y, vous êtes aussi organisée que je suis connectée. Montrez-moi des fiches de paye, des factures d'entretien de son camion, de réparations, des itinéraires, des tickets de péage, le nom de ses collègues, de son patron.

— Il était à son compte.

— Ben voyons !

30

KATEL ET NANESSE

Gendarmerie nationale, Charleville-Mézières

L'adjudant Mathias Vigneules avait recueilli la déposition de Marie-Cécile Friedrich, puis la capitaine Katel Marelle l'avait envoyé prendre le relais square Churchill, où se déroulait un match de marottes sud-américaines. Elle ignorait en quoi une telle épreuve consistait, mais ça le défoulerait !

Elle voulait se retrouver seule avec Agnès Duval, sans personne pour les déranger, même si régulièrement, des gendarmes entraient et sortaient, avant de prendre leur service ou de le terminer. Ils claquaient la porte trop fort, se plaignaient trop bruyamment du temps de chien dehors, ou pire encore, du caractère de cochon de leur patronne.

— Putain, Mehdi, savourait le maréchal des logis William Walcourt, enfin la quille ! Soixante-douze heures sans rentrer chez moi. On voit bien que Marelle n'a pas de gosses !

— Bon week-end, Will !

— Merci ! Bon week-end à toi auss... Oups, c'est vous, capitaine ? Désolé, heu... Je ne vous avais pas remarquée.

Will Walcourt réajusta son uniforme boudiné, puis sortit sans prendre le temps de se couvrir ou d'ouvrir un parapluie.

— La porte, bordel !

— Oui, patronne, je la referme. À demain... Heu, belle soirée.

Enfin seules !

Katel Marelle aurait voulu barricader cette foutue porte, décrocher ce foutu téléphone et disposer d'une ou plusieurs heures sans personne pour la déconcentrer. Une enquête, ce n'était pas une course-poursuite, comme dans ces films américains hystériques ; ce n'était pas non plus un puzzle à emboîter lentement et minutieusement, comme dans ces films français soporifiques. Non, une enquête se résumait souvent à faire le vide, tout arrêter et réfléchir. Comme dans n'importe quel devoir de mathématiques. *Vous avez lu l'énoncé ? Vous avez trois heures pour résoudre le problème, maintenant je ne veux plus entendre aucun bruit !*

La nuit était tombée sur Charleville-Mézières. La plupart des Carolos étaient rentrés chez eux, ou assistaient aux derniers spectacles nocturnes. Des patrouilles de gendarmes, de police et de CRS circulaient dans les rues. Sauf catastrophe, Katel serait tranquille pour la soirée. Ils s'étaient fait livrer des hamburgers par le fast-food d'à côté, que Nanesse avait à peine touchés.

— Désolée, Agnès, jamais de cul nu pendant le service !

— Vous ne voulez toujours pas m'appeler Nanesse ? Ou me tutoyer ?

Katel, sans répondre, balança les restes gras de nourriture dans la poubelle la plus proche.

— On y retourne, maintenant ?

Elles s'installèrent devant l'écran, toujours divisé en deux fenêtres, les journaux tchèques à gauche, les traductions à droite.

— Agnès, il faut que vous me parliez de votre belle-mère. Tout ce dont vous vous souvenez. Vous avez entendu Marie-Cécile Friedrich, son témoignage sur les deux gueules-brûlées. La clé, c'est Milana.

Nanesse fixait sur l'écran des suites incompréhensibles de mots tchèques.

— Tout ce dont je me souviens ? Ça peut être long ! J'ai toujours connu Milana, pour ainsi dire. Enfin depuis que j'ai rencontré Renaud et jusqu'à sa mort, il y a six ans.

— Cancer de l'utérus, c'est ça ?

— Oui. Et ne cherchez pas une entourloupe de ce côté, j'accompagnais ma belle-mère chez les spécialistes. Je pourrai vous fournir tout son dossier médical si vous voulez, elle a été emportée par une longue maladie, comme on dit, en moins d'un an et demi... Comme si c'était long, dix-huit mois, pour faire ses bagages pour l'au-delà.

Katel médita un bref instant, le minimum syndical pour ne pas paraître insensible face à une si banale tragédie.

— Vous étiez proches, donc ?

— Oui. Très. Milana a habité chez nous vers la fin, quand elle était devenue trop faible pour rester seule chez elle, que ce soit dans son appartement de Charleville ou dans le wagon-atelier où elle travaillait. Elle s'est également beaucoup occupée de ses petits-enfants, quand ils étaient jeunes et que ma maison d'accueil ne désemplissait pas...

— Et que Renaud partait se promener avec ses trois permis !

Nanesse s'abstint de tout commentaire.

— C'était une femme remarquable, capitaine. Une femme discrète, jusqu'à l'excès. Peut-être est-ce pour cela qu'elle se cachait derrière ses figurines. Les marionnettes, c'est l'art des génies timides ! Même si elle refusait de l'admettre, Milana était une artiste très douée.

— Vous pouvez préciser ?

— Souvenez-vous, chez moi, ses marionnettes. Milana possédait une palette impressionnante de talents. Elle savait sculpter, peindre et coudre bien sûr, mais elle disposait aussi de solides connaissances en mécanique, elle maîtrisait tout ce qui demande une extrême précision, les boîtes à musique, les raïoks, je l'ai vu démonter des horloges et les réparer. Elle avait transmis cette passion à son fils. Sans elle, Renaud ne se serait pas intéressé à la microrobotique.

Katel Marelle enregistrait tout dans sa tête, concentrée.

— Une femme particulièrement douée donc, mais qui réservait son art à ses proches, sa famille. Qui refusait d'exposer publiquement son talent. Ça ne vous a jamais semblé bizarre ?

— C'est le cas de la plupart des femmes, non ?

Cette fois, Katel Marelle ne put s'empêcher de sourire.

— Bien vu ! Mais Milana a joué sur scène, au moins une fois.

— Une seule fois ! assura Nanesse. Pour le Festival mondial, quelques mois avant son décès, alors qu'elle se savait déjà condamnée.

— Le chant du cygne, interprété devant ces deux gueules-brûlées. Excusez-moi, Agnès, mais avec tout le respect que j'ai pour votre belle-mère, je crois qu'elle nous cachait un sacré secret… Et que ce secret pourrait bien se trouver dans cette bonne vieille ville de Pilsen, au beau milieu de la Bohême.

31

VICKY ET ÉLÉA

Camping du Pont du Tarn, Lozère

Vicky et Éléa s'étaient autorisé une brève pause, comme si un gong avait sonné. Dans le camping, quelques rires d'adolescents, cachés dans l'aire de jeux réservée aux moins de dix ans, traversaient la nuit. Des soupirs d'amoureux s'élevaient de la plage de galets, à peine couverts par le murmure de la rivière. Vicky les écoutait distraitement. En attendant le prochain round, elle se resservit un verre d'églantine, sans en renverser cette fois. Éléa détaillait l'agenda ouvert devant elle.

88 + 18, additionnait Brain. *Ça laissait tout de même à votre joli cœur 259 autres jours de liberté dans l'année.*

Éléa ne prit pas la peine de répondre. Elle n'avait pas besoin de Brain pour compter.

Et elle n'avait aucune envie d'affronter l'évidente vérité.

Vicky fixait elle aussi les semaines cerclées de rouge, paraissant avoir tout compris. Son ton soudain se radoucit.

— Faut croire qu'on a raison, ou tort, toutes les deux. Qu'il pouvait se transformer en celui qu'on voulait qu'il soit. Celui qu'on attendait, celui qu'on espérait. Un caméléon, capable de prendre la couleur de chaque nouveau drap dans lequel il dormait. Hans, Pierre… Combien a-t-il d'autres prénoms ? D'autres métiers ? D'autres personnalités ?

Éléa s'était également calmée. Elle repoussa le verre d'églantine. Elle avait bu assez, Brain était définitivement noyé. Elle regardait la photographie posée sur la table, le sourire de Pierre, ses yeux gris qui avaient sans doute aussi charmé Vicky, sa douceur, son corps… Elle l'avait tant aimé. Elle l'aimait toujours tant.

— Enfin merde, Éléa ! craqua Vicky. Qui est ce type ? Pourquoi il nous a fait ça ? Pourquoi il a accepté ça ? Deux vies aussi différentes ! Est-ce que… est-ce que c'est notre faute ?

Éléa releva la tête.

— Quoi ?

— Cette foutue vertu des femmes de marins, poursuivit Vicky. Peut-être qu'il a eu besoin de deux femmes parce qu'on ne l'aimait pas assez.

Pas assez ? eut envie de hurler Éléa, mais Vicky se corrigeait déjà.

— Non, ce n'est pas le bon terme… Ni non plus parce qu'on l'aimait mal… Peut-être qu'il a eu besoin de deux femmes parce qu'on ne le retenait pas, parce qu'on ne se comportait pas comme la plupart des autres femmes : la jalousie, la corde au cou et tout et tout.

— C'est ça que vous appelez la vertu des femmes de marins ?

— Un truc comme ça, oui.

Éléa sourit, surprise de la complicité qui naissait.

— Moi je ne sais aimer que comme ça !

— Moi pareil, ajouta Vicky. C'est notre point commun, alors ? On est égoïstes ! On veut aimer, mais sans sacrifier notre liberté ? Sans enchaîner l'autre ? Sans…

— Il y a un autre point commun ! fit soudain Éléa.

Elle regarda cette fois Vicky droit dans les yeux. Elle venait de comprendre une évidence qui jusqu'à présent leur avait échappé.

— Pierre et Hans se connaissaient !

— Évidemment, répliqua Vicky avec lassitude. Ils partageaient même le même corps.

Là tu t'enfonces, émergea Brain.

— Ce n'est pas ce que je veux dire, tenta de clarifier Éléa. Mais je commence à réaliser que les vies d'Hans et de Pierre n'étaient pas totalement cloisonnées. Il y a des ponts, ou des tunnels, appelle-les comme tu veux, entre les deux. En premier lieu, Pierre m'a envoyée ici, à Florac, dans le village où Hans a passé son enfance. Pourquoi ?

Vicky venait à son tour de comprendre la piste qu'Éléa voulait emprunter.

— Tu as raison (le tutoiement lui était aussi venu naturellement). J'ai appris ce matin que la mère d'Hans était une artiste, spécialisée dans les marionnettes, et qu'elle jouait tous les ans un petit spectacle pour les enfants de l'école.

— Ce serait ça le lien ? Les marionnettes ? Tu crois que le jeu de piste va continuer ? Tu crois qu'on va le retrouver ? Enfin, *les* retrouver ? C'est quoi, c'est où, la prochaine étape ?

— Tu crois qu'ils sont vivants ? ajouta Vicky sans répondre. Enfin… qu'il est vivant ?

— Oui ! assura avec conviction Éléa. Pas toi ?

— J'espère… Pour… Pour Lola.

Éléa la regarda étrangement, mais ne relança pas la compétition sur la meilleure façon d'aimer, même si l'envie la titillait. Elle se rendait compte que depuis des années, hormis avec Pierre, elle n'avait jamais autant discuté avec quelqu'un. Avant cette conversation avec Vicky, son record devait être une dizaine de phrases échangées avec un pâtissier, il y a sept mois, quand elle avait commandé une tarte aux fruits exotiques pour l'anniversaire de Pierre. Tiens, d'ailleurs, il l'avait fêté avec elle, pas avec une autre… À moins qu'il ne possède autant de dates de naissance que de femmes !

Vicky avait repoussé la bouteille d'églantine, espérant sans doute que ce simple geste l'aide à dessaouler.

— Hans m'a envoyé, enfin déposé plutôt, une carte postale du Japon. Si ça peut t'aider…

— Mais tu n'en as aucune preuve, tu ne sais pas si c'est lui qui est venu la glisser dans ta boîte ?

— Pas plus que tu ne sais si c'est vraiment ton Pierre qui t'envoie ces textos.

Pif-paf, match nul ! se réveilla Brain. *Doucement les filles, on continue de coopérer calmement.*

— Tu veux que je t'épate ? lança soudain Éléa.

Vicky se demanda un instant si Éléa s'adressait bien à elle. La jeune fille avait parfois d'étonnantes absences, comme si elle se parlait à elle-même.

— Regarde cette photo de Pierre, poursuivit Éléa, ou de ton Hans-le-chauffeur-routier si tu préfères. J'ai reçu la même, il y a une semaine, c'est un autre point commun, peut-être un chemin.

— Et ?

— Et observe le décor devant lequel il pose : un fleuve qui suit un méandre quasi complet, au point qu'on pourrait le croire sur une île.

— Tu cherches quoi ? Ça pourrait être n'importe quelle rivière un peu encaissée. Le Tarn, la Dordogne, l'Ardèche… n'importe laquelle… sauf la Seine !

Et paf dans le pif de la Parisienne ! s'amusa Brain.

— Ma Précieuse, continua Éléa, sûre d'elle, sélectionne la photo Petrouchka-221 dans le dossier Septembre 2023 et scanne-la sur GéoTrack.

Vicky ouvrait des yeux ronds. La bague clignotait. Brain cuvait, trop saoul pour être vraiment jaloux.

Quelques secondes plus tard, la réponse apparut.

La photo a été prise à Bogny-sur-Meuse, belvédère des Quatre Fils Aymon, département des Ardennes.

— Merde, lâcha Vicky, c'est pas vraiment le Japon !

Éléa avait déjà cliqué sur le GPS de son portable.

— Le belvédère se trouve presque sur la frontière belge, dans un coin qu'ils appellent le doigt de Givet.

Elle laissa sa Précieuse lui dicter les mots suivants.

— Le doigt de Givet est un territoire de vingt-cinq kilomètres de long sur dix de large, qui s'enfonce comme un doigt dans les Ardennes belges. Si tu regardes une carte de France, tu ne peux pas le rater, il ressemble à une maladresse du dessinateur ayant tracé la frontière franco-belge à la règle. Le doigt, grosso modo, suit la vallée de la Meuse. C'est juste à côté de...

La voix d'Éléa resta bloquée, Vicky s'étonna.

— À côté de quoi ?

— De Charleville-Mézières.

— Et alors ?

— Et alors ? J'ai connu Pierre grâce à une phrase de Rimbaud, *J'écrivais des silences*. Rimbaud est né à Charleville. Et pour m'envoyer te retrouver ici, à Florac, Pierre a utilisé un autre poème, *À la musique*, qui décrit le square de la gare de Charleville.

— Ce n'est peut-être qu'un hasard ? plaida Vicky tout en tapotant sur son propre portable pour voir à quoi ressemblait cette ville du nord de la France. Il aimait ce poète, il est seulement allé visiter sa maison natale, ou sa tombe, et...

Elle s'arrêta d'un coup, pétrifiée.

— Merde ! T'avais raison, Éléa !

— Sur quoi ?

— C'est là-bas qu'il faut aller ! À Charleville-Mézières ! Je viens de trouver la réponse sur Internet.

Tu vois, en rajouta Brain, *pas besoin de ta Précieuse pour ça...*

Vicky fit glisser son téléphone jusque sous les yeux d'Éléa.

Sur le site de la préfecture des Ardennes, un énorme titre barrait la page d'accueil.

Du 16 au 24 septembre 2023, Charleville-Mézières, Festival mondial des Théâtres de Marionnettes.

32

KATEL ET NANESSE

Gendarmerie nationale, Charleville-Mézières

La capitaine Katel Marelle gardait le doigt en l'air, juste au-dessus de la touche *return*.

— Vous êtes prête, Agnès ? C'est parti pour le grand saut vers la Bohême ?

Nanesse confirma de la tête.

— J'ai tapé cinq mots en français et en tchèque, prévint la gendarme, ceux qui résument les indices dont nous disposons :

Pilsen (Plzeň)

Marionnette (loutka)

Petrouchka (Petruška)

29 janvier 1977 (29 ledna 1977)

Milana et Renaud Duval

On va jeter tout ça dans la grande marmite d'Internet et on verra bien quel goût a la soupe.

Katel appuya sur la touche, et grogna aussitôt de rage.

Rien !

Elle tournait en rond ! Son ordinateur affichait toujours les mêmes articles de journaux tchèques, dont elle commençait à connaître les titres par cœur, *Pravda Čechy, Plzeňské noviny, Správná Plzeň*...

Elles avaient épluché des dizaines de pages, sans résultat.

— Et si, suggéra Nanesse, on entrait quelque chose en rapport avec ces gueules-brûlées, comme vous les appelez ?

— Sans vouloir vous vexer, Agnès, c'est la première piste que l'on a suivie ! Jérémy a listé les principales affaires criminelles en Tchéquie depuis plusieurs décennies. Vous voyez le topo, les cold case, les crimes impunis, les tueurs en série… On n'a rien trouvé non plus de ce côté-là ! Vous voudriez que je tape quoi de plus sur Internet ? *Sans-oreilles ? Frankenstein ? Monstre de foire ?*

— Non, juste quelque chose comme *incendie*. On cherche un fait divers, mais pas forcément un meurtre. Il s'agit peut-être juste d'un accident ?

La capitaine répondit à Nanesse par un sourire gêné, mélange de confusion et d'admiration. C'était d'une telle évidence ! Comment avait-elle pu ne pas y penser ?

La gendarme ajouta fébrilement les mots *incendie* (požár) et *accident* (nehoda) dans la marmite et se remit à touiller.

Elle étouffa un juron.

Une image apparut aussitôt sur son écran, couronnée d'un titre.

Ragický požár v Plzeň, 03 červen 1976

L'article du *Správná Plzeň* était bref, Katel le colla en deux clics dans la boîte de traduction.

Incendie tragique à Pilsen, le 03 juin 1976

Les habitants de la région de Pilsen, les parents et surtout leurs enfants, connaissent bien le marionnettiste Libor Slavik, plus connu sous le nom de Louka. Depuis plus de quinze ans, à l'instar de ses grands-parents et parents avant lui, sa célèbre roulotte se déplace de village en village dans toute la Bohême. Dès qu'il s'installe sur une place, ou dans un champ, les enfants et parents accourent, plus pressés encore que des pigeons place Venceslas. Libor Slavik et sa petite troupe ambulante ont même joué à Marienbad, il y a un an, devant Gustáv Husák et plusieurs autres membres du comité central du Parti communiste tchécoslovaque.

Hier, comme chaque jour de l'année, pour le plaisir des petits et des grands, Louka et sa troupe ont donc interprété leur spectacle le plus fameux, Petrouchka, *avant de refermer leur castelet.*

Comment auraient-ils pu deviner que c'était la dernière fois qu'ils le jouaient ?

Un incendie, d'origine inexpliquée, s'est déclaré au milieu de la nuit, enflammant immédiatement la roulotte et piégeant les occupants qui y dormaient : Libor Slavik, sa femme Zuzana et ses deux enfants, Kristof et Amos.

Les premiers éléments de l'enquête dont nous avons eu connaissance semblent s'orienter vers la piste accidentelle. Les agents de la Státní Bezpečnost sont à la recherche de toute personne ayant pu se trouver à proximité. Tous les témoignages seront les bienvenus, même si Libor, qui par miracle ne souffre que de quelques brûlures bénignes, l'a assuré : il n'a rien vu, ni entendu…

LA VIE EST LA FARCE À MENER PAR TOUS

Une saison en enfer, Arthur Rimbaud

L'HISTOIRE DE MINA

Le crime

– Juin 1976 –

J'ai grandi ainsi, sur les routes de Bohême. Je n'avais pas fui. Peut-être m'étais-je habituée à cette vie nomade, un nouveau village chaque soir, un nouveau camp, de nouveaux rires d'enfants. Une vie de liberté, prétendait Libor, dans un pays, la Tchécoslovaquie, qui en était privé. Quelle liberté ? Chaque nuit, Libor me rejoignait. J'étais seule avec mon secret.

Enfin non, pas tout à fait seule.

Zuzana savait.

Elle se prétendait voyante, cartomancienne ou diseuse de bonne aventure. Elle extorquait des sommes parfois énormes à des villageois crédules qui, faute de pouvoir brûler des cierges dans les églises sous le régime communiste tchécoslovaque, reportaient leur espoir vers le premier charlatan de passage.

Zuzana savait que Libor venait me retrouver sous les étoiles. Comment aurait-elle pu ne pas le remarquer, quand il se relevait chaque nuit et qu'il retournait ensuite se coucher auprès d'elle pour ronfler jusqu'au petit matin ?

Zuzana savait, mais ne disait rien.

Libor n'était pas ce genre d'homme qu'on accuse, Libor n'était pas ce genre d'homme qui s'excuse. La gêne, la honte, la rancœur, la peur, c'était pour les autres. Lui régnait sur son misérable royaume ambulant, deux enfants, deux femmes, une jument.

Zuzana n'a jamais rien dit, n'a jamais adressé le moindre reproche à Libor. Sans doute, quand il revenait s'allonger dans la roulotte, après avoir joui en moi, se collait-elle à lui, de peur de le perdre, de peur que je lui vole son mari. Et le lendemain, elle se vengeait.

Zuzana, qui m'avait accueillie, en août 68, avec une indifférence distante quand Libor m'avait recueillie, me traitait désormais en rivale, à punir, à faire obéir, à humilier, dès qu'elle le pouvait. Elle me désignait pour chaque corvée d'eau à puiser, de latrines à creuser dans le sol gelé, de bois à ramasser jusqu'à la nuit tombée.

J'étais une esclave sexuelle la nuit. Et une esclave tout court le jour.

La mauvaise humeur de Zuzana influençait celle de Libor. Peut-être Zuzana se refusait-elle à lui, je ne l'ai jamais su, mais l'amant impatient qu'avait été Libor était devenu violent. Frappant, mordant, fouettant même, lorsqu'une corde ou une branche se trouvait à sa portée. Coupant parfois, lorsqu'une bouteille d'absinthe avait été vidée et brisée près du feu. Brûlant quelquefois, aux braises du foyer.

Je le laissais faire, les étoiles témoigneraient un jour de mon calvaire.

J'avais dix-neuf ans. Les deux garçons en avaient douze et onze. Je m'occupais de leur éducation, je leur parlais un peu français. Chaque jour, Kristof grandissait aussi fort, joyeux et tyrannique que son père ; Amos aussi secret, silencieux et soumis que sa mère.

Un matin, près de la frontière allemande, alors que Libor était allé trafiquer avec des passeurs de l'Ouest dans la forêt de Bavière, ce qui lui arrivait de plus en plus souvent, j'ai eu le courage de parler à Zuzana. Nous nous lavions toutes les deux, presque nues, au bord de la Čertova Voda.

— Je ne veux pas voler ton mari, rassure-toi. Je ne l'aime pas. Je le repousse autant que je peux. Nous pourrions être plus fortes, si nous faisions la paix, si nous nous unissions toutes les deux.

Zuzana a regardé mes seins, mes hanches, les poils de mon pubis à travers ma culotte trempée. Je pense que j'étais désirable, alors, je le devinais dans son regard, et dans celui des hommes des villages souvent. J'avais abandonné mon allure de garçonne. Sur scène, les enfants continuaient de regarder Petrouchka, mais les maris me regardaient, moi.

— Sorcière ! m'a craché Zuzana. Tu as envoûté mon mari ! C'est à cause de toi s'il boit. C'est à cause de toi s'il vole. C'est à cause de toi s'il laisse mourir Louka.

Je comprenais.

Louka, le célèbre marionnettiste qui parcourait la Bohême avec sa roulotte, n'était plus qu'un alcoolique dont les doigts tremblaient. Les mains articulées du Maure peinaient à tenir son sabre de bois, et si les foules se pressaient encore sur les places des villages dès que l'on dressait notre castelet, c'était pour voir danser Petrouchka.

Mon art, mon talent, c'était ma bouée et ma croix. Jamais Libor et Zuzana ne me rendraient ma liberté. Sans moi, plus de spectacle.

Et sans spectacle, qui étais-je ?

Je ne vivais que pour ces représentations, une heure par jour d'évasion, à tirer les fils d'un destin qui n'était pas le mien.

— Si tout est à cause de moi, ai-je lancé à Zuzana tout en m'enfonçant jusqu'au cou dans la rivière, laisse-moi partir.

— Si tu te sauves, ma belle, crois-moi, on te retrouvera. Et on te tuera !

J'ai voulu me noyer dans la Čertova Voda, ce matin-là, l'eau ne devait pas excéder les quatorze degrés. J'avais compris que j'étais prisonnière, qu'ils étaient deux tortionnaires.

J'avais compris que Zuzana se moquait bien que Libor me désire, me prenne, me violente.

J'étais son paratonnerre. Si je partais, c'est elle que Libor frapperait.

Nous circulions de plus en plus souvent en longeant les villages frontaliers de l'Autriche ou de la Bavière. Libor profitait de son statut d'artiste ambulant. Les marionnettes étaient l'un des seuls modes d'expression autorisés par le régime communiste. Le comité central tenait à entretenir la longue tradition des raïoks, des contes traditionnels, des théâtres de rue, pour distraire les foules incultes dans les campagnes les plus profondes.

La roulotte colorée, les arabesques russes de Petrouchka, Amos et Kristof courant autour de la jument dans notre campement, toute cette façade formait un tableau champêtre et pittoresque. Notre famille nomade représentait une couverture idéale.

J'ai mis du temps à comprendre pourquoi nous ne nous éloignions plus du rideau de fer. Et plus encore pourquoi, désormais, Libor gagnait autant d'argent. Ce n'étaient pas les maigres pièces que les villageois déposaient dans la casquette devant le castelet qui nous enrichissaient.

Puis, à force de capter des bribes de conversations entre Libor et des membres de la StB, le petit frère du KGB en Tchécoslovaquie, j'ai réalisé qu'il trafiquait. Il possédait différentes combines pour faire passer de l'Ouest des objets de contrebande, des cigarettes, du whisky, du parfum, des disques, des jeans, des chewing-gums, et les revendait à prix d'or. On le payait en korunas, en roubles, en marks, et même parfois en dollars. Il cachait son pactole dans un sac, sous le toit de la roulotte.

Libor, le marionnettiste de génie qui m'avait recueillie un matin d'août 68, devant le pont Charles de Prague, n'était plus qu'un petit trafiquant, profitant de la normalisation, ces tristes années où la République socialiste tchécoslovaque était devenue l'un des pays les plus pauvres et les plus dociles du bloc de l'Est, pour s'enrichir comme n'importe quel charognard pendant les heures sombres de l'histoire.

L'accident eut lieu un matin du printemps 1976.

Depuis trois mois, pour tirer la roulotte, Libor avait remplacé notre vieille Kinsky par les deux cents chevaux d'un tracteur Kirovets. Nous nous étions garés au bord de la Radbuza, à quelques kilomètres de Pilsen. La capitale mondiale des marionnettes était chaque année un passage obligé, même si Libor appréciait de moins en moins ces grands rassemblements.

Une bénédiction, une malédiction, vous disais-je ?

Qu'en sais-je ?

Je suis tombée enceinte. De Libor évidemment. Je n'avais pas vingt ans.

Zuzana l'a su avant moi.

Avant même que mes règles disparaissent, avant même mes premières nausées, avant même qu'un médecin de Pilsen, que Libor s'était décidé à appeler, ne le confirme.

Ce soir de juin 76, le coucher de soleil n'était pas parvenu à faire baisser les températures caniculaires. Une chape de plomb s'était abattue sur l'Europe centrale, asséchant champs et rivières.

Kristof jouait nu dans la Radbuza avec des adolescentes du coin. Il était de plus en plus beau et de plus en plus arrogant. La fureur du monde l'enivrait. Il aimait montrer ses muscles et son joli visage de voyou à des filles plus vieilles que lui. Amos les regardait de la berge, davantage passionné par les reflets du crépuscule sur l'eau vive que par les chemises transparentes et les petites culottes des gamines excitées. Les couleurs du monde le fascinaient.

Kristof a-t-il eu le temps d'embrasser une des filles du village, ce jour-là ?

Amos pouvait-il savoir que c'est la dernière fois qu'il admirait l'or du soir, l'argent du torrent et le diamant des étoiles ?

Libor avait déjà beaucoup bu, quand Zuzana nous a réunis autour du feu où le goulasch terminait de bouillonner.

— Tu ne peux pas garder ce gosse, a-t-elle simplement dit.

— Pourquoi pas ? a éructé Libor.

Je ne répondais rien, je contentais de serrer mes bras sur mon ventre.

— Je vais m'en occuper, a affirmé Zuzana. N'importe quelle longue aiguille fera l'affaire.

Je n'étais pas naïve. Je savais comment on faisait passer les bébés, je connaissais les risques aussi. Libor était ivre, mais avait lu la détresse muette dans mes yeux. Peut-être tenait-il à moi, au fond ? Peut-être n'aurait-il jamais laissé sa femme me toucher ?

— Pourquoi on ne garderait pas ce môme ? a-t-il proposé. (Il a regardé Zuzana, moi, puis les garçons au bord de la rivière.) Après tout, on forme une famille ?

Zuzana l'a fusillé du regard. Elle lui tenait tête, pour la première fois de sa vie.

— Pourquoi ? Je vais te le dire !

Elle a lancé devant nous les cartes de tarot avec lesquelles elle impressionnait les villageois, puis a ramassé celle tombée entre Libor et moi. La XIII ! Autrement dit l'Arcane sans Nom, la Faucheuse... la Mort !

— Pourquoi ? a répété Zuzana en agitant la carte. Parce que c'est écrit, parce que je le vois. Ce gosse, Libor, *ton gosse*, te tuera !

Libor s'est contenté de répondre par un rire gras, de vider sa bouteille d'absinthe, mais il suait plus que jamais. Il avait peur. Je réalisai alors que Zuzana le dominait, qu'elle avait pris l'ascendant sur lui, sur ses deux garçons, qu'elle bâtissait sa revanche petit à petit, et que jamais elle ne laisserait mon enfant vivre. Et qu'en l'assassinant, elle ne laisserait pas passer l'occasion de m'assassiner aussi...

Quand Libor a tourné une dernière fois son regard vers moi, comme pour me demander ce que j'en pensais, j'ai baissé les yeux, pour signifier que j'étais résignée, que j'acceptais, que je leur faisais confiance, que je me fichais de ce truc qui grossissait dans mon ventre. Zuzana a rappelé les garçons, m'a même aidée à faire la vaisselle, ce qui ne lui arrivait jamais. Libor s'est effondré après avoir vidé une dernière bouteille, puis tout le monde est allé se coucher.

Le reste s'est déroulé naturellement. Mes gestes se sont enchaînés, comme si l'un entraînait l'autre, sans que jamais je n'aie l'impression d'avoir le choix, que les choses aient pu se dérouler autrement.

J'ai d'abord récupéré l'argent sous le toit de la roulotte.

Un simple dédommagement, pensais-je, et une monnaie d'échange, si la suite tournait mal.

Nous transportions en permanence à l'arrière de la roulotte des bidons d'essence, qui servaient chaque matin à remplir le réservoir du Kirovets, et parfois à Libor pour cracher du feu. J'ai vidé le contenu de deux bidons autour de la roulotte, en décrivant un cercle parfait, puis je l'ai allumé.

Tirer un rideau, c'est tout ce qui m'était venu à l'esprit. Dresser un mur entre eux et moi, un mur ardent, brûler les roues de la roulotte comme on crève les pneus d'une voiture, pour me laisser le temps de fuir.

L'herbe, haute et sèche, s'est aussitôt enflammée. Le cercle de feu s'est élevé, a encerclé la roulotte d'un rempart infranchissable.

J'ai couru, le plus à l'abri possible à l'envers du vent, dans l'ombre d'un saule, à l'orée d'une forêt. La fumée m'a empêchée de voir quoi que ce soit pendant quelques minutes, jusqu'à ce que le champ ne fournisse plus assez de carburant, et que seul le bois de la roulotte se consume en une torche gigantesque.

Mon Dieu, pensais-je, *qu'ai-je fait ?*

Je suis montée dans les branches les plus touffues du saule, pour voir sans être vue.

J'ai vu.

J'ai vu Libor, le premier, jaillir à travers les flammes, renverser un seau d'eau sur la couverture dont il s'était couvert, tenter de retourner affronter le brasier.

J'ai vu le toit de la roulotte s'effondrer.

J'ai vu une torche enflammée, Zuzana, sortir en poussant devant elle deux enfants, brûlés vifs.

J'ai vu la torche se ratatiner en une masse inerte et noire.

J'ai vu deux corps d'adolescents trembler, j'ai vu Libor les recouvrir de la couverture mouillée.

J'ai entendu leurs cris, *je ne vois plus rien, papa, je n'entends plus rien, papa*.

J'ai vu Libor pleurer, pour la première fois, sur le cadavre de sa femme et ce qu'il restait du visage de ses fils.

J'ai entendu Libor hurler aux étoiles, à la nuit, à l'infini.

— Je te retrouverai, Mina. Où que tu sois ! Je te tuerai comme tu as tué Zuzana. Et avant cela je ferai souffrir ton enfant, et les futurs enfants de ton enfant, comme tu as fait souffrir les miens.

Lundi 18 septembre 2023

33

VICKY ET ÉLÉA

Autoroute A31, plateau de Langres, Haute-Marne

— Ça veut dire quoi Asperger ? demanda Lola.

La fillette était assise à l'arrière du Berlingo, Kasper installé sur son rehausseur à côté d'elle. Elle s'était un peu amusée, les premiers kilomètres, dans les montées et descentes de la Haute-Loire. Vicky lui avait montré ces volcans éteints ressemblant à des taupinières géantes, les sucs, puis la dame rouge perchée sur son rocher en passant Le Puy.

Mais la route était devenue plus monotone ensuite, quand l'autoroute contournait les grandes villes, Saint-Étienne, Lyon, Dijon. Après avoir quitté les vignobles de Bourgogne, elles roulaient depuis près d'une heure sur le désertique plateau de Langres. Encore trois cent dix-huit kilomètres avant Charleville-Mézières, indiquait le GPS. Elles s'étaient levées très tôt, à 5 heures du matin, avaient laissé les clés sur la porte du bungalow du camping de Florac, sans prendre le temps de passer à la gendarmerie.

Vicky, seule à conduire, avait bu un demi-litre de café sur la première aire d'autoroute. Vers 7 heures, elle avait appelé la ferme voisine de l'Épervière, pour signaler que Lola serait absente à l'école et demander à Florine de nourrir les lapins, les poules et les poneys. Lola avait rouvert les yeux vers 8 heures. Et les oreilles sans doute un peu avant.

— Ça veut dire quoi Asperger ? répéta-t-elle.

Vicky et Éléa discutaient à l'avant du Berlingo, sans l'écouter. Éléa surtout parlait sans arrêt. En moins de quarante-huit heures, elle avait traversé deux fois la France, du nord au sud d'abord, puis du sud à l'est, alors qu'elle n'était quasiment jamais montée dans une voiture pendant les cinq dernières années, à l'exception de quelques brèves courses en taxi avec Pierre, dans Paris, les jours de pluie.

Éléa était aussi bavarde sur le fauteuil passager de Vicky qu'elle avait été muette à l'aller, sur celui de Samuel Galet. Elle avait tout raconté à Vicky : sa rencontre avec les poèmes de Pierre dans la librairie Baou, leurs escapades passionnées à Paris, le jeu de piste qui l'avait amenée à Florac.

Je ne te savais pas aussi pipelette, ironisait Brain dans sa tête.

Moi non plus, avoua Éléa.

Pourquoi éprouvait-elle un tel besoin de confier ses secrets à cette inconnue ? Parce qu'il fallait que Vicky comprenne qui elle était ? Comprenne pourquoi Pierre l'aimait, elle ! Comprenne pourquoi sa relation avec Pierre était exclusive, et qu'un lien unique, impossible à briser, l'unissait à son Petrouchka.

— Qu'est-ce que tu dis, ma puce ?

Vicky avait enfin entendu sa fille. Lola s'empressa de poser une troisième fois sa question.

— Ça veut dire quoi Asperger ? Depuis tout à l'heure, Léa arrête pas de dire qu'elle a été *diagnostiquée Asperger*.

Éléa se retourna vers la fillette.

— T'es réveillée, toi ? Tu ne regardes pas un dessin animé ?

Lola disposait à l'arrière du Berlingo de tout l'équipement moderne nécessaire pour les longues traversées autoroutières : tablette iPad, connexion 4G, écouteurs…

— Je préfère vous écouter !

Éléa grimaça. Elle était persuadée que les enfants d'aujourd'hui étaient bien plus simples à élever qu'avant. Un écran, une tablette, un téléphone, une manette, et on avait la paix pendant des heures.

C'était ça le progrès ! Plus besoin de les occuper. Il fallait juste se battre de temps en temps pour qu'ils lèvent le nez pour manger ou se laver. Mais cette chipie à l'arrière préférait visiblement la conversation des adultes à celle des Pokémon, des Chipmunks ou des Minions. Éléa tenta d'interroger Brain sur la conduite à tenir.

Désolé, ma grande, moi non plus je ne comprends rien aux gamins. Leur cerveau ne pèse pas encore son poids définitif. À peine 1,3 kilo. C'est comme si tu cherchais à piger le fonctionnement d'un robot dont les pièces n'ont pas toutes été assemblées.

— Alors ? insista Lola. C'est quoi Asperger ?

— Ça signifie qu'Éléa est autiste, finit par intervenir Vicky, sans quitter la route des yeux. Mais ce serait un peu compliqué de t'expliquer ce que…

— Si, je sais ! Enora, dans ma classe, elle est autiste. En inclusion. Ça veut dire qu'elle parle aux autres que quand elle en a envie. C'est cool !

— Toi ça ne risque pas, commenta Éléa. Jamais tu te tais ?

— Pourquoi tu dis ça, Léa ?

— Je m'appelle Éléa, pas Léa !

— C'est ce que j'ai dit.

— Non…

— Si !

Pour la première fois depuis la veille, Vicky éclata franchement de rire.

— Arrêtez de vous chamailler, toutes les deux !

— Dis-moi, Léa, insista pourtant Lola. Ça fait quoi d'être autiste ? Tu parles à ton cerveau, des trucs comme ça ?

— Mais non…

Tu me renies ? se vexa Brain.

— Tu lui parles là ?

— Fous-moi la paix maintenant. Tu vois, c'est ça être autiste, pouvoir dire ça à un enfant. *Fous-moi la paix*. Regarde ton écran !

Lola baissa enfin les yeux sur son iPad. Vicky se concentrait sur la route, occupée à doubler des files ininterrompues de camions si peu espacés les uns des autres qu'on les aurait crus arrêtés sur un tapis roulant.

Bien joué ! applaudit Brain. *Enfin tranquilles tous les deux. Tu veux parler de quoi ?*

— De rien ! Fous-moi la paix toi aussi. Je veux juste penser à Pierre ! Je n'ai reçu aucun message depuis mon arrivée à Florac hier. Alors, voilà, j'ai à nouveau peur pour mon Petrouchka…

Une petite voix jaillit de l'arrière.

— Je t'ai vue, Léa ! T'as remué les lèvres ! Tu parles toute seule, en vrai. Comme moi avec Kasper, sauf que toi t'as pas de poupée.

Éléa soupira.

— Laurence, continua la fillette, Laurence c'est ma maîtresse, elle dit que même si Enora nous parle pas, elle est super intelligente. T'es super intelligente toi aussi ?

Brain sauta sur l'occasion.

N'hésite pas ! Parle-lui de moi ! Je serais flatté pour une fois.

Éléa garda le silence. Vicky s'était enfin rabattue sur la voie de droite, le prochain camion ne roulait qu'à deux cents mètres devant elle.

— Oui ma puce, confirma Vicky avec un grand sourire. Le cerveau d'Éléa ne fonctionne pas de la même façon que le nôtre. Par exemple elle est incapable de faire cuire des nouilles, ou des trucs simples comme ça, mais si tu renverses une boîte de cure-dents, elle va être capable de te les compter en trois secondes, ou de retenir par cœur toutes les cartes que tu as jouées au Uno, tu vois ?

— Waouh !

Lola chercha par la fenêtre quelque chose à compter.

— Léa, tu peux me dire combien y a de poteaux électriques jusqu'au prochain panneau tout là-bas ?

Éléa regarda Vicky, ignorant volontairement la fillette.

— Pourquoi as-tu dit ça à ta fille ? C'est idiot et méchant ! Et discriminatoire. Et faux en plus !

— Tu te dégonfles, Léa ? s'énervait Lola. Je suis imbattable au Uno ! Je te défie quand tu veux ! Asperger ou pas !

Éléa poussa un nouveau long soupir.

— Tu n'as qu'à lui expliquer, fit enfin Vicky. Lui expliquer vraiment.

Éléa leva les yeux au plafonnier, puis se retourna vers la banquette arrière.

— Être autiste Asperger veut surtout dire que je ne supporte pas l'hypocrisie. Ou le mensonge. Que mon cerveau ne fonctionne jamais de façon tordue, comme la plupart de ceux des adultes.

Merci !

— C'est pour cela, poursuivit Éléa, que quand je donne mon amour, c'est pour la vie. Et celui à qui j'ai donné mon amour, je suis désolée pour toi, Lola, c'est cet homme que tu appelles papa.

Lola roula des yeux d'abord étonnés, puis furieux, mais ne trouva rien à répondre et enfonça les écouteurs de son iPad dans ses oreilles.

— C'est idiot et méchant de dire ça, protesta Vicky d'une voix glaciale. Et faux en plus !

Elles restèrent un long moment silencieuses. L'autoroute traversait la Forêt d'Orient. Les chênes et les charmes défilaient, inlassablement.

Si c'est pour défendre ma réputation, finit par proposer Brain, *j'ai rien contre une partie de Uno.*

34

KATEL ET NANESSE

Gendarmerie nationale, Charleville-Mézières, Ardennes

Dès 8 heures du matin, la gendarmerie de Charleville-Mézières s'était à nouveau transformée en ruche. Une vingtaine de gendarmes allaient et venaient dans les couloirs, joyeux et décontractés, partageant bruyamment chouquettes et café. La semaine s'annonçait exceptionnelle. Sur une grande carte de la ville, accrochée dans la pièce principale, les manifestations du festival étaient représentées par des punaises, associées selon un code couleur à des équipes chargées de la sécurité. La pluie avait baissé d'intensité pendant la nuit, jusqu'à cesser de crachoter en début de matinée. La météo promettait une trêve d'une journée, les spectacles de ce lundi seraient essentiellement joués pour les enfants des écoles qui se disperseraient dans tous les quartiers.

Une journée dont la planification serait compliquée à organiser… sauf que la capitaine Marelle avait d'autres priorités.

— Jérémy, fit la capitaine, j'ai besoin de toi.

— C'est que…

— Écoute, Jérémy, les services logistiques bossent sur le plan de sécurité du festival depuis des mois. Si ces fonctionnaires de la préfecture savent faire quelque chose, c'est ouvrir un parapluie. Il y aura plus d'uniformes que de mômes dans les rues de Charleville, des policiers, des CRS, et même une réserve de l'armée. Alors toi et moi on peut bien les laisser se débrouiller. En cas d'urgence, ils sonneront le clairon.

— Mais…

La capitaine ne céda pas. Elle résuma rapidement à son adjoint les dernières avancées de l'enquête, la confirmation des trois actes de naissance différents à Charleville, Mende et Paris, ainsi que cet entrefilet dans le *Správná Plzeň*, l'incendie a priori accidentel de la roulotte d'une troupe de marionnettistes ambulants.

— Quel rapport avec notre affaire ?

— Écoute ça. *Le feu a piégé les occupants qui y dormaient : Libor Slavik, sa femme Zuzana et ses deux enfants, Kristof et Amos.* S'ils avaient une dizaine d'années en 1976 et qu'ils s'en sont sortis, ils auraient plus de cinquante ans aujourd'hui. Deux gueules-brûlées, ça ne te rappelle rien ? Ça pourrait coller avec le portrait-robot d'Agnès Duval.

— Nanesse est rentrée chez elle ?

Katel fronça les sourcils. Toute la brigade appelait déjà Agnès Duval *Nanesse* ! Sauf elle…

— Oui, je l'ai renvoyée dormir au milieu des marionnettes de sa belle-mère. Et j'ai rappelé Will et Mehdi pour qu'ils l'escortent jusqu'à ce matin. Ils ont un peu grogné, ils n'avaient pas l'air ravis de passer une nuit de plus dans la Mégane.

— Mal logés, mais bien nourris, glissa Jérémy.

— T'as raison, de quoi ils se plaignent ? Ils ont pour ordre de la ramener à la gendarmerie avant midi. D'ici là…

— D'ici là ? hésita le lieutenant.

— D'ici là, tu me déniches tout ce que tu peux trouver sur Hans Bernard et Pierre Rousseau. Maintenant qu'on a le nom de leur mère, tout devrait se décanter. Prends Fatou et Mathias avec toi et téléphonez partout où vous pourrez. Et fais pas cette tête, moi je me coltine Interpol !

35

VICKY ET ÉLÉA

Aire de repos Champagne-Sud de l'autoroute A4, Marne

Le vieux Berlingo peina pour grimper, coup sur coup, les côtes de la vallée de Seine puis de l'Aube, avant d'entrer en Champagne. Depuis presque une heure, Vicky remarquait dans son rétroviseur, sans y prêter davantage attention, qu'une Skoda grise les suivait. Sans les doubler.

Vicky, Éléa et Lola s'arrêtèrent au milieu des vignes, pour une courte pause-sandwich à l'aire de repos Champagne-Sud de l'autoroute A4. L'été ensoleillé qu'elles avaient abandonné à Florac se muait, kilomètre après kilomètre, en un automne mouillé.

Lola, qui n'avait jamais voyagé aussi au nord, semblait pourtant s'en moquer. Elle s'était hissée sur la pointe des pieds et avait attrapé un prospectus dans le présentoir des diverses attractions touristiques, plus ou moins locales, censées faire emprunter les chemins de traverse aux passagers pressés de l'autoroute.

Pendant que Vicky commandait un nouveau café et qu'Éléa cherchait désespérément une boîte de collant pour couvrir ses jambes nues sous sa jupe fuchsia (elle n'avait emporté aucun change pour son tour de France), Lola agita le dépliant devant sa poupée.

— Tu vois, Kasper, c'est là qu'on va ! À la fête des marionnettes ! Tu vas rencontrer plein de copains et de copines !

Depuis que Vicky lui avait annoncé le nom de leur destination finale, et qu'Éléa avait accepté de lui montrer des images du festival sur son portable, Lola ne pensait plus qu'à ça. Les peluches géantes, les bestioles effrayantes, les poupées vivantes…

La fillette finit toutefois par se calmer. La dernière partie du trajet s'annonçait longue et monotone, Lola commença à bâiller, puis à fermer les yeux. Elle se força à les rouvrir et, comme si la conversation précédente lui revenait soudain, lança :

— De toutes les façons, pendant que je dors, maman et toi, Léa, vous pouvez continuer de vous disputer autant que vous voulez. Je m'en fiche ! Papa, il n'aime que moi !

Lola s'assoupit à hauteur de Reims. Il restait pile soixante minutes de route. Vicky conduisait depuis sept heures, sans paraître se lasser. Elle contrôlait régulièrement dans son rétroviseur les véhicules derrière elle, mais la Skoda grise avait disparu. Une vieille Volkswagen Golf beige avait pris le relais et roulait sans la doubler depuis quelques dizaines de kilomètres, tout en maintenant une distance suffisante pour qu'elle ne puisse pas identifier ses occupants.

Stupidement, elle imaginait que c'est Hans qui la suivait, tout en luttant pour chasser cette ridicule intuition : elle n'allait pas se mettre à croire qu'elle était prise en filature par des types capables de changer de voiture, et encore moins par l'homme qu'elle cherchait !

La voix d'Éléa la tira de ses pensées. Elle avait attendu que Lola s'endorme pour prolonger la discussion.

— Vicky, vous avez entendu votre fille ? *Papa, il n'aime que moi !* C'est exactement pour ça que je ne veux pas d'enfants.

— Je vous trouve bien bavarde pour une autiste, se contenta de répondre la conductrice.

— Ne détournez pas la conversation ! Les enfants sont des vampires qui sucent le sang rouge passion qui coule dans les veines de leurs parents. Aimer un homme et vouloir un gosse de lui, c'est comme, je ne sais pas, boire un champagne millésimé et le sucrer avec de la crème de cassis.

Jolie métaphore ! approuva Brain.

— Vous ne parlez pas souvent, commenta Vicky, mais quand vous vous y mettez, c'est pour sortir de sacrées conneries !

Une cinquantaine de kilomètres plus tard, une immense banderole flottait au-dessus de la route.

22e Festival mondial des Théâtres de Marionnettes

Sur le côté, un panneau indiquait :

Vous entrez dans Ardennes Métropole

Vicky et Éléa se turent, toutes les deux tiraillées par la même terreur qu'elles tentaient de dissimuler.

Était-ce ici qu'Hans, que Pierre étaient venus se réfugier ?

Pour y cacher quelle atroce vérité ?

36

KATEL ET NANESSE

Gendarmerie nationale, Charleville-Mézières

Trois heures s'étaient écoulées avant que Jérémy Bonello, Katel Marelle et Agnès Duval se réunissent dans le bureau de la capitaine. Katel avait fermé la porte et ordonné de ne la déranger sous aucun prétexte, sauf si un groupe de terroristes menaçait de faire sauter la mairie ou la statue de Charles de Gonzague.

Le bureau de Katel communiquait en théorie avec le reste de la gendarmerie, à travers de vastes vitres lui permettant de tout contrôler, mais la capitaine les avait recouvertes des plus grands posters qu'elle ait pu trouver, une série de vieilles affiches du *Parrain* 1, 2 et 3, afin de préserver son intimité. Ses hommes n'avaient pas besoin d'être surveillés, ni elle de se transformer en reine mère derrière son palais de verre.

— Je commence par moi, fit Katel. Ça va aller vite ! J'ai passé ma matinée à jouer au yo-yo entre les différents services d'Interpol et à leur expliquer que je recherche des informations sur un accident qui remonte à presque cinquante ans. En République tchèque ! Je suis tombée sur un certain Jan Horák, un crétin supposé coordonner les polices nationales sur l'ensemble de l'Europe de l'Est, et qui s'est fait un plaisir de me rappeler qu'à l'époque, la République tchèque n'existait pas, *on disait la Tchécoslovaquie, madame*, et que moins de dix ans après l'entrée des chars russes dans Prague, l'ambiance locale n'était pas forcément au partage d'informations avec les démocraties occidentales. La Státní Bezpečnost dont parle l'article du *Správná Plzeň* est en fait l'ancienne sécurité d'État, plus connue sous le nom de StB, l'équivalent tchécoslovaque de la Stasi en RDA ou de la Securitate en Roumanie. La plus redoutable machine à espionner, torturer et assassiner de tout l'ancien bloc de l'Est. Horák a promis de se renseigner, de chercher ce que Libor Slavik est devenu, de voir si ces deux gueules-brûlées ont été fichées là-bas, et de me rappeler.

Jérémy ne dissimula pas une moue dubitative.

— Mouais… C'était il y a cinquante ans… À Pilsen…

— Au cœur de la Bohême, ajouta la capitaine. Eh oui, mon grand, je te parle d'un temps que les moins de vingt ans ne peuvent pas connaître.

Nanesse sourit, mais le jeune gendarme ne comprit visiblement pas l'allusion, ce qui agaça plus encore sa supérieure.

— À toi, gros malin. J'espère que la pêche a été meilleure.

— Fatou et Mathias ont été parfaits pour jouer les démarcheurs au téléphone. S'ils se font virer un jour de notre belle institution, ils sont prêts pour vendre des vérandas ou des pompes à chaleur. Je commence par Hans Bernard, le fils de Marion Bernard donc, né le 29 janvier 77. On a retrouvé sa trace sans problème, à Mende d'abord, puis à Florac. Il a suivi toute sa primaire en Lozère. La maire du village m'a même scanné des photos de classe de l'époque : de sorties scolaires, de kermesses d'école, où l'on voit Hans à chaque fois. La maire de Florac est dix ans plus vieille qu'Hans, mais se souvient assez bien de lui. D'après la maire, Hans a terminé ses études assez vite, et ensuite, plus de nouvelles, ni de lui, ni de sa mère. Rien d'étonnant, la majorité des jeunes Lozériens se tirent ailleurs dès qu'ils peuvent. Elle se souvient juste que sa mère était artiste, un truc comme ça, et organisait de temps en temps des spectacles pour l'école, dont elle n'a aucun souvenir. Elle était au lycée quand Hans était en primaire.

Nanesse écoutait religieusement, et sursautait dès qu'elle entendait les mots *artiste* ou *spectacles*.

— Je passe à Pierre Rousseau ? poursuivit Jérémy. Il a été encore plus facile à localiser. Il a toujours habité à la même adresse, celle de sa mère, 17 rue de Sofia dans le dix-huitième. Un coin de Paris plutôt sécurisé, genre Fort Alamo pour bobos. Les habitants ont monté une association de quartier, PhiloSofia, vous imaginez le topo, soirées dégustation de tapas chiliennes et de vins australiens, pique-niques aux balcons entre voisins, accueil des petits nouveaux qui emménagent à partir du moment où ils prennent la nationalité du quartier. Bref, leur association possède cent cinquante ans d'archives ! Tous les bulletins scolaires de l'école du coin depuis la Troisième République, la liste des adhérents aux associations locales, le fichier clients des commerçants ou des artisans...

Là encore, aucun doute, notre Pierre Rousseau est bien un petit titi du quartier : excellents résultats scolaires, lecteur assidu de la bibliothèque associative, et surtout danseur particulièrement doué, d'après la présidente du club Temps'Danse 18 qui se souvient bien de lui elle aussi. Un garçon très beau, qui bougeait avec une gestuelle étrange et décalée. Et un regard gris inoubliable, à faire tomber du balcon toutes les filles de la rue. D'ailleurs, apparemment, le jeune Pierrot ne se gênait pas pour les rattraper dans ses bras. Là encore, il a disparu avec sa mère, une femme discrète et un peu secrète, quand il a eu dix-huit ou vingt ans. Depuis, plus de nouvelles... Comme le déplorent les membres de PhiloSofia, c'est hélas si fréquent, dans les grandes villes anonymes, de n'avoir plus aucune nouvelle des enfants quand ils deviennent adultes.

Nanesse, pendant le long exposé de Jérémy, s'était appuyée contre le mur du bureau, face aux affiches noires du *Parrain*.

Ce qu'elle entendait de la bouche du lieutenant Bonello n'avait aucun sens. Certes, physiquement, ce Hans et ce Pierre ressemblaient à Renaud, et ils avaient tous été élevés par une mère célibataire.

Mais pour le reste...

Ces trois enfants, elle intégrait Renaud dedans, paraissaient si différents. Elle se souvenait des mots de Bruno Pluvier, *les autres troufions nous appelaient Nono-le-sniper et Renaud-le-caméléon*. Pluvier avait évoqué les connaissances approfondies de Renaud sur Paris et sur la Lozère. Il existait un lien entre ces trois garçons, forcément, mais lequel ? Auraient-ils pu intervertir leurs identités, comme des jumeaux qui s'amusent à changer leur place en classe pour rendre fou leur professeur ?

Pourquoi ? Comment ? Quand ? Renaud pouvait-il être... vivant ?

Katel Marelle dut lire l'étincelle d'espoir qui pétilla dans le regard de Nanesse.

— Du calme, Agnès. Pas de conclusion hâtive ! Nous n'avons qu'une certitude dans cette histoire, c'est que votre mari est mort. On en a suffisamment de preuves. En tout cas, bon boulot, Jérémy.

Les compliments de la chef étaient rares, Jérémy le savoura à sa juste valeur. Nanesse, perdue dans ses pensées, fixait les affiches du *Parrain*. Un détail la troublait, auquel elle n'avait pas fait attention auparavant : un symbole figurait sur tous les posters, entre les visages de Marlon Brando et d'Al Pacino. Un poing refermé sur une croix, d'où pendaient six fils blancs. La manette d'une marionnette, manipulée par une main anonyme !

Des marionnettes, encore...

— C'est Milana qui est la clé de tout, déclara-t-elle soudain.

La capitaine et le lieutenant se tournèrent vers elle, étonnés.

— Je ne sais rien de l'enfance de ma belle-mère ! Je ne sais rien de sa vie avant que je rencontre Renaud. Je ne connais d'elle que sa passion pour les marionnettes, et un très discret accent slave presque impossible à remarquer. Il y a obligatoirement un lien entre Milana et cet incendie à Pilsen. Elle était peut-être la femme de ce type, Libor Slavik.

Katel souleva un sourcil circonspect.

— Et les deux gueules-brûlées, Amos et Kristof, seraient ses enfants ? Donc les frères de votre mari ? En réalité, quand ils sont venus vous rendre visite à Bourg-Fidèle, ils ne voulaient peut-être pas vous liquider, mais juste reprendre contact avec leur belle-sœur.

Nanesse hésita entre sourire et grimace. L'humour noir de Katel, dès qu'il touchait à la mort de Renaud, lui révulsait le cœur.

— Sauf, objecta le lieutenant Bonello, que l'article du *Správná Plzeň* ne dit pas si la femme de ce Libor Slavik est morte dans l'incendie de la roulotte.

Katel méditait. Nanesse se redressa, déterminée.

— Justement, il n'y a pas de temps à perdre, il faut y aller !

— Où ? répondirent presque en chœur la capitaine et le lieutenant.

— Fouiller dans le passé de Milana !

— Où ? répéta Katel, seule cette fois.

— Là où ses cendres ont été dispersées, devant son wagon-atelier. Il doit toujours se trouver au même endroit qu'il y a cinq ans, au bout d'une voie ferrée abandonnée, près de la frontière franco-belge, dans le doigt de Givet. L'appartement de Milana à Charleville a été vendu à sa mort, mais Renaud a refusé de se séparer de l'atelier. D'ailleurs, qui aurait voulu acheter une telle épave rouillée ? Renaud y retournait de temps en temps, pour fleurir la carcasse de la roulotte. Une tombe de saltimbanque, c'est ainsi qu'il l'appelait, sur roues et sans cercueil.

Givet se trouvait à cinquante kilomètres de Charleville. Ils y seraient dans trois quarts d'heure.

— On fonce !

Katel avait déjà enfilé son blouson…

Toc toc toc.

Une main cognait sur le mur de verre face à elle, entre les affiches du *Parrain* 1 et 2.

La tête de l'adjudant Vigneules apparut, presque collée à la vitre. Derrière sa mèche noire, le regard de Katel fusilla le gendarme.

— Merde, grogna la capitaine, j'avais précisé qu'on ne me dérange sous aucun prétexte !

Mathias Vigneules avait déjà fait le tour et ouvert la porte du bureau, le visage déformé par la panique.

— Je sais. Sauf si un groupe de terroristes menace de faire sauter la place Ducale, c'est ce que vous aviez dit.

— Ouais, aboya la capitaine, et alors ?

Tous les muscles du gendarme tremblaient.

— On vient de recevoir un coup de fil. Anonyme. La voix prétend qu'il y a une bombe, dans une des poubelles de tri sélectif, entre la rue de la République et la place Ducale.

La gendarmerie se vida en un éclair bleu de gyrophares. En moins d'une minute, Nanesse se retrouva seule, avec uniquement Fatoumata, la gendarme adjointe plantée à l'accueil, pour lui tenir compagnie, et un conseil…

— Non, c'est un ordre ! avait beuglé Katel avant de s'engouffrer à son tour dans l'une des Mégane. Vous restez là ! Vous ne bougez pas ! Surtout, vous ne prenez aucun risque, Nanesse !

Vous restez là ! Vous ne bougez pas !

Nanesse regardait par la fenêtre sa Clio garée devant la gendarmerie.

Surtout, vous ne prenez aucun risque…

Nanesse !

La capitaine progressait. Elle l'avait appelée Nanesse, elle finirait par la tutoyer, comme les plus timides de ses petits protégés, il suffisait de prendre le temps de l'apprivoiser.

Le temps…

Depuis quarante-huit heures, Nanesse n'avait pas pu bouger un orteil sans deux gendarmes collés à ses chaussettes. Elle avait cru mourir dans la cave de Bruno Pluvier, quand elle avait aperçu ce monstre armé en haut de l'escalier, mais cette frayeur s'était effacée.

Une étrange curiosité l'avait remplacée. La certitude qu'elle ne pouvait pas se contenter de laisser la gendarmerie faire son travail, aussi motivée que soit la capitaine Katel.

Elle devait elle-même chercher les réponses à cette somme de questions insensées. Cette affaire n'était pas une enquête, mais une quête…

Nanesse observa du coin de l'œil Fatoumata à l'accueil, occupée sur son écran. La gendarme ne lui prêtait aucune attention. Libor, Amos et Kristof Slavik ne l'attendaient certainement pas devant la gendarmerie.

Personne ne la suivrait.

Elle en avait l'intuition, la vérité se trouvait là-bas.

Dans le wagon-atelier de Milana.

37

VICKY ET ÉLÉA

Boulevard Gambetta, Charleville-Mézières

Le Berlingo de Vicky attendait sagement au carrefour que le feu tricolore verdisse. À chaque croisement, Éléa tentait de prendre le contre-pied des indications du GPS qui n'avait visiblement pas été mis au courant des modifications récentes du plan de circulation dans la métropole ardennaise, et s'obstinait à les faire passer par des sens interdits ou des rues barrées à l'occasion du festival.

Boulevard Gambetta, rue de l'Arquebuse, avenue de Montjoly...

Vicky avait compris qu'elle n'atteindrait jamais le centre-ville et recherchait désespérément un parking en périphérie. De demi-tours en changements brusques de direction, si une voiture, Skoda grise ou Golf beige, continuait d'essayer de les suivre, Vicky l'aurait immédiatement repérée.

Lola bondit soudain à l'arrière.

— Regardez ! cria la fillette en désignant du doigt la façade d'une maison.

L'immeuble de trois étages, en bord de route, n'avait rien d'extraordinaire, à une exception près : une gigantesque fresque était peinte sur l'un des murs sans fenêtres.

— Trop beau ! s'émerveilla Lola, sans quitter des yeux le tableau de cinq mètres sur trois : un oiseau multicolore tentait de s'envoler, retenu à une étoile d'or par des ficelles de feu.

Bloquées à un croisement, elles eurent le temps de lire les lettres manuscrites tracées sous le dessin géant.

J'ai tendu des cordes de clocher à clocher ;
des guirlandes de fenêtre à fenêtre ;
des chaînes d'or d'étoile à étoile,
et je danse.

Les Illuminations, souffla Brain, et Éléa répéta à haute voix.

— Un des plus beaux textes de Rimbaud, l'enfant chéri du pays. En plus de le célébrer dans son immeuble d'enfance, la maison des Ailleurs, la ville a fait dessiner dans les rues une douzaine de fresques, chacune illustre l'une des plus célèbres citations du poète.

Elles continuèrent d'explorer au hasard la ville pour chercher une place de stationnement, et passèrent devant plusieurs nouveaux tableaux géants, tous plus impressionnants les uns que les autres : un Dormeur du val vert clairière, un Bateau ivre bleu soleil, une Enfance orange bonbon, un Cœur supplicié gris viscères, une Ophélie rose fantôme.

Arthur Rimbaud n'avait pourtant qu'une envie, commenta Brain, *quitter Charleville ! Il s'en sauvera avant ses dix-sept ans et n'en reviendra que vingt ans plus tard, quand on rapatriera de Marseille ce qui restait de son corps, rongé par le cancer, amputé d'une jambe et...*

C'est bon, se lassa Éléa, on sait lire ! Laisse-nous rêver et concentre-toi plutôt sur les panneaux !

Finalement, après de longs détours labyrinthiques, elles se retrouvèrent miraculeusement à quelques rues de la place Ducale, et plus miraculeusement encore, trouvèrent une place libre dans un parking souterrain. Elles errèrent un long moment sous terre, dans des couloirs sales, longeant des murs tagués sans poésie, remontant les trois étages d'un escalier aux marches moisies, avant de surgir sur la place Ducale.

Le contraste les submergea.

Une incroyable folie avait envahi la sévère place centrale, comme si un réalisateur avait décidé d'y tourner le film de science-fiction le plus délirant de l'histoire du cinéma, en mobilisant des milliers de figurants. Des centaines d'enfants couraient, riaient, pour échapper aux animaux monstrueux qui les poursuivaient, araignées parlantes, autruches volantes, ou moutons à mille pattes harcelés par un chien de berger à trois têtes. Des anges fluorescents et des coccinelles géantes surveillaient le ciel, projetant leurs ombres démesurées sur les façades ocre et rouge brique des bâtiments. Au milieu de la place, un elfe jouait du violon. Pour de vrai ! Sous les arcades, neuf nains dansaient.

Lola ne savait plus où regarder, serrant Kasper contre elle comme une maman inquiète.

Tout la subjuguait.

Vicky attrapa fermement la main de sa fille et se tourna vers Éléa.

— Je crois qu'on est entrées dans la cinquième dimension ! Elle te raconte quoi, ta Précieuse ?

La bague connectée clignota.

— *Le Festival mondial des Théâtres de Marionnettes se tient tous les deux ou trois ans, en septembre, depuis soixante ans. Il dure dix jours et attire des centaines de milliers de spectateurs, qui viennent de tous les pays du monde pour assister aux plus de cent cinquante représentations officielles, et évidemment trois ou quatre fois plus de spectacles off, partout dans les rues.*

— Formidable, apprécia Vicky, Lola va être ravie ! Mais nous, on cherche quoi ?

— Petrouchka ! affirma Éléa.

Ça promet ! ronchonna Brain. *Autant chercher un Pinocchio autour du Rialto.*

Elles cherchèrent pourtant, parmi les multiples spectacles et animations proposés aux petits et aux grands Carolos. Les artistes rivalisaient d'imagination, entre créatures hyperréalistes et animations extravagantes, mais elles croisèrent au final très peu de marionnettes classiques, presque aucun Guignol ou Polichinelle, et encore moins de Petrouchka...

Leurs yeux se posaient partout, avant qu'Éléa reste aimantée devant une étonnante façade, entre l'Institut international de la Marionnette et le Musée de l'Ardenne. Un attroupement s'était constitué devant une fenêtre, et tous les spectateurs levaient la tête.

— Le Grand Marionnettiste ! murmura l'Aspergirl.

Vicky et Lola observèrent elles aussi la fenêtre encadrée par une horloge verte tout droit sortie du monde d'Alice au pays des merveilles.

— D'après ma Précieuse, c'est le nom de ce théâtre d'automates, la grande attraction locale ! Elle se met en route toutes les heures, douze fois par jour, pour présenter douze scènes de la plus célèbre légende du coin : les Quatre Fils Aymon.

Un volet de bois s'ouvrit lentement, au rythme d'une musique médiévale, dévoilant deux grandes mains dorées dont les doigts articulés, reliés à quatre fils d'argent, animaient un spectacle naïf de chevalerie.

— Les mêmes que ceux du belvédère de Bogny-sur-Meuse ? demanda Vicky.

— Oui ! continua de réciter Éléa. Apparemment, la légende est née ici. Ce sont les quatre grands rochers des falaises au-dessus de la Meuse qui ont inspiré la légende. Les quatre fils Aymon étaient les ennemis jurés de Charlemagne, aidés par l'enchanteur Maugis et Bayard le…

Là-bas ! cria soudain Brain.

Un cheval doré venait d'apparaître à la fenêtre.

Non, de l'autre côté ! insista Brain. *Décroche un peu de ta Précieuse et regarde ce qui se passe autour de toi.*

Sur la place, un artiste surdoué avait accroché à chacun de ses bras une marionnette lui ressemblant trait pour trait, offrant l'illusion angoissante de triplés siamois.

— Ce type à trois têtes ? fit Éléa.

Non ! derrière lui. Dans le public, l'homme qui porte un long manteau gris.

Éléa, dans un état de confusion intense, essaya de suivre les indications de son cerveau. Brain ne relâchait jamais sa vigilance, même quand elle était concentrée sur autre chose. Elle fixa le marionnettiste aux trois visages, puis la foule dense et hilare qui formait un demi-cercle devant la scène improvisée.

Un homme ? Un long manteau gris ? Elle posa son regard au hasard sur les ombres qui allaient et venaient, avant de manquer de s'écrouler…

Elle venait de reconnaître la silhouette de Pierre !

Déjà, la foule se refermait et l'homme au manteau gris disparut de son champ de vision.

Elle écarquilla les yeux.

Cette ombre fugitive pouvait-elle être celle de son Petrouchka ?

C'était forcément lui, si Brain avait sonné l'alerte ! Éléa en était soudain persuadée. Pierre était là, tout près, même si des dizaines de touristes, d'étrangers, de gosses braillards les séparaient.

— Tu as vu quelque chose ? s'inquiéta Vicky.

— Je ne sais pas. J'ai cru que…

Éléa allait se précipiter pour fendre la foule, pour retrouver son Petrouchka, car c'était lui, personne n'aurait pu imiter sa grâce maladroite de pantin désarticulé... Quand une voix dans son dos la retint.

— Bonjour, Éléa.

38

NANESSE

Wagon-atelier de Milana, doigt de Givet, Ardennes

Nanesse roula aussi longtemps qu'elle le put. Elle laissa la départementale 46 accompagner la Meuse jusqu'en Belgique, et s'engagea sur une route de traverse goudronnée en direction de la forêt du Rond Tienne. Le bitume de l'étroite chaussée fut bientôt remplacé par du simple gravier, puis par un chemin de terre, de moins en moins carrossable, envahi d'herbes hautes qui obligèrent Nanesse à se garer et à poursuivre à pied.

Impossible de se perdre, il suffisait de suivre les rails de l'ancienne voie ferrée entre les jeunes arbres.

Lorsqu'elle était sortie de la gendarmerie, il y a moins d'une heure, personne ne l'avait retenue. La gendarme à l'accueil avait à peine levé les yeux vers elle.

Devant elle, les deux lignes parallèles du chemin de fer rouillé l'invitaient à entrer dans la forêt.

Nanesse se souvenait. Elle était déjà venue ici, avec Renaud.

Une fois.

Une semaine après le décès de Milana.

Elle continua de marcher. Elle n'était pas bien équipée, chaussée de bottines fines à semelles plates. Elle n'avait pas programmé une telle randonnée. De maigres troncs de châtaigniers, âgés d'à peine vingt ans, poussaient à travers les rails abandonnés depuis près d'un siècle. Du temps de la prospérité des Ardennes, charbon, fer et bois, des trains circulaient partout entre les collines et les méandres de la Meuse. Désormais, plus personne ne s'arrêtait dans cette région frontalière, et ce curieux doigt de Givet n'avait plus rien d'un corridor stratégique et fortifié.

Nanesse approcha du tunnel. La voie ferrée, pour éviter de contourner la colline devant elle, s'enfonçait dans un long trou sombre dont elle n'apercevait que la voûte de briques.

Nanesse n'était jamais allée plus loin. Il y a six ans, Renaud lui avait demandé d'attendre devant l'entrée. Elle l'avait laissé pénétrer seul dans le souterrain noir, emportant les cendres de sa mère. Il avait resurgi une heure plus tard, l'urne funéraire vide entre ses mains et le visage noyé de larmes.

Renaud n'était plus là, aujourd'hui, pour lui demander de patienter.

Sans aucune hésitation, elle s'engagea dans le tunnel. Le jour filtrait à l'autre extrémité, une centaine de mètres plus loin, nimbant la galerie d'une faible luminosité. Le souterrain sentait le genévrier, tout autant que la bière et l'urine. Les adolescents ayant adopté ce lieu underground pour leurs soirées arrosées avaient tenu à marquer leur territoire. La voûte sombre menant vers le mausolée de Milana n'avait plus rien à voir avec la nef solennelle d'une chapelle.

À tout prendre, Nanesse préférait.

La bière et l'urine, plutôt que les bondieuseries et l'encens.

C'est toujours ce qu'elle avait aimé chez Renaud et sa mère. Leur indépendance d'esprit. N'appartenir à aucun camp. N'écouter que leurs convictions et leurs émotions. Ne suivre ni ordre, ni mode.

Milana surtout avait toujours conservé son indépendance.

Sa belle-mère avait toujours fait preuve d'une parfaite politesse, d'un attachement profond à son fils, à ses petits-enfants, d'une discrétion presque excessive. Milana était disponible dès qu'on l'appelait, et seule le reste du temps. Aussi heureuse, apparemment, à lire dans son appartement rue de Wailly qu'à bricoler ses marionnettes dans son wagon-atelier.

Nanesse distinguait les premiers reflets verts de la clairière. Elle avança vers la lumière, sans cesser de penser à sa belle-mère.

Milana ne demandait rien, ne semblait manquer de rien. Une question, que Nanesse ne s'était jamais posée auparavant, la taraudait pourtant aujourd'hui. Milana se présentait comme une artiste un peu trop âgée, en retraite prématurée, préférant se consacrer à son art pour le plaisir, pour sa seule beauté. Mais cet appartement, certes modeste, dans le centre-ville de Charleville, qui en payait le loyer ? Et ce wagon-atelier…

D'où venait son argent ?

Nanesse n'avait jamais vu Milana travailler. Mais encore moins mendier.

Le tunnel s'achevait. Les rails rouillés la précédaient, l'entraînant dans la clairière qui s'ouvrait devant elle, aussi joyeuse et lumineuse que le souterrain était lugubre.

D'un coup, le wagon apparut.

Il avait dû être superbe !

Décoré de couleurs vives et de tags inspirés, il semblait échappé d'un train de dessin animé. Un de ces vieux wagons de marchandises entièrement en bois, sans fenêtres, qui convoient des animaux de cirque, ou à défaut des clowns et des trapézistes. Un éclat de rire échoué. Une carcasse de poésie rouillée.

Nanesse demeura quelques instants immobile, à regarder l'étrange véhicule baigné de lumière. Des caténaires pendaient, témoins de l'ancienne exploitation de la voie ferrée. Milana avait dû pouvoir ainsi raccorder son atelier à une ligne électrique. Les rails continuaient plus loin, entre les chênes et les noisetiers, tordus par leurs racines, comme si la forêt, au-delà de cette minuscule clairière, avait gagné.

Nanesse ne cessait de penser à Renaud. Son mari venait se recueillir ici, de temps en temps, quatre ou cinq fois par an, sur ce lieu de mémoire où il avait dispersé les cendres de sa mère. Y déposer des fleurs. Y…

Le cœur de Nanesse bondit.

Un bouquet d'anémones était posé devant le marchepied du wagon. Un bouquet fraîchement coupé.

Depuis combien de temps était-il ici ? Un jour ? Deux jours ? Davantage encore ? Nanesse s'approcha, examina les pétales, les feuilles. Elle aurait pu jurer que ces fleurs avaient été déposées là hier…

Impossible ! Qui aurait pu venir fleurir le wagon ? Renaud était tombé du belvédère il y a quatre jours. Il était le seul à se rendre régulièrement à l'atelier pour y laisser des fleurs. Qui d'autre aurait pu effectuer ce pèlerinage ? Et pourquoi ?

Nanesse poussa la porte du wagon-atelier et entra.

39

VICKY ET ÉLÉA

Place Ducale, Charleville-Mézières

— Bonjour, Éléa, répéta la voix.

Le simple fait d'entendre son prénom avait foudroyé Éléa, comme si une lame brûlante s'était enfoncée dans sa nuque.

Ce n'était pas la voix de son Petrouchka.

Elle ne connaissait personne à part lui, elle n'avait aucun ami à Paris, et encore moins ici. Qui pouvait l'avoir suivie jusque sur cette place, parmi cette foule délirante ? L'avoir reconnue ? L'avoir interpellée ?

Elle se retourna par réflexe. Le stand le plus proche n'avait rien de particulier : une tente semblable aux dizaines d'autres installées sur la place Ducale, vendant toutes la même camelote prétendument artisanale : des marionnettes made in Taiwan ou Korea, ainsi que des masques, des costumes de poupée, des castelets, des disques et des livres...

Le stand à quelques mètres d'elle ressemblait à tous les autres, mais portait un nom particulier.

Librairie Baou !

— Vous ? bafouilla Éléa. Vous n'êtes déjà plus rue de Venise à Paris ?

Le libraire, debout derrière son stand, portait toujours aussi fièrement sa houppette de passereau sur la tête, plus élégant que jamais dans un costume de tweed écossais.

— Oh si, assura-t-il avec un grand sourire. Mais vous avez pu remarquer que ma librairie met à l'honneur mes deux passions : Arthur Rimbaud et les marionnettes. Je crois que depuis quarante ans, je n'ai jamais raté un seul festival de Charleville. J'y réalise un pourcentage non négligeable de mon chiffre d'affaires. Je confie ma boutique parisienne à une stagiaire et je m'installe ici.

Il se fout toujours autant de ta gueule ! assura Brain.

Éléa ne savait plus quoi penser. Elle observait sur l'étal les marionnettes japonaises, chinoises, hindoues, russes… Baou souriait, heureux comme un enfant.

À quelques mètres d'eux, Lola restait en admiration devant les mains dorées du Grand Marionnettiste, qui agitaient les épées des quatre chevaliers. Vicky s'était elle aussi approchée du stand.

— Éléa, continua d'expliquer Baou, regardez autour de vous. Cette imagination des artistes, cette fascination des passants. Il faut que vous compreniez, les hommes ont toujours rêvé de donner vie à des personnages à leur image, de les faire bouger, de les faire parler. Depuis… depuis le jour où la fille de l'homme de Cro-Magnon a joué avec sa première poupée ! En créant des personnages qu'ils animent et manipulent, les hommes veulent juste à leur tour devenir des dieux. Immortels. (Il désigna les poupées japonaises devant lui.) Vous souvenez-vous de ces karakuri ningyō ? Ces automates du XVIIe siècle ? Savez-vous que la première poupée parlante a été inventée par Edison, il y a près de cent cinquante ans ? Un simple phonographe miniature caché dans un corps de porcelaine, qu'il suffisait de tourner manuellement et…

— Je vous en prie, craqua soudain Éléa. Arrêtez de jouer ainsi au chat et à la souris ! Si vous savez où est Pierre, dites-le-moi !

Le libraire avait l'air de ne rien comprendre. Ou jouait-il parfaitement la comédie ?

— Nous voulons juste être certaines que Pierre est toujours vivant, supplia Éléa.

— Et qu'*Hans* lui aussi est toujours vivant ! ajouta Vicky derrière eux. Nous voudrions lui poser quelques questions sur sa double vie… et peut-être lui casser la gueule !

Baou souriait toujours, semblant ne pas savoir qui était Hans, ne connaître de Pierre que les poèmes qu'il avait publiés dans son fanzine il y a des années, et tout ignorer de la quête de ces deux femmes déterminées.

Le spectacle du Grand Marionnettiste se terminait. L'un des quatre chevaliers était tombé. Le volet se refermait. Quelques clients admiraient les livres anciens présentés sous la tente de Baou.

Après tout, suggéra Brain, *peut-être que ton marchand de grimoires dit la vérité. Si ça se trouve, c'est toi qui lui cours après. Pas l'inverse. Sa boutique est peut-être vraiment une librairie à la demande et…*

Brain ne put achever son raisonnement. Le cri de Vicky l'arracha à ses réflexions.

— Menteur !

Vicky s'avança d'un pas, fusilla Baou du regard et écarta d'un violent revers de main les livres et objets insolites sur l'étal, sans se soucier des dégâts qu'elle causait ni des clients offusqués. Elle attrapa le libraire par le col de sa veste à carreaux.

— Ces automates, sur votre stand, ils ne viennent pas de Chine ou du Japon !

Elle désignait les poupées anciennes de celluloïd exposées entre les livres d'art.

— Non, s'étrangla Baou. Mais…

De sa main libre, celle qui ne lui servait pas à couper la respiration du libraire, Vicky attrapa un automate, jumeau parfait de Kasper.

— Elle vient d'où celle-ci ?

— Je… je ne sais pas.

Éléa avait enfin compris.

T'as été un peu lent sur ce coup-là, Brain…

Vicky avait été plus rapide qu'elle, mais l'euphorie l'emporta vite sur la jalousie. Éléa s'approcha elle aussi de Baou.

— Vous connaissez Petrouchka ! C'est pour lui que vous êtes là !

Le libraire, mitraillé par le double feu des deux furies, suffoquait.

— Ces poupées, bombarda Vicky, c'est la mère d'Hans qui les fabriquait ! À Florac. Alors qu'est-ce qu'elles fichent sur votre stand ?

— On va te foutre en l'air ta boutique si tu ne réponds pas, promit Éléa.

— Et ça ne sera que le premier avertissement, jura Vicky.

Cette fois, Baou paniqua. Il laissa son stand en plan, le contourna, et fit signe aux deux femmes de le suivre, un peu plus loin, vers les arcades de la rue du Théâtre. Vicky vérifia du coin des yeux où se trouvait Lola. Elle s'était assise et observait subjuguée un spectacle de ventriloque qui venait de commencer.

— Je… affirma Baou. Je vais tout vous dire.

Son masque de mystérieux commerçant ésotérique, tout droit sorti d'un film de Tim Burton, tombait. Il bafouillait tel un farceur démasqué qui tente maladroitement de s'excuser.

— J'ignore tout de votre Petrouchka, ou de votre Hans, appelez-les comme vous voulez. Par contre, j'ai bien connu celle qui fabriquait ces marionnettes… Milana.

— Milana ? répéta Vicky, interloquée. Je croyais que la mère d'Hans s'appelait Marion ?

Le libraire ne répondit pas, mais une lueur mélancolique éclaira son regard.

— Milana était une artiste remarquable, continua-t-il. J'ai eu la chance de la croiser, il y a très… très longtemps. Elle avait déjà cessé de jouer à l'époque, mais j'ai eu le privilège de visiter son atelier, son wagon comme elle l'appelait. C'était... la caverne d'Ali Baba et l'atelier de Gepetto à la fois. Elle y fabriquait des automates tels que celui-ci (il désigna le jumeau de Kasper), et des copies fascinantes de karakuri japonaises, de kathputli du Rajasthan, de marottes Bozo du Mali, de karagöz turcs, et son chef-d'œuvre bien sûr, l'œuvre d'une vie, son raïok.

— Son quoi ? s'étrangla Vicky.

Si tu demandes à ta Précieuse, souffla Brain à Éléa, *je me mets en grève pendant un mois.*

— Son raïok, répéta Baou. Le théâtre de marionnettes traditionnel des pays de l'Est. Une attraction ambulante, une sorte d'orgue de Barbarie où le carton perforé est remplacé par des figurines découpées. Il fonctionne comme une boîte magique. On regarde à l'intérieur à travers des verres grossissants, pendant que le marionnettiste fait défiler une bande de papier racontant une histoire. L'ancêtre de la télé, si vous préférez ! Le raïok de Milana était le plus raffiné que j'aie jamais vu...

— OK, abrégea Vicky, on s'intéressera aux détails techniques plus tard. Où peut-on la trouver, ton amoureuse ?

— Milana n'a jamais été mon amoureuse ! se défendit Baou.

— On s'en fiche, enchaîna Éléa. Donne-nous simplement son adresse.

— Ça va être difficile.

— Pourquoi ?

Le libraire observa le ciel tourmenté. Après quatre jours de pluie, presque sans discontinuer, les nuages paraissaient épuisés. Une goutte solitaire roula pourtant dans le croissant de son regard ridé.

— Elle est morte. Il y a six ans. Elle a souhaité être incinérée. Son adresse aujourd'hui, c'est là où souffle le vent...

Vicky et Éléa hésitèrent un instant, échangèrent un regard et tombèrent d'accord sans avoir à prononcer un mot.

Baou ne leur disait pas toute la vérité !

La relation qu'il avait entretenue avec cette Milana, *leur belle-mère ?*, était bien plus intime que celle d'un admirateur pour une artiste méconnue. Et elles ne lâcheraient pas le libraire tant qu'il ne leur aurait pas tout raconté !

Tout bascula alors, comme dans un film d'horreur. Des hommes et des femmes en uniforme surgirent de partout. Des policiers, des CRS, des gendarmes. Ils criaient et poussaient sans ménagement adultes et enfants, *reculez, reculez*, ils établirent avec une vitesse stupéfiante un périmètre de sécurité autour de quelques tentes isolées, de trois bancs vides et d'une rangée de poubelles de tri sélectif, *reculez, on vous dit !*

Des cris de panique s'élevaient de chaque angle de la place Ducale, ainsi que des ordres clairs d'institutrices reprenant le contrôle de leurs classes avec un calme impressionnant. La foule reculait, de nouveaux fourgons se garaient, d'autres militaires en sortaient.

Baou fut le plus rapide des trois. Le vieux libraire, en un réflexe surprenant, courut vers Lola et la souleva. Il fit une dizaine de pas avec elle, lui chuchota quelques mots rassurants à l'oreille, et la remit dans les bras de sa mère.

— Merci, fit Vicky, sans vous…

— Sauvez-vous !

Des patrouilles d'hommes armés se déployaient. Une capitaine de gendarmerie les frôla, talkie-walkie en main et regard de rottweiler sur son troupeau éparpillé.

— Sauvez-vous, répéta Baou. Si c'est une alerte attentat, ils risquent de boucler tout le quartier.

Ni Vicky ni Éléa ne voulaient renoncer à en savoir davantage.

— On ne partira pas tant que…

— Au doigt de Givet, dit soudain Baou. L'ancienne ligne de voie ferrée abandonnée ! Il suffit de suivre les rails le plus loin possible… et vous trouverez le wagon-atelier.

40

NANESSE

Wagon-atelier de Milana, doigt de Givet, Ardennes

Dès qu'elle fut entrée dans l'atelier, Nanesse souffla.

Elle s'était attendue au pire. Le wagon était resté à l'abandon depuis six années, il y avait toutes les probabilités qu'il ait été squatté par les jeunes buveurs de bière du tunnel, ou d'autres visiteurs.

Le regard de Milana examina la longue pièce rectangulaire.

Rien n'avait été vandalisé. L'antre de Milana, tel un mausolée sacré, avait été respecté. Une longue et étroite table de couturière trônait au centre du wagon. Rangés dans des dizaines de boîtes vernies, des accessoires de toutes les formes et de toutes les matières étaient stockés : boutons de nacre, chutes de feutrine, cotillons, boules de coton, billes de verre, pelotes de laine, fils d'or et d'argent… Des marionnettes de tous les pays et de tous les âges patientaient, certaines anciennes, aux teintes passées, d'autres à peines terminées, aux yeux non peints, aux doigts non soignés, aux cheveux mal collés. Milana avait continué de donner vie à ses petits protégés de chiffon, jusqu'au dernier jour de la sienne.

Le regard de Nanesse délaissa l'atelier de couture pour s'attarder sur l'un des coins du wagon. Une étrange boîte colorée, de la forme et de la taille d'une grosse niche, posée sur deux tréteaux, attirait son attention. L'un des plans inclinés de la boîte était entièrement vitré.

Était-ce le fameux raïok ? Le théâtre de papier sur lequel Milana avait travaillé toute sa vie ?

Était-il seulement encore en état de fonctionner ? Essayer de le mettre en route, n'était-ce pas violer la mémoire de Milana et de Renaud ?

Nanesse s'avança et continua d'examiner l'atelier. Personne, depuis la mort de Milana, n'était donc venu piller ce trésor ? Parce que l'endroit était isolé, presque introuvable ? Parce qu'au fond, ces vieilles poupées et ces automates rouillés n'intéressaient personne ? Ou parce que Renaud, jusqu'à il y a cinq jours, en avait été le gardien vigilant.

Jusqu'à il y a cinq jours, répéta Nanesse pour elle-même.

Certains détails l'étonnaient. Outre ces fleurs devant la porte, elle avait la certitude que quelqu'un était entré ici, il y a peu de temps. Elle distinguait des traces de pas devant ses pieds : des semelles boueuses, à peine séchées, avaient piétiné le vieux parquet.

Du 46 ?

Elle repéra également des marques dans la poussière : certains objets avaient été déplacés, des ciseaux, des bobines de fil, des pots de peinture… Récemment.

Avant ou après la mort de Renaud ?

Qui aurait pu revenir ici, depuis ?

Ces gueules-brûlées, comme les appelait Katel ?

Avait-elle pris un risque démesuré en venant s'aventurer ici, dans un lieu aussi isolé, sans prévenir personne, sans laisser le moindre mot derrière elle, pas même à Katel ?

Nanesse referma la porte du wagon. Plus aucun son ne provenait de l'extérieur, et peu de lumière filtrait. Les seules ouvertures, de longues et étroites fentes pour permettre aux passagers de respirer, étaient pour la plupart occultées par des piles d'objets hétéroclites, tissus, planches ou cartons. Nanesse se dirigea vers l'ouverture la plus proche, pour dégager le bric-à-brac et faire entrer un peu de clarté. Elle commença à écarter quelques tissus, de vieux papiers, et s'arrêta soudain.

Stupéfaite.

Un cadre était posé en équilibre sur la cloison. Une grande photographie, que Nanesse reconnaissait.

Renaud posait à côté de sa mère, devant un rideau blanc immaculé.

C'était leur plus beau portrait, pris il y a des années, pour les cinquante ans de Milana. C'était celui que Renaud avait retenu et placé devant le cercueil de sa mère, lors de la cérémonie au crématorium.

Son mari avait seulement ajouté un détail, en abandonnant ce cliché dans le wagon-atelier.

Il avait ajouté quelques mots, à la main…

Pour toi maman, éternellement.

Je t'aime
Je t'aime
Je t'aime

… et avait signé, trois fois

Renaud,
Hans,
Pierre

Sous le choc, Nanesse recula, chercha à appuyer son dos contre le mur, ou la table, la porte, peu importe.

Renaud avait signé trois fois…

Elle n'entendit pas la porte du wagon s'ouvrir derrière elle.

Elle ne vit pas les deux silhouettes s'approcher dans son dos.

Elle finit seulement par entendre une respiration plus forte, peut-être un sanglot.

Et se retourna.

41

KATEL

Place Ducale, Charleville-Mézières

La place Ducale était barrée par une rubalise bicolore, soutenue tous les cinq mètres par des gendarmes statufiés. Les spectateurs se tassaient derrière le ruban : une foule surréaliste où cohabitaient adultes et enfants, nains et géants, monstres fantastiques et créatures extraterrestres.

Le reste de la place était désert, à l'exception d'une équipe de dix démineurs, dissimulés derrière des boucliers façon légion romaine, qui avançaient avec prudence vers les trois bacs de tri sélectif.

— On vit vraiment une époque dingue, commenta Katel.

La capitaine se tenait à la frontière de la place vide et pleine, en compagnie du lieutenant Bonello.

— N'importe quel farceur, poursuivit Katel, par un simple coup de téléphone, peut empêcher la terre de tourner. Si ça se trouve, il est là, dans la foule, à nous mater et bien se marrer.

Devant eux, le dispositif de sécurité se déployait, de plus en plus impressionnant. Six fourgons de CRS barraient la rue de la République. Des brigades de police étaient venues en renfort de Sedan et Reims. Des gyrophares projetaient leur lumière bleue sur les murs de la place Ducale comme dans la plus belle des cinéscénies.

— Moi je trouve plutôt ça beau, la contredit Jérémy. Presque émouvant. Autant de forces mobilisées en même temps.

La capitaine observa la vingtaine de gendarmes tendant la rubalise sur toute la largeur de la place.

— Tu parles ! La brigade antiterroriste a pris le relais. Nous maintenant, on sert de figurants. Regarde Mehdi, Mathias et Will. D'accord, ils n'ont pas fait l'Actors Studio, mais ça justifie de leur faire jouer le rôle du poteau ?

Pour une fois, Jérémy avait décidé de tenir tête à sa patronne.

— C'est le plan, Katel. Chacun sa place. C'est classe, non, la coopération entre services ? Gendarmes, CRS, police…

— Ouais… Comme dans les manifs !

Katel consulta sa montre. La place Ducale était bloquée depuis déjà près d'une heure. Les démineurs, derrière leurs boucliers, paraissaient avancer d'un centimètre par minute. Elle laissa tomber sa mèche corbeau sur son œil gauche.

— Putain, grogna-t-elle, ils jouent à Un, deux, trois, soleil ou quoi ? J'ai pas que ça à foutre. J'ai une affaire sur les bras et…

Le lieutenant Bonello interpréta l'éclat d'exaspération dans le regard borgne de sa supérieure, et anticipa sa décision.

— Non, Katel ! Vous ne pouvez pas partir maintenant. Pas en plein niveau « sécurité renforcée » du plan Vigipirate. Je ne dis pas qu'on a le premier rôle à jouer, mais…

Katel s'apprêtait à rassurer le jeunot.

Elle n'était pas complètement cinglée ! Elle portait la responsabilité de sa brigade. Si une bombe avait vraiment été posée dans cette poubelle et qu'elle explosait, la panique serait indescriptible et ses hommes devraient intervenir aussitôt. Même si son intuition lui soufflait que cette alerte n'était qu'une vaste mise en scène et que…

Son portable vibra dans sa poche.

Un message !

Jan Horák.

Katel mit un instant à se souvenir du nom du correspondant d'Interpol pour la zone est-européenne. Jan avait l'air fier de lui. Il avait exhumé l'intégralité du dossier judiciaire de ce fait divers, l'incendie de cette roulotte à Pilsen. Juin 1976, il n'était même pas né.

Jan envoyait à Katel le scan des documents sur sa boîte mail, mais tenait à lui annoncer sans délai le plus important : la femme de Libor Slavik, Zuzana, était bien morte brûlée dans l'incendie. L'enquête était formelle, son cadavre avait été retrouvé et identifié.

Les deux fils de Slavik, par contre, avaient survécu. Défigurés, mais vivants. À l'époque, du côté est du rideau de fer, on ne pratiquait pas vraiment la chirurgie réparatrice. Ils avaient longtemps été hébergés dans un hôpital militaire de Prague, avant de retourner vivre chez leur père, à Pilsen, et qu'on perde leur trace.

Qu'on perde leur trace, relut Katel.

Je l'ai retrouvée, Jan, quarante-sept ans plus tard !

Ces deux gueules-brûlées se sont amusées à balancer un brave père de famille du haut d'un belvédère, puis à massacrer un informaticien dans sa cave à grands coups de canne…

Et continuent de se balader dans le coin en toute liberté !

42

NANESSE, VICKY ET ÉLÉA

Wagon-atelier de Milana, doigt de Givet, Ardennes

Deux femmes.

Deux femmes venaient d'entrer dans le wagon et se tenaient derrière Agnès.

L'une blonde et l'autre brune.

Un instant, Agnès se demanda qui elles étaient, d'où elles sortaient, quelle obscure motivation avait pu les pousser à suivre cette voie ferrée abandonnée, franchir ce tunnel, pénétrer dans cette clairière, grimper sur le marchepied et pousser la porte de cet atelier.

Puis elle suivit leur regard.

Les yeux des deux femmes fixaient, hypnotisés, la photo encadrée de Renaud et Milana, et les trois signatures griffonnées sur le papier glacé.

Je t'aime
Je t'aime
Je t'aime

Renaud,
Hans,
Pierre

Immédiatement, Nanesse comprit.

Cette blonde et cette brune étaient les femmes d'Hans Bernard et de Pierre Rousseau, tout comme elle était celle de Renaud Duval.

Trois hommes, trois femmes.

Laquelle aimait Hans ? Laquelle aimait Pierre ?

La blonde serrait la main d'une petite fille de cinq ans. La fille de Pierre ou d'Hans ? La blonde était jolie dans son genre, une nature forte, un visage un peu sévère, mais il se dégageait d'elle une énergie brute, presque animale, qui pouvait flatter l'instinct de chasseur chez un homme.

La brune était plus belle, un corps de poupée, des ronces noires tatouées sur les bras, une bague bizarre connectée au doigt, de fines jambes grelottantes et dans le regard une sorte d'absence envoûtante. Elle laissait briller sa beauté comme une armure, le cœur dans un coffre-fort, les chevaliers devaient s'y cogner sans même l'égratigner.

Elles étaient jeunes aussi. Le temps d'une longue respiration en apnée, Nanesse espéra qu'Hans Bernard et Pierre Rousseau existaient vraiment, qu'ils n'étaient pas des fantômes dont Renaud avait usurpé l'identité, pour la tromper avec ces deux femmes. Ravir le cœur de l'une, faire un enfant à l'autre.

La blonde devait avoir dix ans de moins qu'elle, et donc que Renaud. La brune n'avait pas trente ans, tout juste vingt-cinq peut-être… Était-il possible que Renaud ait pu entretenir une relation avec une fille aussi jeune ?

Non !

Non !

Non !

Je t'aime

Je t'aime

Je t'aime

Pourtant, tous avaient signé le même portrait.

Renaud,
Hans,
Pierre

Devenait-elle folle ?

— Waouh ! s'exclama Lola en s'avançant dans l'atelier. C'est trop classe ici ! Y a plein de Kasper partout.

La fillette s'enfonça dans le wagon pour prolonger son exploration, s'extasiant sur chaque nouvelle marionnette rencontrée. Les trois femmes restèrent un moment à la regarder, un sourire figé au coin des lèvres.

Nanesse fut la première à profaner l'étrange solennité de la scène.

— Je m'appelle Agnès Duval, lança-t-elle en tendant une main tremblante aux deux autres. Jusqu'à peu, je croyais que ce wagon était l'atelier de ma belle-mère, et que seul mon mari, Renaud Duval, en connaissait l'existence.

— Faut croire que non ! répondit la blonde. Ces temps-ci, les certitudes ont une fâcheuse tendance à exploser. Moi, jusqu'à peu, je pensais que ce bel homme aux yeux gris sur la photo était mon amoureux, et le père adoptif de ma fille. Je m'appelle Vicky Malzieu.

Elles se serrèrent la main, d'une poigne hésitante.

— Et vous ? fit Nanesse.

La brune paraissait parler, mais aucun son ne sortait d'entre ses lèvres, telle une ventriloque muette et sans marionnette. Vicky passa un bras amical sur son épaule, l'encouragea du regard, et la jeune brune tatouée plongea.

— Éléa. Éléa Simon. Depuis toujours, je sais que cet homme aux yeux gris est le seul, l'unique, le vrai amour de ma vie.

Nanesse posa sa main sur la longue table de couture pour contrôler son équilibre.

— Et, demanda-t-elle en se forçant à sourire, est-ce que votre, heu, Hans (Vicky confirma de la tête), votre... Pierre (Éléa remua les lèvres) possédaient eux aussi une mère artiste ? Comédienne, peintre, couturière...

Vicky confirma à nouveau de la tête, du moins Nanesse interpréta ainsi son tremblement. Nanesse fit glisser son regard sur les trois prénoms.

Je t'aime je t'aime je t'aime

Renaud Hans Pierre.

— Renaud est mort, murmura-t-elle d'une voix douce, presque celle d'une mère. J'espère sincèrement pour vous qu'Hans et Pierre sont vivants.

L'éclat dans le regard des deux femmes lui laissa penser qu'elles en étaient persuadées, avec la plus grande sincérité. Une voix tenace dans la tête de Nanesse lui martelait pourtant que trois hommes différents ne pouvaient pas se ressembler autant.

Aussi cruel que celui puisse apparaître face à l'espoir de ces deux femmes amoureuses, Nanesse savait que Renaud, Hans et Pierre étaient un seul et même homme. Et qu'ils étaient donc morts tous les trois.

Le carillon les fit sursauter. Il déchira le silence, comme une boîte à musique oubliée dans un grenier dont un fantôme tourne la clé. Trois notes sur un xylophone. Un air de fête. Une ritournelle qui s'entête.

Vicky questionna aussitôt sa fille.

— Lola, tu as touché à quoi ?

La fillette avait posé Kasper près de l'étrange niche qui ressemblait à une télévision préhistorique.

— À rien, maman. Enfin si, juste à ça.

Lola désigna la paroi de verre inclinée qu'elle ne pouvait pas atteindre, même en se hissant sur la pointe des pieds, et les boutons, sur le côté, à sa portée.

Le carillon accéléra. Les yeux de Lola pétillaient.

Sans doute croyait-elle que toutes les marionnettes dans le wagon allaient se lever et se mettre à danser. Cet atelier était magique, la grotte d'une fée.

Une lueur, à l'intérieur du raïok, éclaira la vitre inclinée.

— Lola ! tonna Vicky. Qu'est-ce que tu as encore fait ?

Une lumière bleutée inondait le wagon. Éléa restait bouche bée.

Une nouvelle petite merveille de technologie ? Ta Précieuse va en crever de jalousie !

— Taisez-vous, cria Nanesse. Écoutez !

Le carillon ralentissait, baissait d'intensité, jusqu'à s'éteindre définitivement. Le silence qui suivit ne dura pas une seconde.

— Bonjour.

Nanesse reconnut immédiatement la voix de Milana.

— Bienvenue, continua la voix. Même si je n'ai aucun moyen de le vérifier, je pense que vous êtes tous là. Nous allons donc pouvoir commencer. J'ai une histoire, une très vieille histoire à vous raconter.

Je m'appelle Mina. Je suis née en 1956, en Tchécoslovaquie, un pays qui n'existe plus. Un pays dont les plus jeunes doivent croire qu'il n'a jamais existé. Un pays au nom presque impossible à prononcer. Alors je préfère dire que je suis née en Bohême.

Je sais que ce nom fait rêver, en France...

43

AMOS ET KRISTOF

Wagon-atelier de Milana, doigt de Givet

— Elles sont à l'intérieur, écrivit Amos. Je les entends. Elles parlent.

Kristof, enfermé dans son perpétuel silence, tourna les yeux vers le wagon. Il ne distinguait que de vagues ombres derrière les étroites fentes entre les planches du wagon-atelier. Il les observa un moment, puis jeta un regard circulaire sur la clairière. Rien ne bougeait, à part les branches de noisetiers secouées sans bruit par le vent.

De son poste d'observation, accroupi dans les fougères et les hautes herbes, un œil en direction de la sortie du tunnel et un autre vers le wagon, rien ne pouvait lui échapper. Il tapa du bout des doigts un nouveau message pour son frère. L'écran de la tablette tactile InsideOne vibra.

— Que disent-elles ?

Amos, pour mieux entendre, sortit la tête et les épaules du rideau de fougères. Kristof le rattrapa par la manche et écrivit.

— Reste à couvert !

Veiller sur son frère était pour lui un réflexe automatique. Il était les yeux d'Amos, tout comme Amos était ses oreilles. Ils se faisaient confiance, en permanence, une confiance sourde et aveugle, telle celle de deux trapézistes au-dessus du vide. Si un bruit les surprenait, Amos l'en informerait, avec seulement un décalage de quelques secondes. De même que Kristof décrivait à Amos tout ce qu'il voyait, dès que cela présentait un intérêt. Leurs sens vitaux, la vue et l'ouïe, se connectaient certes moins vite à travers une tablette qu'à travers les neurones d'un seul cerveau, mais leur acuité s'en trouvait décuplée.

La preuve ! Sans se faire repérer, ils avaient suivi Agnès Duval jusque chez Bruno Pluvier. Amos avait écouté ses confidences. Ils en avaient déduit que son mari se cachait quelque part en Lozère. Quelques coups de téléphone dans le département le moins peuplé de France avaient ensuite suffi pour apprendre qu'une certaine Marion Bernard avait offert pendant des années aux enfants de l'école de Florac… un spectacle de Petrouchka !

Huit heures de voiture plus tard, quand ils étaient parvenus au bord du Tarn, cette Vicky Malzieu et sa fille Lola secouaient tout le village pour retrouver Hans Bernard. Elles leur étaient pratiquement tombées dans les bras. Ils ne les avaient plus lâchées depuis, même si leur destination finale, le wagon-atelier de Mina, n'était pas bien difficile à deviner…

Un nouveau message chatouilla les doigts de Kristof.

— Il faut que je me rapproche pour entendre ce qu'elles disent.

Kristof évalua les risques. La porte du wagon-atelier était fermée, les ouvertures trop fines pour les trahir, mais les trois femmes pouvaient sortir à n'importe quel moment.

— La gamine est avec elles ?

— Oui, écrivit Amos. Je l'ai entendue. Elle vient de se faire engueuler par sa mère.

— Pourquoi ?

— Je ne sais pas.

Kristof observa la main d'Amos. Elle tremblait. Sa tête penchait davantage, tel un animal aux aguets qui se concentre sur un bruit lointain. Kristof savait qu'Amos aurait voulu épargner la petite, ne sacrifier que les trois femmes, Amos était bien plus faible, bien moins déterminé que lui.

— Tant pis pour elle ! tapa Kristof. Hier, tu n'as pas hésité à la secouer au-dessus du Tarn.

— On n'avait jamais parlé de la tuer. On l'a enlevée pour lui faire peur et qu'elle nous dise où se cache son père.

Kristof fit craquer les articulations de ses doigts, un tic qui s'aggravait chaque fois qu'il éprouvait une intense nervosité. Rien ne bougeait dans le wagon. L'écran tactile vibrait au fur et à mesure qu'il tapait sa réponse.

— Exact, petit frère, mais la donne a changé depuis hier. La providence a rassemblé ces trois femmes dans le même lieu isolé. C'est l'occasion inespérée de tenir notre promesse.

Une larme acide fit briller les yeux vides d'Amos.

— Nous n'avons jamais promis de tuer une gamine ! Papa ne l'aurait pas voulu.

Le sentimentalisme de son petit frère agaça Kristof. L'agaçait depuis qu'ils étaient nés. Il le dévisagea avec autorité, tout en étant conscient que cela n'influencerait aucunement Amos, perdu dans l'obscurité de sa cécité. Kristof observa le tunnel noir, puis le wagon, perdu lui dans le silence de sa surdité, avant de laisser ses doigts s'exprimer.

— Quand tu coupes une branche, tu sacrifies les fruits aussi !

DEUXIÈME PARTIE
MINA

MON AUBERGE ÉTAIT À LA GRANDE-OURSE

Ma Bohème, Arthur Rimbaud

L'HISTOIRE DE MINA

De l'autre côté du rideau

– Juin 1976 –

Vous connaissez mon crime désormais, et vous en connaissez les circonstances. Les jugerez-vous atténuantes ? Ma naissance à Prague, le Printemps des peuples l'année de mes douze ans, l'invasion russe une nuit d'août 68, la rencontre entre le Maure et Petrouchka, entre Libor et moi, nos années d'errance en Bohême, les viols quotidiens, l'enfant que je portais dans mon ventre, l'incendie de la roulotte. Je peux maintenant vous raconter la suite. Je peux maintenant vous raconter ma fuite.

Les flammes s'élevaient encore quand je me suis enfoncée dans la forêt, fuyant les sorts jetés par Libor et les images atroces des corps de Zuzana, Amos et Kristof rongés par le feu. J'apercevais le brasier derrière moi. Une boule rouge à l'horizon, avant que l'aube soit levée, tel un soleil prématuré.

J'ai trouvé refuge à Pilsen, chez une troupe de marionnettistes amateurs que j'avais souvent croisée au cours des cinq dernières années. Ils ont accepté de m'héberger, pour quelques nuits. Comme tous les artistes tchèques, ils vivaient la peur au ventre et le ventre vide. Je savais qu'ils ne me dénonceraient pas à la StB, tout autant qu'ils ne seraient pas prêts à mourir pour moi, si Libor me retrouvait.

Et il me retrouverait, ce n'était qu'une question de jours. Dès qu'il aurait enterré Zuzana, dès qu'Amos et Kristof seraient sortis de l'hôpital, il me traquerait et me ferait payer.

J'ai joué alors le tout pour le tout.

La petite ville de Pilsen pouvait se vanter de trois spécialités que même Prague lui enviait. Sa bière, la plus célèbre du pays, ses usines de voitures, depuis qu'un certain Emil Škoda y était né, et bien entendu les marionnettes. Pilsen, pendant la guerre froide, en était restée la capitale mondiale. Des artistes ambulants, depuis plusieurs siècles, avaient élevé la manipulation de pantins de bois au rang d'art total et de fierté nationale. Les autorités tchèques l'utilisaient comme outil de diplomatie et de propagande, dans les multiples festivals à travers le monde vantant la paix entre les peuples.

Cet été-là, une petite délégation française séjournait à Pilsen. Elle était envoyée par le service culturel de l'ambassade française à Prague pour recruter des artistes, en vue du Festival mondial des Théâtres de Marionnettes de Charleville. Depuis la création du festival, en 1961, des artistes de l'Est s'y produisaient chaque année.

Le chef de la délégation française s'appelait Baptiste Marou, mais, par coquetterie, préférait se faire appeler *Baou*. La première fois que je l'ai rencontré, je l'ai trouvé laid, prétentieux et distant. Il ressemblait à tous ces communistes occidentaux venant nous rendre visite de temps en temps, s'intéressant à nous comme on s'intéresse aux animaux d'un zoo, prenant bien soin de ne regarder que ce qui était conforme à leurs idéaux et de fermer les yeux sur le reste.

Je lui ai expliqué que je voulais faire partie de la sélection des marionnettistes qui partaient se produire en France, et que j'étais prête à tout pour cela, à lui offrir tout ce qu'il me restait d'honneur et d'argent.

Baou n'a exigé ni l'un, ni l'autre, mais contre toute attente, il a accepté d'inscrire mon nom au programme du festival, de me placer sous la protection de l'ambassade de France et de me réserver dès le lendemain une place dans l'autocar de la délégation officielle qui traverserait l'Europe jusqu'aux Ardennes.

Sans doute fut-il surpris par la qualité de mon français.

Peut-être fut-il réellement impressionné par mon talent de marionnettiste.

À coup sûr, il s'étonna que je puisse lui réciter plusieurs poèmes de Rimbaud, son poète préféré, en entier.

Et vraisemblablement, il fut touché par l'histoire de la petite orpheline du Printemps de Prague. Je lui racontai tout. Les viols depuis mes treize ans, les coups, l'enfant que je portais dans mon ventre, ma fuite, évitant seulement d'évoquer mon crime.

Je le lus dans ses yeux, je l'avais charmé, même s'il ne me toucha jamais.

Baou me sauva, profitant de son réseau d'influence, du climat de détente de l'époque, un an après les accords d'Helsinki qui favorisaient une pause dans la guerre froide, et un an avant la charte 77 où plus de deux cents intellectuels tchèques défieraient le pouvoir communiste.

Je passais à l'Ouest dans un climat d'euphorie presque irréel, au milieu d'un pays étrangement en liesse. Le 20 juin 1976, la Tchécoslovaquie était devenue championne d'Europe de football, par le miracle d'un penalty historique tiré par le nouveau héros national, Antonín Panenka.

Le dernier jour du Festival mondial des Théâtres de Marionnettes, place Ducale, alors qu'une vingtaine de marionnettistes tchécoslovaques et autant d'agents de la

StB s'entassaient dans le car du retour pour Pilsen, Baou vint me voir dans la chambre de l'hôtel.

— Mina, tu ne comptes pas rentrer à l'Est ?

— Si je ne le fais pas, je vais t'attirer des ennuis.

— Si tu le fais, tes ennuis seront sans comparaison avec les miens.

Baou regarda par la fenêtre l'autocar qui patientait, puis insista.

— Libor est sorti de l'hôpital, avec ses fils. Il est remonté jusqu'au premier secrétaire du Parti communiste tchécoslovaque, Gustáv Husák, pour te retrouver. La version officielle, celle qu'on pourra lire dans les journaux, est celle d'un accident, tu te doutes qu'ils ne vont pas ébruiter ce genre de scandale. Mais la StB te recherche pour assassinat.

Je comprenais que Baou était au courant de tout, depuis le début.

— Il te faudra de nouveaux papiers d'identité. Libor aura du mal à passer à l'Ouest, mais c'est une éventualité qu'on ne peut pas écarter. Ou qu'un jour, ajouta-t-il, le rideau de fer n'existe plus et qu'on puisse circuler librement en Europe.

J'ai souri, malgré moi, devant la stupidité d'une telle utopie.

— J'ai de l'argent, ai-je dit. Je peux payer ces faux papiers.

— Je connais du monde, je pourrai t'aider.

Je me suis approchée de Baou, je le trouvais toujours laid, mais j'avais compris que sa prétention était une protection, et sa distance une pudeur. J'ai voulu l'embrasser, sans désir, simplement pour le remercier. Avant lui, aucun homme ne m'avait jamais témoigné la moindre affection.

Il m'a doucement repoussée.

— Sauve-toi, Mina. Ne perds pas de temps. Les agents de la StB ne vont pas tarder à s'inquiéter et à monter te chercher.

Un sentiment ambivalent m'a troublée. Jusqu'à présent, mon manuel de survie s'était résumé à une loi simple : les hommes usent de leur force et les femmes de leur charme. Pourquoi Baou m'aidait-il, s'il n'attendait rien en échange ?

— Je suis un étrange animal, me précisa Baou en couvrant sa voix d'un voile de timidité. Communiste. Poète... et homosexuel... Fabrique-toi autant de nouvelles identités que tu le pourras, Mina, pour te protéger, toi et ton enfant. Libor ne renoncera jamais à se venger.

J'ai obéi, je me suis sauvée. Si les agents de la StB disposaient d'un pouvoir absolu en Tchécoslovaquie, il se limitait en France à attendre dans le hall de l'hôtel et à espérer me voir me présenter.

44

Les figurines de carton et de feutrine se succédaient dans le raïok, alors que la voix de Milana ne cessait de parler. Le graphisme était d'une simplicité bouleversante. Des décors sublimes défilaient, derrière une petite roulotte statique. Des plaines, des villages, des montagnes de Bohême, magnifiés par les jeux de lumière alternant les jours et les nuits. Le jour, des badauds apparaissaient, applaudissaient, saluant les artistes qui sortaient de la roulotte en grand costume de représentation.

Nous avions obtenu un joli succès, au Festival international de Marionnettes de Pilsen, qui réunissait des artistes du monde entier, même de l'Ouest.

La nuit, il ne restait plus que quelques étoiles accrochées au ciel noir, et la voix de Milana.

Je m'allongeais chaque soir, comptant les constellations, attendant mon bourreau pour trouver le sommeil.

Agnès, Vicky et Éléa observaient autant qu'elles écoutaient, penchées toutes les trois sur cet écran de verre, fascinées par ce cinéma de papier. Lola avait d'abord insisté pour regarder, mais trop petite, il avait fallu la porter, et elle s'était vite lassée. Elle ne comprenait rien à ces histoires de tanks et de parachutistes, elle trouvait trop lentes ces images dessinées sur du carton. Pourquoi perdre son temps devant une telle machine alors qu'elle disposait de cent dessins animés sur sa tablette ?

Et d'une caverne de poupées ! Elle s'était assise dans un coin de la roulotte et s'amusait à habiller Kasper avec les incroyables costumes de pirate, de gendarme, de prince, de ninja…

Hans avait les yeux gris, pensait Vicky. Les mêmes que ceux de Libor Slavik ! Hans avait-il aussi hérité de lui le goût de la route, de cette vie nomade ? L'avait-il connu ? Avait-il appris qui il était ? Un violeur pervers !

Petrouchka, pensait Éléa. Toujours ce Petrouchka ! Libor Slavik possédait la grâce d'un hercule de foire pouvant se transformer en ballerine. Pierre avait-il hérité de lui ce talent de danseur ? L'avait-il connu ? Qu'était-il devenu ?

Contente-toi d'écouter ce récit, la consolait Brain. *Ne pense à rien d'autre, je m'occupe du reste. J'enregistre, j'analyse. Le Printemps de Prague, les villes de Bohême, l'art des marionnettes tchèques…*

Alors ainsi, pensait Nanesse, Milana était née en Tchécoslovaquie. Elle était parvenue à le cacher, toutes ces années. Presque bilingue, dès dix ans, avait-elle avoué. Une marionnettiste douée. Et Renaud ? Quand Renaud apparaissait-il dans ce tableau ?

* * *

— Tu les entends ? écrivit Kristof.

Les deux frères s'étaient rapprochés du wagon. Kristof surveillait en permanence les alentours, son regard courant de la porte du tunnel aux arbres de la clairière, alors qu'Amos, l'oreille collée entre deux planches de la porte de l'atelier, écoutait.

— Que disent-elles ? insista Kristof.

— Rien.

— Comment ça, rien ? Tu les entends ou pas ?

— Ce ne sont pas elles qui parlent, c'est Milana.

— Milana ?

Si Kristof n'avait pas été muet, peut-être aurait-il poussé un cri qui les aurait trahis.

— MILANA ? écrivit-il plusieurs fois. MI-la-NA.

La tablette InsideOne disposait d'outils stupéfiants, révolutionnant la vie des non-voyants : correction orthographique automatique, touches copier-coller, majuscules, émoticônes en 3D.

— Elle leur a laissé un message, expliqua Amos. Un long récit.

— Et elle dit quoi ?

— Que tu tirais les oreilles de notre jument Kinsky, et que je dessinais des couchers de soleil. J'avais... oublié.

Kristof se laissa lui aussi distraire un instant. *Kinsky*. Il n'avait plus repensé à cette jument depuis des années. Quant aux dessins d'Amos... Oui, son frère possédait un vrai talent. Il aurait pu devenir un grand coloriste, un artiste reconnu. Ce souvenir douloureux lui offrait une motivation supplémentaire.

— Parfait. Pendant qu'elle leur raconte sa vie, ça nous laisse le temps.

— Le temps pour quoi ?

Kristof remarqua la sueur qui coulait des doigts d'Amos, jusqu'aux touches de son écran. Il observa l'oreille de son frère collée à la porte, son visage bouleversé par ce qu'il entendait, puis frappa les touches de sa tablette avec colère.

— Pour tenir notre promesse ! Qu'elles souffrent autant que maman a souffert !

45

Place Ducale, Charleville-Mézières

Le capitaine Saint-Hilaire, le lieutenant Massigue et le sergent Dargonne étaient les trois membres les plus expérimentés du Groupement d'intervention du déminage du Grand Est. À eux trois, entre Verdun et le Chemin des Dames, ils avaient désamorcé quelques milliers de bombes. Ils en avaient vu de toutes les tailles, de tous les calibres et de toutes les armées…

Pourtant, quand le robot télécommandé commença à découper le troisième conteneur de tri sélectif, au carrefour de la place Ducale et de la rue de la République, celui où la bombe était supposée avoir été déposée, protégés par un rempart de dix CRS et autant de boucliers, ils ne purent empêcher leur cœur, le temps d'une demi-seconde, de cesser de battre.

La bombe était bien là !

Dès que le couvercle de la poubelle sauta, elle échappa à tout contrôle.

Ils venaient de croiser le diable !

L'HISTOIRE DE MINA

L'armée des fantômes

– Janvier 1977 –

J'ai choisi le nom de Milana Duval, un prénom original mais un nom banal. J'ai accouché quatre mois plus tard, à l'hôpital Manchester de Charleville, d'un petit garçon. *Renaud.* Il se portait merveilleusement, se nourrissait à mon sein copieusement, j'ai insisté auprès des infirmières pour sortir rapidement, deux jours après l'accouchement.

Je suis allée le déclarer moi-même, mon bébé sur les genoux. Je pensais qu'ainsi, l'officier d'état civil serait plus facile à amadouer. Je suis tombée sur une gamine qui semblait se croire investie d'une mission divine, avec son diamant au doigt et sa verrue rouge sous le nez. Elle faisait du zèle. Mon accent de l'Est, que j'ai fini par gommer au fil des années, l'avait intriguée. Ma peur aussi peut-être, mais j'avais payé suffisamment cher mes faux papiers pour qu'ils aient l'air vrais, et après m'avoir posé une batterie de questions, elle a fini par me tamponner la déclaration de naissance.

Renaud Duval, né le 29 janvier 1977.

Fabrique-toi autant de nouvelles identités que tu le pourras, Mina.

J'avais repensé toute la nuit à ce conseil de Baou.

Pour protéger ton enfant. Libor ne renoncera jamais à se venger.

Renaud tétait mon sein, à 5 heures du matin, dans mon appartement rue de Wailly. Tous les documents commandés au faussaire étaient étalés sur la table. Je disposais de plusieurs identités, mais mon bébé n'en avait qu'une. J'étais seule, je réalisais à quel point mon enfant était vulnérable, si Libor le retrouvait, dans un an, dans dix ans ou même trente.

Alors, brusquement, j'ai enveloppé Renaud dans une couverture, j'ai ramassé quelques affaires, et je suis partie en direction de la gare de Charleville. Le midi, mon train entrait à Paris, gare de l'Est. Une heure plus tard, j'étais assise à la mairie du dix-huitième arrondissement, guichet 4, devant un officier d'état civil guilleret face aux risettes de mon fils.

J'ai tendu ma seconde carte d'identité, au nom de Judith Rousseau, et une déclaration de naissance tachée de lait maternel caillé, *désolée*. J'avais simplement remplacé le nom de l'hôpital Manchester de Charleville par celui de l'hôpital Bichat de Paris. Un faux grossier que j'avais bricolé puis photocopié dans une imprimerie près de la gare. J'avais parié sur le fait que l'officier d'état civil n'aurait aucune raison de douter de son authenticité. Qui s'amuserait à falsifier le nom de la clinique de naissance d'un enfant ?

Sûrement pas une maman radieuse, mais fatiguée, qui se déplace avec son bébé !

L'officier a tamponné sans discuter l'acte de naissance, me félicitant pour le choix du prénom, indémodable.

Pierre Rousseau, né le 29 janvier 1977.

D'après la loi française, les parents disposent de trois jours après la naissance pour déclarer leur enfant. Je suis arrivée à Mende l'après-midi du dernier jour, un long périple en train puis en autocar. J'avais choisi la Lozère au hasard. Je souhaitais un lieu éloigné de Charleville et de la frontière est. Et le plus éloigné possible d'une grande ville. Si Libor retrouvait ma trace, s'il payait des complices pour cela, je voulais pouvoir changer de vie du jour au lendemain. Me fondre dans une nouvelle identité et que l'ancienne devienne une coquille vide, sans qu'aucun lien ne puisse être établi entre elles. Comme les repentis, pensais-je, ces témoins qui doivent se fabriquer de nouvelles vies pour échapper aux mafieux qu'ils ont dénoncés.

Cela peut sembler fou, irréel, impossible, mais tout se déroula pourtant avec une déconcertante facilité. À Mende, l'officier d'état civil, une dame souriante aux cheveux gris, vérifia à peine l'acte de naissance de l'hôpital Lozère, cette fois souillé de vomi, *désolée*. Renaud, ou Pierre, accaparait toute son attention, attiré par le médaillon en forme de cœur scintillant qui pendait au cou de la fonctionnaire.

— Qu'il est mignon, gazouillait-elle. Qu'il est éveillé ! Je vous envie, j'attends avec une telle impatience d'être mamie ! Hans, c'est bien ça, Hans Bernard ?

Une seconde et un coup de tampon plus tard, Hans disposait d'un acte de naissance officiel.

Hans Bernard, né le 29 janvier 1977.

Il existait réellement pour l'administration française, tout autant que Pierre Rousseau ou que Renaud Duval.

Un seul bébé, mais trois vies officielles, réelles, certifiées.

Je comprenais que pour l'administration française, un même bébé aurait pu être déclaré des dizaines de fois, pour peu que ses parents s'en donnent la peine. La preuve d'une vie ne tenait que dans un morceau de papier, signé par un fonctionnaire qui ne voyait jamais, ou presque, l'enfant. Peut-être existe-t-il en France, et ailleurs dans le monde, des armées de fantômes, de citoyens virtuels, de vies factices, d'identités de réserve, de jumeaux ou de triplés de papier, ayant été déclarés nés, puis mariés, décédés, sans avoir jamais respiré.

Je suis ressortie de la mairie de Mende, mon bébé collé à ma poitrine, enroulé dans une large écharpe nouée. Il régnait sur la ville une chaleur incongrue pour un midi d'hiver. Cette ambiance de printemps qu'offre le Sud dès février, et qui vous fait à chaque fois regretter d'avoir à remonter. J'ai franchi le Lot pour rejoindre la gare, le nez levé vers les pins noirs du mont Mimat. Les Causses et les Cévennes m'attiraient, tout près. Le désert semblait à portée de tramway. J'avais envie de rester, mais Charleville, ou Paris, m'attendait.

Mon fils cherchait mon sein.

— Patiente encore un peu, mon tout-petit, ai-je murmuré. Attends, mon ange. Mon chéri. Mon…

Et pour la première fois, je me suis posé cette question que je n'avais pas eu le courage d'anticiper.

Mon Renaud ?

Mon Pierre ?

Mon Hans ?

Comment moi, sa mère, allais-je l'appeler ?

46

Wagon-atelier de Milana, doigt de Givet

— Il revient bientôt, papa ?

Lola avait posé la question le plus fort possible, couvrant la voix de Milana. Vicky appuya sur le bouton qui commandait le défilé des figurines de papier. Les personnages se figèrent immédiatement. L'écran du raïok s'assombrit. Un étrange silence s'installa, seulement troublé par les rares bruits qu'elles percevaient de l'extérieur. Souffle du vent et craquement. Rien d'inquiétant.

— Il revient bientôt, papa ? répéta Lola.

La fillette ne paraissait rien avoir écouté du récit, occupée à déguiser Kasper en chevalier. C'était sans doute ce prénom *Hans*, prononcé plusieurs fois par cette machine à images, qui avait crevé la bulle d'imaginaire dans laquelle elle s'était réfugiée.

Personne ne lui répondit. Le silence qui suivit parut plus épais encore.

— Il…

— Oui, finit par jurer Vicky d'une voix tremblante. Oui, ma puce, papa va revenir. Bientôt. Je… Je te le promets.

Éléa se mordit les lèvres.

Nanesse baissa la tête. Lola se remit à jouer avec son chevalier, joyeuse, apaisée, persuadée que son automate allait reprendre vie et lui parler, puisque désormais, elle connaissait son secret. Le vieux vendeur lui avait glissé tout à l'heure, à la fête des marionnettes, dans le creux de sa main et de son oreille !

Elle n'avait plus qu'à attendre que papa vienne réparer Kasper !

Amos, tête posée contre les planches du wagon-atelier, martelait des mots précipités sur sa tablette tactile.

— Elles ne disent plus rien. Où es-tu ?

Kristof s'était éloigné. Il avait profité du récit de Mina pour retourner jusqu'au Skoda Karoq, dissimulé près du parking, ouvrir le coffre, et revenir le plus rapidement possible. Il reçut le message alors qu'il sortait du tunnel.

— J'arrive, reste calme.

L'aveugle colla encore davantage son oreille à la porte de bois. Que pouvait-il faire d'autre, perdu dans le noir, sans Kristof pour lui tenir la main ? Les battements de son cœur cognaient de plus en plus fort. Ils devaient s'entendre autant que si quelqu'un tambourinait contre la roulotte.

Si la porte s'ouvrait, il serait pris.

Par réflexe, il toucha le sac funéraire glissé dans sa poche ventrale, contre sa poitrine. Il entendit dans le wagon, plus distinctement, s'élever une nouvelle voix.

— Formidable, Vicky, fit Éléa. Maintenant que ta puce est rassurée, s'il te plaît, tu peux rappuyer sur le bouton de la télé de papier ?

Aucune réponse, aucun son, avant que la voix inquiète de Vicky Malzieu ne finisse par résonner.

— Ça va aller, Agnès ? Vous voulez qu'on continue ?

Agnès Duval, réalisait Amos, avait dû se prendre les confidences de Mina comme un coup de poing d'une violence inouïe. Jamais elle n'aurait pu imaginer que sa si gentille belle-mère, cette douce artiste solitaire qui aimait si tendrement ses petits-enfants… était une meurtrière.

L'aveugle savoura l'instant, celui où les masques tombent, où le rôle des gentils et des méchants s'inverse. Les cendres, dans le sac funéraire, pesaient une tonne contre son cœur, il devait se dépêcher. Il entendait distinctement les pas de son frère se rapprocher du wagon-atelier, des pas plus lourds que d'ordinaire… Les sens aux aguets, il entendit également un imperceptible clapotis, et sentit une discrète odeur d'essence : Kristof revenait donc en portant les deux jerrycans d'essence stockés à l'arrière de la Skoda.

Plus rien ne le ferait renoncer.

Amos répéta une nouvelle fois dans sa tête les derniers mots de son père avant l'incendie, ceux que Mina venait de prononcer, ceux qui le hantaient, depuis qu'il avait onze ans.

Je ferai souffrir ton enfant, et les futurs enfants de ton enfant.

La colère de son père était retombée, la dernière fois qu'ils s'étaient parlé, il y a quatre jours, au belvédère des Quatre Fils Aymon. Depuis, Amos ne cessait d'y repenser.

47

QUATRE JOURS PLUS TÔT

Jeudi 14 septembre 2023
Belvédère des Quatre Fils Aymon, Bogny-sur-Meuse

Libor, Kristof et Amos étaient tous les trois assis dans la Skoda, sur le parking du belvédère. Dans la nuit, ils ne distinguaient que les lueurs lointaines des villages au fond de la vallée, la monumentale statue des Quatre Fils Aymon éclairée par l'unique réverbère, et la masse claire de la voiture de Renaud Duval stationnée un peu plus loin, sous les branches basses d'un chêne.

Libor et Kristof, du moins, les distinguaient… Ils avaient vu les phares déchirer l'obscurité, la 307 blanche se garer sous l'arbre, puis Renaud Duval sortir et marcher à pas pressés en direction de l'escalier menant au belvédère.

Libor, assis derrière le volant, alluma la veilleuse de son téléphone, la régla sur l'intensité minimale pour que la lueur soit invisible de l'extérieur, et se tourna vers ses deux fils, installés sur la banquette arrière.

Il posa ses cinq doigts à plat sur sa bouche en ne prononçant qu'un seul mot.

— Merci !

Ainsi, ses deux fils le comprendraient. Amos en l'écoutant, Kristof en le regardant.

Libor avait appris la langue des signes, pendant deux ans, de 1977 à 1979, à l'Institut Jakobson de Prague. Il avait pris ensuite l'habitude de s'exprimer à la fois avec ses mots et ses mains. Pendant toute l'adolescence de Kristof et Amos, bien avant que ne soient inventées les tablettes InsideOne, leur père avait été leur unique lien, leur unique moyen de communiquer. Quand Amos voulait parler à Kristof, il n'avait pas d'autre choix que de demander à son père de traduire sa question en langue des signes, et il en était de même pour la réponse de son frère.

Leur père, pensait Amos, avait-il toujours été un traducteur fidèle ? Neutre, impartial ? Il disposait, sur ses deux fils, d'une emprise totale.

— Merci, répéta Libor en agitant ses mains. Sans vous, après toutes ces années, je n'aurais jamais retrouvé la trace de Mina et de Renaud Duval. Vous avez joué votre rôle à la perfection. Mais maintenant, je dois aller seul rencontrer votre frère.

Amos entendit le cliquetis d'un pistolet dont on déverrouille la sécurité. Il avait appris à identifier le son de chaque arme à feu et reconnu celui du mécanisme de percussion d'un CZ 75 automatic, l'arme préférée de son père, celle utilisée depuis toujours par la StB.

— Je suis certain que votre frère ne viendra pas armé, ajouta Libor.

Amos détestait quand son père utilisait ces mots, « votre frère ». Ce Renaud Duval n'était, à la limite, que leur demi-frère, responsable par sa seule naissance de la mort de leur mère. Parfois, Amos imaginait que Libor préférait ce troisième fils à ses deux autres, à ces deux monstres aux visages brûlés, aux cerveaux cabossés, et que s'il avait cherché avec une telle ténacité à retrouver Mina et Renaud, ce n'était pas par haine… mais par amour. Il avait beau s'efforcer de chasser ces doutes stupides, ils revenaient sans cesse, et de plus en plus fréquemment.

Libor se tourna vers le plus jeune de ses deux fils.

— Écoute-moi, Amos, fit-il, j'ai davantage confiance en toi qu'en ton grand frère. Tu as toujours été le plus raisonnable.

Celui qui réfléchit, alors que Kristof ne pense qu'à l'action. Tu as toujours été celui qui prenait les meilleures décisions, bien avant que tu ne perdes la vue et que ton frère ne perde l'audition.

Amos ignorait comment Kristof réagissait à cette déclaration, il entendait juste sa respiration s'accélérer, les articulations de ses doigts craquer.

— Je vais me rendre au belvédère, rencontrer ton frère, seul et armé. Quoi qu'il arrive, je vous demande, à toi et Kristof, de rester ici, dans cette voiture, et de ne pas en bouger. Amos, tu ouvriras la vitre et tu écouteras. Si je ne reviens pas et que tu entends un coup de feu, un seul, alors vous devrez poursuivre notre vengeance. C'est que la prophétie se sera accomplie, que Renaud m'aura tué, comme Zuzana l'avait prédit. C'est qu'il n'y aura aucune réconciliation possible, et que vous devrez faire souffrir Renaud Duval, ses enfants, et les enfants de ses enfants, tous ceux qui portent son sang.

Kristof joignit aussitôt ses mains puis leva la droite en posant la gauche sur son cœur. Des gestes qui signifiaient Je le promets *en langage muet.*

— Et toi ? insista Libor.

Amos avala sa salive. Jamais les ténèbres dans lesquelles il errait depuis quatre décennies ne lui avaient semblé aussi sombres. Il toussa, laissa son rythme cardiaque s'apaiser, puis il jura à son tour.

— Je le promets.

Qu'aurait-il pu dire d'autre ?

— Merci, murmura Libor. Écoute-moi bien maintenant, Amos, c'est très important. Comme je te l'ai dit, si tu entends un seul coup de feu, toi et ton frère devrez poursuivre notre vengeance. Mais si tu entends deux coups de feu, cela signifiera que la vengeance est terminée.

— Terminée ? répéta Amos, stupéfait.

Il devinait la nervosité de Kristof à ses articulations qui craquaient plus fort que jamais. Posait-il lui aussi des questions, du bout des doigts, auxquelles Libor ne répondait pas ?

— Pour… Pour qui sera la deuxième balle ? demanda Amos.

La veilleuse vacillait au bout de la main de leur père.

— Pour votre frère, si une seule balle n'a pas suffi à le tuer. Pour le ciel, si une seule a suffi. Ou…

— Ou ? répéta encore Amos, espérant cette fois que son père ne réponde pas.

— Ou pour moi ! lâcha leur père. Je le tue, je me tue, ainsi tout est terminé ! Et vous êtes libérés !

Libor ouvrit aussitôt la portière, coupant court à toute autre question, à toute autre gesticulation des mains affolées de Kristof. Amos entendit à nouveau le cliquetis de la sécurité du CZ 75, puis la portière se refermer. Le belvédère des Quatre Fils était trop loin, Kristof ne pourrait rien voir de la scène qui allait se jouer. Amos en serait le seul témoin, un témoin aveugle.

À qui aurait-il pu avouer ce qu'il avait pensé, en écoutant les pas de son père s'éloigner ?

Ce soir-là, Amos avait espéré qu'il n'entendrait aucun coup de feu, que ce demi-frère et son père reviennent vivants, tous les deux.

Amos avait scruté la nuit, écouté le moindre bruit, aucun son ne pouvait lui échapper.

Et ce soir-là, il aurait pu le jurer, il n'y avait eu qu'une seule détonation.

Deux morts, mais un seul coup de feu.

La vengeance continuait, malgré lui, malgré eux.

La tablette vibra, tirant Amos de ses souvenirs. Kristof avait dû poser ses deux bidons d'essence pour lui écrire un long message. L'aveugle le lut du bout de ses doigts tremblants.

— Tout est prêt, petit frère ! Il suffira de casser la poignée du wagon pour qu'elles soient enfermées. Elles sont piégées, comme nous l'avons été. Comme maman l'a été. Nous allons tenir notre promesse, notre père serait fier. Le feu les dévorera comme il nous a dévorés.

48

Place Ducale, Charleville-Mézières

Comme tous les autres Carolos réunis sur la place Ducale, le capitaine Saint-Hilaire, le lieutenant Massigue et le sergent Dargonne regardèrent le diable s'envoler.

Après une demi-seconde de terreur, un interminable éclat de rire nerveux secoua les trois démineurs.

Le diable était monté sur ressort !

Un démon en feutrine et crépon, avec deux cornes jaunes, une fourche d'opérette à la main et un sourire farceur. Il avait sauté à trois mètres de hauteur au-dessus des pavés de la place Ducale, dès que le couvercle avait été soulevé, avant de retomber en douceur.

Un petit comique avait sans doute trouvé amusant de profiter du Festival des Théâtres de Marionnettes pour dissimuler son diablotin dans la première poubelle venue, puis de lancer une fausse alerte. Peut-être même avait-il filmé toute la scène, et qualifiait-il cela de performance artistique. Il s'amuserait moins, pensèrent les agents du GID, quand on le coincerait et lui annoncerait le prix de ce genre de plaisanterie : deux ans d'emprisonnement et 30 000 euros d'amende !

La capitaine Katel Marelle avait assisté à la scène, comme quelques centaines d'autres spectateurs sur la place. Elle aussi avait sursauté en voyant le diable jaillir, avant de pousser un profond soupir.

Elle se tourna vers le lieutenant Bonello, toujours debout à ses côtés.

— C'est bon, Jérémy, on a bien rigolé. Maintenant on peut se casser.

Le lieutenant Bonello ne bougea pas d'un pouce.

— Hou là, patronne… Je crois au contraire que ça va sacrément traîner. Les démineurs vont l'avoir sévère et ils ne vont rien laisser au hasard. Prise d'empreintes, relevés d'ADN et tout le bazar. Pire qu'une scène de crime. Ils vont vouloir coincer ce salopard de lanceur d'alerte anonyme.

— Et en quoi ça nous concerne, leur petit orgueil vexé ?

— On est là, en appui, on assure la sécurité. Complémentarité des services. Vous le savez très bien, capitaine, on reste en place tant que l'opération n'est pas terminée. C'est la procédure.

— Ça tombe bien, trancha Katel, la procédure, tu adores ça ! Tu me représenteras ! (Elle jeta un dernier regard en direction des gendarmes en faction.) Rejoins la farandole avec Will et Mehdi si t'en as envie. Moi j'ai mieux à faire !

Le lieutenant Bonello, pourtant habitué à ce que sa supérieure ne fasse rien comme les autres gradés, écarquilla les yeux, sidéré.

— Mieux à faire ?

— J'ai eu des nouvelles d'Interpol. Zuzana Slavik est bien morte dans l'incendie de la roulotte de Pilsen, aucun doute sur ce point. Mais ils me confirment que les deux gueules-brûlées se promènent dans la nature, et ça ne m'étonnerait pas qu'en plus de leur visage, une partie de leurs neurones ait fondu.

Jérémy allait protester, fixant le cordon de gendarmes au garde-à-vous derrière la rubalise, mais la capitaine s'était déjà éloignée, son téléphone portable collé à l'oreille.

— Allô Fatou ? C'est Katel. Préviens Agnès Duval, je rentre à la gendarmerie. Je serai là dans cinq minutes.

— …

— Y a un problème ?

— Ben… Elle n'est plus là.

La capitaine s'arrêta net.

— Comment ça, plus là ?

— Je regarde par la fenêtre de la gendarmerie et je ne vois plus sa voiture garée devant. Je suppose donc qu'elle s'est, heu…

— Tu te fous de moi ! Tu ne pouvais pas la surveiller ?

— Eh oh capitaine, je suis que gendarme adjointe mais j'ai droit au respect. La brigade, c'est une gendarmerie, pas une prison. Et votre témoin, désolée, j'ai pas remarqué que vous lui aviez passé des menottes aux poignets. Alors je croyais que…

Katel raccrocha. Elle réglerait son compte à cette petite insolente incompétente plus tard. Elle accéléra en direction des arcades de la place Ducale où les véhicules de gendarmerie étaient stationnés.

Tout en marchant à pas pressés, elle appela plusieurs fois à Bourg-Fidèle, sans que personne ne décroche.

Nanesse n'était pas rentrée chez elle…

Il n'était pas difficile de deviner où elle était partie.

La capitaine repensait aux derniers mots d'Agnès Duval, juste avant que l'alerte soit donnée et qu'elle se retrouve seule à la gendarmerie.

Il faut aller fouiller dans le passé de Milana ! Là où ses cendres ont été dispersées, devant son wagon-atelier, sur une voie ferrée abandonnée, près de la frontière franco-belge, dans le doigt de Givet.

Agnès avait forcément foncé là-bas, tête baissée. Et sans escorte cette fois.

L'HISTOIRE DE MINA

L'explorateur, le danseur et l'ingénieur

– Mars 1977 –

Pendant les premiers mois après la naissance de mon fils, la peur ne me quitta pas. J'étais persuadée que Libor me retrouverait, qu'il disposait d'un réseau de complices à l'Ouest, qu'il paierait des hommes pour me localiser. J'ai vécu trois ans à Charleville, recluse avec mon enfant dans le petit appartement que je louais avec une partie de l'argent volé à Pilsen.

J'économisais le reste, tout en sachant que ce ne serait pas suffisant. Je ne connaissais qu'un métier, marionnettiste, mais il était trop dangereux de l'exercer, de monter sur scène ou même de me dissimuler derrière un castelet.

Comment survivre tout en restant cachée ? Baou trouva la solution. Il était toujours mon seul soutien, le seul à envoyer de temps en temps des jouets ou des livres à mon fils. Il avait été jusqu'à accepter le titre honorifique de parrain.

— Pourquoi ne fabriquerais-tu pas des marionnettes ? Je les vendrais dans ma librairie.

Baou s'était installé en Normandie, à Alençon, avec son nouveau compagnon. Il avait raison. Mes créations, des automates inspirés des karakuri ningyō japonaises ou des poupées parlantes d'Edison, obtinrent un joli succès. Baou me les achetait à un bon prix. Grâce à lui, tout un réseau de boutiques spécialisées les exposait, sans que je prenne aucun risque puisque rien, officiellement, ne me reliait à elles.

Pourtant, le danger était toujours là, menaçant. Plusieurs fois, je m'étais convaincue que des voisins m'espionnaient. Qu'une femme assise à côté de nous dans le tram regardait avec un peu trop d'attention les yeux gris de mon fils. Qu'un homme fumait sa cigarette trop longtemps sur le trottoir face à ma porte, comme s'il attendait que je sorte.

Dès que mon fils a eu trois ans et que j'ai dû le scolariser, j'ai décidé d'utiliser mes trois identités. Baou m'a prêté un peu d'argent, j'ai acheté une voiture d'occasion et loué successivement deux autres petits appartements, à Paris et Florac.

Un saut dans le vide...

J'ignorais alors combien de temps ma fuite durerait. J'ignorais comment mon fils la supporterait. J'ignorais si j'étais capable de vivre trois vies en une, chacune en pointillé.

Cela peut sembler impossible, il est déjà tellement difficile de n'en vivre qu'une.

Je peux vous l'avouer, au risque de paraître me vanter : vivre trois vies m'est apparu d'une déconcertante facilité !

Un saut dans le vide ?

Chaque vie l'est. Mais moi je disposais de trois essais.

J'avais choisi de partager mon temps en trois : un tiers à Charleville, un tiers à Florac et un tiers à Paris.

Auprès des instituteurs de chaque classe, je jouais de mon statut d'artiste souvent sur la route, bohème sans l'accent circonflexe. Je quémandais le privilège dont disposent les enfants de forains qui s'inscrivent dans plusieurs écoles successives au fil des foires où ils s'installent.

Je disposais de beaucoup d'atouts pour obtenir un tel traitement de faveur : j'étais charmante, une mère courage célibataire dévouée corps et âme à mon fils, Renaud, Hans ou Pierre, un bon élève, calme, discret et doué, bien que de santé fragile. J'utilisais aussi ce prétexte médical pour justifier ses longues absences.

Chacun avait envie de lui rendre service, de me rendre service. Les instituteurs lui envoyaient des devoirs par correspondance. Mon fils suivait une triple scolarité, parfois il s'en plaignait, j'en riais, je l'aidais, on s'en sortait. Aucun livret scolaire de Renaud, Hans ou Pierre n'a jamais mentionné ses absences. J'y tenais.

Quand deux ou trois fois, des professeurs des écoles ou des éducatrices, moins dociles, plus tatillons, se sont offusqués de ces absences longues et répétées, je sortais la carte du papa absent, mais dangereux, qui m'obligeait régulièrement à m'éloigner de l'endroit où j'habitais, pour la sécurité de mon enfant, *mais il suivra une scolarité normale, madame, je vous le promets*. Et je tenais ma promesse ! Renaud, Hans ou Pierre reprenait sa place auprès de ses petits camarades quelques semaines plus tard, sans aucun retard.

L'enseignant le plus difficile à convaincre, pendant toutes ces années, fut le directeur de l'école de Florac, Mathieu Mariotta. La seule solution, pour le dissuader d'envoyer un signalement au rectorat, a été de négocier l'animation d'un atelier de marionnettes pour les enfants du village, et d'offrir chaque année un spectacle pour la kermesse. Une corruption de chiffon, cousue d'invisibles fils de nylon.

À ce moment de mon récit, je devine votre inquiétude. Votre seule interrogation, au fond. Et Renaud ? Ou Hans ? Ou Pierre ? Ce gosse, comment s'en sortait-il avec ses trois identités ?

Que puis-je vous répondre ? Que tout ce que je mettais en place, cette folle itinérance, c'était pour le protéger, le sauver. Qu'après tout, c'était la mode, les séparations et les gardes partagées, les enfants ballottés d'une maison à l'autre, d'une école à l'autre, d'une famille à l'autre.

Au moins mon fils n'en avait qu'une.

Et trois prénoms !

Cela commença comme un jeu. Je l'appelais alternativement, ou aléatoirement, par chacun des prénoms, à la façon de ces parents bilingues qui changent au hasard de langue pour parler à leurs enfants et les habituent ainsi à jongler avec plusieurs nationalités. Renaud, Hans ou Pierre en était même fier.

C'était son secret, sa richesse, son mystère.

À Charleville, il s'appelait Renaud, à Florac Hans et à Paris Pierre.

Je lui avais confié une partie de la vérité : son papa était méchant, il nous cherchait. Pour lui échapper, nous devions souvent bouger. Nous ne devions pas nous trahir, ou nous tromper de prénom, jamais.

Je lui vantais aussi tous les avantages de la situation, comme ces parents qui pensent atténuer le traumatisme d'un divorce en expliquant à leurs enfants qu'ils auront deux maisons, deux chambres, deux fois plus de cadeaux et de copains.

Lorsque nous étions à Charleville, Renaud était calme et posé. Il passait beaucoup de temps avec moi, à fabriquer ses poupées, à les perfectionner, à les transformer en automates articulés. Renaud était un enfant doué pour les activités manuelles, doté d'une grande patience et d'une puissante créativité.

Lorsque nous étions à Paris, Renaud devenait Pierre, et ses mains ne lui servaient plus qu'à écrire ou danser. Dès ses sept ans, il m'entraînait de musée en musée. Il avait insisté pour que je l'inscrive dans une école de danse, Temps'Danse 18, rue de Panama, et il ne se révéla pas moins doué que les élèves qui s'exerçaient tout au long de l'année. Il lisait beaucoup à Paris, alors qu'il n'ouvrait jamais un livre à Charleville ou Florac. Il écrivait des poèmes, qu'il finit, quand il fut assez sûr de lui, par envoyer à son parrain, Baou, pour qu'il les publie dans son fanzine *J'écrivais des silences*. Sa plus grande fierté !

Lorsque nous étions à Florac, ses mains ne lui servaient plus à rien. À s'accrocher à une branche de temps en temps peut-être, ou à attraper une sauterelle. Quand Pierre devenait Hans, il ne supportait plus de rester enfermé. La moindre journée de pluie l'insupportait. Il trépignait tel un chien réclamant sa promenade, il pouvait marcher des heures le long du Tarn ou jusqu'aux grottes du Causse Méjean. Nous ne croisions parfois personne lors de nos grandes randonnées, et quand nous parvenions aux sommets, du pic de Finiels ou de l'observatoire du mont Aigoual, Hans contemplait l'horizon et m'avouait que c'est ce qu'il voulait, passer son permis, voiture, moto ou bateau, et partir, loin, se confronter à toutes les immensités, déserts, forêts ou océans.

Et je pleurais.

Je pleurais car mon fils ne pourrait jamais être tout à la fois, un explorateur, un danseur et un ingénieur. Je pleurais car j'avais l'impression de vivre avec trois enfants différents, tous si attachants, mais dès que je déménageais, je privilégiais l'un et les deux autres mouraient. J'avais assez d'amour pour les trois, mais un seul corps à serrer dans mes bras. Un seul enfant, que je rendais fou, mois après mois.

Quand Renaud, Hans ou Pierre a eu onze ans, j'ai dû choisir. Je peux vous l'avouer, ce fut un profond soulagement.

Impossible pour lui de poursuivre sa scolarité dans trois collèges différents.

Nous étions en 1988. Ma peur s'était dissipée avec les années. Je me sentais de moins en moins entourée par une mafia d'espions sournois. J'en étais presque venue à oublier Libor, à presque me persuader que cette vie d'avant 1976, les nuits sous les étoiles, l'incendie de la roulotte, les menaces de mort, n'était qu'un cauchemar, dont je m'étais définitivement réveillée.

J'ai inscrit Renaud au collège Bayard de Charleville-Mézières. Renaud l'ingénieur avait gagné, mais j'avais promis que l'on rendrait visite le plus souvent possible, pendant toutes les vacances, à Pierre le poète-danseur et à Hans l'explorateur-randonneur. Comment aurais-je pu priver Renaud de ses deux autres identités, même si la peur m'avait quittée ?

Jusqu'à ses douze ans.

Jusqu'à ce 9 novembre 1989.

Jusqu'à ce que tous les journaux titrent sur la chute du mur de Berlin et la disparition du rideau de fer de l'Estonie à la Bulgarie. L'Europe abattait les frontières. Si Libor, Amos et Kristof étaient encore vivants, plus aucun rempart ne les séparait de moi, maintenant.

À condition qu'ils me retrouvent !

Je me suis raccrochée à cette espérance. Je n'avais commis aucune erreur, pendant toutes ces années. J'avais déployé des efforts considérables pour brouiller les pistes. Libor et ses fils n'avaient aucun moyen de savoir où et sous quel nom je vivais.

C'est ce qui s'est passé...

La Tchécoslovaquie a connu sa révolution de Velours, sa partition entre la Tchéquie et la Slovaquie, son entrée dans l'Union européenne, et rien n'a changé.

Renaud a suivi une scolarité normale au collège Bayard, puis au lycée Monge, sans qu'aucun inconnu ne vienne le menacer.

Sous le nom de Pierre, il a écrit des dizaines de poèmes pour le fanzine de Baou, a dansé *L'Oiseau de feu, Le Sacre du printemps* et même *Petrouchka* au petit théâtre du Funambule de Montmartre, et aucun spectateur n'avait le visage brûlé.

Sous le nom d'Hans, il a traversé le Causse Noir et les Cévennes à VTT, sans jamais croiser sur le bord du chemin d'individus inquiétants.

J'étais fière. J'avais gagné. Mon enfant vivrait heureux. Et vieux.

Il a obtenu son permis de conduire dès qu'il a eu dix-huit ans. J'ai insisté pour qu'il le passe trois fois, à Charleville, Mende et Paris. Ce ne fut qu'une formalité, Hans m'avait harcelée pour commencer la conduite accompagnée dès ses seize ans, sur les routes de Lozère. Ces trois permis représentaient la dernière des garanties, ils sont considérés par l'État français comme une pièce d'identité officielle, mon fils pourrait désormais décider, dès qu'il le voudrait, de changer de nom et de vie.

Après son bac, lors de l'été 1995, il a longtemps hésité.

Renaud visait un DUT de génie mécanique puis une école d'ingénieurs spécialisée dans la microrobotique, Pierre envisageait sérieusement une carrière de danseur professionnel, et Hans de faire le tour du monde derrière le volant d'un camion, s'il trouvait un employeur pour le financer.

Cette fois, pensais-je, ce serait à lui de faire son choix.

Une nouvelle fois pourtant, la vie a décidé pour lui.

Il a rencontré Agnès, place Ducale, le dernier jour de l'été.

J'ai tout de suite lu dans ses yeux que son itinérance, ses trois identités, cette existence baroque, était terminée.

Hans et Pierre devaient s'effacer.

Renaud resterait à Charleville avec cette fille, Agnès, qui du haut de ses dix-neuf ans n'avait qu'une exigence : qu'on l'appelle Nanesse.

Nanesse la tendresse, Nanesse les caresses, Nanesse et son cœur assez grand pour trois, Nanesse qui m'adopta comme si j'étais sa propre mère.

Renaud était amoureux. Sans hésiter, il avait amputé sa vie de ses deux autres tiers. Sans remords, il avait étranglé les rêves d'Hans et de Pierre. Sans regrets, il avait renoncé à sa liberté, comme dans la chanson, pour une prison d'amour et sa belle geôlière.

Du moins je l'espérais.

J'ai voulu croire que jamais Renaud ne chercherait à s'évader.

49

Vicky, d'un geste brusque, coupa à nouveau le raïok, comme si elle ne pouvait pas en entendre davantage, comme si le poids des révélations était soudain devenu trop lourd. Immédiatement, le défilé des figurines cessa. La voix de Mina s'arrêta et la lueur bleutée qui nimbait le wagon-atelier disparut, remplacée par une lumière faiblarde, blafarde et froide.

Nanesse se laissa tomber sur une chaise de couturière, terrassée.

Le récit de Mina dépassait tout ce qu'elle avait pu imaginer.

Un seul bébé… mais trois vies officielles, certifiées.

Renaud, Pierre et Hans.

L'atelier tourbillonnait autour d'elle, ce décor irréel, cette chaise encombrée où elle avait posé son sac à main, ces tissus multicolores étalés sur la table de couture, ces mains, ces bras, ces visages de chiffon, de porcelaine, de carton…

Ces visages de chair aussi, ceux d'Éléa et Vicky, figés d'effroi.

Nanesse les observait. Est-il possible de diviser le malheur en trois parts égales ?

Éléa s'était statufiée, bouche ouverte, yeux révulsés, comme si son cerveau s'était gelé et refusait de converser, la laissant seule face à la détresse et l'inacceptable vérité.

Vicky était restée debout, regard enlarmé, fixant tour à tour le raïok éteint et les gestes délicats de sa fille, seul mouvement dans cc mausolée pétrifié.

Lola jouait, silencieusement, sérieusement, indifférente à ce récit trop compliqué qu'elle n'avait pas écouté. Elle concentrait ses yeux de bille sur Kasper, sa poupée cassée, habillée, déshabillée, rhabillée, cet automate que son papa avait promis de lui réparer quand il reviendrait.

Pauvre petite, pensait Agnès.

En tuant Renaud, ses assassins avaient également tué Pierre et Hans.

Un seul meurtre, pour un triple crime.

Un seul mort, mais trois femmes amoureuses foudroyées. Trois familles brisées. Trois...

Le regard de Nanesse embrassa encore l'ensemble du wagon.

Elle maudissait son empathie.

Était-elle assez stupide pour avoir davantage de peine pour ces femmes que pour elle-même ?

Ces rivales qui lui avaient volé son mari ? Ces femmes avec qui Renaud l'avait trompée, toutes ces années...

Mais après avoir entendu le récit de Mina, qui trompait qui ?

Un seul homme, trois vies officielles.

Qui, entre Vicky, Éléa et elle, pouvait jurer avoir été la plus aimée ? Qui pouvait prétendre être la première ? Qui pouvait jurer avoir reçu les mots d'amour les plus sincères ?

Ceux de Renaud, d'Hans ou de Pierre ?

Ceux du mari, du confident ou du père ?

Nanesse était bien obligée d'admettre que Vicky aimait sincèrement Hans, ce routier secret et solitaire.

Tout comme Éléa aimait passionnément Pierre, ce danseur poète et solaire.

Tout autant qu'elle avait aimé Renaud, cet époux discret et attentionné, pendant les vingt-huit ans qu'ils avaient partagés.

Nanesse tremblait sur la chaise bancale, tanguant sur les planches mal fixées du parquet. Cette confession de Mina tombait sur elles comme un couperet, décapitant l'espoir auquel Vicky et Éléa s'étaient accrochées.

Hans et Pierre, vivants…

Une illusion que Mina venait de piétiner.

50

La tablette tactile vibra dans la poche de Kristof. Il glissa sa main à l'intérieur pour lire du bout des doigts les mots de son frère.

— Elles ne parlent plus. Elles ont coupé le raïok.

Il leva les yeux. Amos se tenait toujours accroupi devant le wagon-atelier, l'oreille plaquée contre la porte. Kristof répondit en alignant le plus vite possible les signes en braille.

— Alors on accélère ! Si le récit de cette vipère est fini, elles ne vont pas tarder à sortir.

Il avait couché les deux bidons d'essence sous l'atelier. Il n'aurait plus qu'à ôter les bouchons, craquer une allumette, et les planches du wagon s'enflammeraient.

Kristof observa la main de son frère se tendre dans sa direction, fouiller dans le vide. Amos, dans son éternelle nuit, était perdu sans lui. Kristof eut pitié, il fit un pas vers lui et serra ses cinq doigts dans les siens.

De sa seule main libre, Amos continuait d'écrire.

— Non, elles font juste une pause, le temps d'encaisser ce que Mina vient de leur avouer. L'histoire n'est pas terminée.

Ils poursuivirent leur conversation tactile comme deux télépathes capables de communiquer par vibrations.

— Dommage pour elles. Elles n'entendront pas la fin.

Kristof n'avait qu'à tendre le bras pour atteindre le premier bouchon de sécurité.

— Arrête !

La main d'Amos retint celle de son frère. Kristof s'agaça, une nouvelle fois.

— Lâche-moi ! Je dois le faire. On a une dette... On a...

— Arrête ! Et ne bouge plus !

Kristof remarqua seulement alors que son frère ne collait plus son oreille contre la porte du wagon, mais la dirigeait, tel un chien aux aguets, dans une autre direction, vers la sortie du tunnel.

— Arrête, écrivit pour la troisième fois Amos. Quelqu'un vient.

La capitaine Katel Marelle progressait avec prudence dans le souterrain. Ses pieds suivaient les rails, mais ses yeux ne lâchaient pas la voûte de clarté qui s'ouvrait devant elle. Le bout du tunnel !

Même seule, elle ne pouvait s'empêcher de bougonner.

Pourquoi cette Milana Duval avait-elle eu besoin de fabriquer ses marionnettes dans un endroit aussi isolé ? Qu'avait-il de sacré ? Pourquoi Renaud et Nanesse Duval n'avaient-ils pas récupéré toutes les affaires de belle-maman dans des cartons, allez hop, on sacrifie un dimanche après-midi et on fait un grand tri ? Pourquoi Nanesse s'était-elle précipitée ici, seule, plutôt que de l'attendre une heure bien au chaud à la gendarmerie ? Pourquoi ne répondait-elle pas au téléphone ? Son portable était-il sur vibreur au fond de son sac ?

La capitaine s'immobilisa, guettant chaque bruit.

Car Nanesse était ici, elle en avait la preuve. Elle avait repéré sa Clio, garée à l'endroit précis où la route carrossable s'arrêtait, à côté d'un Berlingo Citroën rouge. Katel n'avait eu aucun mal à localiser ce wagon abandonné. *Doigt de Givet, frontière franco-belge, ligne ferroviaire abandonnée.*

Une bonne vieille carte IGN avait suffi, pas besoin de perdre du temps à entrer une adresse approximative sur Google Maps.

Katel, derrière le rideau de lumière, apercevait les premiers arbres de la clairière. Instinctivement, elle ouvrit l'étui de son SIG Sauer et brandit son pistolet. Un détail la troublait et la rassurait à la fois.

Elle repérait plusieurs marques de pas dans la boue devant elle. Au moins six traces différentes. Aucune n'était assez longue pour être du 46, mais l'une était assez fine pour être celle d'un jeune enfant, entre trois et huit ans.

Une réunion de famille ? Ou bien les deux gueules-brûlées étaient-elles venues avec deux complices pour coincer Agnès ? Deux complices et un gosse ? Ça n'avait aucun sens…

La capitaine ne pouvait se fier qu'à une seule certitude, il y avait du monde au bout du tunnel, et elle n'allait pas s'avancer en sonnant du clairon pour annoncer son arrivée !

Katel s'approchait de la sortie. Elle distinguait, sous les arbres, un coin de l'atelier. C'était un wagon de marchandises, un modèle ancien, en bois, presque sans fenêtres. Les feuilles de chênes et de noisetiers formaient un chapiteau presque complet au-dessus des rails rouillés. Katel écouta le silence, essayant de ne pas uniquement se concentrer sur le vent bruissant dans les branches, de guetter le moindre autre murmure.

Elle avait conscience d'agir aussi stupidement que Nanesse. Elle n'avait prévenu personne de sa venue, pas même Jérémy ou Fatou à l'accueil de la gendarmerie. La procédure la plus raisonnable aurait été de mobiliser quelques agents pour l'accompagner, mais il aurait fallu attendre que l'alerte place Ducale soit levée, ou négocier avec le préfet son retrait anticipé, bref, la journée y serait passée. Tout cela pour un farceur ayant caché un diable à ressort dans une poubelle ! Pour un simple coup de téléphone. Une blague que n'importe qui aurait pu…

Le temps d'un instant, Katel imagina le pire. Et si cet appel n'était pas une blague, mais une manœuvre de diversion, pour qu'elle et sa brigade se retrouvent coincées place Ducale ? Pour que la garde autour d'Agnès se desserre ? Pour les attirer ici, Nanesse d'abord, elle ensuite. Seules…

Un simple coup de fil, c'était si facile.

Katel serra son poing sur la crosse de son SIG Sauer.

Elle sortait enfin du souterrain. Une fragile lumière filtrait à travers la canopée, la clairière baignait dans une douce ambiance tamisée.

Tout semblait calme.

Elle baissa une seconde les yeux vers les six empreintes de pas.

Trop calme.

Katel cessait presque de respirer, tous les sens aux aguets.

La vue d'abord. Elle scrutait chaque détail de la clairière. Un trou de verdure à la Rimbaud, mais elle n'avait aucune envie de se retrouver avec deux trous rouges au côté droit.

Dissimulé par cet écrin vert, le wagon-atelier semblait tout droit sorti d'un conte de fées. Les deux rails l'invitaient à continuer d'avancer, tel un piège à peine masqué. Le tunnel dont elle sortait paraissait une frontière entre un monde réel et imaginaire.

Imaginaire ?

Elle releva sa mèche et serra le SIG Sauer dans son poing. La capitaine ne devait pas se laisser abuser par l'étrangeté de cette enquête, ces monstres de foire à la gueule brûlée et ce défilé de marionnettes. Les meurtres de Renaud Duval et Bruno Pluvier n'avaient rien d'un film de Disney !

Les traces de pas, toujours aussi lisibles dans la boue et l'herbe tassée, se dirigeaient jusqu'à la porte du wagon-atelier et s'arrêtaient devant le marchepied.

Les six étaient donc à l'intérieur ? Cinq adultes et un enfant ?

Le regard de Katel se bloqua. Un nouveau sens s'était activé : l'odorat.

Deux jerrycans d'essence étaient couchés sous le wagon. Deux fois trente litres, de quoi tout enflammer en quelques secondes… Aussitôt, l'esprit de déduction de Katel se mit à emboîter les pièces dont elle disposait, enchaînant questions et réponses.

Qui avait pu apporter ces jerrycans ?

Katel se repassa à toute vitesse l'article du *Správná Plzeň,* un accident il y a quarante-sept ans, une roulotte d'artistes ambulants entièrement incendiée, une victime et deux grands brûlés…

Quelqu'un voulait-il faire revivre le passé ? Les Slavik père et fils, pour se venger ?

Katel braqua son pistolet, droit devant elle, puis pivota et balaya l'espace. Ils étaient donc là, quelque part, tout proches. Elle les avait dérangés en plein travail.

Tout en continuant de scruter les alentours, elle fit appel à son ouïe.

Elle devait repérer le moindre craquement, le moindre mouvement, le moindre souffle. Elle ne parvenait pourtant à percevoir qu'un bourdonnement indistinct, provenant du wagon. Une conversation sourde. Nanesse était donc à l'intérieur ? Avec qui ?

Katel fixa encore le tunnel, les rails, les arbres, refusant de baisser la garde.

Rien ne bougeait.

Les deux gueules-brûlées étaient-elles toujours là ? Avaient-elles fui ?

La capitaine recula doucement vers le wagon, s'assurant que personne ne pourrait la prendre à revers, puis patienta de longues secondes. Elle devait rester concentrée, malgré ses pensées éparpillées.

Le cancer de Milana, son incinération, les cendres dispersées par son fils, ici…

Elle aussi, songeait Katel, lorsqu'elle mourrait, voulait être incinérée. Qui aurait bien pu vouloir fleurir sa tombe ? Sûrement pas son chat ! Elle ne manquerait à personne, le jour où elle partirait, mais n'était-ce pas au fond la façon la plus élégante de vivre ? N'aimer personne pour ne causer aucune peine à ceux qui vous survivent ?

Un bruissement la tira brusquement de ses divagations morbides. Le craquement d'un lit de feuilles écrasé par un pied. Le son provenait des ombres de la forêt, là où les rails disparaissaient. Katel crispa son doigt sur la détente de son SIG Sauer.

Quelqu'un bougeait, là-bas !

Quelqu'un qui ne la regardait pas, alors qu'il se trouvait pourtant face à elle. Elle avança vers le sous-bois, prenant soin de braquer son pistolet, ces tarés pouvaient être armés. Katel aperçut distinctement la gueule-brûlée. Le tueur progressait à tâtons entre les arbres, tel un gosse aux yeux bandés abandonné dans une forêt.

L'aveugle donc…

Où était passé l'autre cinglé aux oreilles brûlées ?

La douleur déchira le crâne de la capitaine.

La canne blanche métallique l'atteignit en pleine tempe. Elle perdit l'équilibre et lâcha son arme.

Ce salopard était caché derrière elle, eut le temps de comprendre Katel, *les bidons et l'aveugle avaient servi d'appâts.* Un deuxième coup de canne lui explosa les cervicales.

Puis un troisième.

Katel perdit connaissance au quatrième.

Kristof la frappa encore trois fois, avant qu'Amos ne bloque son bras.

— Arrête ! écrivit-il d'une écriture pressée.

Kristof observa les gouttes de sang couler le long de sa canne, le visage en bouillie de la capitaine, son corps recroquevillé. Depuis l'incendie de Pilsen, il n'avait plus jamais été capable de contrôler ses accès de violence. Un seul coup aurait suffi pour neutraliser cette flic, mais…

Amos s'était accroupi sur le corps inanimé. Il colla son oreille sur la poitrine de la gendarme et resta longtemps ainsi, agenouillé, comme s'il priait. Kristof savait que son frère était capable de percevoir des sons de moins de cinq décibels, avec presque autant de précision qu'un stéthoscope professionnel, il entendrait un battement de cœur, même le plus faible.

Au bout de longues secondes, Amos releva enfin la tête.

— Elle est morte.

L'HISTOIRE DE MINA

Le poison des secrets

– Septembre 1995 –

Pour la première fois de ma vie, j'étais pleinement heureuse. Pour la première fois de ma vie, mon fils et moi pouvions mener une vie normale. Tirer un trait sur ce délirant passé.

Renaud était amoureux d'une fille bien. Une fille du coin qui ignorait tout de ses trois identités, et avec qui Renaud voulait les oublier. Agnès possédait cette énergie des filles qui aiment sans juger, qui accueillent sans questionner, qui font d'abord confiance et se méfient après, qui font le pari de l'amour, de l'amitié, de la solidarité. Et de la modestie. Nanesse détestait qu'on parle de ses qualités, elle répétait souvent que son optimisme et sa bonté, elle les volait à ceux qui n'en avaient pas, comme la richesse de quelques-uns provoque la pauvreté de tous les autres.

Renaud et Agnès se sont rapidement mariés, ils avaient à peine vingt ans. Pour conjurer le passé ? Pour ne laisser aucune chance à Hans ou Pierre de revenir le hanter ? Oubliés, les rêves de tours du monde et de ballets étoilés ?

Je l'espérais.

Renaud et Agnès sont rapidement devenus parents. Mes deux petits-enfants, Axel et Robin, ont changé ma vie. Aurais-je imaginé cela un jour, moi, l'orpheline du pont Charles, devenir mamie ?

Une mamie qui les gardait souvent. Renaud travaillait sans arrêt, Agnès se dévouait sans compter.

Je n'allais pas me plaindre ! Aux yeux d'Axel et Robin, j'étais une mamie jeune et rigolote. Peut-être l'étais-je vraiment, d'ailleurs. Eux seuls avaient le droit de m'accompagner dans mon wagon-atelier, de m'aider à découper, coudre, assembler.

Ils triaient les boutons pour les yeux de mes karakuri ou de mes marottes Bozo, décidaient la couleur de leur robe ou de leur pantalon, choisissaient leurs prénoms. Ils m'appelaient Mamina, ou mamie Petrouchka, du nom de leur histoire préférée, adoraient la belle ballerine, détestaient le méchant Maure. S'ils avaient su ce que pour moi ce conte représentait...

Les années sont si vite passées. Une année heureuse passe plus vite qu'une journée douloureuse.

Nanesse peuplait la maison de ses petits protégés, comme elle les appelait. Je n'allais pas lui reprocher d'offrir une seconde chance à des gamins broyés par un destin auquel ils n'ont rien demandé.

Axel et Robin grandissaient pendant que je vieillissais. Renaud était devenu un ingénieur en microrobotique réputé, travaillant sur des projets d'automates de plus en plus sophistiqués. Qu'ils me semblaient ridicules, mes bricolages de marionnettiste amatrice. Le fils avait dépassé sa mère, même si ça l'amenait à voyager souvent, trop souvent.

Je n'ai jamais osé le questionner, mais j'ai toujours eu peur qu'Hans et Pierre soient revenus le hanter. Renaud possédait deux autres extraits de naissance, deux autres cartes d'identité, deux autres permis de conduire et deux autres cartons de souvenirs que je conservais précieusement : des cahiers de classe, des bulletins de notes, des carnets de santé, des albums de photos de vacances. Souvent, je me disais que si

Renaud avait voulu tromper Nanesse, vivre une double ou triple vie, je lui avais fourni le parfait alibi.

Après tout ce qu'il avait subi, mon fils pouvait-il se contenter d'une seule maison ? D'une seule famille ? D'une seule femme ? Aimait-il suffisamment Nanesse pour cela ?

Je n'ai jamais eu la réponse.

C'était son secret, comme j'avais le mien.

Faut-il vraiment chercher à les percer ? La vie est tellement courte, on met tellement de temps à les enterrer, à les enfouir sous des pelletées de jolis sourires, sous des couches de jolis souvenirs, à faire repousser dessus de la vie et des plantes fleuries... et il faudrait tout arracher ? Par simple orgueil ? Par simple obsession mortifère de connaître la vérité ?

C'est ce que j'ai cru, toutes ces années.

Je n'ai pas réalisé que ces secrets pourrissaient. Qu'ils empoisonnaient la terre sur laquelle les fleurs nouvelles poussaient. Qu'ils me rongeraient.

J'ai dû attendre mes soixante ans et une consultation gynécologique anodine, un examen de routine, pour comprendre. Cancer de l'utérus. Foudroyant.

Espérance de vie : moins de deux ans.

Je l'ai appris il y a un an.

Je n'avais jamais pensé que le danger puisse venir de ce côté, aussi banalement. Quand on se sort des griffes d'un ogre tel que Libor, quand on survit à mille menaces, quand on vieillit en effaçant derrière soi chaque trace, on n'imagine pas que la mort se cache en vous, depuis le début, sous la forme d'une microscopique tumeur maligne, et que vous pouvez aller vous cacher sur la lune ou dans une autre galaxie, elle, vous ne pourrez pas lui échapper.

Cette fois, j'avais décidé de ne rien dissimuler.

De toutes les façons, la chimiothérapie se serait rapidement chargée d'abolir toute ambiguïté.

Nanesse a tenu le coup, pour deux, ou trois ou quatre. Renaud était effondré. Est-ce que Pierre ou Hans, eux aussi, pleuraient ? Axel et Robin ont choisi dans mon wagon-atelier la perruque qu'ils préféraient me voir porter : une vieille tignasse de Mary Poppins que je n'ai pas eu le cœur de leur refuser. Et chaque fois qu'ils venaient, ils me pressaient de tenir ma promesse, celle que j'avais sans cesse repoussée.

— Mamina, c'est pour quand ton spectacle ?

J'étais une marionnettiste qu'ils n'avaient jamais vue sur scène. Une artiste retraitée, et leur demande, année après année, anniversaire après anniversaire, était toujours la même.

— Mamina, on veut te voir jouer !

— Un jour, les enfants, un jour.

Au printemps 2017, il ne me restait plus que quelques mois de sursis. Au mieux un dernier Noël. Libor et ses deux fils étaient si éloignés de mes préoccupations désormais. Robin et Axel avaient tellement insisté. En plus de quarante ans, je n'avais jamais commis la moindre erreur qui ait pu me trahir. Qu'avais-je à craindre, aujourd'hui ?

Et je dois le reconnaître, même si cette folle imprudence causa ma perte : j'en avais envie, moi aussi.

J'avais envie de retrouver mon rôle de Petrouchka. Qu'il valse à nouveau avec l'ours dansant, qu'il séduise la ballerine, qu'il échappe au sabre du Maure, rien qu'une fois.

Le Festival mondial des Théâtres de Marionnettes se déroulait quelques semaines plus tard. Tous les deux ans, depuis leur naissance, j'avais emmené Axel et Robin assister aux spectacles, sur la place Ducale, des plus médiocres aux plus géniaux, le cœur serré de ne pas être celle qui agitait les fils derrière le castelet.

Cette fois, cette dernière fois, la reine du festival, ce serait moi ! Ou l'une des cent cinquante petites reines, je ne me faisais guère d'illusions sur mon talent vieillissant. Baou participait toujours au comité d'organisation, nous ne nous étions jamais perdus de vue, nous nous revoyions, tous les deux ans. Il n'a eu aucun mal à me trouver une petite place dans le programme.

J'ai joué Petrouchka sous les arcades de la place Ducale. Je range ce moment haut, très haut, dans les étagères poussiéreuses de mon cerveau. Si on m'autorise à emporter trois ou quatre souvenirs avant de monter au paradis, il en fera partie.

Baou était là. Nanesse, Renaud, Axel et Robin aussi. Dans les yeux émerveillés de mon fils, au fur et à mesure que Petrouchka dansait devant le castelet, je revoyais les arabesques de Pierre, les envies d'évasion d'Hans. Je jouais pour lui, pour les trois enfants qu'il avait été, et les petits-enfants qu'il m'avait donnés.

Il n'y avait guère plus de cinquante personnes pour assister à ma représentation, une dizaine d'autres spectacles se déroulaient en parallèle au mien, et certains bien plus impressionnants que le chant du cygne d'une artiste aux mains tremblantes.

D'une artiste mourante, et qui pourtant ne s'était jamais sentie aussi vivante, quand la maigre foule s'est levée pour l'applaudir, une dernière fois. Quand Axel et Robin se sont précipités sur scène pour m'embrasser.

Puis mon public s'est dispersé, cherchant une autre distraction à proximité. Seules trois personnes sont restées.

Un vieil homme qui pleurait et deux autres, plus jeunes, dont les visages étaient atrocement brûlés.

51

— Aide-moi !

Aussitôt après avoir écrit ces deux mots, Kristof rangea la tablette InsideOne dans sa poche et commença à tirer sur les pieds du cadavre de la gendarme. Amos ne bougea pas. Sa tête restait immobile. Ses yeux semblaient perdus dans les ténèbres. Ses doigts continuèrent de s'agiter, tapant des messages que son frère ne lisait pas.

— Pourquoi, Kristof ?

— ...

— Il n'y avait pas besoin de la tuer.

— ...

— Elle n'avait rien à voir avec notre vengeance.

— ...

— On aurait pu simplement la neutraliser.

Kristof était parvenu à traîner le corps de Katel, seul, et le dissimuler dans les fougères les plus proches. Il vérifia qu'on ne pouvait pas l'apercevoir du tunnel ou de la clairière, et consulta enfin ses messages. Il se retint de pousser un cri de rage. Depuis sa surdité, il avait désappris à parler et ne poussait plus que des grognements d'ours quand il voulait s'exprimer, très fort parfois, incapable de contrôler sa voix. Ce n'était pas le moment de se faire remarquer ! Il hurlerait sa colère dans la Skoda, quand tout serait terminé.

— Elle nous aurait dénoncés ! trancha Kristof à deux doigts. Retourne les écouter pendant que je prépare le feu de joie.

Amos ne protesta pas. Kristof savait que son frère obéirait. L'aveugle se dirigea à pas lents, mais sans hésitation, vers la porte du wagon. Outre une audition exceptionnelle, il avait développé un sens impressionnant de l'orientation, se guidant aux sons et mémorisant les dimensions, les obstacles et les passages sécurisés de chaque lieu dans lequel il s'était déjà déplacé.

— Attention !

Kristof avait réagi le premier. Il avait vu la poignée de l'atelier tourner.

— Quelqu'un sort ! Cache-toi !

Kristof se coucha immédiatement sous les arbres. Amos n'eut pas d'autre choix que de se plaquer contre la paroi du wagon, à gauche de la porte. Elle le dissimulerait quand elle s'ouvrirait, mais il serait découvert dès que quelqu'un sortirait.

L'aveugle retint une nouvelle fois sa respiration. Il entendit d'abord des pas, trop légers pour être ceux d'un adulte, qui sautillèrent sur le premier échelon du marchepied.

— Non, tu ne prends pas Kasper avec toi. Et tu ne t'éloignes pas, ma chérie.

Amos avait reconnu la voix volontaire de Vicky.

— Tu ne vas pas plus loin que le bord de la forêt, tu n'entres pas dans le tunnel, et tu reviens dès que tu as fini de faire pipi.

— Oui, maman !

Lola sauta les deux pieds dans la boue. Amos l'entendit courir, trop pressée de traverser la clairière vers les premiers arbres face à elle. Sans se retourner.

Sinon, elle l'aurait vu, et il l'aurait entendue hurler.

La porte ne s'était pas refermée. Amos devina que Vicky, à l'intérieur du wagon, surveillait sa fille des yeux, vérifiait qu'il n'y avait aucun danger. Il retint encore son souffle de longues secondes, avant que les gonds, à hauteur de ses oreilles, grincent doucement.

Vicky devait penser sa fille en sécurité. Comment auraitelle pu en douter ? Elle devait être pressée d'écouter la fin du récit de Mina. Dès qu'Amos entendit la porte se refermer, il souffla et écrivit à toute vitesse.

— Ne touche pas à la gamine !

Amos détesta le silence et l'absence de mots qui suivirent.

Il imaginait le pire. Kristof pouvait-il frapper une fillette de cinq ans avec la même férocité qu'il avait abattu cette flic ? Cette histoire de vengeance le rendait fou. Parfois, Amos imaginait qu'elle n'était qu'un prétexte, une invention de leur père, pour que Kristof puisse canaliser sa haine. Mais désormais, toutes les digues avaient sauté.

Amos entendit les pas lourds de Kristof, un cri étouffé, des feuilles écrasées, suivis d'un nouvel interminable silence, puis un simple craquement de doigts.

— Kristof ?

— ...

— KRISTOF ?

— C'est fait !

— Quoi, c'est fait ?

— La petite est ligotée, bâillonnée. Un joli paquet cadeau. Réjouis-toi, c'est la providence qui nous l'a envoyée.

Amos crut que Kristof s'approchait de lui, mais son frère changea rapidement de direction. Au frottement de sa veste sur son pantalon, il comprit qu'il s'accroupissait devant les deux bidons couchés sous le wagon.

— Je ne comprends pas, tapa fiévreusement Amos. Pourquoi *la providence* ?

Les narines de l'aveugle palpitèrent. Il se retint d'éternuer. Son odorat, lui aussi hypertrophié, venait de respirer une insupportable odeur d'essence.

— Le fruit, celui que tu voulais épargner, est tombé tout seul de la branche. Maintenant, on peut la couper !

L'HISTOIRE DE MINA

Nous, pauvres marionnettes

– Novembre 2017 –

— Entre. De quoi as-tu peur ?

Renaud avait apporté un bouquet de fleurs. Des anémones, mes préférées. Il était resté planté devant la porte de la chambre de l'hôpital comme un enfant puni. Immédiatement, j'ai reconnu dans son regard la sensibilité de Pierre, le désir d'indépendance d'Hans.

— Approche-toi. Assieds-toi. J'ai des choses à te raconter.

Renaud a fermé la porte derrière lui. Il tenait une enveloppe dans la main, je savais qu'il avait discuté avec le médecin, il endossait à merveille son costume de fils unique prévenant et rassurant, accompagnant les derniers instants de sa mère.

— On ne va pas se mentir et parler de mon avenir, tu me le promets ? Ça ne sert à rien de rester à regarder la pendule quand on sait que l'heure de la sortie va sonner.

Je n'avais pas vu Renaud pleurer autant depuis ses trois entrées au CP.

— Je n'ai pas toujours été une bonne maman, tu as pu t'en rendre compte.

Renaud allait protester, mais j'ai eu la force de soulever mon bras, malgré les perfusions, pour lui faire comprendre qu'il devait m'écouter.

— Nous n'en avons jamais reparlé, depuis toutes ces années, depuis que tu as rencontré Nanesse, depuis qu'Axel et Robin sont nés, depuis que...

— C'est du passé, maman, s'empressa de protester Renaud.

J'ai compris dans son regard perdu que les fantômes de Pierre et Hans le hantaient encore.

— Je ne suis pas celle que tu crois, Renaud. Je t'ai caché une partie de mon passé.

Des fils de perfusions étaient accrochés à mes deux bras. Cette fois, la marionnette, c'était moi. Un pantin entre les mains du grand marionnettiste, celui qui quelque part dans le ciel nous crée, nous fait danser un tour de piste, puis nous jette. Je priais juste qu'il me laisse encore un peu de temps, qu'il ne rompe pas immédiatement les fils d'argent.

— Écoute-moi, Renaud, il y a longtemps, très longtemps, pour sauver ma vie, j'ai dû mettre la tienne en danger.

Je lui ai tout raconté, le Printemps de Prague, la roulotte de Libor, Petrouchka et les villages de Bohême, les nuits sous les étoiles, la jalousie de Zuzana, l'enfance d'Amos et Kristof, son arrivée par effraction, un minuscule embryon, et l'enchaînement des événements... Mon crime. Mon crime impardonnable et ma fuite désespérée. Pardonne-moi, mon grand, pardonne-moi.

Avec une infinie délicatesse, Renaud m'a pris la main.

— Je n'ai rien à te pardonner, maman. Tu n'as fait que te défendre. Me défendre.

J'ai eu envie d'arracher les fils à mes bras. Je ne supportais pas d'être passée du côté des pantins. Des êtres ficelés privés de liberté. Je ne supportais pas d'être incapable de serrer mon fils contre moi.

— J'ai fait tout ce que j'ai pu, Renaud. Je t'en ai beaucoup demandé. Je n'ai commis aucune erreur, pendant toutes ces années. Aucune. Plus de quarante ans de vigilance. Jusqu'à la semaine dernière... Jusqu'à ce spectacle place Ducale.

J'ai vu passer devant mes yeux le regard fou de Libor et les sourires atroces déformant les visages méconnaissables d'Amos et Kristof.

— Ils m'ont retrouvée. Ils savent qui je suis. Et ils trouveront vite qui tu es...

Une lueur de panique a traversé le regard de Renaud, avant qu'il ne m'offre à nouveau un sourire rassurant.

— Tu dois te protéger, Renaud, et protéger Nanesse, Axel et Robin. Tu dois te cacher. Tu dois changer d'identité.

— Je ne peux pas.

— Bien sûr que si ! N'oublie pas, Pierre et Hans n'ont existé que pour ça. Ils n'attendent, depuis toutes ces années, que ce moment-là ! Deux agents dormants, comme on les appelle dans les films d'espionnage. Deux cachettes bien au chaud. Les plus parfaites qui soient. Même la StB ou la DST n'auraient pas fait mieux. Hans et Pierre possèdent une existence légale, des papiers d'identité officiels, des souvenirs d'enfance irréfutables, des témoins vivants pouvant jurer les avoir croisés pendant des années... Libor et ses deux fils n'ont aucun moyen de remonter jusqu'à eux. Le seul lien, c'est toi, et moi.

Renaud me regardait, effaré.

— Maman, c'est impossible. Je ne peux pas laisser Nanesse. Ni Axel et Robin. Je ne peux pas fuir. Et si ce Libor se vengeait sur eux ?

— C'est toi qu'il cherche. Uniquement toi.

— Pourquoi ? Pourquoi cherche-t-il à se venger sur moi ?

— Il ne cherche pas à se venger. Il cherche juste... à se protéger. Libor a toujours été superstitieux. Il a toujours cru à la magie, à la sorcellerie. Et donc forcément, il a aussi cru à la prophétie.

Renaud broyait les cinq doigts de ma main décharnée.

— Quelle prophétie ?

C'était le seul détail de ma vie en Tchécoslovaquie dont je n'avais pas osé lui parler.

— Quand Zuzana a appris que je t'attendais, pour convaincre Libor que je ne devais pas te garder, elle a prétendu que l'enfant que je portais le tuerait.

Renaud resta silencieux. Il avait enfin compris la menace qui planait sur lui ; pourquoi Libor ne le laisserait jamais en paix. Du moins je l'espérais.

— Tu trouveras toutes les archives de la vie de Pierre et d'Hans dans mon wagon-atelier. Des documents officiels, des photos, des listes de gens qui t'ont connu, des journaux précis de nos faits et gestes à Florac et Paris, que j'ai écrits, jour après jour, pour que tu puisses reconstituer les trous dans tes souvenirs. Ceux d'Hans ou de Pierre, tu n'auras qu'à choisir.

Le regard de Renaud pétillait chaque fois que je prononçais ces deux prénoms, Hans et Pierre. J'avais l'impression que ces trois-là me cachaient quelque chose, tels des enfants complices et comploteurs. Renaud tenait toujours l'enveloppe dans sa main gauche, celle des mauvaises nouvelles. Elle lui avait sans doute été remise par un chirurgien, qui en se cachant derrière la pudeur de mots savants, *carcinome, néoplasie, hystérectomie*, n'annonçait rien d'autre que la date de ma mort. Dans quelques semaines ? Quelques jours ?

J'ai souri de toutes mes forces, toutes celles qui me restaient.

— J'ai deux derniers services à te demander, Renaud. Le premier, quand tout sera terminé, sera de disperser mes cendres dans ma clairière, devant mon wagon-atelier.

Renaud allait protester, mais j'ai agité mes bras de pantin pour lui signifier qu'il n'y avait rien à discuter, et une nouvelle fois, j'ai souri.

Je ne jouais pas la comédie. J'acceptais la fin de ma vie avec philosophie, elle m'avait apporté tellement plus que ce que j'avais espéré. Elle aurait pu finir tellement plus tôt, sur les pavés de la place Venceslas en août 68, noyée sur les berges de la Radbuza près de Pilsen, ou fusillée en franchissant le rideau de fer. Tant d'êtres humains naissent sur cette terre et la traversent en un éclair, grandissent à peine et meurent sans savoir à quoi ressemble le bonheur. La vie de Zuzana fut de celles-là... Elle aurait pu être la mienne.

— Et ? demanda Renaud, bousculant avec timidité mes pensées. Le deuxième service ?

La fatigue tombait sur moi, brusquement. J'ai fait un effort pour parler distinctement.

— Après avoir dispersé mes cendres, tu entreras dans mon wagon-atelier. Tu y trouveras mon vieux raïok, j'ai travaillé à le remettre en route depuis des années. Le mécanisme fonctionne. Les personnages et les décors sont prêts. Il ne me reste plus que l'histoire à terminer. Je te laisserai le tout sur une clé, tu la récupéreras auprès des infirmières, avec mes affaires. Tu en seras le gardien. Tu sais, Renaud, chacun invente une façon de laisser une trace de son passage sur terre, avant de définitivement se taire. Certains l'écrivent dans un cahier, d'autres la chantent, la filment, ou la dictent à un confident. Quel autre choix avais-je, à part la faire raconter par des figurines de feutrine ?

Renaud a hoché la tête, nous avons continué de parler, je ne sais plus trop de quoi, de banalités, un si précieux retour à la normalité, avant qu'une infirmière vienne tout gâcher et ne demande à Renaud de sortir, son enveloppe de mort à la main.

Je profite de la nuit, peut-être ma dernière, pour enregistrer ces ultimes mots. Cette foutue maladie qui me dévore le corps m'accorde au moins une faveur, elle termine son sale boulot par mon cerveau. Je n'aurais pas pu supporter de quitter la scène sans avoir le temps de saluer ceux que j'aime. Mon maigre mais fidèle public.

Que retiendrez-vous de mon histoire, vous qui l'écouterez ?

Celle d'une fillette qui adorait jouer, coudre, dessiner et danser ? D'une criminelle en fuite ? D'une migrante ? D'une mère aimante ? D'une folle obsédée par une peur délirante ?

Que retient-on de nous, une fois nos vies froissées ?

Nous, pauvres marionnettes.

Nous ne sommes que des êtres de chiffon et de papier. On s'anime un jour, on croit vivre, on croit être libre, on détourne les yeux pour ne pas voir les fils de nylon, le décor de carton, on a si peur que le spectacle s'arrête, que tombe comme un couperet le rideau du castelet, de ne redevenir que ce qu'on a toujours été : un jouet ballotté par des forces invisibles, le temps d'une danse dans la lumière, avant d'être à nouveau rangé dans un tiroir, à plat dans le noir.

52

Cette fois, le raïok s'était arrêté sans que personne n'y ait touché.

L'écran s'assombrit, avant de s'éteindre définitivement. Le récit de Mina était terminé.

Nanesse détourna le regard vers les yeux de verre rangés sur la table de couturière, évitant de croiser ceux de Vicky et d'Éléa. Elle repensait aux jours qui avaient suivi le décès de sa belle-mère. Elle se souvenait des larmes de Renaud, de celles d'Axel et Robin, mais aussi de l'empressement de son mari.

Nous devons quitter la maison de Charleville, avait-il déclaré dès le lendemain de l'incinération, *je dois trouver un autre travail, Axel et Robin doivent poursuivre leurs études ailleurs que dans cette ville.*

Nanesse avait interprété ce désir brutal de changement comme un besoin de faire le deuil, de rompre avec le passé ou, si elle était vraiment honnête avec elle-même, n'avait rien analysé du tout et s'était simplement contentée de soutenir son mari dans cette passe difficile.

Au fond, elle avait été plutôt contente de déménager, de quitter Charleville pour les Ardennes, et leur petite maison de ville pour ce vaste pavillon de Bourg-Fidèle. Elle était plutôt fière que Renaud pense enfin à sa carrière et postule à cet emploi d'ingénieur en Belgique. Elle avait juste regretté le départ trop brusque d'Axel et Robin, un programme Erasmus bouclé en quelques semaines, Budapest pour Axel et Almería pour Robin.

Aujourd'hui, Nanesse comprenait.

Renaud n'avait pas pu la quitter. Renaud avait désobéi, il n'avait pas suivi le plan de sa mère, il avait cru que déménager et changer de métier suffisait. Libor et ses fils avaient mis cinq ans, mais l'avaient rattrapé... et tué !

Aujourd'hui, Nanesse réalisait.

Elle aussi portait sa part de responsabilité. Elle se souvenait de toutes ces fois où Renaud avait évoqué son envie de partir loin, dans le sud de la France, dans l'Ouest, à l'étranger peut-être, et où elle lui avait répondu qu'elle ne pouvait pas quitter l'Est, s'éloigner de Charleville de plus de cinquante kilomètres, qu'elle ne pourrait pas supporter de perdre le contact avec ses petits protégés. Mon Dieu, pourquoi Renaud ne lui avait-il pas tout expliqué ? Elle l'aurait suivi au bout du monde si elle avait su qu'il était en danger.

Nanesse releva ses yeux enlarmés, fixant les visages floutés de Vicky et Éléa.

Et elles ? pensa-t-elle. *Que venaient-elles faire dans cette histoire ?* Si Renaud n'avait pas obéi, s'il ne l'avait pas quittée pour endosser une autre identité, c'était pour une raison aussi cruelle que banale : Hans, Pierre et Renaud s'étaient déjà retrouvés, depuis des années. Ils avaient même passé du bon temps tous les trois ! Hans avec Vicky, dans sa ferme à rénover, profitant de grands espaces pour se ressourcer et d'une fillette qui l'appelait papa... Pierre avec Éléa, une fille tellement plus jeune que lui, tellement plus belle qu'elle, une fille qui devait le regarder avec ce désir brûlant que Nanesse, malgré tout son amour, ne savait plus exprimer.

Le plan de Milana était qu'une vie puisse remplacer l'autre, comme on possède trois costumes, trois paires de chaussures, en cas de coup dur. Mais comment résister à tous les essayer, à tous les porter ?

Une boule acide bloquait la gorge de Nanesse. Elle baissa les yeux dès qu'elle sentit les regards de Vicky et Éléa sur elle.

— Je… Je suis désolée, murmura-t-elle. Je n'ai pas su le protéger.

— Vous n'avez rien à vous reprocher, assura Vicky d'une voix charitable. Votre mari vous aimait, jamais il n'aurait pu vous quitter.

Nanesse grimaça. Renaud la quittait tout de même, une semaine par mois, pour se rendre chez cette femme qui se drapait dans sa bonne conscience.

— Et je sais qu'Hans est vivant, ajouta Vicky.

Nanesse faillit s'étrangler.

Vivant ? N'avait-elle rien écouté ?

— Je le sais, poursuivit Vicky, parce que je ne veux pas croire que Lola puisse grandir sans son papa. Parce qu'il lui a promis de revenir réparer Kasper, parce qu'il m'a promis à moi aussi de revenir, et qu'Hans est quelqu'un qui tient ses promesses, parce que… tout simplement, je n'arrive pas à imaginer mon avenir sans lui.

— Mais enfin, cria presque Nanesse, ouvrez les yeux ! Il est mort !

— Non, fit doucement une voix derrière elle.

Éléa s'était approchée de la table de couturière et avait posé ses deux mains sur une tête de marionnette en papier mâché.

— Non, répéta Éléa. Si Pierre était mort, je le saurais. Je le sentirais.

Tu parles ! objecta Brain.

Du bout des doigts, Éléa arrachait des lambeaux de journaux collés sur le crâne verni.

— Il y a des choses que la raison ne peut pas expliquer, continua-t-elle. Parfois il ne faut pas écouter son cerveau et se fier uniquement à ses sensations. Et elles me certifient que même si on me montrait le cadavre de Pierre, en me collant sous les yeux une enveloppe avec ses analyses ADN ou une radio de ses empreintes dentaires, je jurerais qu'il est encore vivant !

Nanesse chancela. Elle aurait tant aimé posséder cette folie en elle, pouvoir rompre avec la raison. Mais elle avait reconnu le corps de Renaud, la police avait procédé à son identification formelle, sans lui laisser le moindre espoir. Perdue, troublée, elle n'aperçut pas Vicky s'avancer.

— Je vais voir ce que fait Lola.

D'une main énergique, Vicky tourna la poignée.

Elle lui resta dans la main !

— Merde !

La poignée était-elle cassée ? Dévissée ? Vicky tenta nerveusement de la replacer, de faire tourner le pêne, mais la serrure refusa de céder. Elle donna un coup d'épaule, d'abord, puis un violent coup de pied.

La porte de bois ne bougea pas.

— Merde ! répéta Vicky.

— Ils nous ont retrouvées, comprit immédiatement Nanesse.

Si tu m'avais écouté, glissa Brain.

— Ta gueule ! hurla Éléa.

53

Kristof gratta religieusement l'allumette. Il l'avait choisie longue, de celles dont on se sert pour allumer un cierge. Il la tint un instant devant ses yeux. La flamme fragile vacilla, trembla, se recroquevilla un instant pour n'être plus qu'un point rouge incandescent, avant de s'élever d'un coup, plus fière que jamais.

Kristof l'admira, droite entre ses dix doigts, comme on fixe la lumière le temps d'une prière. La tablette tactile vibrait dans sa poche. Amos était resté en retrait avec la gamine, il devait multiplier les messages, mais il s'en fichait. Il n'allait pas laisser les atermoiements de son petit frère gâcher la solennité de l'instant.

Amos avait-il oublié ?

Leur réveil en pleine nuit, ils avaient douze et onze ans. La chaleur soudaine qui envahit leur chambre, leurs lits. La porte qui s'ouvre et la torche humaine qui se précipite sur eux, ils ont à peine le temps de reconnaître leur mère, qui les pousse, qui les brûle, et ils hurlent, qui se jette dans le brasier, qui les sauve, qui se sacrifie, qui meurt pour qu'ils vivent.

Et la douleur, la douleur insupportable d'un visage rongé par les braises. Et la terreur, quand le médecin-boucher de l'hôpital socialiste de Pilsen l'a opéré, en urgence, à peine anesthésié. Et l'horreur, quand il a découvert ce monstre dans le miroir, dans un monde glacé de silence, ce monstre qui le poursuivrait, matin après matin, jusque dans le regard de dégoût des passants qu'il croisait, jusque dans le regard obscène des filles qu'il payait, jusque dans le regard sévère de son père, pour qui il n'était plus qu'un chien dressé. Dressé pour tuer.

Amos n'avait jamais croisé ce monstre du miroir. Amos ignorait ces voyeurs vicieux, cette charité puante, cette pitié infamante. Kristof avait dû les affronter pour deux.

Il attendit que l'allumette soit presque entièrement consumée, qu'elle lui brûle les doigts, pour les ouvrir.

La flamme, tel un papillon de feu, tomba. Aussitôt, le souffle de l'incendie se propagea. Les litres d'essence s'enflammèrent dans la même seconde, une nuée ardente qui traversa le plancher vermoulu. Un tiers des planches s'effondrèrent.

Éléa et Nanesse eurent juste le temps de se reculer vers le raïok, déjà les costumes, les planches, les cartons, les jambes et les bras de bois, les décors et les crânes de papier prenaient feu. Le wagon-atelier n'était plus qu'un brasier, les flammes montaient de partout, s'accrochaient aux cloisons, léchaient le toit, interdisant toute tentative de fuite par la porte verrouillée.

Les trois quarts du wagon furent dévorés en quelques instants. Les trois femmes n'avaient plus la force que de se recroqueviller dans l'unique coin encore épargné, mais leurs poumons semblaient déjà remplis d'une fumée mortelle, leur peau semblait fondre à la chaleur insoutenable, ce n'était plus qu'une question de secondes avant qu'elles soient toutes à leur tour, après les marionnettes tchèques, les marottes africaines et les karakuri japonaises, transformées en poupées de cendres.

— Lola ! eut la force de crier Vicky, en serrant Kasper contre son cœur.

Sa fille lui avait confié son pantin. Son papa ne viendrait jamais le réparer.

— Je suis désolée, répétait Nanesse. Je suis tellement désolée.

Elle hésita à tout abréger, à avancer d'un pas et laisser les flammes la happer. Vicky la retint, dans un ultime mouvement désespéré.

— Pierre ! hurla Éléa en tambourinant à la porte. Tu ne peux pas me laisser mourir comme ça !

Adieu Éléa, murmura Brain. *Au-dessus de cent degrés, je ne suis plus qu'une bouillie liquéfiée.*

— Pierre ! hurla plus fort Éléa. Pierre, j'ai besoin de toi !

Alors Pierre apparut.

Et Hans surgit à ses côtés.

Les deux hommes venaient de faire exploser la porte de l'atelier en conjuguant la force de leurs épaules. Ils lancèrent des couvertures sur les flammes pour se frayer un éphémère chemin et sans la moindre hésitation entrèrent dans le wagon.

— Venez ! Venez !

— Hans, murmura Vicky. C'est bien toi ?

Elle reconnut ses yeux gris quand il la regarda, sa force brute quand il l'attrapa, pour l'extirper d'une poussée déterminée hors du brasier.

C'était lui !

— Je suis là, Éléa !

Pierre s'était lui aussi approché, dansant entre les flammes. Il souleva Éléa, telle une brindille soufflée d'un âtre, et la jeta loin du foyer. Elle eut l'impression soudaine de s'envoler, de traverser le soleil, avant d'atterrir allongée dans l'herbe boueuse de la clairière, aux côtés de Vicky.

Leurs deux sauveurs étaient déjà repartis et, ensemble, tiraient Nanesse hors de l'incendie, quelques secondes avant que le toit du wagon-atelier ne s'effondre dans une explosion d'étincelles.

Elles pleuraient, elles riaient.

Hans embrassait Vicky, encore sonnée, visage et sourcils noircis.

Pierre embrassait Éléa, plaquait contre son torse son corps menu, sa peau nue et rougie sous les lambeaux de tissu calcinés.

Puis Pierre et Hans se retournèrent vers Agnès, assise dans une boue de cendre et de suie, recrachant la fumée inhalée à en déchirer ses poumons.

Vicky reprenait ses esprits, cherchait Lola, jetait des regards désespérés vers l'orée de la forêt.

Éléa tremblait toujours, s'accrochant à Pierre comme à une bouée.

Putain, fit Brain, *là, va falloir m'expliquer.*

TROISIÈME PARTIE
RENAUD

ET C'EST ENCORE LA VIE ! SI LA DAMNATION EST ÉTERNELLE !

Une saison en enfer, Arthur Rimbaud

L'HISTOIRE DE RENAUD

Le plus merveilleux des cadeaux

– Janvier 1977 –

Je suis né le 29 janvier 1977. Vous qui m'écoutez, vous qui découvrez mon histoire, vous aurez peut-être du mal à la croire. Elle commence comme un conte de fées. Pour ma naissance, ma maman m'a offert le plus merveilleux des cadeaux : elle m'a offert trois vies !

Du plus loin que je puise dans mes souvenirs, je me revois capable de passer d'une vie à l'autre, aussi facilement qu'un enfant divorcé change de famille. À Charleville j'étais Renaud, à Paris j'étais Pierre et à Florac j'étais Hans.

Je changeais de prénom comme on change de pantalon, comme on enfile des vêtements plus chauds, en remontant de la Lozère aux Ardennes, ou des habits plus chics en rentrant à Paris. J'avais toujours connu cette gymnastique étrange, j'avais appris à diviser mon cerveau en trois, à ne jamais me tromper. J'en tirais une formidable fierté. J'étais l'un des héros aux superpouvoirs des comics que je lisais.

Lors de mon entrée au collège, quand maman m'a annoncé que j'allais devoir passer moins de temps avec Hans et Pierre, que je ne les reverrais qu'aux vacances, j'ai eu l'impression qu'on me privait de mes deux frères, qu'on me collait en pension et que ma vie allait devenir triste et banale. C'est d'ailleurs ce qui s'est passé.

Une partie de moi ne parvenait pas à se priver de Paris, de la poésie et des musées, une autre du Tarn, des pentes cévenoles et du vent sur les Causses. Si mes copains de l'époque avaient pu lire dans mon cerveau, ils m'auraient pris pour un fou. Moi à l'inverse, je me demandais comment ils pouvaient ainsi se contenter d'une seule vie. Je les regardais comme des prisonniers, inconscients de l'être, alors que je ne pensais qu'à m'évader...

Mais je n'avais pas de superpouvoirs. Au cours des années de collège, tels des amis perdus dont le temps efface peu à peu le souvenir, Hans et Pierre se sont éloignés. Le lycée restreint encore notre horizon, le limite à d'autres préoccupations, plus autocentrées, et Agnès est arrivée.

Pour Agnès, je n'étais que Renaud, je n'ai jamais été que Renaud. Pour elle, j'ai définitivement tourné le dos à Hans et Pierre, avec aussi peu de regrets qu'on largue ses meilleurs copains le jour où le premier amour pointe son nez. Nanesse n'a jamais rien su de mon histoire, de ces deux autres identités. Secret d'enfance, réflexe d'autodéfense.

Nanesse, mon amour, j'espère que tu es une de celles qui écoutent ces mots. Où que je sois aujourd'hui, où que tu sois aujourd'hui, crois-moi.

Jamais je n'ai été tenté d'utiliser ces deux autres identités pour te tromper !

Jamais je n'ai eu envie de retrouver Hans et Pierre.

Jamais je n'ai eu le moindre regret d'avoir abandonné ma vie multipliée par trois, pour la diviser en deux, avec toi.

Tu m'as fait comprendre qu'une vie suffit, qu'une famille suffit.

Mon amour, sans doute as-tu écouté le récit de Milana avant d'écouter le mien. Tu as donc entendu sa confession. Ses ultimes mots, dans sa chambre d'hôpital. Sa terreur, quand elle a compris que Libor, Amos et Kristof l'avaient retrouvée. Ses recommandations, *tu dois te protéger, Renaud, tu dois protéger Agnès, tu dois changer d'identité*. Mais il y a une chose que Milana ignorait. L'enveloppe que je tenais à la main, lors de ma dernière visite, ne m'avait pas été confiée par un médecin. Elle ne contenait pas les analyses mortifères de son cancer. L'enveloppe avait été déposée à l'accueil de l'hôpital, avec une simple mention griffonnée, *à l'attention du fils de Milana Duval*. J'ai pris soin, quand je suis entré dans la chambre de maman, qu'elle ne la lise pas. Qu'elle ne remarque pas cette écriture.

Elle l'aurait immédiatement reconnue.

C'était celle de Libor Slavik.

Celle de mon père.

Et ce qu'il m'écrivait modifiait tout ce que, depuis ma naissance, je croyais.

54

Wagon-atelier de Milana, doigt de Givet

Les dernières cendres voltigeaient. Le panache de fumée se dispersait, rendant à la clairière un peu de clarté, dans une odeur atroce d'essence brûlée. La puanteur se mêlait à l'horreur. Les flammes avaient atteint les branches de chênes et de noisetiers les plus proches, mais sans que l'incendie ne se propage au reste de la forêt. L'incessante pluie d'automne tombée sur les Ardennes, depuis quatre jours, l'avait sauvée.

Nanesse s'éloigna des débris incandescents du wagon-atelier, quelques mètres, téléphone portable collé à l'oreille.

— Décrochez, Katel ! Décrochez, s'il vous plaît !

La capitaine de gendarmerie l'avait appelée, sans lui laisser de message, il y a un peu moins d'une heure, mais n'avait plus donné aucune nouvelle depuis. Nanesse pesta dès qu'elle tomba sur la messagerie.

— Rappelez-moi ! Je vous en supplie. C'est urgent !

Les autres, Hans et Vicky, Pierre et Éléa, s'étaient déjà dirigés vers l'entrée du tunnel. Avant de leur emboîter le pas, Nanesse observa une dernière fois les ruines devant elle, les braises couvertes de suie, les morceaux de laine et de soie noircis, les pantins de bois dont il ne restait plus que les yeux de verre, quelques boutons de plastique, une pipe ou une paire de lunettes, tels des bonhommes de neige après le dégel. Des destins fondus.

Au fond, n'est-ce pas ce que Milana aurait voulu ? Que tout redevienne cendres et poussière ?

Tout en marchant, Nanesse rappela encore la gendarme. Râla de tomber à nouveau sur la messagerie. S'étonna même du curieux écho qui résonnait à son oreille, comme si le téléphone de la capitaine sonnait, quelque part, tout près, et qu'elle l'entendait.

Elle chassa d'un revers de pensée cette idée ridicule. Katel Marelle était occupée place Ducale, n'avait aucune idée d'où Nanesse avait pu se rendre, et dans le cas improbable où elle aurait pu le deviner, trois fourgonnettes de gendarmerie auraient déjà envahi la clairière.

Elle s'apprêtait pourtant à raccrocher, puis rappeler, pour en avoir le cœur net, quand la voix de Vicky déchira le silence.

— Qu'est-ce que vous fichez ? Venez ! On n'a pas de temps à perdre !

Leurs regards se croisèrent. Vicky n'avait plus qu'une obsession.

Retrouver Lola !

Elle l'avait appelée à s'en déchirer les poumons, à en recracher toute la fumée inhalée, avait fouillé les alentours, pressée et paniquée, sans trouver aucune trace de sa fille. Au fur et à mesure que ses cris désespérés s'étaient enroués, l'effroyable évidence l'avait rattrapée : les deux gueules-brûlées, Kristof et Amos, l'avaient enlevée, avant de mettre le feu au wagon-atelier. Ces deux monstres, peut-être accompagnés de leur père Libor, les avaient suivies, avant de les piéger.

À regret, Nanesse accéléra pour rejoindre les deux couples qui s'engageaient dans le tunnel.

Personne ne parlait, personne ne posait la moindre question, chacun se concentrait dans la pénombre pour ne pas trébucher contre les rails abandonnés. Hans soutenait Vicky, qui ne lâchait pas Kasper. Lola l'avait laissé dans le wagon quand elle était sortie, *maman, je reviens tout de suite, je te le confie.*

Pierre, quelques mètres derrière le premier couple, tenait la main d'Éléa. Éléa se fichait du silence, une seule chose comptait : avoir retrouvé la poigne forte de son Petrouchka, ses mouvements félins, ses gestes de danseur-pantin qui guidaient les siens dans la nuit claire du tunnel. Elle aurait tant aimé que pour une fois, son cerveau la laisse en paix.

Peux-tu ramasser une branche ? la harcelait Brain. *Et te donner un coup sur la tête, histoire d'être certaine que je ne rêve pas ! Te rends-tu compte, Éléa ? On est en train de galoper derrière un deuxième Pierre. Ou son sosie parfait !*

Éléa confirmait. Hans possédait exactement les mêmes yeux gris que Pierre, la même corpulence fine aux muscles longs. Si elle avait croisé Hans dans les rues de Paris, elle l'aurait confondu sans hésiter avec son amoureux. Seul un examen plus précis permettait d'observer les différences entre son Petrouchka et cet homme : les mains d'Hans étaient moins manucurées que celles de Pierre, ses cheveux étaient un peu plus longs aussi, la peau de Pierre légèrement plus claire… Des différences infimes, mais qui suffisaient à la rassurer.

— Non, Brain, pas son sosie parfait ! Mon Petrouchka est unique.

Et elle serra plus fort encore la main de son amoureux.

Ton Petrouchka, fit Brain, *devrait être mort… et nous aussi !*

Ils atteignaient déjà le bout du tunnel. Nanesse, toujours la dernière des cinq, vit la lumière avaler les quatre silhouettes. Quatre ombres noires dans le contre-jour. Un sentiment étrange, de colère et de soulagement mélangés, la tiraillait. Quand Hans et Pierre avaient surgi des flammes pour leur sauver la vie, Nanesse avait enfin compris.

Elle avait compris pourquoi Vicky et Éléa n'avaient jamais douté que leurs amoureux soient vivants. Elle avait compris ce qui clochait, dans le récit de Mina, ce qui l'avait dérangée, en écoutant la voix de sa belle-mère, sans qu'elle ne parvienne pourtant à cerner l'incroyable vérité.

Dès que Nanesse sortit à son tour de la galerie, elle aperçut sa Clio qui l'attendait sagement sur l'herbe, un Berlingo rouge garé sur sa gauche.

La voiture de Vicky ?

Elle avança d'un pas supplémentaire et manqua de tomber à la renverse. Elle dut se retenir au mur de briques de l'entrée du tunnel.

Une voiture de gendarmerie stationnait à côté des deux véhicules. Celle de Katel Marelle !

Une nouvelle fois, tout se bousculait dans la tête de Nanesse. Si la voiture de la capitaine était garée devant eux, c'est donc que Katel était venue jusqu'ici, qu'elle était entrée dans le tunnel pour essayer de les sauver. Mais si les deux gueules-brûlées avaient tout de même pu incendier le wagon-atelier, c'est donc que Katel avait échoué. Où était-elle ? Avec Lola ?

— Montez ! cria Vicky.

Les phares du Berlingo clignotèrent. Elle avait confié Kasper à Hans, puis ouvert la portière.

— Montez, je vous dis ! répéta Vicky. Ma fille est en danger !

Éléa et Pierre attendaient, sans savoir quelle attitude adopter.

— Et où voulez-vous aller ? demanda Nanesse. La première chose à faire est d'appeler la gendarmerie. J'essaye depuis tout à l'heure. Cette voiture appartient à la capitaine Katel Marelle. Il y a quelque chose que nous ignorons et…

— Je veux retrouver ma fille, hurla Vicky. Et il n'y a aucune seconde à perdre !

Pierre s'était rapproché, il s'exprimait d'une voix calme, presque chantante.

— Elle a raison. Ces deux monstres ont pu emmener votre fille n'importe où. Ils devaient être garés ici eux aussi, mais ont pris soin de dissimuler leur véhicule, sinon on les aurait repérés. Nous n'avons pas le choix, si cette Katel Marelle ne décroche pas, il faut appeler la police.

Pierre sortit son téléphone portable. Éléa admirait sa froide détermination. Vicky tremblait, tétanisée. Hans paraissait étonnamment étranger à la scène. Il s'était assis sur le tronc le plus proche du Berlingo et, à l'aide d'un canif, opérait Kasper à cœur ouvert.

— Katel ne répond toujours pas, confirma Nanesse excédée.

— Je compose le 17 ! trancha Pierre.

— Non ! cria soudain Vicky. Non !

Son téléphone venait de sonner. Deux notes pour indiquer la réception d'un message, d'une photo ou d'une vidéo. Le visage de Lola était apparu sur son écran, figé dans une expression de terreur.

55

Bogny-sur-Meuse, Ardennes

La Skoda ralentit en approchant du panneau d'entrée d'agglomération. Le centre de Bogny-sur-Meuse s'ouvrait face à eux, de l'autre côté de l'imposant pont d'acier, enroulé autour du méandre de la Meuse. Kristof conduisait, vigilant, habitué à ne rien entendre du ronronnement du moteur ou de celui des autres véhicules. En cas d'urgence, klaxon, sirène de police ou d'ambulance, Amos, assis avec la gamine sur la banquette arrière, l'avertirait.

Avant de franchir le fleuve, ils s'arrêtèrent devant un groupe d'enfants qui longeait le chemin de halage, de leur école au terrain de sport.

Quand Kristof et Amos avaient acheté leur Skoda Karoq, ils avaient choisi un modèle à vitres fumées, pour éviter au maximum les regards insistants des passants. Seul le verre du pare-brise, hélas, n'était pas teinté. Les gamins qui traversaient devant eux traînaient exagérément, les observant avec une curiosité malsaine comme deux phénomènes de foire enfermés dans un bocal.

Kristof résista à l'envie de démarrer et de faire un strike.

Des pulsions de violence, presque incontrôlables, l'envahissaient de plus en plus souvent. Le transformaient, petit à petit, en cette bête sauvage que les gens voyaient en lui. C'était leur faute, à tous, depuis l'incendie. Tous l'avaient regardé comme un lépreux, l'avaient évité comme s'il était contagieux, considérant que sa laideur le rendait forcément monstrueux. C'était leur faute, uniquement leur faute, s'il avait fini par le devenir vraiment.

Ils mirent quelques minutes à sortir des rues tortueuses de Bogny-sur-Meuse, puis s'engagèrent dans les lacets serrés qui menaient au belvédère des Quatre Fils Aymon. Ils ne croisèrent aucune voiture dans la montée. Par ce temps gris, qui aurait pu avoir envie de grimper jusqu'au panorama ?

Le paysage semblait pris en étau entre les nuages qui rasaient les cimes boisées et une brume de hammam qui s'élevait au-dessus de la Meuse. Les touristes avaient sans doute tous migré vers Charleville-Mézières. Les flics avaient dû finir par trouver le diable à ressort dans la poubelle, la place Ducale avait dû être libérée… trop tard ! Leur plan de diversion avait parfaitement fonctionné. Ils s'étaient même débarrassés, de façon inespérée, de cette fouineuse de capitaine de gendarmerie.

Tout en tenant le volant d'une main, Kristof écrivit sur l'écran tactile accroché au-dessus du tableau de bord.

— Tu peux lui retirer son bâillon.

Kristof avait craint que la gamine appelle au secours dans le village. Désormais, elle pouvait bien crier autant qu'elle le voudrait, plus personne ne l'entendrait. Et lui encore moins !

Il vit, dans le rétroviseur, Amos toucher à tâtons les cheveux de la gamine, descendre le long de son nez, de ses joues, puis arracher d'un coup le sparadrap. Il vit la bouche de la fillette s'ouvrir en grand, sans doute avait-elle poussé le plus puissant des hurlements, et pourtant l'habitacle restait toujours aussi silencieux.

La surdité avait du bon, parfois. Si on avait pu l'opérer, lui rendre l'ouïe, Kristof aurait-il pu supporter les cris des gamins ? Les aboiements des chiens ? Les conversations sans fin ? Depuis longtemps, Kristof plaçait sur le même plan la gueule d'une vache, la bouche d'un homme et le bec d'un piaf. En sortait le même tissu de conneries, meuglées par peur du vide.

— Que va-t-on faire d'elle ? écrivit Amos.

Kristof ne répondit pas. Il traversa le parking désert et roula au pas jusqu'aux derniers arbres du sous-bois. La place de stationnement offrait une vue dégagée sur les quatre pics de schiste et la statue du belvédère, même si un fin voile de brouillard empêchait de voir au-delà.

Il coupa le moteur et se retourna. Lola, contorsionnée sur la banquette arrière, essayait désespérément d'ouvrir la portière. Amos tentait vainement de la maîtriser, mais la gamine avait compris comment prendre l'avantage sur un kidnappeur aveugle, moins vif qu'elle, et qui ne disposait que d'une main.

— Elle ne se calme pas, écrivit Amos. Elle dit qu'elle veut voir sa maman. Et que son papa va nous tuer !

Kristof sourit, malgré lui.

— Trouve quelque chose. Tu n'as qu'à lui raconter une histoire.

— Quoi ?

— Ça devrait la calmer. Les gamines adorent ça.

Il s'amusa, derrière son volant, à observer la fillette. Elle frappait son frère de toute la force de ses petits poings. Une véritable furie ! Pour continuer d'écrire, Amos devait tendre le bras et la repousser.

— Quelle histoire ?

Kristof consulta sa montre. Ils avaient quitté le wagon-atelier depuis trente minutes. Vingt-sept exactement depuis qu'ils avaient emprunté le tunnel et étaient remontés dans la Skoda, dissimulée dans un chemin de traverse au bout de la route goudronnée. Vingt-six depuis qu'ils avaient vu les deux sauveurs aux yeux gris sauter du taxi, puis courir le long des rails de la voie ferrée abandonnée.

Ces deux pompiers étaient-ils arrivés à temps pour sauver les femmes du brasier ?

Oui, sans doute.

Kristof et Amos auraient-ils pu les en empêcher ?

Non, pas lors d'une lutte à armes égales. Kristof était conscient de leur handicap, ils n'étaient pas de poids pour stopper ces deux hommes. Et après tout, ce n'était pas l'essentiel.

Le plus important, c'est que ces deux fantômes étaient enfin sortis de leur cachette ! Après tant d'années à les traquer, ils avaient enfin mordu à l'hameçon. Désormais, il ne restait plus qu'à les attirer sur un terrain plus favorable, pour en terminer.

Kristof venait d'ailleurs d'avoir une excellente idée…

— Raconte-lui l'histoire du trou-à-laine, répondit-il enfin à son frère.

— Le trou-à-laine ? Pourquoi ?

— Tu verras.

Kristof observa son frère et la fillette dans le rétroviseur. Plus les lèvres de son frère bougeaient et moins les coups de poing et de pied de Lola pleuvaient sur lui, les gestes hystériques de la gamine ralentissaient, s'espaçaient, perdaient en intensité, pour finalement s'apaiser. Du plus loin que Kristof s'en souvenait, Amos avait toujours su merveilleusement raconter les histoires. Son frère possédait une voix hypnotisante, douce et apaisante. La dernière fois que Kristof l'avait entendue, c'était il y a plus de quarante ans, sur les berges de la Radbuza, dans un champ près de Pilsen.

— Tu vois, Lola, expliquait Amos sans lâcher la fillette, après le parking, il y a une grande pelouse, et tout au bout un escalier qui monte jusqu'à une énorme sculpture, la statue de quatre chevaliers et de leur cheval Bayard. Ensuite il y a des barrières, pour ne pas tomber de la falaise au-dessus de la rivière. Mais au milieu de la plaine, devant nous, même si on ne peut pas le voir, il y a un grand trou, encore plus dangereux, une grotte si tu préfères. Tu sais ce que c'est qu'une grotte ?

Lola hocha la tête pour dire oui, méfiante.

— Cette grotte, on l'appelle le trou-à-laine. Sais-tu pourquoi ?

Lola secoua la tête pour dire non, tout aussi méfiante.

— On raconte qu'il y a longtemps, au Moyen Âge, enfin au temps des princesses et des chevaliers si tu préfères, des voleurs avaient l'habitude de capturer un agneau parmi les troupeaux qui broutaient dans les montagnes alentour. Un seul agneau, un très jeune mouton, une fille de préférence, une agnelle. Ensuite, ils attachaient l'agnelle à un piquet, au bord de la grotte. Sais-tu ce que faisait l'agnelle, quand elle se retrouvait ainsi, toute seule et prisonnière ?

Lola avait totalement cessé de battre des pieds et des mains. Elle fixait cet homme bizarre aux yeux vides, qui parlait sans la regarder. Il lui faisait moins peur que l'autre, celui qui n'entendait rien.

— Elle… elle appelait sa maman ?

— Exactement ! Tu es une petite fille très intelligente ! L'agnelle appelait sa maman. Les agneaux et les agnelles peuvent bêler très fort, très très fort, et leur maman est capable de reconnaître leur bêlement entre cent autres, à des kilomètres. Alors la maman, la brebis, se précipitait pour aller retrouver sa fille. Elle se mettait à galoper dans la montagne, et tout le troupeau suivait, car il n'y a rien de plus bête qu'un mouton. Quand l'un fonce tout droit quelque part, tous les autres suivent…

— Comme les garçons à la récréation ?

— Oui, si tu veux. Donc, je te disais, le troupeau galopait, la maman brebis en tête. Un troupeau était parfois composé de plusieurs centaines de moutons, et quand une agnelle appelait sa maman, pas un seul chien de berger n'aurait pu l'empêcher d'aller retrouver son bébé pour le sauver. Alors la maman arrivait toujours la première au bord de la grotte, mais le reste du troupeau continuait de courir derrière elle et ne pouvait pas s'arrêter aussi facilement. Les derniers poussaient les premiers, les premiers étaient alors obligés d'avancer, c'était la cohue, ça bêlait de tous les côtés. Au final, la plupart se trouvaient entraînés, et, un à un, basculaient dans la grotte.

Lola tressauta. Elle imaginait les moutons tomber, comme des flocons.

— C'est toujours idiot, un troupeau, poursuivit Amos. Alors les voleurs, qui guettaient au loin, arrivaient très vite, descendaient dans la grotte avec des cordes et des couteaux, et récupéraient la chair des moutons, qui est très bonne à manger. Ils pouvaient ainsi voler de la viande de dizaines de bêtes sans avoir à courir après dans les montagnes, il leur suffisait de capturer une seule agnelle. Les voleurs laissaient le reste au fond de la grotte, les os, la graisse, et surtout la laine, qui ne valait pas assez cher et était trop lourde à emporter. C'est pour cela qu'on l'appelle depuis toujours le trou-à-laine.

— Il… Il y en a encore ?

— De la laine ? Je ne sais pas. C'était il y a très longtemps.

— C'est triste pour les moutons. Et pour la petite agnelle surtout. Je n'aime pas qu'on les mange. Ni qu'on les pousse dans un trou.

Amos réfléchissait à trouver une suite pour son histoire. Une suite moins triste. La laine au fond du trou aurait pu former un cocon, les nouveaux moutons qui y tombaient rebondir dessus comme sur un matelas de coton. Il sentit sa tablette vibrer sous sa main droite.

— Dis-lui que puisqu'elle est gentille, elle va pouvoir appeler sa maman.

Immédiatement, Amos se méfia du message de son frère.

— Pourquoi ?

— Si Vicky Malzieu est sortie vivante du brasier, la première chose qu'elle fera sera de chercher sa fille, puis de téléphoner aux flics. Elle appellera d'abord la capitaine Marelle, mais ça m'étonnerait qu'elle décroche...

Kristof attrapa son téléphone sur le tableau de bord.

— Avant qu'elle ne contacte d'autres policiers, on va la rassurer, on va lui envoyer une petite vidéo. Tu ne trouves pas que sa petite Lola est aussi charmante qu'une agnelle ?

56

Parking de l'ancienne voie ferrée,
doigt de Givet, Ardennes

Les regards de Nanesse, Éléa, Hans et Pierre s'étaient immédiatement tournés vers Vicky. Téléphone levé à hauteur de ses yeux, elle s'était statufiée. Glacée d'effroi. Fixant le visage déformé de Lola.

— C'est... c'est une vidéo.

Le doigt tremblant, elle cliqua sur le triangle en surbrillance qui barrait la photo. Lola s'anima aussitôt.

— Tout va bien, maman, ne t'inquiète pas.

Ses yeux exorbités de peur contredisaient ses premiers mots. La fillette avait commencé à parler sérieusement dans l'écran, comme une grande, avant de s'effondrer d'un coup. Lola pleurait entre les doigts humides de sa maman.

— Viens me chercher, j'ai peur ! Ils me font peur. Je veux que papa vienne me délivrer.

Lola sortit brusquement de l'écran, avant que le visage de la gueule-brûlée sans oreilles ne la remplace, et qu'une voix off, sans doute celle de l'aveugle, ne les menace.

— Surtout n'appelez pas la police. C'est vous que nous voulons, pas votre fille.

C'était tout. À peine trente secondes de film.

Ils se regroupèrent tous devant l'écran, corps collés et têtes serrées, telle une bande d'amis pour un selfie.

— Comment ont-ils eu ton numéro ? s'étonna Éléa.

Vicky venait d'y penser.

— Au camping du Pont du Tarn. Quand j'ai commandé des pizzas avec Lola, j'ai donné mon 06, ils étaient derrière moi.

— Rembobine, ordonna Nanesse.

Sur l'écran du téléphone de Vicky, Lola redevint grande et sérieuse.

Tout va bien, maman, ne t'inquiète pas.

Puis commença à fondre en larmes…

— Stop ! cria Nanesse.

Vicky arrêta aussitôt la vidéo.

— Là ! fit Nanesse. Le panorama, derrière Lola.

Ni Hans et Vicky, ni Pierre et Éléa n'avaient l'air de reconnaître quoi que ce soit.

— Les quatre rochers, assura Nanesse en zoomant à deux doigts, ce sont les Quatre Fils Aymon. Lola est là-bas !

Encore plus rapide que ta Précieuse et son GéoTrack ! glissa Brain.

— Emmène-moi, supplia Vicky. C'est loin ?

— Quinze kilomètres.

Hans souleva Kasper, déterminé.

— Il faut prévenir la police !

Vicky le fusilla du regard.

— Hors de question ! Tu as entendu, c'est nous qu'ils veulent, pas elle !

Sans davantage discuter, Vicky ouvrit la portière du Berlingo et s'installa derrière le volant.

— Nanesse, vite, montez et guidez-moi.

Nanesse s'assit sans discuter sur le siège passager. Dans le même mouvement, Hans, Éléa et Pierre s'engouffrèrent à l'arrière du véhicule. Hans, toujours armé de son canif, posa Kasper sur ses genoux pour continuer de réparer le pantin.

— Je l'ai promis à Lola, se défendit-il devant le regard furieux de Vicky dans le rétroviseur.

Elle haussa les épaules et démarra en trombe.

— Tout droit jusqu'à ce qu'on rejoigne la Meuse, fit Nanesse.

Éléa restait muette.

On fonce droit dans la gueule du loup, murmura Brain. *C'est un piège. Et la petite Lola sert d'appât.*

— Eh bien, lança Pierre à haute voix, on va monter au belvédère des Quatre Fils Aymon pour la décrocher de l'hameçon.

Hans confirma. Éléa sursauta.

Hans et Pierre semblaient lire dans son cerveau ! Ils paraissaient entendre tout ce que lui racontait Brain. Est-ce qu'eux aussi n'habitaient que dans son crâne ?

— Nous n'avons pas le choix, ajouta Nanesse comme si elle n'avait pas entendu les derniers mots de Pierre. Renaud est mort là-bas. Je veux comprendre pourquoi.

L'HISTOIRE DE RENAUD

Tableau noir, drapeau blanc

– Novembre 2017 –

Je viens de quitter la chambre de maman, de recueillir ses dernières volontés : disperser ses cendres devant son wagon-atelier, remettre en état son vieux raïok. Mon Dieu ! Je me suis assis sur une chaise, quelque part dans l'hôpital, dans la salle d'attente d'un spécialiste quelconque choisie au hasard, après avoir erré tel un automate dans les couloirs.

J'ai compris que la lettre dans ma main est celle de mon père. *Libor Slavik*. Il y a quelques heures encore, j'ignorais tout de son nom, de ses crimes, de sa traque, d'Amos et Kristof, mes deux monstrueux demi-frères...

Maman a passé sa vie à me protéger. Et maintenant ?

J'ai déchiré l'enveloppe, lentement, et j'ai lu, plusieurs fois.

Mon fils,

Rassure-toi, je ne connais pas ton prénom, je ne connais pas ton visage, j'ai traîné dans le hall de l'hôpital, j'ai essayé de te reconnaître, de traquer une ressemblance, un indice dans ta démarche ou ton regard, mais je n'ai croisé que des centaines d'inconnus pressés. Alors je me suis résolu à te laisser ce courrier.

J'ai cherché Mina pendant plus de quarante ans. J'ai vite compris qu'elle était passée à l'Ouest, alors dès l'automne 1989, je l'ai recherchée avec davantage encore d'intensité.

Je l'ai cherchée à tâtons, sans aucun indice. Mina pouvait avoir pris n'importe quel nom, t'avoir baptisé avec n'importe quel prénom. Je connaissais bien ta mère, elle était volontaire, rusée, capable des plus incroyables stratagèmes, elle serait difficile à retrouver.

Je n'ai pourtant jamais renoncé.

Je ne sais pas si ta mère t'a parlé de moi. Si elle l'a fait, je me doute qu'à tes yeux, je dois apparaître comme le pire des hommes. Libor Slavik, plus rien à voir avec Louka le talentueux marionnettiste. Libor Slavik, pitoyable petit trafiquant, complice des pires membres corrompus de la StB, profiteur minable de la normalisation socialiste, artiste raté, alcoolique et violeur.

Rien n'est faux, Mina n'a pas noirci le tableau. Mais je me doute qu'elle ne m'a pas accordé beaucoup de circonstances atténuantes.

T'a-t-elle dit que sans moi, elle aurait sans doute terminé sa vie dans un orphelinat de Prague, ou jetée dans la Vltava par des soldats russes ivres ?

T'a-t-elle dit que je lui ai tout appris ? Même si elle était douée, c'est vrai, mais elle n'avait que douze ans quand je l'ai recueillie. Mon art, je lui ai transmis, je lui ai offert, et plus elle le maîtrisait, plus il m'échappait.

T'a-t-elle dit, pendant toutes ces nuits sous les étoiles, combien je l'ai aimée ?

T'a-t-elle dit que c'est auprès d'elle, pas auprès de Zuzana, que j'aurais voulu terminer mes nuits ? T'a-t-elle dit qu'elle était la seule lumière, la seule beauté qui me restait dans ma vie ?

T'a-t-elle dit que c'est d'elle que je voulais un fils, pas de Zuzana ? T'a-t-elle dit que je t'aurais aimé davantage qu'Amos ou Kristof, ces gosses élevés comme des voyous ? T'a-t-elle dit que jamais, jamais je n'aurais pu te tuer, tuer mon propre fils, que jamais je n'aurais laissé Zuzana te faire passer, comme on dit, et j'aurais encore moins pris le risque que ta mère puisse perdre la vie.

T'a-t-elle dit que je n'ai jamais cru à cette prophétie inventée par cette sorcière de Zuzana, ton fils te tuera, *une de ces méchancetés ridicules qu'elle a abattues faute d'autre carte à jouer. Zuzana n'a jamais prédit l'avenir, elle se contentait d'abuser des villageois crédules, je ne suis pas l'un de ceux-là.*

Je ne sais pas si tu pourras me croire, mon fils, mais je ne t'en ai jamais voulu, toutes ces années, et si j'ai cherché à te retrouver, ce n'était pas pour me venger.

C'était pour te protéger.

Le danger ne vient pas de moi, crois-moi. Je ne suis aujourd'hui qu'un vieil homme, sans haine ni joie. Je peux te l'avouer, même le décès de Zuzana ne m'a pas affecté. Si tu savais le nombre de fois où j'ai voulu l'abandonner sur le bord de la route, la laisser, elle, sous les étoiles, et inviter ta mère dans mon carrosse.

Le danger vient d'Amos et de Kristof. Mes fils, tes demi-frères. Reconnaissons-le, eux ont de sévères raisons de t'en vouloir, à toi et ta mère. Elle a tué la leur, et les a transformés en pestiférés pour le reste de leur vie. En monstres que leur handicap lie l'un à l'autre autant que des siamois. Ils avaient du talent pourtant, eux aussi. Amos aurait pu être un grand décorateur, peut-être un peintre célèbre, et Kristof, dans le chaos de la chute du rideau de fer, sûrement un de ceux qui auraient grimpé le plus haut au rideau de velours de la révolution.

Tu comprends pourquoi ils n'ont jamais lâché la traque. Ce sont eux qui ont retrouvé Mina. Tes frères ont assisté à tous les Festivals mondiaux des Théâtres de Marionnettes à Charleville, depuis 1989, espérant que Mina craquerait, qu'elle finirait par se montrer. Ils n'ont jamais douté, jamais renoncé. Ils n'avaient qu'un indice, Petrouchka. Il a suffi.

Rassure-toi, Amos et Kristof ne connaissent ni ton visage, ni ton nom.

Ils ne connaissent que celui de Mina, et savent qu'elle se prénomme désormais Milana. Ils ont appris qu'elle souffrait d'une maladie incurable, puisque c'est ainsi qu'elle a remercié son public, lors de son dernier tour de piste. Et bien entendu, ils connaissent le visage de tes enfants, les seuls à être montés sur scène avec Mina. Du moins Kristof les connaît.

Je sais ce que tu penses, ta mère te l'a certainement dit et redit, je l'ai maudite, je t'ai maudit, devant l'incendie, j'ai juré que je la tuerais et que je te tuerais. Qui n'aurait pas réagi ainsi ? Mais les années se sont succédé, plus de quarante, et mon désir de vengeance s'est éteint petit à petit, alors que celui d'Amos, et plus encore de Kristof, ne cessait de se renforcer. Peut-être leur ai-je offert ma colère, comme j'ai offert mon art à ta mère ?

Kristof, tel un fauve encagé, s'est enfermé entre les cloisons d'un monde muet. Amos lui est dévoué. Sa cécité lui a enlevé toute autre volonté. Osera-t-il un jour désobéir à son frère ?

J'ai longtemps été persuadé que mes fils ne renonceraient pas à leur vengeance, même si je leur demandais. Mais tout a changé, désormais, depuis ce spectacle de Petrouchka place Ducale. Tu dois lire cette lettre quelque part dans les couloirs de l'hôpital, là où dans quelques jours Milana s'éteindra. Mon plus grand regret sera de ne lui avoir jamais reparlé, mais je lui épargnerai cette épreuve. Je l'ai revue place Ducale, jouer Petrouchka, avec autant de grâce, de talent qu'elle en avait à vingt ans, plus belle qu'à vingt ans. Ce bonheur inespéré me suffira.

Amos et Kristof ne pourront pas se venger sur Milana. Quand elle ne sera plus là, quand tu auras dispersé ses cendres, peut-être que leur haine elle aussi se dispersera. Ni toi, ni tes enfants, ni ta femme n'avez commis aucun crime.

C'est le pari que je te propose. C'est le défi que je te lance.

Je te laisse une adresse, un numéro de téléphone.

LoukaSK@yahoo.fr, 07 11 26 36 31.

Ce n'est pas un piège, c'est une main que je te tends, celle un peu tremblante de ton vieux père.

Pour que finisse enfin cette guerre.

Libor, qu'on appela Louka.

57

Parking du belvédère des Quatre Fils Aymon, Bogny-sur-Meuse

Kristof observa le visage terrifié de Lola sur l'écran de son téléphone, puis celui, identique, de la fillette sur la banquette. Depuis qu'il avait envoyé la vidéo à Vicky Malzieu, la gamine semblait n'avoir pas cessé de pousser son cri muet.

Il délaissa un instant son rétroviseur pour détailler le site autour de lui. Il disposait d'un peu de temps pour préparer l'arrivée du reste du troupeau. Il s'était garé à l'endroit idéal pour cela. De son point d'observation, en surplomb de la Meuse, il ne pourrait pas rater la Clio d'Agnès Duval, ou le Berlingo de Vicky Malzieu, quand la voiture grimperait les lacets.

Le message d'Amos vibra sous ses doigts.

— Et si elles préviennent les gendarmes ?

Kristof répondit avec agacement.

— Quand son agnelle bêle, la brebis ne prévient pas le berger, elle court la sauver.

Amos ne paraissait pas convaincu. Lola, désormais, se recroquevillait contre lui chaque fois que Kristof se retournait.

— Pourquoi se comporteraient-elles comme des moutons ? objecta l'aveugle. Grâce à la vidéo, elles savent où on les attend et…

La réponse de Kristof apparut avant même qu'Amos ait terminé d'écrire la sienne.

— On leur a dit de ne pas appeler les flics ! Elles ne prendront pas ce risque. Le message était clair, *c'est vous que nous voulons, pas votre fille*. Elles croient qu'on ne fera aucun mal à la gamine.

Amos sursauta, comme si la tablette tactile venait de lui brûler les doigts.

— Comment ça *elles croient* ?

— Tu connais aussi bien que moi les ordres de notre père. Nous devons éliminer les enfants de Mina. Et les enfants de ses enfants.

Lola s'était accrochée au bras droit de l'aveugle. La main gauche d'Amos tremblait, incapable d'écrire le moindre mot.

— Souviens-toi, poursuivit Kristof, il y a quatre jours, ici, sur ce parking, combien de coups de feu as-tu entendus ?

Pour taper un chiffre, un doigt suffisait.

— 1.

— Donc la justice doit être rendue ! Tu l'as juré ! Surveille cette gosse pendant que je vais chercher de quoi l'attacher.

Kristof vit Amos se pencher sur la fillette, presque l'écraser. Il lâcha un sourire satisfait, son frère était lui aussi aussi docile qu'un mouton…

… avant que son sourire ne se transforme en un rictus de colère.

La main aveugle d'Amos cherchait à tâtons la poignée de la portière !

— Qu'est-ce que tu fabriques ? tapa nerveusement Kristof.

Amos pesait sur Lola de tout son poids. La main droite d'Amos fouillait le vide.

Kristof lança un hurlement d'animal quand les cinq doigts de son frère se refermèrent sur la poignée. L'aveugle s'allongea, poussa de toutes ses forces la portière, puis se releva et poussa plus fort encore la fillette.

— Sauve-toi, Lola !

Kristof se contorsionna entre les deux sièges avant, tendit sa main, mais n'attrapa qu'un courant d'air.

La petite avait déjà filé. Droit devant elle.

Elle s'enfonçait jusqu'à la taille dans les hautes herbes, bondissant avec la légèreté désespérée d'un lièvre affolé.

Droit vers la statue, droit vers le belvédère, et au milieu de son chemin improvisé, juste face à elle, s'ouvrait le gouffre béant du trou-à-laine.

58

Rives de la Meuse, doigt de Givet

Plus vite !

Vicky, derrière le volant du Berlingo, pestait à chaque ralentissement. Un rond-point, un dos-d'âne, un cycliste hésitant, un tournant… La route suivait la Meuse, mais la perdait souvent pour s'offrir des raccourcis quand les boucles des méandres serpentaient exagérément, puis la rejoignait à chaque nouveau pont, chaque nouvelle usine ou maisons agglutinées dans la vallée.

Nanesse, assise sur le fauteuil passager, guidait la conductrice. Elle avait coincé son téléphone entre ses cuisses. Une fois ou deux, discrètement, elle avait appuyé sur le bouton vert de la touche rappel. Chercher à contacter Katel, ce n'était pas vraiment appeler les policiers…

Les trois autres se serraient à l'arrière. Hans était toujours penché sur Kasper, armé de son couteau, l'opérant à cœur ouvert, comme si redonner vie à cet automate était plus important que de sauver celle de Lola.

Éléa s'accrochait à Pierre, observant avec étonnement les composants électroniques enchevêtrés sous la poitrine du pantin.

Jure-moi que tu ne laisseras jamais personne me charcuter ainsi ! s'inquiéta Brain.

— Même quand tu seras vieux, rouillé et détraqué ?

Je suis déjà détraqué !

Éléa sourit. Brain avait raison, converser avec son propre cerveau était bien la preuve qu'il était déglingué ! Elle observa longuement Hans, avant de se blottir entre les longs bras musclés de Pierre, pour se convaincre que les deux hommes étaient bien réels, que Brain n'avait pas inventé ces deux sauveurs, qu'elle n'était pas en train de rêver.

Vicky accélérait encore, autant que l'étroite voie qui bordait la Meuse le permettait. Elle contourna un camping vide, dépassa un mini port fluvial déserté, puis retrouva le fleuve, sur une longue ligne droite canalisée. Le Berlingo reprenait de la vitesse… avant de freiner brusquement devant un piéton engagé sur la première bande d'un passage clouté.

Merde !

La ceinture de sécurité étrangla le cou de Nanesse. Éléa se retint au bras de son danseur. Vicky pesta, résistant à l'envie de klaxonner le vieillard voûté, sa baguette de pain sous le bras. Dès qu'il eut franchi la moitié de la chaussée, la conductrice appuya à nouveau sur l'accélérateur.

— Attends !

Hans avait presque crié.

— Attends, Vicky. Je crois que je l'ai réparé.

Il installa Kasper debout sur ses genoux.

— Il suffit d'appuyer contre son cœur, pour l'endormir ou lui donner vie.

Il posa sa paume à plat sur la poitrine du pantin. L'automate dodelina d'abord doucement de la tête, tel un jeune enfant mal réveillé. Ses bras et ses jambes, comme engourdis par un trop long sommeil, bougèrent lentement. Ses yeux gris s'allumèrent et ses lèvres commencèrent à bouger.

Je suis né le 29 janvier 1977. Vous qui m'écoutez, vous qui découvrez mon histoire, vous aurez peut-être du mal à la croire...

Je rêve, fit Brain, *ou cette poupée vient de parler ?*

— Tu ne rêves pas ! s'agaça Éléa. Maintenant ferme-la !

Elle commence comme un conte de fées, poursuivit le pantin. Pour ma naissance, ma maman m'a offert le plus merveilleux des cadeaux : elle m'a offert trois vies !

La bouche de l'automate s'ouvrait et se fermait, sans coordination réelle avec les mots qu'il prononçait.

Du plus loin que je puise dans mes souvenirs, je me revois capable de passer d'une vie à l'autre...

59

Parking du belvédère des Quatre Fils Aymon,
Bogny-sur-Meuse

— Idiot ! se contenta d'écrire Kristof.

Il essayait de rester le plus calme possible. Il regardait Lola s'enfuir vers un cul-de-sac, une longue esplanade qui se terminait par un belvédère abrupt, ou, si elle bifurquait, par les quatre pics, impossibles à escalader pour une fille de cinq ans. Elle n'irait pas loin, elle était coincée.

— Cette gamine n'a rien à voir avec notre histoire, se justifia Amos. Elle n'est pas la petite-fille de Mina.

Kristof ne répondit rien. Il sortit de la voiture en s'efforçant de ne pas brusquer ses gestes, de ne pas claquer trop fort la portière en la refermant, de ne laisser à Amos aucun indice sonore pouvant trahir sa nervosité.

— Elle est plus rapide que nous, assura Amos, toujours assis à l'arrière de la Skoda. Tu ne la rattraperas pas.

Kristof ouvrit le coffre. Il prit le temps de poser à plat la housse plastique sur la lunette arrière, et tira sur la longue fermeture Éclair, avec une lenteur calculée, pour que son frère entende chaque cran qui s'écartait, tel un infini grincement de dents, du moins c'est ainsi qu'il l'imaginait. Dès que la housse fut suffisamment ouverte, il posa sa main droite sur la crosse du fusil d'assaut.

— La petite est peut-être rapide. Mais pas plus qu'un VZ 58.

Kristof apprécia la grimace qui déforma le visage de son frère. Le VZ 58 était un cadeau de leur père. Leur héritage ! La République socialiste tchécoslovaque avait été la seule du bloc de l'Est à ne pas adopter la kalachnikov et à produire son propre fusil-mitrailleur.

Le VZ 58 tchèque et ses variantes étaient devenus une référence dans toutes les guérillas du monde, mais celui de Libor était un authentique modèle original, échangé avec un haut gradé de la StB contre la collection complète des cassettes vidéo de James Bond que Libor était parvenu à faire passer depuis l'Autriche.

Kristof soupesa le fusil-mitrailleur dans sa main, en apprécia l'équilibre, la maniabilité, avant de l'accrocher en bandoulière à son épaule et de taper une dernière fois.

— Tu viens chasser avec moi ?

60

Tous, pendant que le Berlingo filait le long de la Meuse, écoutaient religieusement le récit de Renaud. Sa triple enfance, sa rencontre avec Nanesse, sa dernière conversation avec Milana dans la chambre d'hôpital, la lettre de Libor Slavik…

Vicky conduisait, imperturbable. Hans, derrière elle, maintenait l'automate sur ses genoux. Élća, blottie contre Pierre, paraissait hypnotisée par le mouvement des lèvres de celluloïd.

Nanesse pleurait.

Elle comprenait que Renaud avait confié ses ultimes secrets à cette poupée parlante, comme sa maman les avait confiés à son raïok : un automate qui parlait avec la voix de son mari, qui s'adressait à elle, qui lui…

— Donne-le-moi, demanda-t-elle soudain à Hans.

Renaud achevait de lire la lettre de Libor, mais elle voulait revenir en arrière, elle voulait réentendre le début de son récit…

Nanesse, mon amour… jamais je n'ai été tenté d'utiliser ces deux autres identités pour te tromper !

Hans prit l'automate dans ses bras, à la façon d'un nourrisson, et l'avança jusqu'au fauteuil passager. Nanesse le saisit avec précaution.

Jamais je n'ai eu le moindre regret d'avoir abandonné ma vie multipliée par trois, pour la diviser en deux, avec toi...

Il devait être possible de revenir en arrière, pensait Nanesse, de dialoguer avec cet automate. Renaud était un spécialiste de microrobotique, des systèmes d'intelligence artificielle, des programmes d'assistance virtuelle : concevoir un tel automate ne devait pas être plus difficile que de mettre au point un aspirateur, un autocuiseur ou un réfrigérateur avec lequel on peut dialoguer.

Tu m'as fait comprendre qu'une vie suffit, qu'une famille suffit.

Nanesse posa Kasper sur ses cuisses et évalua l'étrange pantin déguisé en chevalier. Il paraissait réellement les observer, avec timidité, tel un animal méfiant espérant les premiers mots qui l'apprivoiseraient. Elle attendit une accalmie entre deux larmes et se pencha vers lui. Elle se baissa jusqu'à se retrouver à la hauteur de ses yeux de verre. Ses troublants yeux gris clair…

— Bonjour, Renaud.

— Bonjour, Nanesse, répondit l'automate.

Les yeux de Nanesse s'inondèrent aussitôt.

— Je t'aime, Renaud, murmura-t-elle entre deux sanglots.

— Je t'aime, Nanesse, répondit l'automate.

Sacrément bien foutu, commenta Brain.

T'as pas de cœur, le moucha Éléa, tout en se pelotonnant contre Pierre.

Ils traversèrent, presque sans ralentir, la ville de Revin et son double pont sur la Meuse. Droit devant eux, des pics rocheux hérissaient la longue ligne de collines. Le belvédère des Quatre Fils Aymon, là où Renaud avait perdu la vie, était bâti sur l'un d'eux. Nanesse baissa à nouveau ses yeux mouillés vers le pantin-chevalier.

— J'ai besoin de savoir, Renaud. Pourquoi es-tu allé là-haut ?

L'automate s'était figé, muet.

— Jure-moi, Renaud, insista Nanesse, que tu n'as pas cru cette lettre de ton père. Que tu n'es pas tombé dans un piège aussi grossier. Que tu ne lui as pas fait confiance, que tu ne l'as pas recontacté.

Aucune réponse.

— Pose-lui des questions moins compliquées, suggéra Éléa.

Kasper attendait, immobile, silencieux, ses yeux gris clair grands ouverts.

Bien foutu. Mais pas encore au point.

Éléa essaya de fermer les lèvres. Elle avait l'impression que tout le monde entendait les commentaires déplacés que son cerveau lui soufflait. Nanesse s'apprêtait à reformuler sa question, à changer de méthode pour réinitier cette étrange conversation, mais Vicky, sans lâcher la route du regard, explosa :

— Enfin merde, vous vous rendez compte que vous parlez à une poupée ? Ce n'était pas plus simple de nous laisser une lettre ? C'est quoi cette famille de dingues où l'on communique par marionnettes interposées ?

Nanesse entoura Kasper de ses bras, comme pour le protéger.

— Renaud est mort, répondit-elle calmement. Et cet automate est son testament. Il vaut bien tous les documents sous scellés lus par un notaire bedonnant.

Hans et Pierre se contentaient d'écouter, tels deux spectres muets. Ils n'avaient pas prononcé un seul mot depuis que Kasper avait commencé à parler.

Ils entraient dans Bogny-sur-Meuse. Vicky pila brutalement. Une classe d'enfants de dix ans traversait la route devant le pont, éparpillés sur le chemin de halage, revenant du terrain de sport pour retourner à l'école. Nanesse bloqua les jambes de l'automate avant qu'il ne bascule sur elle. Elle le maintint en équilibre, hésitant à continuer de l'interroger. Même si Kasper n'avait répondu à aucune de ses questions, son récit permettait tout de même de reconstituer une partie de la vérité. Il s'était écoulé six ans depuis que Renaud avait lu la lettre de Libor. Il n'avait donc pas été si naïf. Il n'avait pas contacté son père, du moins pas après avoir lu ce courrier.

Elle observa le méandre qui s'ouvrait, le bourg étiré le long des berges, la colline boisée qui le dominait, crevée des quatre pics de schiste… puis elle fixa Hans et Pierre dans le rétroviseur. Ils étaient redevenus silencieux, comme si après leurs voix, leurs visages, leurs mains, leurs corps allaient à leur tour redisparaître.

Renaud s'était pourtant rendu au belvédère des Quatre Fils Aymon, continua de penser Nanesse, *il y a quatre jours, pour y rencontrer son père.*

Son père qui l'attendait, armé d'un CZ 75, pour le forcer à sauter. Le poison injecté par Libor avait-il fini par se répandre, des mois, des années, six années après ?

Le Berlingo dépassa Bogny-sur-Meuse en un éclair et entama les premiers lacets du belvédère, mordant les bordures, freinant au dernier moment, accélérant dès qu'il le pouvait. Nanesse posa une main amicale sur la cuisse de Vicky.

— Ne t'inquiète pas. Nous serons en haut dans quelques minutes. Lola nous attend forcément là-bas. Ils l'ont dit, ils ne la toucheront pas.

Elle baissa les yeux vers l'automate, Éléa la tira doucement par la manche.

— Je crois que Kasper ne comprend que quelques mots programmés. Il a été surtout conçu pour réciter un fichier enregistré.

Un magnéto, quoi. Avec une tête et des bras.

Nanesse hésita encore, fixa la marionnette comme un enfant têtu qui refuse de dialoguer, puis posa sa main contre le cœur froid.

— D'accord, Renaud. Raconte-nous la suite de ton histoire.

61

Le trou-à-laine, belvédère des Quatre Fils Aymon, Bogny-sur-Meuse

Lola courait, aussi vite qu'elle le pouvait, mais les herbes étaient trop hautes. Elle ne voyait plus ses pieds, ni ses genoux, comme quand on marche dans l'eau d'une piscine, que les jambes sont lourdes à chaque pas.

On ne peut pas courir dans une piscine !

Mais dans l'herbe oui. Elle n'avait pas le choix, elle devait s'enfuir le plus loin possible, en espérant que les herbes ne grandissent pas encore, qu'à un moment elle n'ait plus pied. Certaines tiges étaient déjà plus hautes que son visage, elle devait les écarter, sans rien dire, sans pleurer, sans crier surtout, elle avait compris l'histoire que l'homme aux yeux blancs lui avait racontée : ils forçaient l'agnelle prisonnière à appeler sa maman pour pouvoir la tuer.

Elle ne devait pas appeler sa maman. Elle devait juste se sauver.

Ou trouver un endroit pour se cacher.

Ou…

Elle s'arrêta soudain.

À quelques centimètres du trou.

Elle l'avait vu au dernier moment, en écartant les feuilles devant ses yeux comme on écarte une mèche de cheveux. Un pas de plus et elle basculait.

Le trou était entouré d'herbes, d'arbres et de rochers. Il avait l'air profond, mais Lola n'avait pas du tout envie de vérifier. Elle se hissa sur la pointe des pieds, se retourna, mais ne vit rien. Les deux monstres étaient trop loin. Mais Sans-oreilles allait la poursuivre, elle en était certaine. Elle devait continuer, passer de l'autre côté du trou, s'échapper.

Elle regretta que Kasper ne soit pas là. Elle aurait pu lui confier sa peur, ou tout simplement lui parler.

Lola crut entendre un bruit, derrière elle. Elle ne pouvait pas rester là, elle devait avancer, au bord du vide.

Elle s'accrocha à une première branche, qui bougeait trop, et commença, pas après pas, à longer le précipice. Son cœur battait à tout rompre.

Ça lui rappelait quand elle grimpait sur la passerelle du parcours jaune au parc de Margeride Aventure, celui pour les plus de cinq ans, il fallait se tenir à un filet pour atteindre le toboggan. S'accrocher à ces branches n'était pas plus difficile. Le vide à côté d'elle était juste plus profond…

… mais il suffisait de marcher sur ces pierres. De bien faire attention où elle posait ses pieds. De ne pas…

La pierre sous ses pas chavira. Sa semelle dérapa.

Ses mains s'agrippèrent autant qu'elle put à la branche, mais Lola n'avait pas assez de force, elle sentait que le trou l'aspirait comme des bulles de Coca dans une paille géante. Elle n'était plus qu'une petite bulle toute légère qui n'allait plus toucher terre, et tomber dans la bouche noire d'un ogre sans dents.

L'HISTOIRE DE RENAUD

Disparaître

– Novembre 2017 –

Je suis resté longtemps assis dans cette salle d'attente de l'hôpital. Je lisais et relisais la lettre de Libor, et à chaque nouvelle lecture, l'évidence m'apparaissait : je n'avais pas le droit de faire confiance à ce père que je n'avais jamais vu !

Même s'il me laissait ses coordonnées, je ne devais pas le recontacter !

Je connaissais le drame de ma mère, depuis des années, depuis que j'avais lu cet article tchèque dans le *Správná Plzeň*, récupéré par Bruno Pluvier. Ma mère n'avait pas organisé, pendant des années, ma triple identité, pour que je gâche tout par ma naïveté.

Cette lettre de Libor, c'était un aveu de faiblesse de sa part. Il ne connaissait pas mon visage, il ne connaissait pas mon nom. Il pouvait supposer que je portais celui de ma mère, Duval, mais ce patronyme était si banal. J'avais vérifié, il existait cent trente-huit Duval rien que dans les Ardennes. Pour que Libor et ses deux âmes damnées n'aient aucune chance de me retrouver, j'ai pensé qu'il me suffirait, par sécurité, de déménager, de trouver un autre emploi, de disparaître en coupant les rares fils qui auraient pu me relier à Charleville.

Nanesse a été enchantée par l'idée d'habiter dans un village reculé des Ardennes, depuis le temps qu'elle rêvait d'un jardin plus vaste pour ses petits protégés... même si je n'ai pas réussi à la convaincre de quitter la région.

Tout aurait été tellement plus simple, sinon...

Notre fuite nous protégeait, Nanesse et moi, mais elle ne résolvait pas tout. Je repensais à la menace de Libor, devant l'incendie : *Je te retrouverai, Mina. Où que tu sois. Je te tuerai comme tu as tué Zuzana. Et avant je ferai souffrir ton enfant, et les futurs enfants de ton enfant, comme tu as fait souffrir les miens.*

Libor ne voulait pas s'en prendre seulement à Milana, ou à moi, il souhaitait également se venger sur mes enfants ! Je relisais en boucle cette phrase de la lettre de Libor, *Amos et Kristof connaissent le visage de tes enfants, les seuls à être montés sur scène avec Mina.*

Mes deux fils étaient en danger, bien davantage que moi ! Les tueurs connaissaient leur nom et leurs visages désormais. Ils n'auraient guère de mal à remonter la trace d'Axel et Robin.

Nanesse poussa un cri et éteignit l'automate d'un coup au cœur. Elle murmura des questions presque inaudibles à la marionnette coincée entre ses genoux.

— Qu'est-ce qui aurait été plus simple, Renaud, si nous avions changé de région ? Pourquoi ne m'as-tu pas dit la vérité, pendant toutes ces années ? Pourquoi ne m'as-tu pas avertie de la menace que nous courions ? Pourquoi ne m'as-tu pas prévenue pour nos deux garçons ?

Nanesse tremblait, suffoquait. Hans et Pierre se précipitèrent, se penchèrent vers elle dans le même mouvement, tendirent leurs bras vers ses deux mains, jusqu'à ce qu'elle s'accroche à leurs doigts.

— Ça va, maman ?

62

Le trou-à-laine, belvédère des Quatre Fils Aymon, Bogny-sur-Meuse

Amos s'arrêta. Il marchait dans la prairie depuis une cinquantaine de mètres, avec une prudence extrême. À travers les herbes hautes, sa canne blanche évaluait avec difficulté les obstacles devant lui.

— J'ai entendu un bruit, écrivit l'aveugle.

Kristof progressait devant lui. Il stoppa lui aussi sa marche, canon de son fusil en l'air.

— Quel bruit ?

— Celui d'un corps qui tombe dans un puits.

Kristof se retourna aussitôt et dévisagea son frère. Il avait appris à interpréter chacun de ses sentiments sur les mouvements de sa figure, à les lire aussi facilement que ceux qu'il exprimait sur la tablette tactile. Dans sa nuit permanente, Amos n'avait aucune conscience de ce qu'il dévoilait quand il souriait, grimaçait, ou plissait les rides de son front. Il devait croire que les expressions de son visage étaient aussi indéchiffrables que ses pensées.

— Elle est tombée dans le trou-à-laine, ajouta Amos.

Il ne mentait pas, Kristof en était persuadé. La terreur qui ravageait les traits de son frère ne pouvait pas être feinte. Il avait vraiment entendu ce corps basculer !

— C'est une ruse, répondit pourtant Kristof. La gamine a juste balancé une pierre dans la grotte.

— Elle est trop jeune pour imaginer ce genre de ruse !

Trop jeune ? Est-ce qu'à cinq ans, on est capable de ce genre de feinte ? Est-ce qu'on a plus de ressources qu'une simple bête traquée ? Kristof n'en avait aucune idée.

Il pointa son VZ 58 et se remit à avancer. Quelques mètres plus loin, il s'arrêta au bord du trou-à-laine. Il baissa les yeux vers le gouffre, marmonnant des jurons incompréhensibles. La gamine était-elle réellement tombée, ou bien se planquait-elle quelque part, tout près ? Il y avait assez d'arbustes et de fougères sauvages autour du précipice pour s'y dissimuler.

— Tends l'oreille ! écrivit nerveusement Kristof. Si elle s'est cachée, toi seul peux l'entendre.

Lola ne respirait plus.

Un, deux, trois...

Tout à l'heure, quand la pierre avait basculé sous son pied, elle avait cru tomber. Elle s'était rattrapée in extremis à la branche pendant que la pierre continuait de rouler.

Neuf, dix, onze...

Lola avait glissé sur les fesses, à quelques centimètres du trou, alors que le rocher disparaissait, avalé.

Floc !

Quand il s'était écrasé au fond de la grotte, il avait fait un bruit de caillou jeté dans la boue. Pas du tout une explosion, mais ça suffirait à attirer Sans-yeux et Sans-oreilles. Sans-yeux entendait tout, et Sans-oreilles le surveillait.

Quatorze, quinze, seize...

Lola avait vite rampé et s'était cachée sous un arbre aux branches aussi basses et serrées qu'une cabane. Une cabane pour poupée, mais elle pouvait y entrer, si elle n'avait pas peur de se griffer, de saigner un peu.

Dix-huit, dix-neuf…

Elle n'avait pas eu peur. Pas peur de s'égratigner les coudes et les genoux du moins.

Les deux monstres avançaient. Elle les voyait. Sans-oreilles regardait dans le trou. Sans-yeux s'était arrêté derrière, sans doute pour ne pas tomber.

Vingt !

Lola s'autorisa enfin à souffler, une longue respiration silencieuse, comme on boit une seule gorgée d'eau parce qu'il n'en reste pas assez dans la gourde, puis bloqua à nouveau son cœur, sa bouche et son nez.

Un, deux, trois…

L'HISTOIRE DE RENAUD

Les fils invisibles

– Novembre 2017 –

Axel et Robin étaient en danger !

C'était mon unique préoccupation. Protéger mes deux fils.

Ils avaient suivi l'intégralité de leur scolarité à Charleville-Mézières. Axel avait pratiqué la gymnastique et la danse au gymnase de la Citadelle, Robin avait joué au foot, fréquenté le skate park et le club de karting pendant des années. Ils continuaient de se promener dans la ville, d'y rencontrer leurs amis, de s'installer en terrasse ou devant un concert sans aucune raison de se cacher. Il suffisait qu'Amos et Kristof se renseignent pour les identifier. Des jumeaux. Âgés d'une vingtaine d'années. Se déplaçant avec une curieuse démarche de pantin désarticulé. Et surtout deux paires d'inoubliables yeux gris, ceux de leur père et de leur grand-père. Il ne leur faudrait que quelques journées pour les localiser. Axel et Robin devaient fuir. Vite, très vite.

Ils avaient l'âge de comprendre. Ils avaient l'âge de connaître la vérité.

L'idée, folle, a germé. Vite, très vite elle aussi. Sans doute parce que je n'avais pas d'autre choix. Axel et Robin avaient besoin de se construire deux autres identités. Axel et Robin me ressemblaient à s'y méprendre, c'était même un sujet de plaisanterie quand on ressortait de vieilles photographies. J'ai compris que mon plan pouvait fonctionner quand j'ai étalé à l'arrière de ma voiture toutes les archives des vies d'Hans Bernard et de Pierre Rousseau, conservées par Milana dans son wagon-atelier.

Peut-être, au fond, Milana n'avait-elle fabriqué ces trois identités que pour cela ? Une pour moi et une pour chacun de mes fils. Son héritage. Ma vie en partage.

C'était si simple. Je regardais ces actes de naissance, ces cartes d'identité, ces permis de conduire, ces bulletins scolaires, ces vieilles photos de classe : une jeunesse entière, réelle et officielle. On aurait pu jurer que c'était Robin et Axel, sur ces portraits. Seule la date de naissance sur les papiers permettait de les démasquer. Vingt ans d'écart.

Sur certains documents, manuscrits, dactylographiés ou photocopiés, il n'était pas bien difficile de transformer un 1977 en 1997, un 1979 en 1999, ou un 2000 en 2020... Pour les autres, plus officiels, une simple déclaration de perte permettrait d'en avoir de nouveaux. Si ça ne fonctionnait pas, ou si les démarches traînaient, il suffirait, lors d'un éventuel contrôle de police par exemple, d'expliquer avec un grand sourire que l'administration s'était trompée, une coquille, une inversion de chiffres, un gag plutôt amusant, Hans ou Pierre ne pouvaient pas manifestement, *n'est-ce pas, monsieur l'agent ?*, avoir quarante ans !

Axel et Robin se sont rendus avec moi au wagon-atelier de Milana. Nous avons allumé le raïok, ce théâtre de papier qu'ils avaient contribué à rénover pendant toute leur enfance, et ils ont écouté le récit de leur grand-mère. Émus aux larmes par son destin tragique. Puis ils ont découvert ces deux fantômes enfermés dans ces cartons de poussière, Hans et Pierre... et ils se sont aperçus à quel point ils leur ressemblaient.

Pas seulement physiquement, le mimétisme physique était presque anecdotique, mais sur tout le reste... Axel avait tant de points communs avec Pierre, poète, danseur, rêveur, ambitieux aussi, alors que Robin avait tout pris d'Hans, son goût pour la vitesse, l'évasion, les grands espaces, la glisse et le risque...

Il n'y a pas de hasard, jamais. Après tout, chaque père n'essaye-t-il pas de transmettre à ses enfants ce qu'il a le plus aimé, avant qu'ils naissent ? De leur confier cette part secrète de sa jeunesse ? Existe-t-il pour un père une autre façon de faire revivre ce qui a disparu ? De réussir ce qu'il a raté ? De soigner les regrets jamais cicatrisés ?

Je n'ai rien fait d'autre, je crois. J'ai simplement essayé de transmettre à mes fils mes passions. J'ai eu la chance d'en avoir plusieurs, une pour chacun. Pas de jaloux, pas de fils préféré. Juste deux fils invisibles, cachés.

Axel et Robin ont accepté d'endosser mes deux anciennes identités, à une seule condition : que ce soit temporaire ! Une résidence d'urgence, le temps de mettre de la distance entre eux et ces tueurs. Dès que les gendarmes les auraient coffrés, ils balançaient ces faux papiers.

J'en ai ajouté une : que Nanesse ne sache rien. Axel et Robin avaient vingt ans, ils pouvaient prétexter n'importe quoi, des études à l'étranger, une copine à suivre, et même une fâcherie avec moi. Ils pourraient lui écrire aussi souvent qu'ils le voudraient, et revenir de temps en temps, discrètement, quand nous aurions déménagé. Une vie normale d'adultes indépendants, en résumé. Mais mettre au courant Nanesse, c'était la mettre en danger.

Pardon, Nanesse, pardon de t'avoir menti toutes ces années. Mais quelle mère, ainsi mise au courant d'une telle menace planant sur ses enfants, aurait pu rester en retrait ? Aurait pu ne pas chercher à agir, à bouger, et donc risquer de tout dévoiler ?

Pas toi Nanesse, surtout pas toi.

Je suis désolé. Je ne sais pas si tu pourras me pardonner, mais sache que tout ce que j'ai fait, c'était pour vous protéger, toi et nos enfants.

Et pendant six ans, jusqu'à ce matin, j'ai cru y arriver.

63

Le trou-à-laine, belvédère des Quatre Fils Aymon, Bogny-sur-Meuse

Kristof, toujours au bord du trou-à-laine, s'était avancé autant qu'il le pouvait. La pointe de ses bottes mordait sur le vide, son cou s'étirait pour tenter d'apercevoir le fond du gouffre.

De toute sa vie, Kristof n'avait jamais ressenti le moindre vertige. Il n'allait pas tomber...

... sauf si on le poussait.

Amos en avait-il envie ? Son frère ne rêvait-il que de cela : être libéré de son aîné, qui le rappelait sans cesse à sa promesse, à son devoir, à leur vengeance ?

Être libéré ?

Amos serait incapable de se débrouiller seul ! Amos et lui étaient alliés par la même blessure. Ce n'était pas une question d'amour, mais de survie.

Kristof lutta pourtant contre l'envie de se retourner, de vérifier qu'Amos ne s'approchait pas dans son dos. Il se força à se concentrer sur tout le reste : le trou sombre devant lui, les arbres, les fourrés, les herbes hautes mollement secouées par le vent. Guettant le moindre autre mouvement.

Il attendit, puis finit par reculer. Rien ne bougeait !

— T'as raison, écrivit-il tout en replaçant la bandoulière de son VZ 58 sur son épaule. La gamine a dû tomber. On va devoir se débrouiller sans appât, les moutons ne vont pas tarder à rappliquer.

Il pivota. Son frère se tenait à dix mètres de lui, les yeux mouillés de larmes, le visage déformé par la douleur. Amos devait pourtant éviter de pleurer. Les médecins étaient formels, les larmes rongeaient à vif sa cornée, autant que de l'acide.

— T'es qu'un salaud ! explosa l'aveugle. Cette gosse est morte à cause de nous !

La colère d'Amos paraissait sincère. Kristof sourit, rassuré.

Ainsi, c'était vrai ? Son frère avait vraiment entendu cette gamine tomber ?

— Je te l'accorde, écrivit Kristof, elle ne méritait pas de mourir. Hans Bernard n'est pas son père, aucun sang de Mina ne coule dans ses veines. Pauvre petite agnelle, je voulais juste l'attacher à un piquet, pas la sacrifier. C'est toi Amos, en lui ouvrant la barrière, qui l'as tuée.

Vingt-huit, vingt-neuf, trente…

Lola parvenait maintenant à retenir sa respiration plus longtemps.

Entre les branches de sa cabane, elle voyait Sans-oreilles faire demi-tour.

C'était lui le plus effrayant ! C'était lui le méchant. Et il lui tournait le dos…

C'est le moment ! pensa Lola. Le moment de quitter sa cachette et de courir droit devant. Elle pourrait faire autant de bruit qu'elle voudrait, Sans-oreilles ne l'entendrait pas. Elle devait en profiter, s'éloigner du trou et courir, le plus loin, le plus vite possible.

Elle vérifia une nouvelle fois que Sans-oreilles marchait toujours dans la direction opposée, qu'il n'avait aucune raison de se retourner, et se lança.

Elle écarta facilement les branches de sa cabane, comme des barreaux de prison ramollis, progressa un peu accroupie, puis aussitôt qu'elle le put, se redressa. Encore quelques tiges à casser pour se frayer un chemin de bébé sanglier, et elle pourrait sprinter. Encore trois mètres et elle serait sauvée.

Elle entendit les pas de bison derrière elle.

Ne te retourne pas, pensa-t-elle, *sauve-toi, continue tout droit.*

Mais elle se retourna.

Et hurla.

64

Bogny-sur-Meuse

Tiens bon, Lola !

Vicky ne pensait qu'à ça, sauver sa fille, atteindre le plus vite possible ce belvédère, attaquer chaque virage en ne freinant qu'au dernier moment, la main accrochée à la boîte de vitesses, en écoutant à peine le récit de cette marionnette. Rouler, rouler toujours plus vite, même si sur cette route en lacets serrés, rétrograder brutalement, puis accélérer violemment, ne permettait de gagner que quelques secondes sur la durée du trajet.

Hans l'encourageait, sa seule main libre posée sur l'épaule de Vicky.

Tiens bon, chérie.

Son autre main tenait toujours celle de Nanesse. Sa mère avait pressé l'automate contre son cœur. Elle emprisonna plus fort encore les doigts de ses deux fils.

— Mes deux grands garçons… Comment dois-je vous appeler aujourd'hui ? Robin et Axel ? Hans et Pierre ? Je n'ai compris qui vous étiez que quand vous avez surgi pour nous sauver de l'incendie. Mais auparavant, dans le wagon, je me suis posé tant de questions. Vous aviez l'air si jeune, Vicky, et vous plus encore, Éléa. Ça ressemblait si peu à Renaud de me tromper avec une fille de l'âge de ses fils. Et vous sembliez tellement persuadées que vos Hans et Pierre étaient vivants.

Vicky restait concentrée sur la route.

— Mon amoureux ne pouvait pas être Renaud ! fit-elle. Dès que Milana nous a appris que son fils était né en 1977 j'ai compris. Mon Hans avait vingt-cinq ans, Renaud en avait près du double.

— Même chose pour mon Petrouchka, confirma Éléa. Dès que Mamina nous a parlé de ses deux petits-enfants, j'ai compris qui étaient Hans et Pierre.

Nanesse regarda ses fils et ses belles-filles, avec un mélange de tendresse et d'admiration.

— Dire que je vous ai prises pour des rivales.

Plus personne ne parla pendant quelques instants. Le moteur du Berlingo vrombissait à chaque nouveau virage que Vicky coupait au plus serré. Éléa, la première, rompit le silence. Sans prévenir, elle lâcha la main de Pierre et lui pinça la cuisse.

— D'ailleurs mon Petrouchka, en parlant du récit de ta grand-mère. Tes premiers poèmes publiés dans le fanzine de Baou, ceux dont je suis tombée amoureuse, ce ne serait pas ton père qui les aurait écrits ?

— Heu, bafouilla Pierre. Disons que… que j'ai repris le flambeau familial.

Éléa le pinça à nouveau.

Bien fait ! approuva Brain.

— Mon père avait conservé ses poèmes, expliqua Pierre, ainsi que tes lettres manuscrites. Tout était archivé dans le wagon-atelier. En les découvrant, je suis tombé sous le charme de vos échanges épistolaires platoniques… mais quand je t'ai rencontrée, j'ai eu très vite très envie qu'ils le soient beaucoup moins.

Baratin ! soutint Brain.

Éléa embrassa tout de même son Petrouchka, l'argument se défendait, il correspondait au moment où les textos avaient remplacé les lettres papier… mais elle ne put se retenir de le pincer une troisième fois.

— Et tes tournées mondiales, mon Petrouchka ?

— Heu… Eh bien… J'aurais bien voulu, crois-moi… mais la vie, heu, en a décidé autrement. Il me manquait quelques années d'entraînement… et j'ai surtout participé à des tournées, disons, provinciales.

— Tu ne pouvais pas me l'avouer ?

— Si tu avais su que je n'étais qu'un danseur anonyme, débutant, n'ayant assumé sa passion qu'à vingt ans, m'aurais-tu aimé autant ?

Éléa hésita entre le pincer et l'embrasser.

— Idiot !

— Et puis, plaisanta Pierre, rassuré, peut-être avais-je largement le niveau ! Mais comment me balader entre Sydney, Rio ou New York avec un faux passeport antidaté ? Exactement comme Hans avec son camion ! Vicky, tu le croyais à Budapest ou Varsovie, et il était à Mulhouse ou Clermont-Ferrand.

— Et si tu la fermais ? commenta sobrement Hans.

— Il y a quatre jours, poursuivit Pierre, quand papa est mort et que les flics ont découvert son corps au belvédère, avec Robin, enfin Hans, nous avons compris que Libor et ses fils nous avaient retrouvés. Nous avons décidé de disparaître à notre tour. Je suis allé fleurir une dernière fois le wagon-atelier de Mamina, je me suis assuré que la gendarmerie te protégeait, maman, puis j'ai rejoint Hans à Florac, comme convenu. Il a essayé de me convaincre de ne pas te contacter, Éléa, pour ne pas te mettre en danger… mais comment te laisser sans nouvelles ? Alors j'ai imaginé ce jeu de piste, pour t'attirer jusqu'à Florac, loin de Paris. Un endroit où tu serais à l'abri et où l'on pourrait garder un œil discret sur vous deux, puisque Vicky allait en toute logique s'y rendre aussi.

À l'approche d'un nouveau virage, Vicky tourna trop brusquement le volant.

— Je n'étais pas d'accord ! se défendit Hans. Si les gueules-brûlées avaient pu remonter jusqu'à nous, il fallait qu'on coupe les ponts avec vous !

— Évidemment, ironisa Pierre. Tu as juste été capable de glisser dans la boîte aux lettres de Vicky une carte postale du Japon. De nous deux, j'ai toujours été celui qui a le plus d'imagination.

Et le plus fanfaron ! ajouta Brain.

Éléa aurait voulu pouvoir pincer son cerveau. Il l'agaçait plus encore que son amoureux mytho.

— Nous n'avions pas prévu, continua Pierre, que les deux gueules-brûlées puissent retrouver la trace d'Hans à Florac, grâce aux confidences de Bruno Pluvier. Ils nous ont pris de vitesse, ont enlevé Lola, on a juste compris en entendant les cris des villageois que les ravisseurs avaient sûrement suivi le Tarn. On s'apprêtait à partir à leur poursuite, à visage découvert, quand mon portable m'a indiqué que tu approchais, Éléa…

Ce salaud t'avait géolocalisée !

— Je t'ai envoyé une photo du pont de Fayet, le seul accès carrossable pour atteindre le fond de la vallée. Tu avais toutes les chances de croiser les ravisseurs de Lola avant nous. La suite, vous la connaissez…

— Non, le contredit doucement Vicky.

— Quand vous avez décidé de venir à Charleville, enchaîna Hans, nous nous sommes contentés de vous suivre, discrètement.

Éléa avait repris la main libre de son Petrouchka.

— C'est donc bien toi que j'ai vu, place Ducale, près du stand de Baou ?

— Oui, avoua Pierre. Faut croire qu'on n'était pas très doués comme gardes du corps.

Hans crispa ses doigts sur l'épaule de Vicky.

— Ces salopards d'Amos et Kristof nous ont piégés avec leur alerte à la bombe. Notre voiture était garée dans un quartier bouclé par la police. Impossible de s'échapper. On a fini par trouver un taxi pour nous emmener jusqu'au parking de l'ancienne voie ferrée…

— Et vous êtes arrivés juste à temps pour nous délivrer ! sourit Éléa en embrassant son héros.

— Non, réagit Vicky, les larmes aux yeux. Pas assez vite pour sauver Lola.

Oups, fit Brain.

Les cinq passagers du Berlingo se turent à nouveau. Leurs yeux fixaient les pics de schiste, une quinzaine de lacets plus haut, une centaine de mètres à vol d'oiseau.

Nanesse n'avait pas lâché les mains de Pierre et d'Hans. Elle restait accrochée aux doigts de ses fils même lorsque Vicky passait les vitesses avec une nervosité exacerbée. Elle se pencha doucement vers l'automate, détailla un court moment sa dérisoire tenue de chevalier, pressa sa poitrine contre son cœur et murmura :

— Continue, Renaud. J'ai besoin de comprendre. Qu'es-tu allé faire là-haut, seul, il y a quatre jours ? J'ai besoin de savoir quelle vérité tu espérais y trouver. J'ai besoin de connaître le nom de ton assassin.

65

Le trou-à-laine, belvédère des Quatre Fils Aymon, Bogny-sur-Meuse

Kristof souleva Lola des fourrés comme on attrape un chaton maladroit. Il vit les yeux de la fillette se voiler de terreur, sa bouche s'ouvrir et se tordre, ses dents claquer dans le vide pour tenter de le mordre.

Kristof devait se l'avouer, c'était l'instant qu'il préférait.

Quand le visage d'une de ses victimes se déformait de peur, quand de sa gorge sortait un cri désespéré, un hurlement déchirant, un réflexe ultime pour implorer la pitié, et que cette supplique pathétique glissait sur lui telle une arme inoffensive, un revolver sans balle dans le barillet.

Il s'était exercé tant de fois, sur des lapins, des chiens, des porcs et des chats.

Alors, seulement alors, en imaginant les miaulements, les feulements, les beuglements insupportables de sa victime agonisante, Kristof savourait le silence de son monde comme une bénédiction. Un monde de paix que rien ne pouvait troubler. Pas même le vacarme de la mort.

Lola, dans ses bras, continuait de se débattre, cognant des poings et des pieds, mais ses vingt kilos face à ses quatre-vingt-quinze ne faisaient pas le poids.

En s'éloignant du trou-à-laine, il croisa le regard rouge d'Amos. Son frère avait essuyé avec méticulosité ses yeux, mais une brûlure intense cernait ses paupières, et ne disparaîtrait qu'après de longues et douloureuses heures de fièvre.

— Comment as-tu fait pour l'entendre ? écrivit l'aveugle. Tu lui tournais le dos !

Pour répondre, Kristof dut coincer Lola en étau entre son torse et son bras.

— Je tournais le dos à cette gamine, mais je te faisais face. Je te guettais. Je savais que si tu entendais cette fillette, ton visage te trahirait. Tu es mes oreilles, ne l'oublie jamais.

Le regard d'Amos s'humidifiait à nouveau, mais il retint ses larmes cette fois. L'aveugle leva sa tablette InsideOne d'un geste rageur. Un instant, Kristof crut que son frère allait la jeter, ou la laisser tomber et la broyer sous ses pieds.

— Ne t'inquiète pas, s'empressa-t-il d'écrire. Je tiens toujours mes promesses. J'épargnerai la petite... si elle joue bien son rôle.

— ...

— Parle-lui, Amos. Rassure-la ! Explique-lui qu'on va l'attacher à l'un de ces arbres, quelques minutes à peine. Que sa maman et son papa ne vont pas tarder à arriver. Il suffira qu'elle les appelle, très fort, pour qu'ils viennent la délivrer.

Lola, petit à petit, se calmait. À force de gesticulations désespérées, un ressort s'était brisé.

— Et nous ? Où serons-nous ?

Kristof leva les yeux vers les quatre pics de schiste qui dominaient la prairie. Les Quatre Fils Aymon pétrifiés, d'après la légende. Son frère ne pouvait pas admirer la force sauvage de ces rochers cabrés dans le même élan au-dessus des arbres, et encore moins s'imaginer la position idéale de guet qu'ils fournissaient.

— Là-haut. Au sommet du premier rocher. De ce mirador, il sera impossible de les rater.

RENAUD

Le costume de super-héros

– Jeudi 14 septembre 2023 –

Je pensais que nous étions sauvés. Six ans s'étaient écoulés, sans aucune nouvelle de Libor ni de ses fils. Je relisais souvent son courrier, je me persuadais que mon père était sincère, qu'il avait renoncé à sa vengeance, qu'elle s'était achevée avec la mort de ma mère. Ou plus raisonnablement, je me disais que Libor et ses fils ne disposaient d'aucun moyen pour nous retrouver. Ils ne connaissaient ni mon adresse, ni mon visage, ni mon prénom, et pas davantage ceux de Nanesse. Ils n'avaient pour indice que le visage de mes fils, mais ils étaient désormais loin de Charleville.

Robin était devenu Hans, et Axel devenu Pierre. Robin avait été embauché dans une petite entreprise de transport routier. Il adorait passer sa vie à rouler. Axel s'était inscrit dans mon ancien club de danse, Temps'Danse18, et vivotait entre cours, représentations intermittentes, et tournées régionales sous-payées.

Robin traçait la route et se rêvait pilote, Axel alignait les mots et se rêvait poète. Ni l'un ni l'autre ne semblait pressé d'abandonner ces nouvelles identités, qui ne devaient pourtant être qu'une parenthèse, un refuge temporaire. Robin se préférait en Hans, et Axel s'aimait davantage en Pierre...

Surtout depuis qu'ils avaient découvert l'amour !

Chacun à sa façon. Un amour de marin pour Robin, un amour de roman pour Axel. Ils me téléphonaient parfois, perdus dans leur mensonge, noyés dans cette double identité. Hans me parlait de Vicky et de Lola, cette fillette qui l'appelait papa, pour qui il était prêt à tout, même à arrêter de rouler. Pierre me parlait d'Éléa, cette jeune Aspergirl qu'il avait rencontrée grâce à mes poèmes, à qui il n'osait pas avouer la vérité.

Je leur répondais bêtement que quand on aime, quand on aime vraiment, on se fabrique toujours un personnage, on se crée un double digne d'être aimé par la femme la plus extraordinaire du monde. On s'invente des qualités, on renonce à ses défauts. Aimer, c'est enfiler chaque matin, pour épater son amoureuse, un costume de superhéros.

Oui, je pensais sincèrement que nous étions sauvés. J'avais même prévu de tout avouer à Nanesse, le jour de son anniversaire, quand elle m'a tiré par le bras, hier soir.

— Regarde ! m'a-t-elle dit.

Sacha et Léna, deux de ses petits protégés, jouaient sur le tourniquet du jardin. La nuit tombait doucement sur les Ardennes, un soleil rouge incendiait l'horizon de sapins. Devant chez nous, le long de la haie de troènes, un type s'était arrêté.

— Tu as vu ? Son visage ? Mon Dieu...

Un grand brûlé !

Amos ou Kristof ? Je l'ignorais. Je comprenais seulement que les Slavik nous avaient retrouvés, et qu'ils tenaient à me le faire savoir. Ils n'avaient pas renoncé. Ils n'avaient fait que passer, mais le message était clair. N'importe où, n'importe quand, ils pouvaient revenir.

J'ai raconté à Nanesse que je devais me rendre au Luxembourg le lendemain, j'ai attendu qu'elle s'endorme, puis je suis sorti dans le jardin, la lettre de mon père et un téléphone à la main. Je me suis assis sur une balançoire, j'ai laissé mes pieds me bercer.

LoukaSK@yahoo.fr, 07 11 26 36 31
Ce n'est pas un piège, c'est une main que je te tends.

J'ai appelé. À la première sonnerie, mon père a décroché. Comme s'il attendait mon appel, près du téléphone, depuis six années.

Pour reprendre la guerre ? Ou pour l'achever ?

C'était entre hier et aujourd'hui, aux alentours de minuit. Mon histoire s'arrête là. J'en enregistre les derniers mots, seul dans ma voiture, devant un panneau qui indique *belvédère des Quatre Fils Aymon. 4 kilomètres.*

J'y serai dans moins de dix minutes. Je me suis garé devant une boîte aux lettres. Quand j'aurai enfin terminé de parler à ce téléphone, je glisserai la carte SIM dans la petite enveloppe posée sur le fauteuil passager.

Baptiste Marou – Librairie Baou
3 rue de Venise
75004 Paris

Depuis le temps qu'il vend les marionnettes fabriquées par maman, puis les miennes, ces poupées parlantes un peu améliorées, Baou saura à laquelle confier mes secrets. Peut-être celle que j'ai offerte à Lola, la petite fille qu'Hans a adoptée et que je ne connaîtrai jamais, si je ne redescends pas.

C'est une possibilité que je ne peux pas écarter.

Libor m'a donné rendez-vous au belvédère, juste avant la nuit. Nous y serons sûrement seuls.

Sans doute, vous qui m'écoutez, me trouvez-vous naïf.

Vous qui connaissez toute cette histoire, vous auriez aimé me retenir. Vous m'auriez assuré que c'était un piège, que Libor Slavik ne pouvait avoir changé. Vous auriez essayé de me convaincre...

Me convaincre de quoi ?

De ne pas accepter la main tendue par mon père ?

De ne pas lui faire confiance ? De ne pas croire que oui, à sa façon, il a aimé Mina ?

Et même, même si ce n'était pas le cas. Quel autre choix ai-je ?

Fuir encore ?

Continuer de vivre comme si de rien n'était, et exposer ma famille au plus imprévisible des dangers ?

Pardonne-moi, Nanesse, pardonnez-moi, Axel et Robin, je dois vous protéger.

Je dois croire au pardon, je dois croire à la rédemption, je dois mettre fin à cette malédiction.

Et aussi étrange que cela puisse vous paraître, oui, je crois que je serai là demain, Nanesse, pour fêter ton anniversaire. Oui, je crois que la lettre de mon père est sincère. Oui, je crois qu'il ne me tuera pas, et ordonnera à Amos et Kristof de ne pas le faire. Je crois qu'il a davantage peur de moi que je n'ai peur de lui, à cause de cette ridicule prophétie.

Je vous laisse, cette fois. Je dois être en haut avant que les quatre pics de la ligne de crête ne disparaissent dans la nuit ou la pluie. Je monte vers ma mort, ou vers une nouvelle vie. Quoi qu'il m'arrive, je veux que vous sachiez.

Je t'aime, Agnès, comme je n'aurais jamais espéré aimer.

Je vous aime, Axel et Robin, comme deux miracles inespérés.

Je suis si fier de ce que vous êtes devenus. Quand vos enfants ramassent les rêves que vous avez abandonnés derrière vous, et s'en habillent pour vous ressembler, c'est comme si l'on ne mourait jamais tout à fait.

Robin, Axel, prenez soin d'Hans et de Pierre, ils ne sont que des orphelins de chiffon, des fantômes de mon passé qui me survivront, fragiles et immortels, comme le sont les marionnettes.

L'automate se tut, définitivement cette fois.

— Je t'aime, Renaud, murmura Nanesse, comme je n'aurais jamais espéré aimer.

Vicky pila soudain, serra le frein à main. Personne n'avait remarqué qu'ils étaient parvenus au parking forestier du belvédère.

À côté de leur voiture, une Skoda Karoq était garée.

Vide.

Vicky détacha sa ceinture de sécurité aussi vite qu'elle le put. Hans tenta de retenir une épaule, une main, un pan de chemise, mais elle fut plus rapide. Vicky avait déjà jailli de l'habitacle, et sprintait droit devant elle.

— Lolaaaaa !

Ils essayèrent, autant qu'ils le purent, de lui emboîter le pas. Le Berlingo était resté portières grandes ouvertes. Nanesse mettait un premier pied à terre, Pierre aidait Éléa à se contorsionner et s'extraire, Hans sprintait pour rattraper Vicky.

— MAMAAAAAN ?

Le cri de la fillette leur glaça le sang.

Un appel au secours, déchirant.

Lola se trouvait là, tout près, cent mètres devant.

Ils se précipitèrent, sans réfléchir. Seul Brain essaya de les retenir.

C'est un piège ! Et vous foncez droit dedans.

66

Rochers des Quatre Fils Aymon, Bogny-sur-Meuse

Kristof s'était installé au meilleur poste d'observation possible. Le premier rocher des Quatre Fils Aymon constituait une position idéale pour un sniper. Il avait appuyé, avec stabilité, le canon de son VZ 58 contre une plaque de schiste. De ce pic, il demeurait invisible tout en dominant la scène, du belvédère au parking, et bien entendu le trou-à-laine au centre de la plaine.

Les cinq venaient de sortir du véhicule en ordre dispersé, à moins de deux cents mètres de lui. La portée de son fusil-mitrailleur était au moins du triple, il n'aurait aucun mal à les abattre à cette distance.

Restait à choisir par qui commencer…

Le viseur se posa sur la silhouette la plus éloignée de l'agnelle qui bêlait *maman*.

Agnès Duval. Leur *belle-sœur…*

Rien que l'expression faisait sourire Kristof. Elle leur avait donné du fil à retordre, c'était le cas de le dire ! Avec Amos, ils ne possédaient pour tout indice qu'un nom de famille. *Duval.* Celui choisi par Mina à son arrivée en France. Le seul département des Ardennes en comptait plus d'une centaine. Ils les avaient tous recherchés, puis approchés, cela leur avait pris des années avant de tomber sur le bon couple. *Agnès et Renaud Duval.* Ils n'en avaient eu la certitude qu'en espionnant les environs et en téléphonant à des commerçants de Bourg-Fidèle : un homme aux yeux gris, marié, résidant dans la commune depuis cinq ans, père de deux grands garçons dont la description correspondait aux deux petits-fils de Mina, ceux que Kristof avait aperçus sur scène place Ducale.

Kristof régla plus précisément encore la mire, droit sur le cœur d'Agnès. Il avait conscience que dès qu'il tirerait le premier coup, le troupeau des quatre autres moutons s'éparpillerait. Il devrait être rapide, enchaîner les tirs, même si sur l'esplanade du belvédère, entre le parking et le trou-à-laine, les fuyards n'auraient guère d'endroit où se dissimuler pour échapper aux éclairs qui tomberaient du ciel.

Il regarda une dernière fois Vicky Malzieu courir vers sa fille, Hans tenter de la rattraper, Éléa et son Petrouchka sauter au-dessus des herbes avec une ridicule élégance de rats d'opéra.

Dans quelques secondes, tout serait terminé.

Leur mort serait douce à côté de la vie de souffrance que lui et son frère avaient endurée.

Son doigt caressa la détente, il était prêt.

La tablette tactile, elle aussi posée en équilibre sur le rocher, vibra sous son poignet.

— Attends, avait écrit Amos.

Amos ne bougerait pas, il l'avait décidé. Amos n'interviendrait pas. Il avait seulement obtenu de Kristof qu'il épargne la gamine. Pour les autres, il fermerait les yeux.

Il avait l'habitude ! Vivre sans cesse dans l'obscurité offrait l'avantage de poser un voile noir sur la culpabilité. Quelle culpabilité, d'ailleurs ? Il se contentait d'obéir à son père.

Il se souvenait de ses mots exacts.

Si je ne reviens pas et que tu entends un coup de feu, un seul, alors vous devrez poursuivre notre vengeance. Vous devrez faire souffrir Renaud Duval, ses enfants, et les enfants de ses enfants, tous ceux qui portent son sang.

— Je le promets, avait juré Amos.

Il n'y avait eu qu'un coup de feu ce soir-là, et Libor n'était jamais revenu.

Il l'avait vainement attendu, dans la Skoda, sous les chênes du parking forestier. La pluie s'était mise brusquement à tomber quand Kristof était sorti pisser. Elle ne s'était plus arrêtée. Pendant quatre jours. Il était tombé des cordes, comme si tous les fils ayant retenu leur père à la vie se décrochaient du ciel. Puis Kristof était revenu, il avait ouvert la portière, attrapé une lampe torche, et lui avait écrit.

— Suis-moi.

— Papa nous a dit d'attendre ici.

— Suis-moi, je te dis !

Ils avaient marché, péniblement, dans la boue et sous la pluie. Une fois parvenu au belvédère, Kristof lui avait décrit la scène, qu'il éclairait d'une pâle lumière.

Les deux corps de Libor et Renaud avaient basculé, pardessus le parapet, tombés sur les rochers, vingt mètres plus bas. Aucune chance de réchapper à une telle chute. Kristof lui avait confié la torche.

— Éclaire-moi.

Amos l'avait braquée droit devant lui.

— Plus bas.

Amos avait baissé le bras puis s'était statufié, aussi raide qu'un phare.

Il avait entendu Kristof escalader le parapet, descendre avec prudence, s'accrocher aux arbres, souffler, grogner, le temps lui avait paru s'éterniser.

— Il ? Il est mort ?

Amos avait entendu chaque effort de Kristof pour remonter le corps. Libor, à quatre-vingts ans, n'avait plus rien à voir avec l'ogre de Bohême qu'il avait été. Son corps s'était recroquevillé comme le tronc d'un olivier, noueux et osseux. Kristof avait allongé le cadavre de leur père sur l'herbe, près du belvédère, épuisé.

Amos n'avait d'abord pas voulu le croire.

Libor, mort ?

Puis il l'avait touché et avait reconnu sa peau, ses mains, son visage, ses cheveux, chaque détail de son anatomie, même trempés sous la pluie.

Libor, mort !

Amos avait cherché, en fouillant le corps à tâtons, là où avait battu son cœur, là où avaient brillé ses yeux, là où avait jailli la vie, là où avaient germé ses pensées… mais il n'avait trouvé aucun impact de balle. Libor n'avait pas été tué par une arme à feu.

Il n'y avait qu'une seule détonation.

Libor avait abattu son fils, puis avait sauté. Ils étaient morts ensemble. La prophétie s'accomplissait, mais la vengeance se poursuivait.

De quoi avait-il parlé avec son fils ? Avaient-ils pris le temps de discuter ? Libor avait-il attendu des excuses, un pardon, un seul mot dans la bouche de Renaud, un *papa* qui n'était jamais venu ? N'avait-il eu le droit qu'à un crachat ? Est-ce pour cela qu'il avait sauté, laissant la malédiction s'accomplir ?

Kristof, lui, ne se posait pas toutes ces questions, ou du moins, ne les écrivait pas. Il avait transporté le maigre corps de leur père jusqu'au coffre de la Skoda. Ils avaient effacé comme ils le pouvaient leurs traces de pas, ramassé le pistolet tombé sur le belvédère, à défaut de retrouver le CZ 75, puis roulé dans la nuit.

Une nuit qui ne s'achèverait jamais, mais Amos en avait l'habitude, désormais.

— La mère est morte ! avait écrit Kristof tout en conduisant. Le fils aussi ! Il ne reste plus qu'à faire payer les petits-enfants. C'est la mission que papa nous a confiée en sautant.

Pendant tout le trajet, Amos avait pleuré à s'en brûler les yeux. Ce n'était pas une expression, sa chair se dissolvait réellement dans l'acide lacrymal. Comment aurait-il pu protester ? Discuter ? Sortir de cette interminable nuit ?

Un seul coup de feu. Il avait promis.

La tablette tactile vibra à nouveau sous ses doigts. Kristof s'impatientait.

— Attends quoi ?

Il ne restait plus qu'à sauver ce qui pouvait l'être. Amos se détestait.

— Tue seulement les hommes, écrivit-il. Les femmes n'y sont pour rien.

— Qui te dit qu'elles ne portent pas dans leur ventre d'autres enfants ?

Amos sursauta d'effroi devant l'horreur du message. Avait-il sous-estimé la folie de son frère ? Jusqu'où Kristof pousserait-il son impitoyable logique ? Que pouvait lui opposer Amos ? Son absence de volonté ? Sa lâcheté ?

Il s'apprêtait à écrire encore et encore, comme si les mots en braille pouvaient retarder le drame, mais il entendit Kristof tapoter le premier.

— Ne m'écris plus ! Je dois me concentrer.

L'instant d'après, le bruit d'une tablette qu'on casse sur un rocher explosa.

Amos se pétrifia. Son frère venait de couper leur seul moyen de communiquer. L'unique fil qui les reliait ! Un silence terrifiant succéda au bruit de verre brisé. Amos n'entendait plus rien, hormis quelque part dans le noir, une agnelle qui pleurait.

Tue seulement les hommes.

Kristof fit légèrement dévier le canon de son VZ 58 et positionna la cible sur le front de Pierre.

Amos avait raison, mieux valait commencer par les hommes. Les femmes seraient plus faciles à abattre, ensuite.

Agnès Duval était celle qui galoperait le moins vite, Vicky Malzieu ne lâcherait pas la main de sa fille, et cette jolie Éléa pas celle de son Petrouchka.

Kristof agrandit encore la pastille rouge, jusqu'à ce qu'elle soit parfaitement nette dans le viseur, un peu au-dessus des deux yeux gris du danseur. Facile, le garçon s'était quasiment immobilisé. Il attendait sa petite amoureuse qui peinait à progresser dans les herbes hautes.

Qu'elle se rassure, son tour viendrait.

Kristof se retourna une dernière fois pour vérifier qu'Amos ne jouerait pas au héros. Il en eut la confirmation, son petit frère se tenait la tête entre les jambes, prostré, oreilles bouchées, comme si après la vue, il priait pour qu'on lui ôte l'ouïe aussi.

Kristof se repositionna. Le danseur n'avait pas bougé. Sa ballerine tatouée s'était arrêtée, sans doute parce que Vicky et son routier avaient déjà rejoint Lola. Hans mesurait une tête de plus que Vicky, et cinq de plus que sa fille, il ne serait pas bien difficile de le viser sans toucher la gamine. Il l'avait promis à Amos, mais il ne garantissait pas que la fillette s'en tire sans éclaboussures… Qu'elle ne se plaigne pas, les taches de sang s'effacent. Pas les brûlures !

Sa main gauche se posa à plat sur le métal froid du canon, pour assurer sa stabilité. Le danseur serait le premier à rejoindre les étoiles. Son visage s'affichait dans le viseur, en gros plan. Il essaya de ne pas se concentrer sur les yeux gris, ceux de Libor, les siens aussi, et ceux d'Amos, avant l'incendie.

Son index se crispa sur la détente.

Il savait que la détonation ne ferait aucun bruit, que tous s'écrouleraient comme dans un film muet, qu'il ne manquerait que le ralenti pour que l'émotion soit totalement garantie.

Tirer, maintenant.

La douleur lui déchira le ventre, il resta un moment immobile, sans réaliser.

Quelqu'un avait tiré, avant lui. La balle lui avait perforé l'estomac.

Un trou net, entre sa poitrine et son nombril. Une irréelle fleur rouge s'élargissait sous son blouson de cuir ouvert.

Kristof plaqua sa main sur sa chemise, le sang coulait entre ses doigts, puis releva la tête, cherchant désespérément d'où le sniper avait pu l'atteindre. Le tireur occupait forcément une position surplombant la sienne, sur l'un des autres rochers des Fils Aymon.

Kristof écarquilla les yeux.

Délirait-il déjà ?

Sur chacun des pics, il apercevait une dizaine de silhouettes bleues.

Des policiers, en uniforme !

Et au milieu de cette armée, une boule de nerfs brune s'agitait, la bouche vissée à un mégaphone, hurlant des mots qu'il était incapable d'entendre.

La capitaine Katel Marelle, plus vivante que jamais !

Instinctivement, surmontant la souffrance, Kristof plongea à l'abri du bloc de schiste. Amos avait lui aussi rampé dans l'anfractuosité du rocher. Sa main gauche s'était aussitôt posée sur celle de son frère, pour l'aider à stopper l'hémorragie. La main droite de l'aveugle n'avait pas lâché la tablette tactile, ses doigts dansaient, traduisaient les ordres de la gendarme ressuscitée.

Rendez-vous.

Vous êtes cernés.

Jetez vos armes.

Il écrivait fébrilement ces mots que Kristof ne pouvait plus lire. Sa tablette gisait à leurs pieds, dans un débris de verre et de roche.

Quelques tirs de sommation firent à nouveau voler des plaques de schiste autour d'eux. Amos appuya plus fort encore sur la blessure de son frère. Le sang ne s'enfuyait plus. L'union de leurs deux paumes formait un garrot suffisant. Pour l'instant.

Kristof grimaça et tira le bras d'Amos pour qu'il rapproche l'unique tablette. Il posa sa main ensanglantée sur celle de son frère, et écrivit une série de points et de traits poisseux.

— Tu m'as juré que le cœur de la fliquette ne battait plus.

Les dix doigts des deux frères se mêlaient sur la tablette.

— Tu étais mes oreilles, Amos, et elles m'ont trahi. Je leur faisais confiance pourtant. Une confiance aveugle.

Amos pressa de toutes ses forces la plaie ouverte de son frère. Si seulement il avait pu revenir en arrière.

— Je voulais juste... l'épargner.

— La pitié ne mène à rien, Amos. En voulant la sauver, c'est moi que tu as tué.

Le sang chaud, l'écran froid, la chair ouverte, le verre vibrant. Leurs quatre mains se touchaient, conversaient, appartenant au même corps, se fiant aux mêmes sens, protégeant les mêmes organes vitaux.

— Je suis désolé, Kristof. Tout est de ma faute.

Amos eut soudain l'impression que la blessure de son frère se remettait à couler. Il lâcha la tablette et plaqua ses deux mains. Le plus fort qu'il put. Il aurait pu tenir ainsi des heures, des jours, une vie entière.

Kristof glissa une nouvelle fois la tablette sous les doigts de son frère, pour le forcer à lire ce qu'il écrivait.

— Non, Amos, c'est moi qui suis désolé. Avant que mon dernier fil ne se brise, j'ai une histoire à te raconter. J'étais tes yeux... tu leur faisais une confiance aveugle. Une confiance que j'ai pourtant trahie.

67

Le trou-à-laine, belvédère des Quatre Fils Aymon, Bogny-sur-Meuse

Nanesse leva les yeux vers les quatre vagues de schiste qui s'élevaient au-dessus de l'écume des arbres.

— C'était quoi ?

— Un coup de feu, répondit aussitôt Pierre. Là-haut !

— Lola ! hurla Vicky. Couche-toi !

Hans plongea sur elle.

— Tu m'écrases, papa ! protesta la fillette.

Pierre réagit lui aussi, attrapa la main d'Éléa et la força à s'allonger dans les fougères.

C'était un tir de HK G36K ! souffla Brain.

— L'arme de la gendarmerie nationale, cria Éléa. Ce sont les flics qui ont tiré !

Nanesse s'était elle aussi accroupie dans l'herbe, mais, au mépris de toute prudence, ressortit la tête.

— C'est Katel ! Elle a eu mon message !

Hans maintenait toujours au sol Lola et Vicky, à quelques mètres du trou-à-laine.

— Tu l'as appelée, maman ? Je croyais qu'on ne devait pas contacter les…

— Laisse tomber, chéri, fit la voix essoufflée de Vicky. Si ta mère n'avait pas prévenu les flics, on serait déjà tous morts.

68

QUATRE JOURS PLUS TÔT

Parking du belvédère des Quatre Fils Aymon,
Bogny-sur-Meuse

Amos et Kristof attendaient dans la Skoda. Silencieux. Tablettes muettes. Anxieux. Leur père, armé de son CZ 75 automatic, était parti à la rencontre de Renaud Duval depuis de longues minutes maintenant. Amos entendit d'abord Kristof bouger, exprimer tous ces signes d'impatience qu'il reconnaissait si bien, craquement des articulations, respiration accélérée, gesticulation incontrôlée, avant que son frère, brusquement, ouvre la portière et mette un premier pied dehors.

Amos tapa aussi vite qu'il le put sur la tablette braille.

— Où tu vas ?

— Pisser !

— Je te crois pas.

— Comme tu veux... En tout cas tu as entendu papa, toi tu restes là. À écouter. Et compter. Un ou deux coups de feu. Moi pendant ce temps, je suis hors jeu. Comme toujours.

Kristof savait que c'était le meilleur argument à utiliser. Faire culpabiliser son petit frère. Lui rappeler qu'il était le fils préféré, que c'est à lui que leur père avait confié le soin de veiller, surveiller, décider. Kristof, lui, aux yeux de son père, n'était qu'un chien fou à tenir en laisse. À chaque fois qu'il jouait sur cette corde sensible, qu'il appuyait sur une dis-

crète touche de jalousie susceptible de fissurer leur complicité fraternelle, Amos s'empressait de le rassurer… et de le laisser faire ce qu'il voulait ! Dans un couple, pensait Kristof, il y en a toujours un qui râle et un qui culpabilise. Et le premier sort toujours vainqueur de chaque crise !

Kristof s'éloigna de la Skoda en direction du belvédère, suivant les larges traces de pas de son père. La nuit n'était pas encore complètement tombée. Un croissant de lune semblait s'être détaché de la courbe du méandre. C'était l'heure du théâtre d'ombres, des arbres noirs aux silhouettes de vampires, des corps sans yeux ni sourires, l'heure préférée du grand marionnettiste, s'il existe. Celle où le grand drap blanc peut être tendu, éclairé jusqu'à aveugler, pour que derrière lui les acteurs muets, réduits à un profil, puissent jouer.

Kristof prit garde de ne pas trop s'approcher. Il avait trouvé un poste d'observation idéal, à une centaine de mètres du belvédère, dissimulé par les ronces bordant la prairie, quand la pluie se mit à tomber. Une pluie de cinéma, comme commandée par un réalisateur estimant que le crépuscule lugubre, la dramaturgie de la scène, la folie des acteurs ne suffisaient pas. Une pluie artificielle qui ne durerait pas, c'est ce que Kristof avait pensé. Elle était pourtant tombée pendant plus de quatre jours, sans s'arrêter.

Question effets spéciaux, le grand marionnettiste avait mis le paquet !

Le scénariste, lui aussi, avait assuré.

Il devait aimer les tragédies, les vraies, celles où l'on ne transige pas avec l'honneur, celles où les héros finissent toujours par s'affronter dans un ultime duel.

Debout sur le belvédère, face à face au pied de la statue des Quatre Fils Aymon, Libor et Renaud se défiaient, chacun pointant son pistolet en direction de l'autre.

Papa a eu tort, pensait Kristof. Ce Renaud Duval, ce fils maudit qui devait le tuer selon la prophétie, était venu armé !

Bien entendu…

Renaud Duval n'était pas cinglé. Il s'était planqué pendant des années, avait changé d'identité, trimballé de Bohême aux Ardennes par sa mère meurtrière. Elle lui avait enseigné la prudence des bêtes traquées. Ce Renaud n'était pas venu pour expier, s'excuser, il était venu pour défendre sa famille. Pour, lui aussi, en terminer.

Kristof plissa les yeux. La pluie ruisselait sur sa figure. Il aimait l'eau sur ses brûlures. Il aimait imaginer que les gouttes combattaient le feu qui le rongeait. Il aurait pu rester des heures sous la douche, sous une averse, juste à espérer que le cours du destin s'inverse, que son visage redevienne celui qu'il avait été, avant, celui de ce gamin à la peau de miel et aux yeux café crème qui séduisait les filles de Bohême.

Kristof se concentra. Entre les gouttes, il distinguait chaque expression du visage de son père. Avec le temps, Kristof s'était entraîné à voir loin, avec précision, à régler la netteté avec plus de rapidité. Si l'ouïe se développe quand on devient aveugle, pourquoi la vue ne s'aiguiserait-elle pas quand on devient sourd ?

Kristof peinait pourtant à croire ce qu'il voyait.

Son père souriait ! Libor conversait avec son fils, sans lâcher son arme braquée, mais avec décontraction, ainsi que le feraient de vieux amis qui se retrouvent après une longue séparation. Jamais Kristof n'avait autant regretté de ne rien entendre, de devoir se contenter d'assister, à distance, à la projection d'un film muet, et de devoir inventer dans sa tête des paroles cohérentes faute de pouvoir les lire sur leurs lèvres.

Des paroles sans haine, à en juger par la sincérité du sourire de son père.

Des paroles de réconciliation, à en juger par la douceur de ses gestes.

Des paroles d'amour, même, à en juger par l'éclat étoilé de son regard.

Kristof se mordit la bouche à sang. Des perles roses, noyées de pluie, roulèrent dans son cou. Il se trompait ! Il se trompait forcément ! Son père jouait un rôle, pour mieux piéger ce Renaud, se protéger de ce fils parricide.

Comme pour mieux le détromper, Libor ouvrit d'un coup les bras en croix. Un geste de paix. Ou de sacrifice, si l'autre refuse l'accolade. Le CZ 75 automatic dans son poing était maintenant braqué vers le ciel. Renaud, face à lui, hésitait, le visage toujours fermé.

Libor insistait, levait plus haut encore les mains.

Sa gestuelle, cette fois, n'était pas difficile à traduire en mots. Kristof devinait ceux que son père prononçait, visage fouetté de pluie.

Vas-y, Renaud, accomplis la prophétie. Tire, et que tout soit fini.

Leur père voulait simplement que son destin trouve un sens ici, s'assurer que sa vie n'était pas qu'un immense gâchis, que dans la boue et les cendres de Pilsen, une fleur au moins avait poussé. Qu'il n'avait pas seulement élevé deux monstres, deux crétins aux visages brûlés… Qu'il resterait de lui un peu de beauté.

Kristof comprenait. Leur père s'était servi d'eux, toutes ces années ! Il leur avait fait miroiter cette vengeance tel un os à ronger. Et plus il avait attisé cette haine en eux, plus il s'en était débarrassé. Et plus il les avait haïs.

Libor avait fermé les yeux.

Tire, Renaud. Tire, mon fils.

Renaud ne tirait pas.

Il gardait son pistolet braqué, méfiant, cherchant le piège, évaluant chaque regard, écoutant chaque mot qui se perdait dans le vent…

Et, aussi soudainement que Libor avait ouvert les bras, Renaud ouvrit les siens.

Il regarda fixement son père, sourit cette fois, et d'un geste de semeur de graines, lança son arme dans l'obscurité.

Il ne serait pas celui qui le tuerait ! Il refusait d'accomplir la prophétie. Il s'offrait à Libor, désarmé, esquissant un rapprochement, une ébauche de complicité.

Alors, Libor baissa son pistolet et le pointa droit devant lui.

À cet instant précis, Kristof reconnut son père. Celui qu'il admirait ! Pas le marionnettiste raté, pas l'alcoolique désabusé... Il retrouvait Libor le déterminé, celui qui avait mené cette chasse d'une main de fer, celui qui ne renonçait jamais, qui avait su naviguer toutes ces années entre les communistes de la StB et les nouveaux cadres convertis à la révolution de velours.

Libor le craint, Libor le rusé. Son père avait réussi à apitoyer ce fils naïf, comme dans les plus grands duels de l'Ouest. Il l'avait amené, à force de bluff et de séduction, à détourner son arme, et même s'en débarrasser. Il ne restait plus à Libor qu'à achever la bête stupide, sans défense, et tout serait terminé.

Libor continua de baisser son CZ 75, le braqua en direction de Renaud Duval. Plein cœur.

Kristof devait au moins lui reconnaître ce courage, son demi-frère ne bougeait pas. Il se tenait raide et digne, drapé dans la fierté d'un partisan qui va être exécuté.

Libor tira.

La détonation explosa dans la pluie, du moins Kristof le supposa.

Amos l'avait forcément entendu. Un coup de feu.

Renaud Duval n'avait pas cillé. Pas tremblé. Comme si la balle l'avait traversé sans le toucher.

Ou, plus sûrement, comme si...

Libor avait visé à côté.

Tout alla alors très vite. Il fallut ensuite de longues heures à Kristof, et même des jours, pour parvenir à repasser la scène au ralenti, à séparer chaque geste, comme on dissèque un mouvement de danse complexe.

Libor retourna le pistolet contre lui. Canon collé à sa gorge.

Kristof comprit que son père avait décidé de se suicider. Tout s'éclairait. Libor avait tout prémédité.

Deux coups de feu et la vengeance cessait.

Il leur avait annoncé il y a quelques minutes, dans la voiture, je le tue, je me tue, et ainsi tout est terminé ! Vous êtes libérés ! *Mais il n'avait pas pu tirer sur son fils… Il avait décidé de lui laisser la vie sauve, d'accomplir lui-même la prophétie et de mourir pour lui.*

Deux coups de feu, un sacrifice, et la malédiction s'achevait.

Kristof refusait d'y assister, refusait de voir la seconde balle transpercer le menton de son père et ressortir trente centimètres plus haut. Il s'apprêtait à fermer les yeux quand il vit Renaud se précipiter, quand il vit sa bouche se déformer, crier un mot que pour la première fois, il pouvait lire sur ses lèvres.

Ce mot que ni lui, ni Amos n'avaient jamais osé prononcer.

Les lèvres de Renaud s'ouvrirent et se refermèrent. Deux fois.

— Pa-pa.

Renaud était parvenu à éloigner le canon du menton de son père. Libor se défendait. Renaud était plus jeune mais son père était plus fort. Kristof espéra une dernière fois que le coup parte par hasard, que le hasard choisisse son demi-frère, mais il en décida autrement.

Dans leur lutte désespérée, Libor et Renaud ne s'aperçurent pas qu'ils s'approchaient du parapet de sécurité, haut d'à peine un mètre, que le goudron sous leurs pieds se transformait en patinoire détrempée, qu'au moindre faux pas, ils basculeraient…

Leurs deux corps disparurent dans le même mouvement, tels deux judokas emportés par la même prise dans les limbes d'un tatami qui se serait ouvert sous leurs pieds.

Puis Kristof ne vit plus rien d'autre que la pluie.

Quand il retourna à la Skoda, Amos lui confirma qu'il n'avait entendu qu'un seul coup de feu. Kristof attrapa une lampe torche et entraîna son frère. Quand ils découvrirent, vingt mètres sous le belvédère, les deux corps sans vie, ils ne se penchèrent que sur celui de Libor.

69

Belvédère des Quatre Fils Aymon, Bogny-sur-Meuse

— C'était un accident.

La tablette tactile n'était plus qu'un radeau flottant sur une mare de sang. Les doigts tremblants de Kristof traçaient des aveux rouges poisseux.

— Notre père voulait que tout s'arrête, Amos. J'étais tes yeux et je t'ai trahi. Il n'y a pas eu de second coup de feu parce que Renaud l'en a empêché, mais Libor voulait tirer. Tout ce qui a suivi, la traque, les assassinats, l'incendie, c'est moi qui l'ai voulu, pas lui.

Amos gardait ses mains plaquées sur la plaie béante déchirant le ventre de son frère. Ses dix doigts n'étaient plus que les briques d'un barrage qui menaçait de céder. L'hémorragie progressait, inexorablement, telle une crue contre laquelle on ne peut pas lutter.

— Tu le sais mieux que personne, petit frère, j'ai toujours été un monstre. Je l'ai lu dans ton regard, dans celui de papa, de maman, bien avant… d'être défiguré.

— Tais-toi, Kris. Tu vas t'en tirer.

— Non. Et c'est mieux ainsi, n'est-ce pas ? Le méchant de cette histoire a été abattu. Les innocents épargnés.

Une grimace de souffrance déforma son visage. La douleur s'ajoutait à la laideur.

— Amos, continua Kristof, les cendres de notre père, les as-tu conservées ?

Amos hocha la tête. Ils avaient incinéré Libor près de la frontière, au cœur de la forêt des Ardennes, entourés d'une haie d'honneur de chênes rouvres et d'épicéas.

— Emporte-les avec toi. Jusqu'en Bohême. Disperse-les à Pilsen.

— On les dispersera tous les deux, mentit Amos. Je te le promets.

Kristof n'eut pas la force de protester, même s'il savait que cette promesse-ci, jamais Amos ne la tiendrait. Les derniers fils de sa vie cédaient. Des vaisseaux sanguins qui, les uns après les autres, se brisaient.

Amos laissa doucement son grand frère s'endormir dans ses bras. Il le berçait, tous les deux collés par un liquide gluant. La tablette était désormais trop imbibée de sang, Kristof trop faible pour communiquer, Amos se contentait de murmurer des mots dans l'oreille morte de son frère, que jamais il n'entendrait. Amos se contentait de repenser aux cendres de son père. Il ne les emporterait jamais en Bohême, il les avait dispersées il y a quelques heures, alors que Kristof préparait l'incendie, devant le wagon-atelier.

Là où celles de Mina avaient été dispersées. Mêlées, jusqu'à la nuit des temps.

Comment Kristof aurait-il pu comprendre ?

Amos se revit, chaque nuit d'insomnie, dans la roulotte, visage collé à la fenêtre de sa chambre. Il avait observé tant de fois son père et Mina, les avait vus si souvent s'endormir ensemble, sous les étoiles, après s'être aimés… Du moins Amos le croyait, puisque son père semblait le croire. Il avait appris, par le récit de Mina, que cet amour-là portait un autre nom. Un viol.

Un enfant était pourtant né de cet amour maudit, un enfant que Mina avait tant aimé.

Le meilleur peut-il naître du pire ?

Son père, avant de rencontrer Mina, avait été Louka, ce marionnettiste surdoué, ce poète libertaire, cet artiste anarchiste… brisé par la pauvreté et la fierté, la violence et le désir, la normalisation socialiste et les chars soviétiques, la petite et la grande histoire.

Le meilleur peut-il devenir le pire ?

Disperser ses cendres auprès de celles de Mina, c'était respecter sa dernière volonté, Amos en était persuadé.

Et quel autre choix avait-il ? Jamais il ne retournerait en Bohême.

Dans ses bras, le corps de Kristof s'était définitivement endormi. Lui aussi avait rejoint le paradis des pantins, abandonnant sur terre son écorce de chiffon. Amos s'accroupit et déposa avec précaution la tête de son frère contre les rares touffes de mousse qui poussaient sur le pic rocheux.

Il fouilla autour de lui à tâtons, trouva le VZ 58, le ramassa, et chercha la meilleure façon de le tenir, pour faire illusion.

Alors il se redressa.

Aussitôt, il entendit les cris.

— Il s'est levé !

— Il est armé !

Il pointa le fusil-mitrailleur au jugé, en direction des voix, mais l'écho rendait impossible de les localiser avec précision.

— Ne tirez pas ! hurla Katel Marelle.

Amos pressa la détente. Le recul faillit lui faire perdre l'équilibre. Des coups de feu s'éparpillèrent dans la nuit, il avait volontairement visé haut, le plus haut possible, un ultime ball-trap avec les étoiles.

— Il est aveugle, cria encore Katel. Il ne peut pas vous…

Un crépitement de mitraillette couvrit ses derniers mots. Amos sentit les balles le faucher, comme autant d'aiguilles qui le transperçaient, pour coudre des fils d'argent sur sa dépouille désarticulée.

Le grand marionnettiste, enfin, le rappelait.

Sept ans plus tard

TOUS LES ÊTRES ONT
UNE FATALITÉ AU BONHEUR

Une saison en enfer, Arthur Rimbaud

— Lola ! Lola ! tu viens jouer avec nous ?

Romy et Marius couraient entre les balançoires et les toboggans. Romy, du haut de ses quatre ans, était la plus rapide, mais son cousin Marius, de dix-huit mois son cadet, ne renonçait pas à la rattraper, sprintant, tombant, se relevant, visage sablé et genoux écorchés.

— Laissez Lola tranquille ! cria Nanesse. Elle est occupée.

Lola, tranquille ?

Ces deux mots étaient faits pour se marier. À douze ans, presque treize, Lola sortait à peine de l'âge de grâce, cette courte période, entre six et douze ans, où les filles ne sont que rire, curiosité et empathie pour tout ce qui les entoure, humains, peluches ou animaux. Ce moment magique avant que la vie ne les rattrape et qu'elles ne deviennent femmes. Lola se tenait debout entre deux mondes, pressée de quitter le premier, intriguée de découvrir le second. Elle avait promis à sa grand-mère de décrocher les nappes étendues sur le fil à linge du jardin, et y parvenait, sans demander la moindre aide, sur la pointe des pieds.

— Lola, on a besoin de toi !

Romy et Marius étaient assis sur les balançoires et attendaient impatiemment que le vent, ou un adulte conciliant, ou plus vraisemblablement Lola, vienne les pousser.

— Suis occupée !

Les grands sont toujours occupés !

Romy et Marius observèrent autour d'eux les cascades de fleurs, les labyrinthes de graviers et les remparts de feuilles entourant le pavillon de Bourg-Fidèle. Ils adoraient venir chez mamie Nanesse !

Le jardin de Nanesse, c'était mieux qu'un parc de jeux. Des balançoires, des toboggans, un tourniquet rien que pour eux.

La maison de mamie, c'était encore mieux : des marionnettes partout, des meubles aux plafonds, même s'ils n'avaient pas le droit de toucher à celles accrochées.

Les deux cousins se défièrent un instant du regard, espérant sans doute que l'un se décide à descendre de sa balançoire pour pousser l'autre, puis faute d'accord diplomatique, cherchèrent autour d'eux qui ils pourraient solliciter.

Sûrement pas le vieux Baou. Il dormait au soleil, sur une chaise longue, un livre, *Semelles au vent*, ouvert sur ses genoux.

L'un des cinq autres adultes conversant autour de la table de salon ? Mamie Nanesse ? Ou…

Romy et Marius s'envolèrent d'un coup, avant que le rire de Lola n'éclate dans leur dos.

— Plus haut, Lola ! Plus haut !

Lola les poussa deux ou trois fois, le plus fort possible, puis attendit que les deux balançoires ralentissent. Elle se pencha alors vers Romy et Marius, et murmura :

— Venez vite, j'ai un secret.

— Où sont-ils passés ? s'inquiéta Vicky. Robin, tu peux aller voir ?

Nanesse apportait le café. Un tenace soleil de septembre s'incrustait dans l'automne ardennais. Des restes du gâteau mollet d'anniversaire traînaient sur la table, non débarrassée, au milieu des papiers cadeaux déchirés et de la notice ouverte de l'Autocuiseur Magimix Intelligent que ses garçons lui avaient offert… Ses enfants croyaient-ils vraiment qu'elle allait préparer sa cacasse cul nu en faisant la conversation avec une cocotte-minute connectée ?

— Robin, répéta Vicky. Tu peux aller voir ?

Hans fit comme s'il n'avait pas entendu. Il était bien. Il avait trop mangé, trop bu. Quelques verres d'un riesling frais. Il ne reboirait pas une goutte d'alcool pendant les dix prochains jours. Il partait pour Helsinki livrer des éoliennes, un convoi exceptionnel qui traverserait toute l'Europe. Il se lèverait si Vicky l'appelait Hans, s'amusa-t-il à penser. C'est ainsi qu'elle continuait de l'appeler le plus souvent… Sauf devant Nanesse !

Vicky poussa sa chaise en ronchonnant. Depuis que Marius était né, il y a trente mois, Vicky avait changé. Elle-même en était consciente. Les absences d'Hans lui pesaient. Sa vertu des femmes de marins lui glissait entre les mains. Le gîte de l'Épervière fonctionnait bien, presque trop bien. Douze chambres à s'occuper. Une Lola presque ado, discrète et rêveuse, à ne pas oublier. Et un bolide de moins de trois ans qu'on ne pouvait pas laisser deux secondes sans qu'il ne s'échappe pour courir après les poules et les poneys.

— Ne t'inquiète pas, Vicky, fit Éléa d'une voix douce. Marius est avec Romy et Lola. Elles nous préparent une surprise.

Vicky hésita, puis elle posa sa main sur l'épaule d'Hans et l'embrassa dans le cou. Aimerait-elle encore autant son Hans, le jour où inévitablement, il rendrait les clés de son camion pour vivre avec eux à plein temps ?

Cette fois, ce fut Pierre qui se leva, en grimaçant. Tout comme Hans, sa chondrocalcinose héréditaire commençait à faire grincer ses articulations.

— Je vais voir ce qu'ils font !

Éléa le rattrapa par le bras.

— Reste ici. Ils ont le droit d'avoir leurs secrets.

Des secrets ? Pierre en doutait. Pierre avait changé lui aussi, quand Romy était née. Terminé la danse, les rêves d'artiste et la poésie. Il avait immédiatement endossé le costume de papa, et toutes les responsabilités qu'il fallait porter avec.

Il avait décrété qu'ils devaient quitter Paris pour acheter un pavillon avec un jardinet, même une ruine, il s'en fichait, il la rénoverait ; et tant pis s'il n'avait jamais tenu dans la main une perceuse ou un tournevis, il apprendrait. Et il avait appris ! Romy était née à Germigny-l'Évêque, sur les bords de la Marne, dans une chambre de princesse entièrement aménagée par son papa. Et papa-bricoleur ne s'était pas arrêté là. Avaient suivi la salle de jeu, la niche du chien, la cabane dans l'érable du jardin…

Romy, se demandait souvent Éléa, *imaginerait-elle un jour quel poète rêveur avait été son père, avant de trouver cet emploi de responsable de la voirie à la mairie de Meaux ? Ne le verrait-elle toujours que comme une grande personne sérieuse ? Et que pouvait-elle penser de sa maman, dans sa petite tête de quatre ans ?* Éléa était convaincue que Romy souffrait du même syndrome autistique, un trouble léger, difficile à diagnostiquer, les signaux étaient encore faibles : un besoin de solitude, une sensibilité excessive pour une fourmi écrasée, une façon bien à elle de s'identifier aux Playmobil les plus abîmés. Éléa en était également persuadée parce que depuis que Romy était née, Brain avait disparu. Évaporé. Comme s'il avait migré vers un autre cerveau, plus réceptif que le sien.

— Je vais voir quand même, insista Pierre.

Avant qu'Éléa ne proteste, trois flèches sortirent du pavillon de Nanesse, courant vers la barrière, Marius en tête, Romy suivant, Lola derrière.

— Pollux est là, Pollux est là !

— Qui ça ? eurent à peine le temps de demander Hans et Pierre.

Un aboiement de chien couvrit les cris de joie. La barrière s'ouvrit et un bondissant skye terrier surgit. Il traversa le jardin en jappant autour des trois enfants. Tous cavalèrent entre le tourniquet et les toboggans, Pollux tentant maladroitement d'attraper le ballon crevé que Lola, Romy et Marius se lançaient.

Katel Marelle ne franchit la barrière que de longues secondes après son chien.

— Faites gaffe, les mômes, cette boule de poils est un peu con… Et la connerie, ça s'attrape !

Katel s'installa à table sans davantage s'occuper de son chien, goûta avec méfiance la part de gâteau mollet qu'on lui avait gardée, s'excusa de son retard, mais les repas de famille, elle les appréciait quand ils se résumaient à une tranche de brioche et un café.

Pollux continuait de galoper en bavant après le ballon crevé.

— Adorable, ton chien, osa la maîtresse de maison.

— Adorable ? Tu plaisantes, Nanesse ? Une vraie arnaque ! J'ai attendu quinze ans avant de pouvoir faire piquer Oggy, mon crétin de chat. Je n'ai même pas eu la chance qu'il se tire chez un voisin ou se fasse écraser. Quinze ans à le nourrir, à lui changer sa litière, à lui arracher les tiques, et pas la moindre reconnaissance. Rien. Il dormait, miaulait, bouffait, et redormait. Pire que le pire des amants ! On m'avait dit après les hommes, les femmes, les chats, teste les chiens. Bien poilu, tu verras, y a pas mieux pour les câlins. Tu parles ! À part baver, courir comme un couillon après un ballon, voler mon steak quand j'ai le dos tourné et prendre toute la place sur le canapé… Pire que le pire des maris ! Sa seule qualité, c'est que les skye terriers ne vivent pas vieux. Avec du bol, j'en ai pris que pour dix ans. Vous me conseillez quoi après ? Adopter un iguane ? Un Chippendale gonflable ? Acheter un automate de chez Baou-Duval avec conversation préenregistrée ?

Tous éclatèrent de rire autour de la table. La mèche poivre et sel de Katel tomba sur son œil droit. Entre les toboggans et le tourniquet, les trois enfants avaient déjà abandonné Pollux et son ballon crevé.

— Vous voyez ? triompha Katel. Même les gosses en ont marre en moins de trois minutes.

— Les gosses ! cria soudain Vicky. Merde, où ils sont ?

Pierre, tout aussi inquiet, commençait à se lever.

— Je vais les chercher avec toi !

Nanesse sourit, rassurante. Elle apercevait trois ombres chinoises derrière le drap accroché sur le fil à linge. La voix de Lola jaillit derrière le tissu étendu.

— Tout le monde est là ?

Tous les adultes assis à la table d'anniversaire se retournèrent et fixèrent le grand rideau blanc.

Oui Lola, pensa Nanesse, *tout le monde est là, même s'il manquera toujours quelqu'un près de moi.*

De l'autre côté du rideau, Romy et Marius tremblaient. C'était leur première représentation. Elle commencerait dès que Lola tirerait le drap.

Marius serrait le plus fort possible la manette qui permettait de faire remuer les jambes et les bras de sa marionnette. Lola lui avait montré comment ne pas emmêler les fils. Il aimait trop quand son soldat frappait les autres avec son grand sabre de bois.

Romy n'était pas plus rassurée, elle s'était entraînée à faire danser sa ballerine, mais devant les adultes, allait-elle parvenir à surmonter sa timidité ? À se souvenir des gestes et des paroles ?

N'aie pas peur, la rassura Brain en chuchotant dans sa tête. *Je te soufflerai les mouvements et le texte.*

Le rideau s'ouvrit soudain. Six adultes et un chien retinrent leur respiration, juste avant que la voix de Lola s'éclaircisse et qu'une marionnette, chemise blanche et pantalon d'arlequin, surgisse derrière le castelet de carton.

— Bonjour, je m'appelle Petrouchka.

Les pages intérieures de ce livre sont imprimées
sur le papier Classic en 65g
de la société Stora Enso

storaenso

#lisez engagé !
www.lisez.com
Pour plus d'information :
Imprimé sur du papier issu de forêts gérées durablement.

Composition et mise en pages
Nord Compo à Villeneuve-d'Ascq

Imprimé en France par CPI
en janvier 2023
N° d'impression : 3050746